대학 글쓰기교육 동향과 교수 학습 방법 연구

대학 글쓰기교육 동향과
교수 학습 방법 연구

김정숙 · 백윤경 지음

책머리에

이 책은 '대학 글쓰기교육'에 대한 이론과 실제를 통해 최근 대학 글쓰기의 현재를 살펴보고 더 나은 방향을 모색하고자 기획되었다. 대학 글쓰기교육은 2005년을 전후해 대학국어·교양국어에서 '대학글쓰기'로 전환되었으며, 그와 함께 글쓰기목표 및 교수법을 포함해 계열별 글쓰기, 매체, 리터러시 교육, 평가 등 다양한 논의들이 축적되고 있다.

1부 「대학 글쓰기교육의 동향과 분석」에서는 대학 글쓰기교육이 본격화된 2005년도부터 현재에 이르기까지 국내·외 대학 글쓰기교육에 대한 연구 동향과 교육 현장의 사례를 총체적으로 분석함으로써 대학 글쓰기교육의 현재를 진단하고 나아가야 할 방향을 제시하도록 구성되었다.

'대학 글쓰기교육의 연구 동향 분석과 시사점'은 2005~2017년 대학 글쓰기교육 관련 학술논문의 연구 동향을 총체적으로 점검하였다. 방대한 자료들을 분석해 연구의 계열을 세우고, 각각 그 특징을 통계적 지표를 겸하여 제시함으로써 글쓰기교육의 현재를 진단하고 바람직한 미래의 방향성을 제시하고 있는 것이 이 글의 핵심 요지이다. 현재 글쓰기교육이 대학 교양교육의 기초 및 핵심 교과목으로서의 역할이 더욱 확대되고 있는 시점에서 글쓰기교육의 연구 성과와 대안을 제시함으로써 대학 교양교육의 질적 발전에 기여할 수 있다는 점에서 가치 있는 작업이라고 할 수 있다.

'대학 글쓰기 교재의 현황과 발전적 방향'은 대학의 글쓰기 교재를 중심으로 교육목표와 교과내용의 공동성과 차이성, 그리고 교재들의 편성 방식 등을 살펴봄으로써 대학글쓰기의 지향점을 밝히고자 하였다. 제목에서 드러나듯 글쓰기 교육에 대한 연구의 필요성과 다양한 교육방안 제시가 절실하다고 할 수 있는바, 거점국립대학의 글쓰기 교재 분석과 글쓰기 교육의 목적, 방향 제시 역시 중요한 논의이다.

'대학 글쓰기교육의 교육목표와 평가목표의 상관성 분석'은 글쓰기 교육 관련 학술논문 중 '평가'를 다룬 논문 72편을 대상으로 글쓰기목표의 제시 여부와 내용, 평가목표의 제시 여부와 내용, 그리고 둘 사이의 상관성 등을 분석함으로써 현재의 대학 글쓰기교육의 상황을 점검하고 그 방향성을 제시하였다. 교육목표는 교육을 통해 도달해야할 목적과 방향성, 그리고 가치를 포함하는 교육의 중요한 요소로서, 글쓰기목표와 평가목표의 상관성에 대한 지속적인 분석이 필요하다.

'대학 글쓰기 평가 연구의 동향과 분석'은 2005년도부터 2018년도까지 대학 글쓰기교육에서의 '평가' 연구 동향을 체계적이고 종합적으로 면밀히 분석함으로써 평가 전반에 대한 이론을 정립하고자 하는 목표로 기획되었다. 현재 대학 글쓰기교육에 있어 대학 및 학계에서 합의된 표준 교육과정(안)을 설정하였다고 보기 어렵다는 점에서, 현재까지 누적되어 온 연구 성과들을 분석하고 이를 통하여 구체적 평가 목표와 준거를 설정하는 과정은 글쓰기교육의 평가 이론 정립을 위한 길잡이로서의 역할을 충실히 해낼 수 있을 것이다.

'대학 글쓰기교육에서 평가 방법의 양상 분석'은 대학 글쓰기교육의 평가 관련 연구의 현황 및 평가의 실태와 그에 대한 분석을 수행하였다. 평가 관련 연구논문 72편에 언급된 평가 방법을 총망라해 제시하였고, 이중 평가 방법을 명시적으로 선택한 51편을 대상으로 연구자들이 제시한 평가 방법의 양상과 의미, 그리고 글쓰기교육을 위해 선택한 평가 방법의 유형을 분류하고 시내별 추이와 시사점을 살펴보았다. 이 글은 대학 글쓰기교육의 평가 관련 개별 논문들에 대한 꼼꼼한 독해를 통해 기준을 마련하여 분류하고 연도별 추이 및 선호하는 평가 방법과 그 의미를 분석함으로써 평가와 관련된 현재의 평가 관련 상황을 제시한 점에 의의가 있다.

2부 「대학 글쓰기교육의 교수 학습 방법」에서는 대학 글쓰기교육 현장에서 활동하면서 축적한 강의 사례와 자료를 토대로 이를 면밀히 분석하고, 현재 한국 대학 교육현장에서 이루어지는 구체적, 실체적 현황을 비판적 관점으로 검토함으로써, 대학 글쓰기교육이 나아가야 할 방향성을 구체적이고 실천적으로 제시하고자 하였다.

'대학 글쓰기 교과목의 운영 현황과 내실화를 위한 제도적 방안 모색'에서는 2014년도 1학기에 A대학에서 처음 시행된 공통기초 교과목인 <기초글쓰기> 담당 교수자의 의견을 가감 없이 청취해 <기초글쓰기>의 현황과 운영에서 나타난 문제점 등을 인식하고 대학 글쓰기의 내실화와 활성화를 위해 필요한 제도적 방안 등을 모색한 글이다. 실제 교수자들의 의견과 요구 등을 사실적이고 성찰적으로 보여 준 점에서 의의가 있다.

'주제 분석을 통한 학습자의 학술적 접근 양상과 글쓰기교육의 방향'은 2013년부터 2015년까지 <학술적 글쓰기2>의 글쓰기교육에 따라 최종 과제로 제출된 134편 논문에서 선정된 주제 분석과 주제어를 중심으로, 학생들의 관심 분야와 학술적 접근방법 등의 양상과 그 의미를 분석하였다. 이 글은 장기간에 걸쳐 수집된 많은 양의 자료를 바탕으로 대학생 학습자의 관심·흥미 영역 및 이에 대한 문제의식과 학술적 접근 양상을 살피고, 전공과의 연계와 학술 연구로의 심화 가능성 등을 검토할 수 있는 객관적인 기초 자료를 마련한 것에 의의를 찾을 수 있다.

'대학 글쓰기교육에 대한 비판적 접근과 맥락적 글쓰기교육의 제안'은 현재 대학 글쓰기교육의 상황을 비판적으로 살펴보고, 인지구성주의에 바탕을 둔 과정중심의 접근법을 심화하는 동시에 비판적 리터러시(문해력)를 강화하는 한편 대학생 학습자의 경험적 주체를 함께 고려하는 차원에서 '맥락적 글쓰기모형'을 제안하였다.

'대학생의 학술적 글쓰기 능력 향상을 위한 지도의 실제'는 논문작성법의 단계별 수업 모형을 제시하고, 실제 사례를 통하여 대학 기초교육에 있어 '학술적 글쓰기'의 중요성을 제시한 점에서 의의가 있다. 글쓰기의 단계에 대한 과정을 구체적으로 기술하고, 주제 분야 및 문제해결전략 등의 관점에서 학습자의 성과물을 분석한 실천적인 학술 연구라고 할 수 있다.

'문장 텍스트의 변환을 위한 지도 방법'은 대학 1학년 학습자 40명을 대상으로 주어진 텍스트인 「대법원 판결 요지」를 어휘, 문장, 단락, 의미의 층위에서의 효과적 변환 방법을 제시하기 위하여, 우리나라 법조문이 가지고 있는 문장 텍스트로서의 특징이자 고쳐져야 할 점들을 실제 판결문을 예로 들어 수정하는 과정을 보여주고 있다. 논리적 글쓰기를 위한 최선의 방법으로 표현의 필요성에 대한 주기적인 동기 부여와 글쓰기 기회를 최대화하는 동시에 유기적인 첨삭(피드백)임을 밝힘으로써, 대학생을 창조적 지식인으로 양성하기 위한 구체적 사례를 제시하였다는 점에서 의의가 있다.

'대학 글쓰기교육에서 '자기서사적 글쓰기'의 위상과 방향'은 대학 글쓰기교육에서의 '자기' 관련 글쓰기교육과 관련된 연구 결과를 토대로 대학 글쓰기교육에서의 '자기서사적 글쓰기' 위상과 용어 정립, 그리고 평가 준거를 마련하는 등의 방향 설정에 대하여 살피고 있다. 특히 인성·인문학적 교육이 요구되고 이로 인하여 '자기' 관련 글쓰기교육이 다방면으로 이루어지는 시점에서, 글쓰기교육에서 다루는 용어 사용의 상황을 정리하고 '자기서사적 글쓰기'의 목표와 방향을 설정한 점에서 의의를 지닌다.

대학 글쓰기교육의 현재와 현장을 구체적으로 살핀 이 책은 의사소통능력, 문제해결능력, 창의성을 겸비한 21세기 인재를 양성하기 위한 대학 자체의 노력과 4차 산업혁명에 따른 사회의 요구 및 세계 경쟁력 강화라는 대학 내외적 요구가 반영되어 있다. 이 책이 대학 글쓰기교육의 구성원인 교수, 연구자, 학생들을 포함해 글쓰기교육에 관심 있는 독자에게 좋은 자극과 참조점이 되었으면 한다.

이 책이 나올 수 있었던 것은 두 연구자의 열정과 서로에 대한 믿음 덕분이다. 이 책은 대학 글쓰기교육에 대한 두 연구자의 지속적인 논의와 소통의 결과물이 모여 만들어진, 대학 글쓰기교육에 대한 하나의 작은 담론이라 할 수 있다. 학문의 길은 때로 외로우나 함께 걷는 길이 지치지 않는 오랜 여정으로 기쁘게 이어질 수 있음을 보여주는 결실의 한 예가 되었으면 한다. 아울러 담론의 장을 갈무리해주신 심지출판사의 윤영진 대표님과 한천규 선생님께 감사함을 전한다.

2023년 10월
저자 씀

2부 • 대학 글쓰기교육의 교수 학습 방법

1부

대학 글쓰기교육의
동향과 분석

대학 글쓰기교육의
연구 동향 분석과 시사점
— 2005~2017년 대학 글쓰기교육 관련 학술논문을 중심으로

1. 미래사회를 위한 대학 글쓰기교육의 변화 양상

일반적으로 우리의 대학 글쓰기교육의 본격적 출발을 2000년대 초
반으로 보고 있다. 이 시기 국어교육(교양국어, 대학국어)이었던 과목
이 순차적으로 글쓰기 과목과 병행되거나 대체되고, 교양교육 개편과
더불어 글쓰기 과목이 다양화되며, 튜터 제도의 시행과 글쓰기 관련
기관 등이 설립되는 등 단기간에 급격한 변화를 겪게 되었다. 물론
이 과정에서 어려움[1]도 있었지만, 대학 글쓰기교육이 본격적으로 이

---

1) 정희모는 2005년의 글쓰기교육에 대하여 "글쓰기교육 내부를 들여다보
면 연구와 교수방법, 프로그램 개발, 제도 운용 등에서 초보적 단계를 벗
어나지 못하고 있으며, 전문적인 체계성을 확보하지 못해 운영자나 교·
강사가 하드웨어 속에서 우왕좌왕 하는 경우가 많다. 대학의 정책 결정자
나 행정 지원가는 글쓰기의 전문적 영역에 대한 인식이 부족하여, 글쓰기
교육을 여전히 논문을 첨삭하는 수준으로 생각하기도 한다."고 지적한

루어진 지 10여 년이 지나면서, 글쓰기교육 연구는 글쓰기교육과 관련된 근본적인 관심으로부터 글쓰기 목표, 교수·학습방법, 교육내용, 교재, 글쓰기윤리 등 그 주제가 다양하게 생산되면서 폭넓고 활발한 연구진행과 성과를 도출해내고 있다.

현실적·사회적 필요성이 제기되면서 기초·핵심 교과목으로서 급격하게 출발[2]한 대학 글쓰기교육은, 현재 인공지능, 사물인터넷 등 4차 산업혁명과 매체의 발달에 따른 사회의 변화에 어떻게 대응할 것인가 살펴야 할 중요한 시점에 이르렀다. 이는 그간 축적된 글쓰기교육 연구의 흐름과 특성을 분석해야 할 필요성을 제기한다. 즉, 미래를 위한 대학 글쓰기교육의 대안과 시사점을 제공하기 위하여, 현재 대학 글쓰기교육의 연구 성과와 방향을 세밀히 되짚어볼 때다.

우리가 직간접적으로 영향을 받은 국외의 대학 글쓰기교육은 1870년대 하버드대학을 시초로 현대적 형태가 형성[3]되었다는 견해가 일

바 있다. 정희모, 「대학 글쓰기교육의 현황과 방향」, 『작문연구』 창간호, 한국작문학회, 2005, 113~114쪽.

2) 조미숙은 글쓰기 과목의 필수화 현상을 현실적 긴급한 필요에 의해서 만들어진 것으로 전제하면서, "각 대학들은 신입생 대상의 글쓰기 기초교육뿐만 아니라 '학술적 글쓰기' 등의 심화과목과 '사회과학글쓰기', '과학글쓰기' 등 전공영역별 글쓰기 과목을 개설하면서 글쓰기교육의 실용화에 박차를 가하고 있다(조미숙, 「교양과목으로서의 대학 글쓰기교육, 그 흐름과 전망」, 『새국어교육』 80호, 한국국어교육학회, 2008, 455쪽)"고 기술한다. 대학의 교양국어 및 글쓰기교육(교재)과 관련된 흐름은 조미숙의 논문(조미숙, 「교양국어 교육 변천과정 연구-대학 교육 이전 시기부터 대학 교양국어 체계화까지」, 『인문연구』 71호, 영남대학교 인문과학연구소, 2014) 참조.

3) 옥현진·조갑제, 「작문 연구의 국제 동향 분석과 대학작문교육을 위한 시사점」, 『반교어문연구』 31집, 반교어문학회, 2011, 274쪽 참조.

반적이다. 독일 작문교육의 경우 17세기까지 소급하여 보는 경우도 있으나, 현대적 의미의 독일 작문교수법은 미국 쓰기연구의 영향을 받은 1970년대 이후로 본다.[4] 국내 또한 미국의 쓰기연구를 중심으로 국외의 글쓰기교육의 동향에 대한 연구가 다수 이루어지고 있다.[5] 이들 논의는 연구자들이 공통적으로 언급했듯이 외국의 글쓰기교육에 대한 추수주의를 경계하고, 글쓰기교육을 미리 시작한 국외 사례 등을 점검하여 우리 교육에 참조점을 제시한 점[6]에서 의의가 있다.

---

4) 독일 작문연구는 북미 쓰기연구에서 비롯된 인지적 단계(의사소통적 글쓰기)를 시작으로, 이후 사회-인지적 단계부터는 독자적 연구방향을 구축하였다고 보고 있다. 이성만, 「텍스트언어학과 작문 ─ 독일 작문교육의 경향을 중심으로」, 『작문연구』 7권, 한국작문학회, 2008, 59~72쪽 참조

5) 국외 글쓰기교육에 관한 연구는 주로 미국, 독일, 영국, 프랑스의 동향에 초점을 두고 있으며, 특히 미국의 글쓰기교육은 유럽의 글쓰기교육뿐만 아니라 우리의 글쓰기교육에도 큰 영향을 미쳤다. 이와 관련된 대표적 연구로 「MIT 대학 글쓰기교육 시스템에 관한 연구」(정희모, 『독서연구』 11권, 한국독서학회, 2004), 「미국과 한국의 이공계 대학 글쓰기교육 비교」(정현숙, 『어문연구』 62호, 어문연구학회, 2009), 「작문 연구의 국제 동향 분석과 대학작문교육을 위한 시사점」(옥현진·조갑제, 앞의 논문, 2011), 「전공연계글쓰기(WAC)의 국내 적용을 위한 전제 조건: 미국 WAC프로그램의 역사적 고찰을 통해」(배식한, 『교양교육연구』 6권 3호, 한국교양교육학회, 2012), 「미국 대학 신입생 글쓰기(FYC) 교육의 새로운 방안 모색」(이윤빈, 『국어교육학연구』 49권 2호, 국어교육학회, 2014), 「미국 대학에서 '글쓰기에 관한 글쓰기' 교육의 특성과 몇 가지 교훈」(정희모, 『대학작문』 10호, 대학작문학회, 2015) 등이 있다. 국내 대학 글쓰기교육은 미국 글쓰기교육에 영향을 받거나 유사한 흐름으로 진행 중에 있다.

6) 미국 작문교육의 현 상황도 전공글쓰기의 필요성, 대학의 필수과목 시수 확대와 수강 학생 정원, 그리고 전담 센터 및 글쓰기교육자의 전문성 확

옥현진에 따르면 작문교육7)의 최근 국제 동향은 첫째, 디지털 매체를 활용한 작문 활동의 증가와 대학 작문교육에서 이를 어떻게 수용할 것인가에 관한 것, 둘째, 사회의 의미구성 과정에 참여할 수 있는 지적 활동으로서의 글쓰기교육을 통한 현실 참여의 문제에 관한 것, 셋째, 학문별·전공 영역의 담화 관심에 적절한 의사소통 방식을 연습하는 방안에 관한 것, 넷째, 교수·학습의 측면에서 학생들의 작문 활동을 신장하는 방안 제시 등 네 가지로 요약될 수 있다. 독일의 경우 1970~1980년대 글쓰기교육은 독창성과 의사소통, 자기표현으로서의 글쓰기를 강조하였고, 1990~2000년대에는 '행위 및 생산 지향 문

보 등 우리의 대학 글쓰기교육의 상황과 크게 다르지 않아 보인다. "대부분의 대학들에서는 적어도 2개 이상의 작문 과목을 필수적으로 수강하도록 하고 있으며, 2개 중 하나, 혹은 필수 이외의 과목이더라도 학생들의 전공 분야와 관련하여 작문 수업을 개발하고 또 이를 권장하는 분위기였다. 그리고 강사진의 경우 작문 수사학과와 같은 학과가 정립되어 있고 효과적으로 운영되는 경우에는 교수 및 강좌만을 담당하는 전임 강사로 작문 수업을 진행하는 경우도 적지 않았지만, 아직도 많은 대학에서는 시간제 강사나 대학원생들을 이용하여 교양 작문 강좌를 소화하고 있는 것으로 나타났다. 그러나 이에 대해서는 비판의 목소리도 만만치 않았다. 대부분의 응답자들이 향후 발전 방향으로 작문 강좌의 양적 확대와 더불어 전공과 연계된 강좌 개발이 시급하다고 했는데, 이러한 질적, 양적 확대는 전문강사 인력의 확보 없이는 불가능하다는 지적도 있었으며, 미국 내 학계에서도 이러한 작문 강좌에 있어서의 전문성 부족에 대한 비판의 목소리가 높아지고 있기 때문이다." 조수경, 「미국 대학 작문 교육의 역사와 현황」, 『신영어영문학』 44집, 신영어영문학회, 2009, 299쪽.

7) 옥현진·조갑제, 앞의 논문. 이 글에서는 '글쓰기교육'을 사용하고, 참조할 경우 해당 논문에서 사용한 용어를 그대로 인용해 쓰기로 한다. '글쓰기교육', '작문교육' 등에 대한 내용은 3장에서 자세히 다루기로 한다.

학교수법과 창의적 글쓰기', '상호문화 관점에서 관습 對 창의·자율 글쓰기', '치료적 글쓰기' 영역[8]에 초점이 맞춰져 있다. 이 밖에도 외국의 경우 글쓰기센터의 역할과 활동 등에 관한 대학의 사례 연구가 지속적으로 이루어진 점이 특징적이다.

이 글의 주제와 직접적으로 관련된 선행 연구로 나은미[9]의 연구가 있다. 연구자는 2000년대를 글쓰기 체제 전환 이후로 전제하면서, 2005년부터 2010년에 발표된 글쓰기 관련 140편의 논문[10]을 '글쓰기의 방향 및 과제에 관한 연구'(4편), '교육 목표 설정 및 지도 방안'(17편), '학문 영역별 글쓰기'(16편), '현황과 실태 분석 및 지도 방법'(53편), '글쓰기 윤리 및 지원 시스템'(50편) 등으로 분류하여 주요 내용과 문제점 및 제안을 종합적으로 검토하고 있다. 여기에서 제시된 논문 편수로 볼 때 현황과 실태 분석, 지도 방법, 윤리, 지원시스템 등에 글쓰기 연구가 집중되었음을 알 수 있다.

이처럼 국내외 글쓰기교육에 관한 연구 사례 및 동향에 비추어, 우리의 대학 글쓰기교육의 연구 성과와 방향을 짚어볼 시의성이 요구되는 이 시점에서, 이 글에서는 대학 글쓰기교육에 관한 연구가 본격적으로 진행된 시점을 2005년 전후로 보고, 이를 기점으로 하여 2005년부터 2017년까지의 글쓰기교육 관련 연구 성과를 중심으로 지난

---

8) 임춘택, 「독일어권 글쓰기교육에 관한 연구」, 『교양교육연구』 6권 2호, 한국교양교육학회, 2012, 380쪽.

9) 나은미, 「대학 글쓰기교육 연구 검토 및 제언」, 『대학작문』 1호, 대학작문학회, 2010, 69~92쪽.

10) 논문 편수에서 다소 차이가 있음을 확인하였다. 또한 해당 논문에서는 다섯 개의 범주의 기준을 제시하고 있지만, 그것의 적절성 및 글쓰기 윤리와 지원 시스템을 하나의 범주로 묶을 수 있는지도 생각해 보아야 할 듯하다.

10여 년 간의 글쓰기교육 연구의 진행 방향과 특징을 분석하고, 한계점 및 시사점을 짚고자 한다. 정리하자면, 이 글은 그 동안 수행된 대학 글쓰기교육 연구와 관련된 메타연구라고 할 수 있다. 이 글의 초점은 대학 글쓰기교육의 중심과제 및 방향의 기본 설정이 적절했는가, 매체와 글쓰기 담론의 변화에 따라 유연하게 대응했는가 등에 대한 좀 더 면밀한 고찰을 통해 교육 현장에 실천하고자 하는 데 있다.

2. 대학 글쓰기교육의 연구 논문 현황과 분석 방법

이 글은 대학 글쓰기교육11)에 대한 연구 논문 현황을 분석하기 위해 2005년부터 2017년까지의 글쓰기교육 관련 학술논문을 대상으로 진행하였다. 글쓰기교육에 대한 동향을 분석하기 위한 방안으로 학술논문의 제목 및 주제어를 활용하였으며, 관련 연구 논문(분석대상) 선정 조건은 다음과 같다. ①한국학술지인용색인(이하 KCI)12)에 등

---

11) 대학 글쓰기교육은 2015 중등교육과정에서 "현재 작문 영역 교육과정에서 핵심 개념으로 제시한 '쓰기의 본질, 목적에 따른 글의 유형, 쓰기와 매체, 쓰기의 구성 요소, 쓰기의 과정, 쓰기의 태도'가 작문 교육의 핵심 개념이 될 수 있는가라는 논의와 더불어, 이것이 핵심 개념이 될 수 없다면 무엇을 핵심 개념으로 삼아야 할 것인지, 외적 요구로 작문 교육의 핵심 개념이 무엇인가를 밝혀야 한다면 어떻게 대응하고 무엇을 제시해야 하는지를 논의해 보아야 할 것"(박영민, 「2015 국어과 교육과정 작문 영역의 쟁점과 과제」, 『국어교육학연구』 51권 1호, 국어교육학회, 2016, 68쪽)이라는 지적과 함께 교육의 연속성을 담보할 방법에 관한 논의도 함께 이루어져야 할 것이다.

12) 한국학술지인용색인(KCI: Korea Citation Index)은 국내학술지, 논문,

록된 학술논문13)을 대상으로 한다. ②주제어 '글쓰기교육'과 '작문교육'에 '대학'을 재검색히여 선정헌다. ③한국어교육 및 외국어교육 관련 논문은 제외한다. 이를 통하여 추출한 논문은 총 675편이며, 이중 3편 이하의 논문 편수를 기록한 2004년 이전을 제외한 2005년부터 2017년(06.22)까지의 논문은 669편이다.

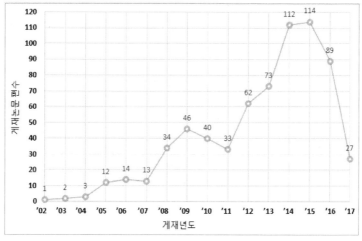

〈그림 1〉 글쓰기교육·작문교육 게재논문 편수 추이

이 669편의 논문에 제시된 주제어는 총 4,053개로, 논문 1편당 평균 6.06개14)에 해당한다. 이 글은 이 주제어를 연구자의 관심사 파악

저자, 발행기관 등의 정보를 체계적으로 관리하기 위하여 그 내용을 DB화하여 논문(문헌) 간 인용관계를 분석하기 위한 시스템으로, 국내 연구 성과 평가 기준 및 국내외 DB연계 등을 통한 연구 기초자료로 활용되고 있다는 점에서 글쓰기교육 연구 성과 분석을 위한 자료 출처로 유효하다. (https://www.kci.go.kr)
13) KCI에 등록된 등재, 등재후보, 미등재 논문이 대상이다.

및 연구 동향을 분석하기 위한 기초 자료로 활용한다. 이는 각 주제어가 논문이 남고 있는 핵심 또는 관심사를 파악할 수 있는, 논문의 핵심 연구 주제를 담은 중요 요소임을 전제[15]한다. 이를 토대로 중복·유사한 범주의 주제어끼리 분석·분류하는 과정을 통하여 〈표 1〉과 같은 7가지의 주요 범주를 추출하였다.[16]

〈표 1〉 대학 글쓰기교육 관련 논문 주제어 7가지 범주(2005~2017.06.22)

범주	빈도 (회)	범주 관련 주제어	빈도수 상위 주제어(회)
글쓰기교육의 개념과 현황	429	글쓰기교육, 교양국어, 쓰기교육, 작문교육	글쓰기(111), 글쓰기교육(77), 대학글쓰기(75), 대학글쓰기교육(33)

---

14) 최소 등록 주제어 수는 2개로, 대상 논문 수는 4편이다.(2008, 2009, 2011, 2012년 각 1편) 최다 주제어는 15개로 대상 논문 수는 2편이다.(2015, 2017년 각 1편)

15) 이에 대해서는 이 책의 2부 「주제 분석을 통한 학습자의 학술적 접근 양상과 글쓰기교육의 방향」을 참고하기 바란다.

16) 대학 글쓰기교육 관련 연구 동향을 살피기 위한 최대한의 객관적 자료 확보 및 기준을 마련함에 있어 상당한 어려움과 시행착오가 있었음을 먼저 밝힌다. 특히 주제어의 경우, 투고 및 게재 조건으로 일반적으로 제시하는 개수 제한 외, 선정이나 사용 방식은 연구자 재량이기 때문에, 연구자별 표기 방식이 서로 달라 이를 동일·유사한 범주로 묶는 과정이 험난하였다. 이에 따라 띄어쓰기로 의미가 달라지는 경우를 제외하고 띄어쓰기나 조사 사용 여부를 제외한 용어로 동일·유사 여부를 판정하였으며, 모든 대상 논문의 주제어를 최대한 수렴할 수 있는 범주를 만들고자 하였다. 이 글에서는 전반적·총체적 연구 동향을 분석하기 위하여 범주를 나누었기 때문에, 추후 세목별 연구 검토 과정에서 다른 관점의 범주 또는 다양한 범주를 추출할 수 있을 것이다.

범주	빈도 (회)	범주 관련 주제어	빈도수 상위 주제어(회)
글쓰기교육의 일반적 목표와 교육 유형	440	교양교육, 사고와 표현 교육, 융합교육, 의사소통교육, 인성교육	교양교육(66), 소통(12), 의사소통(24), 의사소통능력(14), 비판적 사고(19)·사고와 표현(16)
글쓰기교육의 구체적 목표와 지도 방안	664	논증, 논리, 논술, 비판, 비평, 실용, 융·복합, 통합, 자기서사, 창의, 창조, 학술	학술적 글쓰기(31), 자기소개서(24), 비판적 사고(19), 창의성(16)
교수·학습방법(모형)의 개발과 매체 활용 교육	320	PBL, 모둠·협동·협력학습, 토론·토의, 첨삭, 피드백, 평가	피드백(20), 토론(19), 첨삭지도(17), 첨삭(13), 문제해결능력(8), 문제해결(8)
계열별 글쓰기의 분화	152	계열별 글쓰기, 인문학 글쓰기, 공학 (자연계)글쓰기, 범교과/비교과 글쓰기, 사회과학 글쓰기, 예체능 글쓰기, 전공 글쓰기	이공계 글쓰기(8), 전공글쓰기(7), 계열별 글쓰기(7), 과학글쓰기(6)
글쓰기교육 관련 전담 기구	132	기관, 클리닉, 센터, 시험, 제도, 튜터링, 멘토링, 프로그램	글쓰기 센터(21), 글쓰기 클리닉(8), 공학인증제(5), 공학교육인증제(4)
학습자의 글쓰기 능력을 강조한 과정중심의 교육	116	과정중심 글쓰기, 단계별 글쓰기, 인자구성·인지구성·사회구성주의	과정중심 글쓰기(8), 과정중심(6), 글쓰기 과정(6), 구성주의(5), 구성(4), 사회구성주의(4), 사회적 구성주의(4)

위 7가지 주요 범주에서 사용 빈도수가 가장 높은 상위 주제어를 살피면 현재까지 언급되어 온 글쓰기교육의 관심사를 짐작할 수 있는 척도가 된다. 첫째로 글쓰기교육의 개념과 현황에서 '글쓰기(111회)', '글쓰기교육(77회)', '대학글쓰기(75회)' 등 기본 용어를 활용한 주제어 사용 빈도수가 높게 나타난 것은 논문의 핵심목표 및 연구주제를 명시하고자 하는 데 있는 것으로 풀이된다. 다음으로 글쓰기교육 일반적 목표와 교육 유형에서 '교양교육'(66회)이 높은 빈도수를 보이

는데, 이는 교양교육에서의 글쓰기교육 또는 교양교육으로서의 글쓰기교육에 대한 연구사의 관심과 관점을 살필 수 있는 지표가 된다. 또한 '소통'(12회), '의사소통'(24회) 및 '의사소통능력'(14회)이 높은 빈도수를 보임은, 의사소통으로서의 혹은 의사소통 중심의 글쓰기교육에 대한 관심도를 확인할 수 있다. 셋째로 글쓰기교육의 구체적 목표와 지도 방안에 있어 가장 높은 빈도수를 보이는 것은 '학술적 글쓰기(31회)'로, 학문적 담화공동체의 의사소통 수단 중 하나이자, 초·중등교육과 차별되는 전문적 글쓰기교육으로서의 정체성을 담고 있다는 점에서 글쓰기교육 연구의 한 축을 담당하고 있음을, 주제어 빈도수를 통해 보여준다 할 수 있다.[17] 한편 '자기소개서'(24회) 주제어 빈도수도 높게 나타나는데 단순히 취업목적의 실용적 글쓰기가 아닌, 자기 탐색을 위한 글쓰기로서 활용된다는 점에서 주목할 만한 분석 지점이 된다.[18] 넷째로 교수·학습방법에 있어 '피드백'(20회)과 '첨삭

---

[17] 현재 우리나라에서의 학술적 글쓰기는 그 정체성과 규정이 확립되었다고 보기 어렵다. 이윤빈은 "이론적 논의에서 학술적 글쓰기의 개념 또는 학술적 글쓰기에서 교육해야 할 '공통성'의 내용이 매우 드물게 규정되었음에도, 대학 글쓰기교육 현장에서 학술적 글쓰기교육은 활발히 이루어지고 있다."고 지적하며, "'학술적 글쓰기'의 쓰기 주체, 쓰기 영역, 쓰기 유형의 다양성을 전제했을 때 모든 학술적 글쓰기들이 직접적으로 공유하는 '공통성'은 존재하지 않는다"고 보고 있다. 그럼에도 불구하고 "학생들에게…'공통성'이 규정되는 교육 목적과 그것이 적용되는 범위를 분명하게 제시할 필요"가 있다는 지적은 유효하다. 이윤빈이 언급하듯 대학 글쓰기교육에 있어 학술적 글쓰기는 "대학 교육의 정체성을 구성하는 주된 요소 중 하나"이기 때문이다. 이윤빈, 「대학 글쓰기교육에서 '학술적 글쓰기'에 대한 규정 및 대학생의 인식 양상」, 『작문연구』 31권, 한국작문학회, 2016, 130쪽 및 156~157쪽 참조.
[18] 대학에서의 자기소개서 쓰기는 일반적으로 자기서사 혹은 자기성찰로서

지도'(17회), '첨삭'(13회) 빈도가 높게 나타난 것은 글쓰기교육에 있어 교수자와 학습자 간 소통 중심의 교수법이 지속적으로 제기되어 온 것이라 할 수 있다. 다섯째로 계열별 글쓰기에 있어 '이공계 글쓰기'(8회)는 타 계열 글쓰기와 달리 높은 빈도수를 보이고 있는데, 이는 전담기구에서의 '공학인증제'(5회), '공학교육인증제'(4회)와도 무관하지 않다. 여섯째로 '글쓰기 센터'(21회)나 '글쓰기 클리닉'(8회)은 현재 대학 교육현장에서의 글쓰기교육 문제 해결을 위한 강의지원 대안으로 전담기구의 필요성을 제기해왔음을 보여주는 지표이다. 마지막 분류로 학습자의 글쓰기능력을 강조한 과정중심의 교육은 대학 글쓰기교육사에 있어 지속적으로 제기되어 온 것으로, 과정중심 글쓰기에 대한 의식과 관점을 살필 수 있는 지점이 된다.

우리는 이 주요 연구 범주인 7개의 영역 외에 글쓰기교육에 유의미하다고 판단된 범주와 주제어를 〈표 2〉와 같이 별도로 분류하였다.

〈표 2〉 대학 글쓰기교육 관련 논문 주제어 기타 범주(2005~2017.06.22)

범주	빈도 (회)	빈도수 상위 주제어(회)	범주	빈도 (회)	빈도수 상위 주제어(회)
공동체·담화공동체	30	담화공동체(10), 학술적담화공동체(3), 공동체(2)	다양한 글쓰기	92	철학적 글쓰기(3), 글쓰기에 관한 글쓰기(3)(*WAW 포함), 표현적 글쓰기(2), 통합적 글쓰기(2), 내러티브 글쓰기(2), 전략적 글쓰기(2), 서사적 글쓰기(2)

의 자기소개서 쓰기와 취업 목적의 자기소개서 쓰기로 분류된다. 그러나 대학생 필자의 자아의 발견, 자아성찰 등을 거치는 자기서사로서의 자기소개서 쓰기는 취업 목적의 자기소개서로 충분히 이어질 수 있다는 논의가 지속적으로 제기되어오고 있는 상황이다.

범주	빈도(회)	빈도수 상위 주제어(회)	범주	빈도(회)	빈도수 상위 주제어(회)
스토리텔링	12	스토리텔링(8)	문식성·리터러시	26	문식성(5), 비판적 문식성(3), 과학기술적 문식력(2), 디지털 리터러시(2)
연구윤리	91	표절(15), 인용(9), 글쓰기윤리(8), 연구윤리(7)	수업모형·모델	53	수업모형(8), 수업모델(2), 글쓰기교육모델(2)
매체	137	고전(4), 고전읽기(3), 매체언어(2), 디지털시대(2), 영화(2), 광고(2), 다매체(2), 콘텐츠(2)	교수자·학습자	61	대학생(7), 교수첨삭(3), 대학생필자(3), 대학신입생(3), 학습자중심(3), 예비교사(2), 필자(2)
교재	34	교재(10), 대학글쓰기교재(6), 글쓰기교재(5), 계열별교재(2)	독서·서평	56	독서교육(7), 서평(4), 독서토론(3), 독서(3), 독서토론글쓰기(2), 분석독서(2)
교육과정	34	교육과정(9), 대학교육과정(2), 역량기반교육과정(2)	국어·문법·대학국어·국어교육	93	국어교육(7), 대학국어(5), 한글맞춤법(4), 문장부호(4), 띄어쓰기(3), 문법교육(3), 오류유형(3), 문장(3), 문장론(2), 어문규범(2), 띄어쓰기오류(2)

그 결과 대학의 글쓰기교육은 '학문담화공동체'를 전제로 삼고 있으며, 연구윤리에서 표절과 부정행위에 대한 예방교육이 강조되고 있음을 알 수 있다. 또한 매체의 경우 아날로그 매체부터 디지털 매체까지 다양한 수업자료가 활용되고 있는데, 이는 연구윤리와 매체가 밀접하게 관련될 수 있는 점에서 그 관련성도 탐색해 봄직하다. 수업모형과 모델은 학습법의 범주에 포함시킬 수 있는 여지가 있으며, '모듈'과 '전략' 등도 유사한 주제어로 쓰이고 있다. 다양한 글쓰기는 크게 매체를 활용[19]하거나 목적성을 띤 글쓰기[20] 그리고 자기서사의 범주와도 관련된 글쓰기[21] 등이 이루어지고 있다. 이는 대학의 글쓰기교

육 현장의 다양성과 목표, 교수자의 교수법 등이 적용되어 나타난 현상으로 볼 수 있다.

다음 3장에서 우리는 7가지 주요 범주를 중심으로 연도별 분포 및 상위 빈도수 주제어 등을 토대로 추이를 살핀 후 이를 눈에 띄는 변화의 움직임이 있던 시기별로 나누어 검토·정리함으로써 전반적인 대학 글쓰기교육의 동향과 특징에 대하여 분석하고자 한다.22) 아울러 영작문 교육은 그 시대의 문화적, 정치적, 학술적 풍토와 밀접한 연관하에 형성된 산물임과 동시에 미국 대학생들의 사고와 의식을 형성하는 데에도 이바지하고 있는 것23)처럼, 우리의 대학 글쓰기교육과 관련된 교육정책 및 제도 등과 관련지어 살펴볼 것이다.

3. 대학 글쓰기교육의 연구 동향과 특징

2005년에 접어들어 21세기 지식기반사회(지식정보화사회)에서의 의사소통과 문제해결, 자기표현의 중요성과 맞물려 지식의 인지 및 표현 도구로서의 글쓰기교육은 빠르게 확산하여 발전하였다. 먼저 읽

---

19) 이와 관련된 주제어로 뉴미디어글쓰기, 디지털글쓰기, 매체활용글쓰기, 블로그글쓰기, 전자글쓰기, 정보화시대의 글쓰기, 컴퓨터글쓰기 등이 있다.

20) 이와 관련된 주제어로 공적글쓰기, 기술글쓰기, 기업홍보글쓰기, 사회활동을 위한 글쓰기, 인터뷰글쓰기, 직업적 글쓰기, 프레젠테이션 글쓰기, 학습목적글쓰기, 참여적 글쓰기 등이 있다.

21) 이와 관련된 주제어로 감각적 글쓰기, 감성적 글쓰기, 감정표현 글쓰기, 내러티브글쓰기, 삶을 가꾸는 글쓰기, 에세이적 글쓰기, 즐거운 글쓰기, 체험적(정서적) 글쓰기, 표현적 글쓰기 등이 있다.

22) 이를 위한 각 범주의 연도별 분포도는 논문 부록으로 첨부한다.

23) 조수경, 앞의 논문, 283~284쪽.

기를 중심으로 한 '교양국어'가 글쓰기 중심의 교육으로 변화해 오면서 교과목의 명칭도 세분화24)되었다. '작문교육'의 명칭25)도 쓰이고 있지만 대부분 '대학 글쓰기'로 쓰고 있다. 한 연구자는 '글쓰기'라는 개념을 쓰면서 다음처럼 그 이유를 설명하고 있다.

"글쓰기는 잠정적으로 문필 행위 전반을 가리킨다. 넓게 보면 글쓰기란 습자(習字)로부터 시작하여 단어 쓰기, 문장 쓰기, 문장 구성하기, 한 편의 글 완성하기 등 그야말로 '쓰는' 모든 행위를 포함할 수 있다(Christopher Tribble, Writing, Oxford) 반면 근대 이후 글쓰기(ecriture)란 글을 쓰는 특정한 방식을 하나의 '양식'으로 이해하게 하는 역사적 기반에 관심을 기울이는 개념으로 사용되기도 한다. 교육과정상에서 글쓰기는 '작문' '짓기' '쓰기' 등의 명칭으로 다루어졌으나, 작문(作文, composition)이라는 명명이 다소간 텍스트 구성에 한정되는 뉘앙스를 주는 만큼 글쓰는 행위 및 상황 전반을 포함하는 개념으로 '글쓰기'라는 개념을 선택한다. 또한 글쓰기라는 개념은 "문학의 글과 비문학의 글 모두 '글'이

---

24) 대학 글쓰기 관련 교과목명을 제시해 보면, '글쓰기와 말하기' '다매체 시대의 언어생활' '창의적 사고와 논리의 이해' '과학과 기술 글쓰기' '사회과학 글쓰기' '인문학 글쓰기' '인문사회과학 글쓰기' '자연과학글쓰기' '글쓰기' '공학논문작성과 발표' '기초글쓰기' '진로탐색글쓰기' '창의적 사고와 글쓰기' '글쓰기의 기초' '국어와 작문' 등이다.

25) 이(작문: 인용자) 개념을 선택하는 이유로서 Beck & Hofen(1988)은 작문은 지난 몇 십년간 개념적인 혼란을 겪기는 하였지만 오랜 전통이 있고, 부모, 학생, 교사 대부분이 예나 지금이나 사용하고 있고 또 전공문헌에서도 점차 재사용되고 있음을 지적한다. 이 글에서도 쓰기능력을 교육적으로 전달하는 이론과 실제에 대하여 '작문교육' 개념을 사용하겠다. 이성만, 「텍스트언어학과 작문-독일 작문교육의 경향을 중심으로」, 『작문연구』 7집, 한국작문학회, 2008, 61쪽. 이와 관련해 '대학글쓰기학회'가 없고 '대학작문학회' '작문연구'가 발간되고 있는 점은 특이한 현상이다.

라는 점에서 바라볼 수 있게 한다는 점에서(최귀묵, 『김시습의 사상과 글쓰기』, 소명출판, 2001, 12쪽) 근대 이후의 문학개념으로는 포괄할 수 없는 중세의 다양한 양식의 글에 대한 논의를 가능하게 한다."[26]

글쓰기 관련 논문 수는 358편으로 총 논문 편수(669편) 중 53. 5%[27]에 해당하며, 글쓰기 관련 주제어는 429개로 총 주제어 개수 (4,053개) 중 10.6%에 해당한다. 669편의 논문에서 '글쓰기(교육)'와 '작문(교육)' 하나로 쓰거나 둘을 혼용해서 사용하는 경우로 나타난다. 영어 writing과 composition을 번역어로 사용할 경우에도 비슷한 상황이다. '쓰기'는 주제어로 쓰인 경우가 미비하고 범주가 넓어 주제어로서의 비중이 적었다. 이에 특정한 의미를 가리키는 경우에 사용 이유와 목적을 명료하게 밝히되, 그렇지 않을 경우 '글쓰기' '글쓰기교육'으로 통일해서 주제어로 삼아도 좋을 듯하다.

대학 교양교육에서의 국어교육은 2000년대 3~4년을 전후로 글쓰기교육으로 대체되거나 병행되는 과정을 거치는데, 글쓰기교육을 뒷받침하기 위한 기관의 설립과 제도 마련, 글쓰기교육과 관련된 관심과 지속적 탐구가 그 변화의 바탕에 자리 잡고 있다. 우리의 경우 대학 글쓰기교육 및 연구가 본격적으로 진행된 시점을 2005년 전후로 보는 시각에, 대학 글쓰기교육 현황 및 학술논문 편수도 한 요인을

---

26) 조희정, 「사회적 문해력으로서의 글쓰기교육 연구 -조선 세종조 과거 시험을 중심으로」, 서울대학교 박사학위논문, 2002, 1쪽.

27) 각 범주 관련 논문 편수 및 비율은, 총 논문 대비 각 범주에 포함된 주제어를 다룬 논문 비율을 의미한다. 1편의 논문이 제시하는 주제어가 2개 이상 동일 범주에 속할 경우 편수는 1편으로 산정하였는데, 이는 1편의 논문에 동일 범주에 포함되는 주제어가 다수 제시될 경우, 1편의 논문임에도 다수의 논문이 발표된 것으로 보일 여지가 있기 때문이다.

차지한다고 할 수 있다. 2002년 이전의 연구는 대학에서의 국어교육
보다는 초중등교육과정에서의 국어교육 중심으로 진행되었으며, 이
들도 국어학이나 문학교육 연구의 성격을 띠는 경우가 주를 이루었
다. 1990년대 후반 문학교육 연구는 글쓰기 방식(법)에 대한 연구가
다수를 이루었지만, 이들도 문학교육의 차원에서 이루어진 것이었다.
2002~2004년의 논문은 이러한 변화의 성격을 보여준다.[28]

2005년도부터 대학 글쓰기교육 연구가 본격적으로 출발하면서 다
양한 방면으로의 연구 결과가 도출되었다. 글쓰기교육의 일반적 목표
와 교육 유형에서 도드라지게 나타난 부분은 단연 교양교육이었다.
이와 관련된 논문 수는 296편, 44.2%에 해당하며, 관련 주제어는 442
개, 10.9%에 해당한다. 글쓰기교육의 구체적 목표와 지도방안에 관
한 논문 수는 338편, 50.5%에 해당하며, 관련 주제어는 664개,

---

28) 2002년 이전의 국어교육에 대해서는 이삼형의 「국어교육 연구의 어제,
오늘 그리고 내일」(『국어교육학 연구』 14호, 국어교육학회, 2002) 4~8
쪽을 참조하기 바란다. 2002~2003년은 위의 논문과 김영욱의 「대학 국
어교육의 理想과 現實」(『어문연구』 31권 4호, 한국어문교육연구회,
2003), 송기중의 「教養國語 教育의 목적과 범위」(『어문연구』 31권 4호,
한국어문교육연구회, 2003)로, 이들 모두 '국어교육'에 대해 다루고 있다.
2004년 교양과정에서의 국어과목(천경록, 「교대 교양과정 국어 과목의
문제점과 개선 방향」, 『한국초등국어교육』 25권, 한국초등국어교육학회,
2004)과 대학작문교육(김정남, 「대학작문교육에서 텍스트 이론의 적용
가능성에 대한 검토」, 『텍스트언어학』 17권, 텍스트언어학회, 2004)에
대한 연구는 2002~2003년 국어교육 연구의 연장선에 가깝다. 특히
2004년 연구논문에서 주목할 만한 것은 정희모의 「MIT 대학 글쓰기교
육 시스템에 관한 연구」(『독서연구』 11권, 한국독서학회, 2004)로, 해외
글쓰기(writing) 교육체계의 소개를 통해 글쓰기교육의 체계적 시스템
개발의 필요성을 제기하고 있는 점이다.

16.4%에 해당한다. 특히 학술적 글쓰기와 자기소개서 관련 주제어 빈도수가 높은 것은 전공 연계 또는 전문적 글쓰기교육과 취업 목적, 자기정체성, 치유 목적 등 자기서사 및 자기표현 글쓰기교육에 대한 관심이 집중되어 있음을 알 수 있게 한다. 교수·학습방법(모형)의 개발과 매체 활용 교육에 관한 논문 수는 193편, 28.8%에 해당하며, 관련 주제어는 240개, 5.9%에 해당한다. 이에 해당하는 상위 빈도수 주제어로 피드백, 토론, 첨삭지도 등이 차지하는 것은 의사소통 교육의 중요성에 대한 인식을 보여준다. 계열별 글쓰기 관련 논문 수는 102편으로 총 논문 편수 중 15.2%에 해당하며, 계열별 글쓰기 관련 주제어는 152개로, 총 주제어 개수 중 3.8%에 해당한다. 계열별 글쓰기라고 하나 이공계 글쓰기, 과학 글쓰기와 같은 특정 전공 글쓰기 연구 결과물이 눈에 띌 정도인 것은 이공계 글쓰기의 특수성 인식뿐만이 아니라 사회적 환경의 영향도 큰 것으로 보인다. 글쓰기교육 관련 전담기구 관련 논문 수는 90편, 13.5%에 해당하며, 관련 주제어는 132개, 3.3%에 해당한다. 글쓰기센터나 글쓰기 클리닉과 같은 전담기구의 설치는 꾸준히 제기되어 온 부분이자 앞으로 개선해나갈 문제이기도 하다. 마지막으로 학습자의 글쓰기능력을 강조한 과정중심의 교육은 93편, 13.9%에 해당하며, 관련 주제어는 109개, 2.7%에 해당하며, 매년 끊이지 않고 지속적으로 다루고 있다.

　우리는 지금까지 글쓰기교육에서 우선적으로 논의되어야 할 의제로 ①강의 시수와 평가 방식, ②기초글쓰기와 전공 및 계열별 글쓰기의 연계 및 활성화 방안, ③교수자의 강의 역량강화를 위한 정기적인 교수법 및 세미나 개최, ④강의 내실화를 위한 첨삭조교(TA)와 글쓰기 상담지도사(튜터) 활용 방안, ⑤글쓰기센터(안) 설립에 관련된 운영 주체, 상담 요원, 상담 방법, 운영비 관련, ⑥교과기반(WAC) 지도자 양성(튜터링) 프로그램 개발29) 등으로 제안한 바 있다. 이와 관련해 그간 글쓰기교육에 나타난 변화와 특징과 앞으로의 방향 등을 살펴보면 다음과 같다.

1) 글쓰기교육으로의 전환과 목표 설정 모색: 2005~2007년

2005년도부터 2007년도까지는 교양국어에서 글쓰기교육으로의 전환과 대학에서의 글쓰기교육의 목표를 어떻게 설정할 것인가를 모색하는 시기라 할 수 있다. 이 시기 발표된 논문은 2005년도부터 12, 14, 13편으로 약 13편 가량의 논문이 꾸준히 발표되기 시작했다. 특히 2005년도부터 글쓰기의 기본적 개념을 담은 관련 논문 비율은 연도별 큰 변동이 없이 꾸준하게 이어오고 있는데, 이 시기는 다른 시기보다 작문30) 용어의 사용이 빈번했다. 아울러 교양교육에서 2006~2007년 비율이 높게 나타나는데(57.1~61.5%, 27편 중 16편), 이 당시 2006년은 의사소통교육 관련, 2007년은 사고와 표현 관련 주제의 논문이 대다수를 차지하고 있다.31) 계열별 글쓰기에 관한 관심은 2005년 이

---

29) 이에 대해서는 이 책의 2부 「대학 글쓰기 교과목의 운영 현황과 내실화를 위한 제도적 방안 모색」을 참고하기 바란다.

30) 2005년부터 2017년까지 글쓰기의 개념 관련 주제어의 비율은 글쓰기 52.5%, 작문 9%, 쓰기 2.7% 순으로, 작문보다 글쓰기 주제어가 더 높은 비율을 보였다. 작문 주제어는 2005~2007년 평균 20.2%로 사용되었으나, 2008년 5.9%를 시작으로 2017년까지 평균 7.3%로 빈도가 감소한 것을 확인할 수 있다. 이 밖에 쓰기의 경우, 말하기, 듣기, 읽기와 함께 사용된 경우가 잦다.

31) 사고와 표현 관련 주제어는 2005년에 8편(66.7%), 2006년에 4편(28.6%), 2007년에 6편(46.2%) 발표되었으며, 평균 19.1%일 정도로 2005~2007년에 관심이 매우 높았다. 한편 인성교육 관련 주제어가 처음

후 지속적으로 이어져왔는데, 다만 전체 편수에 비했을 때는 평균 15.2%의 저조한 비율을 보이며, 추세선으로 볼 때 초반보다는 조금 줄어든 경향이 있다.[32] 또한 전담기구의 설치나 필요성에 대해서는 아직 본격적으로 다룬 논문은 없었다. 교수·학습방법(모형)과 관련하여 2005년에는 PBL과 평가가 전체를 차지하였고, 점차 해를 거듭할수록 6개의 교수법이 고루 다양하게 연구되었다.

이처럼 2005년부터 2007년도까지는 글쓰기교육에 대한 목표 설정의 문제나 필요성 등과 같은 본질적 접근부터 다양한 가능성을 모색하는 내용을 다루는 경우가 다수를 차지한다. 이러한 글쓰기교육 연구의 초기 움직임은 2008년도 기존 연구결과물의 3배를 넘는 결과물 도출로 이어진다.

2) 계열별 글쓰기의 확대와 자기서사적 글쓰기의 확충: 2008~2011년

2008~2009년도에 들어 논문 발표량이 증가한 데는, 공학교육인증 및 표절 등 연구윤리 강화를 위한 규정 개정도 일정 부분 영향을 끼친 것으로 보인다.

교양교육 주제어 자체만 놓고 보았을 때, 2008년에 가장 많은 논문이 발표되었고, 이후 2009년에 들어 주춤하다가 연도별 고른 비율을 보인다. 이 시기 두드러진 연구 성과가 이공계 글쓰기로, 의사소통과 문제해결로서의 글쓰기교육에 관한 논문이 2006~2007년에 조금씩 도출되다 2008~2010년 공학인증과 맞물려 활발한 연구가 진행되었

제시된 해는 2007년이다. 이지명, 「'도덕적 사고하기'를 통한 논술 지도 전략」, 『윤리연구』 64호, 한국윤리학회, 2007.

32) 단순 비율로 보았을 때 2006~2007년 논문은 평균 13편 중 3편 가량이 계열별 글쓰기에 대해 다루고 있으며, 이공(자연)계 글쓰기 중심이었다.

다. 이 시기 연구윤리와 표절 관련 글쓰기교육에 관한 논문도 눈에 띄게 증가하는데, 이는 2007년 2월 8일 제정한 「연구윤리 확보를 위한 지침」(과학기술부 훈령 제236호)에 영향을 받은 것으로 보인다.[33] 글쓰기 평가 방법에 대한 연구도 활발히 이루어졌는데, 평가 방법이나 방식, 지표를 어떻게 할 것인가 또한 평가목표를 어떻게 잡은 것인가에 대한 논의가 이루어졌다.

계열별 글쓰기의 경우 2009~2010년에도 관심이 높은 편이며(9편, 8편), 이공계·자연계 글쓰기가 대다수를 차지한다(6편, 5편). 또한 교재 개편이 대거 이루어지는데, 이는 계열별 글쓰기의 강화와 연결된다. 계열별 글쓰기는 크게 이공계열, 자연과학계열, 예체능계열, 전공별, 인문계열, 인문사회계열로 나눠지며, 삼성을 비롯한 기업에서 요청한 공학능력인증제도 도입 후 공학글쓰기(과학기술 글쓰기) 개설및 확대가 확산되었다. 이공계열 글쓰기는 수업 목표 및 수업내용, 수업방법과 평가 및 피드백 등 인증에서 요구되는 CQI 보고서 항목에 맞춰 운영되므로 이에 따른 다수의 성과물이 제출되는 한편 대학 글

33) 이와 연계하여 2006년 한국학술진흥재단(현 한국연구재단)에서 진행한 연구윤리 강화를 위한 체제 중 하나가 학술지평가 기준에 연구윤리규정 관련 항목을 추가하는 것이었다. 이에 따라 2007년 한국학술진흥재단의 학술지평가계획 학술지 체계평가(신규, 계속) 기준에 '연구윤리 규정 제정 여부' 항목을 새로 추가(1점 배점)하고, 별도의 '연구윤리 관련 규정'을 반드시 제정할 것을 요하였다. 또한 연구 윤리 관련 규정의 제정은 2007년 11월 30일까지 제정될 경우 인정한다고 명시한 바 있다. 2011년에는 학계의 연구윤리 정착유도를 위하여 연구윤리규정 제정을 의무화하고자 연구윤리규정을 체계평가 과락항목에서 신청자격 조건으로 전환하고, 연구윤리규정을 2010년 12월 31일 이전에 제정·운영하고 있지 않을 경우 1회 탈락으로 처리하고 있다.

쓰기수업의 하나의 표준을 마련했다는 점에서 긍정적이나, 글쓰기의 확장성과 자율성을 제안한다는 점에서 부정적 평가가 공존한다.

전공/교과 연계 글쓰기 관련 주제어를 다룬 논문은 2008년에 처음 등장(2편, 주제어는 전공연계적 글쓰기, WAC프로그램)하여, 이후 1편 이상 지속적으로 발표되었다.(33.3%) 범교과·비교과 글쓰기 관련 논문은 2007년 1편 발표된 이후, 2010년에 다시 등장하여 1편 이상 꾸준히 발표되었다.

학술적 글쓰기, 실용적 글쓰기, 논리적 글쓰기, 창의적 글쓰기 등 글쓰기의 강조점이 주제어로 제시되었으며, 이러한 글쓰기 유형은 대학별 교과명 및 교재명과 일치하는 경향을 보인다. 그리고 주안점에 따라 글쓰기의 종류는 논술, 서평, 과학에세이, 논증문, 논평, 리뷰, 변형시 쓰기, 평전, 성찰일지, 요약문, 자기소개서, 해설문, 제안서, 제품설명서, 칼럼 등으로 연결된다.

한편 전담기구와 관련해서는 이 시기 이공계 글쓰기와 깊은 연관성이 있는 논문이 등장한다. 공학인증제, 전문직시험제도가 시행된 2009~2010년(60%, 66.7%)에 시험, 제도 관련 논문이 많았고, 이외 '튜터링·튜터/멘토링'은 2010년부터 나타나 지속적으로 제기되어 왔다.

글쓰기교육의 구체적 목표와 지도 방안과 관련하여 2012~2013년은 상대적으로 적은 36편, 44편이 쓰였으나 비율은 높다(58.1%, 60.3%) 특히 실용글쓰기는 비율상 2010년 4편으로 10%(17.5%)를 차지하며, 그 이후의 비중은 매우 적다. 자기서사 관련 글쓰기 비중은 2012년이 가장 높으며(15편, 24.2%) 관련 논문은 매년 꾸준한 비율로 산출되고 있다.

'자기서사적 글쓰기'는 지속적으로 연구되어 왔으며, 최근에 올수록 그 방법은 다양해지고 있다. 2011~2012년은 자기서사에 관한 글쓰기교육 관련 연구가 집중적으로 이루어졌는데, 자아성찰, 사기소개서, 정체성과 관련지어 다양한 교수방안 등이 산출되었다. "글에 대한 인식부터 글쓰기교육의 문제에 이르기까지 우리나라의 교육은 교육의 주체를 글에서 소외시키는 구조였다"[34]면, 21세기 매체의 급속한 발달과 개별성, 다양성을 가치로 삼는 현재는 어느 때보다 개인성, 심성, 감정 등에 주목한다. 이성에 기반한 논리와 합목적성을 강조한 근대적 사고의 경직성과 억압성은 억눌린 주체의 이면을 바라보게 하였다. 더 나아가 표현 이후의 치유와 자기정체성의 탐색에 이르는 과정을 글쓰기를 통해 찾아가고 있다. 대학에서도 자기표현으로서의 글쓰기 연구가 활발하게 이루어지고 있는데, 자기정체성 탐색, 자아 존중감, 치유로서의 글쓰기, 기억과 체험 등을 통한 심리, 스토리텔링을 통한 자기서사에 대한 주제가 그것이다.

3) 융합교육의 강조와 교수법의 다양화: 2012~2016년

2012년부터 2016년도까지 논문 발표량은 단연 압도적이라고 할 수 있을 정도로 폭발적으로 증가했다. 2011년 33편, 2012년 62편, 2015년 114편 등 가파르게 상승하는데, 대학 글쓰기교육에 대한 관심의 집중도와 더불어 다양한 시각과 방법을 자유로이 모색한 시기로도 볼 수 있다. 또한 사회적 환경으로 글쓰기교육 연구결과를 요구한 시기라는 점도 눈여겨 볼만하다.

글쓰기와 글쓰기교육 관련 논문 수는 2014년 112편(52.7%), 2015

---

34) 조미숙, 「교양과목으로서의 대학 글쓰기교육, 그 흐름과 전망」, 『새국어교육』 80호, 한국국어교육학회, 2008, 447쪽.

년 114편(53.5%), 2016년 89편(60.7%)으로 점차 증가하는데, 이전 시기에 모색된 글쓰기교육의 정체성 연구가 집중적으로 이루어진 시기라고 할 수 있다. 이와 관련해 글쓰기와 글쓰기교육의 목표가 '교양교육', '인성교육', '의사소통교육', '융복합/통합교육', '사고와 표현'으로 집약됨을 알 수 있다. 교양교육과 관련해 가장 많은 논문이 발표된 해는 2014년으로, 58편이 발표되었으며, 이는 해당 연도(112편)의 51.8%를 보이고 있다. 비중은 의사소통교육(43.9%), 사고와 표현(43.2%), 교양교육(37.8%), 융복합(18.9%), 인성교육(6.1%) 순이다. 특히 융복합, 통합 관련 주제어는 2013년에 13편(17.8%)이 발표될 정도로 관심이 높았다. 교양교육의 소분류 주제어가 37개, 인성교육 9개, 의사소통교육 55개, 융복합/통합교육 39개이며, 사고와 표현 소분류 주제어는 66개로 가장 많았다. 이는 주제별 세분화 정도를 가늠할 수 있는데, 사고와 표현 관련 주제어가 다른 주제어보다 다양한 양상을 띠며, 사고와 표현 중 하나를 더 강조하는 경우35)와 둘을 연계된 목표로 강조한 경우 등으로 세분화되고 있음을 알 수 있다. 향후 인성교육의 주제어가 늘어날 것으로 전망된다.

글쓰기교육은 '교양교육'과 '의사소통'에 초점이 맞춰져 있다. 이 두

---

35) 사고와 관련된 주제어로 '기초적 사고기능/논리적 사고/사고력(교육)/창의적 사고/비판적 사고/수평적 사고/사고 과정/고등사고력/과학적 사고/네러티브 사고/유연한 사고력/인지적 사고과정/확산적 사고/미래지향적 사고/융합적 사고/복합적 사고/시스템사고력' 등이 있으며, 표현과 관련된 주제어로 '표현력/표현능력/자기표현적 글쓰기/표현주의/표현교육/논리적 표현' 등 사고와 표현이 결합된 형태의 주제어로 '사고와 표현교육/창의적 사고와 교육' 등이 있다. 사고와 관련된 주제어가 다수를 차지하며, 표현과 관련된 주제어는 '표현'에 방점을 둔 다소 추상적인 접근으로, 사고와 표현의 결합된 형태는 미약하게 분석되었다.

목표는 지속적이고 보편적인 목표로 설정되어 왔음을 알 수 있다. 최근에 '인성교육', '창의교육', '통합교육', '융복합교육'이 강조되고 있는데, 이는 2014~2015년에 집중되어 있다. 이는 학교폭력과 학생 인권, 왕따 문제 등을 제도적으로 예방하고자 공포된 '인성법'과 관련한 사회적 요구의 반영으로 보인다. 즉 넓은 차원의 교양교육에서 인성을 중심으로 글쓰기교육의 방향이 심화되고 있음을 알 수 있다.

글쓰기교육의 구체적 목표와 지도 방안과 관련해 2014~2016년에 가장 많은 논문이 게재되었으나(51편, 50편, 49편) 전체 논문 편수가 많아 비율은 상대적으로 적다. 가장 많은 논문이 발표된 해는 2014년으로 51편이 발표되었으며, 이는 해당 연도 45.5%에 해당한다. 비중은 자기서사(36.7%), 융복합(20.7%), 논리·논증(20.4%), 비판·비평(20.4%), 창의·창조(17.2%), 학술·학문·논문(17.2%), 실용(4.4%) 순이다.

계열별 글쓰기의 경우 2014~2015년에 가장 많은 논문이 게재되었으며(17편씩 34편), 이는 해당 연도 15.2%, 14.9%에 해당한다. 비중은 이공계·자연계 글쓰기(41.2%), 전공교과연계 글쓰기(33.3%), 범교과·비교과 글쓰기(18.6%), 계열별 글쓰기(11.8%), 인문계열 글쓰기(9.8%), 예체능계열 글쓰기(4.9%), 사회과학계열 글쓰기(2.9%) 순이다.

전공/교과 연계 글쓰기 관련 가장 많은 논문이 발표된 시기는 2015년이나, 2016년은 1편에 그친다. 그러나 이 연구는 2017년 현재까지 다양하게 이루어지고 있고, 앞으로도 그 흐름이 지속될 것으로 보인다.

학습법 관련 연구에서 가장 많은 논의가 이루어진 시기인 2013~2016년은 수업(강의)사례 분석을 통한 교육방안(방법) 및 방향을 모색하는 등 다채롭고 세분화된 양상을 보인다. 이것은 글쓰기교육에서 활용되는 학습법의 현황과 비중을 알 수 있는 지표로 활용될 수 있다.

전담기구와 관련해서는 클리닉이 2013년(30%)에 처음으로 나타
난 점이 특징적이다. 이는 초기에는 프로그램과 센터/기관과 관련된
연구가 이루어졌으며, 최근으로 올수록 기관의 실제적인 활동 및 내
용 등을 구체적으로 논의하는 연구로 심화되고 있음을 알 수 있다.
대학 글쓰기는 글쓰기센터와 같은 중추적 기관이 설립되고, 글쓰기센
터를 중심으로 체계화된 튜터 교육과 지속적인 튜터링 결과 분석 등
이 병행된다면 학습자들의 글쓰기효능감이 커질 뿐만 아니라 수업의
질도 담보[36]될 수 있을 것이다.

4) 소결

2005~2017년의 연구 경향은 크게 지속적 측면과 변화의 측면에
서 정리할 수 있다. 학습자 중심의 단계별, 과정중심적 글쓰기교육의
연속 및 심화는 전 기간 꾸준하게 수행되고 있다. 변화의 측면은 매체
의 속성과 변화에 따른 글쓰기교육의 적용 및 각각의 매체에 대한
리터러시의 필요성과 중요성이 병행된 점이다. 아날로그적 매체(말과
글)에서 디지털 매체(블로그, 웹, 스마트폰, 온라인, 카페, 카카오톡
등) 등이 공존하는 양상을 보이는데, 이는 수업 자료와도 관련되어
문학작품 및 고전부터 광고, 영화, 웹툰 등에 이르기까지 다양화되고
있음을 알 수 있다. 새로운 디지털 매체의 발전에도 인간을 깊이 있게
탐구하고 재현한 고전과 문학작품의 수업 자료가 대학의 글쓰기교육

---

36) 글쓰기센터와 관련한 사례 중, 서강대 글쓰기센터에서는 정기적인 프로
　　그램을 통해 튜터들에게 오류 지시형이 아닌 수정 제안형의 접근으로 피
　　드백을 진행하고 있다. 정한데로, 「글쓰기 튜터의 역할과 자세-WAC(교
　　과기반 글쓰기) 프로그램을 중심으로」, 『시학과 언어학』 22호, 시학과언
　　어학회, 2012, 참조.

에 다수 활용된 점은 인문학 중심의 내용 및 인문학 전공 교수자의 특성이 반영된 것으로 보인다.

대학 글쓰기교육은 사회제도적 측면에 영향을 받고 있음을 알 수 있다. 대학 작문의 위상과 정체성 문제는 학문적인 연구보다는 현실적 필요에 의해 제기된 면이 많다.37) 개인 창작과 다르게 대학 글쓰기교육은 사회적 필요 및 교육제도적 측면과 연동되고 있는데, 교육과정에 따라 목표와 방법론이 강구된다고 할 때, 대학의 경우 교양교육의 개편, 교양학부의 설치와 그에 따른 글쓰기 전담교수와 튜터, 글쓰기센터와 튜터링 등의 글쓰기 내적·외적 변화가 있음을 알 수 있다. 또한 ACE 사업, 공학능력인증제도 등 정부지원사업에 따른 대응전략으로 교양교육, 특히 기초소양교양으로서 글쓰기교육이 강화된 점도 이를 방증한다고 할 수 있다. 『교양교육』, 『작문교육』, 『사고와표현』 등의 학회지가 활발하게 발간되고 있는 점도 이러한 상황을 반영한 것으로 보인다.

한편 글쓰기교육에서 보이는 나열적·분파적 경향이 글쓰기목표나 지향점 등과 어떻게 수렴되고 정립될 것인지 현 단계에서는 판단하기 어려운 상황이다. 다시 말하면, 2005년부터 2017년 현재에 이르기까지 대학 글쓰기교육에 대한 거시적이고 총체적인 관점에서 담론화하는 시도나 경향은 찾기 어려웠다. 2000년대 초반에 제기된 문제점과 제안 등이 심도 있게 진단되거나 해결된 측면보다 글쓰기교육이 이루어지는 현장에 초점을 두거나 교수자들의 개별 교수법 중심으로 논의가 이루어진 데 따른 현상이라고 할 수 있다. 또한 새로운 매체에 대

---

37) 허재영, 「대학 작문 교육의 현실과 정체성에 관한 연구 -선행 연구의 흐름과 실태 분석을 통한 표준 교육과정을 제안하며」, 『교양교육연구』 6권 1호, 한국교양교육학회, 2012, 119~121쪽.

한 접근이 글쓰기교육에 활용되고 있다. 이와 관련해 현재 교육에서 리터러시(문식성)의 중요성을 강조함에도 이에 대한 연구가 많이 이루어지지 않은 점도 지적할 대목이다. 끊임없이 유동하는 사회 환경에서 개별적인 주체이자 공동체의 구성원으로 살아갈 대학생들에게 전체적인 방향을 가늠할 수 있기 위해 이에 대한 거시적인 연구가 필요하다. 또한 글쓰기 지식은 다양한 분과 학문 속에서 잉태된 융합 지식이며, 그렇기 때문에 글쓰기 분야의 연구는 다양한 분과학문을 융합하고 다룰 수 있는 역량을 갖춘 연구자에 의해 이루어져야 한다.[38]는 점에서 전문적인 글쓰기교육 양성과정이 필요하다.

4. 지식융합형 인재 양성과 인문교육의 실천

이상으로 2005~2017년에 생산된 연구논문의 주제어 분석을 통해 대학 글쓰기교육의 연구 특징을 살펴보았다. 연구의 경향은 크게 ① 4~5년을 주기로 편수와 주제가 집중되는 현상을 보이고, ②학습자의 글쓰기능력을 강조한 과정중심의 교육과 주제, 개요, 첨삭, 표절 등 단계별 글쓰기, 특히 첨삭 과정 연구가 다수를 차지하고 있다. ③ 교육제도와 사회적 요청 등과 밀접한 영향 관계에 있다. 이 글에서는 현재 대학 글쓰기교육의 다수를 점하는 7개의 영역으로 나누어 살펴보았다. 맥코미스키가 글쓰기교육의 세 층위-담화적 수준, 수사적 수준, 맥락적 수준-의 균형을 강조한 것에 비추어볼 때 현재까지 우리나라의 글쓰기교육은 담화적 수준과 수사적 수준에서 큰 성과를 보이고 있다. 앞으로 글쓰기교육은 사회 환경과 매체 그리고 다양한 사회

---

38) 나은미, 앞의 논문, 83쪽.

문화적 관점에 대해 자기의 관점을 표명하고 생산하는 차원으로까지 심화·확대되어야 할 것[39]이다. 논의를 마감하면서 우선적으로 검토될 사안을 제시하면 다음과 같다.

첫째, '주제어의 정리와 학문 분류표 지정'에 대한 제안이다. 용어 사용의 문제는 학문담화공동체의 충분한 논의 속에서 조율될 필요가 있다.[40] '-의' '-적'의 기입 방식을 포함해 주제어의 정체성 및 작성 형식에 대한 논의가 필요하다. 연구자의 자유와 개별성을 존중한다면 다양성의 측면에서 긍정적이지만, 보편으로서의 학문 정립이라는 측면에서 보면 부정적이다. 예를 들어 '다면적 피드백'과 '다중적 피드백'은 어떻게 다른지, 만일 동일한 개념에 속한다면 자료 찾기의 용이성과 논의에의 집중을 위해 표준 주제어는 필요하지 않을까 한다.

이는 '글쓰기교육' 분야가 학문분류표에 편성이 되어 있지 않은 점과 연결지을 수 있다. 이는 현재 글쓰기교육 관련 논문에 대한 주제 분야의 선명성과 정체성의 부족으로 '글쓰기교육'이 학문 영역으로 아직 공인되지 않았다는 것을 의미한다. 문예창작, 문학적 글쓰기 등도 대상에서 제외되었는데, 글쓰기가 모든 학문의 보편적 기초라는 점에서 학문 분야로 설정하기 어렵다는 의견이 있을 수 있겠으나, 글쓰기교육에 대해 다양한 논의와 주제의 심화가 이루어지고 있는 흐름에서 글쓰기교육이 한 영역으로 지정될 필요가 있다. 용어의 정밀한 사용과 선택이 연구의 출발이고, 해외 연구자와의 교류의 차원을 고려할 때, 특히 고유명사를 제외하고 띄어쓰기 유무(글쓰기 교육/글쓰기교육, 글쓰기 센터/글쓰기센터 등)에 따른 주제어는 동일하게 기입

---

39) 이와 관련해 이 책의 2부 「대학 글쓰기교육에 대한 비판적 접근과 맥락적 글쓰기교육의 제안」을 참고하기 바란다.

40) 나은미, 앞의 논문, 78쪽.

하는 것이 바람직한 방향이라고 생각한다.

둘째, 선행 연구 및 이 글에서 제기한 범주들에 대한 세부적 검토가 필요하다. 앞서 본 것처럼 우리의 대학 글쓰기교육은 짧은 기간 동안 많은 성과를 축적해내고 있다. 개별적 연구들이 지닌 특성들을 고려하면서 글쓰기교육의 수렴적 방향을 정리해 나가는 작업도 병행되어야 할 것이다. 또한 외국의 글쓰기교육에 대한 비판적 전유와 함께 현실적인 조건에 적절하게 대응하면서도 글쓰기교육이 지니는 가치와 고유성을 찾는 이론적·담론적 차원의 논의가 활발하게 이루어지길 제안한다.

마지막으로 중고등학교 작문 교육과정에 대한 이해와 연속성 및 강화 방안에 대해 구체적이고 실질적인 접근[41]을 제안한다. 2015년 '2015 개정 교육과정'이 확정됨에 따라 고교 1학년은 인문·사회·기술에 관한 기초소양을 갖출 수 있도록 공통과목(국어·영어·수학)과 통합·융합과목(사회·과학)을 배우고, 2~3학년은 진로와 적성에 따라 선택과목을 이수한다. "문·이과가 없어진 것은 물론이고, 학습 내용은 꼭 배워야 할 핵심 개념과 원리로 줄었고 교수·학습·평가 방법도 학생이 배움의 즐거움을 느끼도록 바뀌[42]고 있는 만큼 융합적 관점

---

[41] "현재 최소한의 교육 내용으로 구성된 교육과정이 존재함에도 불구하고 실제적인 작문 수업, 작문 활동, 작문 평가가 거의 이루어지지 않기 때문이다. 국어 수업의 개선에 작문 영역도 해당된다면 가장 시급하게 개선해야 할 수업 중의 하나가 작문 수업이다. 학교에서 작문에 대한 지도가 거의 실종된 상태이기 때문이다." 박영민, 「2015 국어과 교육과정 작문 영역의 쟁점과 과제」, 『국어교육학연구』 51권 1호, 국어교육학회, 2016, 80쪽.

[42] 「2015년에 '문·이과 융합' 교육과정 개정…수능도 개편해야」, 《한겨레신문》, 2017년 7월 19일자, 5쪽.

을 교육 받은 예비대학생들을 대학이 지식융합형 인재로 육성하기 위해 교과과정 및 글쓰기 내용과 방법의 새로운 모색이 요구된다. 사회가 변화함에 따라 사람의 생각도 변하고 그 역도 그러하다. 글은 한 사람의 표현이며 동적인 속성을 지니고 있으므로 그에 대한 연구도 연속적이고 지속적으로 이루어져야 할 것이다. 중등교사와의 세미나 및 워크숍·집담회 등을 통한 적극적인 교류를 모색하면 효과적일 것이다. 학교 현장의 글쓰기 현실을 점검하는 과정에서 학생들의 글쓰기 수준과 동기부여, 그리고 글쓰기를 통한 인성과 윤리의 가치를 공유할 수 있을 것으로 기대된다. 이는 인문학 교육의 실천이다. 왜냐하면 인문학은 언어를 매개한 인간에 대한 탐구이며, 그런 이유로 글쓰기는 인문학의 정수이기 때문이다.

대학 글쓰기 교재의 현황과 발전적 방향

　　　　　　　　　　　　　　　　　　발전적 방향
— 거점국립대학을 중심으로

1. 시대의 변화와 요청에 따른 대학 글쓰기의 역할

지금 글쓰기[1]와 말하기의 중요성과 필요성이 어느 때보다 강조되고 있다. 이러한 경향은 미래사회에 유연하게 대처하기 위한 인문학적 소양과 교양교육이 강화되고 있는 것과 맥을 같이한다. 인성과 인권 등의 요구가 대학 교육과정에 적용되거나 비교과 프로그램으로 도입되어 활발하게 진행되고 있다. 그 핵심에는 주지하듯 말하기와 글쓰기를 중심으로 한 언어능력이 자리하고 있다.

그런데 대학의 교육은 학교 간 공통 교과과정이 없고 내용을 공유하거나 큰 지침이 없다. 이는 대학의 자율성을 인정하고 각 대학에서

---

1) 현재 '글쓰기' '작문' 등의 용어가 혼용되고 있어 이 글에서는 '문자'를 포함해 문자와 결합되는 문자 이외의 '미디어'도 쓰기와 연결된다는 점에서, 그리고 다수의 대학에서 '글쓰기'를 강좌명과 교재명의 표제로 쓰고 있는 점 등을 고려해 '글쓰기'로 쓰고자 한다.

추구하는 교육이념에 맞게 편성하는 것이 대학의 본래적 역할이기 때문이다. 그러다 보니 대학의 글쓰기교육도 대학의 글쓰기 교수사의 초점과 강조점에 따라, 그리고 글쓰기교육관에 영향을 받는다.

교육에는 교육목표와 교육방법 그리고 교육평가 등의 제반 과정이 포함된다. 특히 교육목표를 실현하기 위한 매개가 교재이다. 대학에서는 주로 국문학과 및 교양편찬위원회를 중심으로 글쓰기 교재를 출간하고 있는데, 대학에서 글쓰기가 교양필수로 지정되고 있는 만큼 교재의 역할 또한 중요하다고 할 수 있다. 대학의 글쓰기 교재는 '독해와 작문'에 중심을 두고 발전적으로 변화되어 왔다. 가깝게는 1940년대 출판된 이태준의 『문장강화』[2]로부터, 일제강점기 교육 독본에 그 시작이 닿아 있는 듯하다.[3]

여기에서 중요한 것은 교육 주체인 대학의 글쓰기교육관과 글쓰기의 초점을 정립하는 것이다. 이때 대학 간 표준 교과내용을 공유하는 것이 바람직한가, 그렇지 않은가는 더 숙고할 문제이다. 그렇지만 적어도 지금 각 대학에서 이루어지는 교재에 대한 전체적인 검토는 필요하다. 왜냐하면 인문교양과 실용성, 창의적 인재와 역량 중심의 인

---

2) 소설가인 이태준이 문장론에 대해 쓴 책으로, 1939년 《문장》지 창간호부터 연재하다가 9회로 그치고 이듬해에 문장사에서 단행본으로 출판한 책이다. 글을 쓰는 방법에 대한 논의를 하고 있는데, 문장 작법의 기초, 각종 문장의 작성 요령, 퇴고의 이론과 실제, 문체 등에 대한 설명과 그 예를 제시하고 있다. 오랜 세월이 지났지만 많은 문인들이 이 책을 통해 글쓰는 방법에 대해 배우고 있을 정도로 문장론의 고전으로 평가받고 있다. 구인환, 『고교생을 위한 국어 용어사전』, 신원문화사, 2006.

3) 이는 일본의 교육제도의 영향을 의미한다. 그리고 현재 우리가 쓰고 가르치는 논문은 미국의 논문 제도를 도입한 것으로, 이에 대한 식민적 글쓰기라고 비판하며 탈식민적 글쓰기를 주장하는 비판의 목소리도 있다.

재가 요구되는 시대에 글쓰기의 역할은 중요하며, 글쓰기 교재에 담아야 하는 내용에 대해 공유함으로써 교육의 질을 향상시킬 수 있을 것으로 기대되기 때문이다. 우리가 생각했던 것 이상으로 교육목표 및 교과내용의 재편이 필요할지도 모른다.

"각 전공 교과에 대한 깊은 사색과 연구라는 대학 본연의 기능에 충실하되 그 경계를 넘어서는 융·복합형 인재를 육성해야 한다는 이중의 과제는 오늘의 대학교육에 대한 새로운 요구"[4]라는 지적과 함께 "새로운 정치사회적 기획, 새로운 산업, 그리고 새로운 직업에 능동적으로 대처할 수 있는 지성"을 모색하기 위해 대학에서 다양하게 열리고 있는 심포지엄은 대학교육의 새로운 '표준'을 제시하고 선도하려는 기획의 일환으로까지 읽힌다. 대학의 '표준'에 대한 것은 논외로 하고, 새로운 환경과 시대에 적응하는 교육이 필요하다는 점은 동의할 것이다.

그런데 시대적 변화와 요청을 인식하면서도 실제 대학의 글쓰기 교재를 집필하는 교수자들은 현재 대학 글쓰기 교재에 대해 "글쓰기와 관련된 다양한 교재가 이미 시중에 나와 있음에도 불구하고 효율적인 도움을 주지 못하고 겉돌고 있는 실정"[5]에 대한 반성적 목소리를 표

---

4) "산업구조와 직업세계가 근본부터 바뀌는 '제4차 산업혁명'을 불가피한 시대상으로 수용해야 하는 격변의 시기에 대학교육은 기성 지식의 습득 빛 소비에 머물러 있을 수 없습니다. 새로운 시대상에서 빚어지는 새로운 문제들을 해결하는 새로운 지식의 창출 능력을 함양하는 데로 과감히 전환해야 합니다. 무엇보다도 인간과 세계를 총체적으로 조망할 수 있는 폭넓고 깊이 있는 안목과 통찰력을 함양하는 교육이 필요하게 되었습니다. " 인하대학교 「프런티어학부대학 출범 심포지엄」 초대장 중에서.

5) 권경근 외 4명, 「책을 내면서」, 『창의적 사고와 글쓰기』, 부산대학교출판부, 2011. 이와 함께 다음의 내용도 눈여겨 볼 필요가 있다. "근대적 학제

출하고 있다. 이는 곧 새로움을 요구하는 사회적 요청과 대학 내부의 비판적 성찰을 요하는 지금, 대학교육 중 특히 기초소양을 담당하고 있는 '글쓰기교육'에 대한 상황을 짚어봐야 한다는 것과 인식을 같이 한다.

대학 글쓰기교육은 2005년을 전후로 하여 각 대학들이 '글쓰기'를 중심에 둔 교재를 발간하면서 본격적으로 이루어졌다. 2010년 이후에는 각 대학별 교육목표와 시대적 요구에 따라 교재의 개정 및 재편찬 작업이 이어지면서 체제와 내용 등이 변화해 오고 있는 추세다. 대학 교재의 편성은 어떤 공통된 표준 교육과정이 없는 대학교육의 특성상, 교과내용을 전달하는 데 일차적 역할을 담당하고 있어 관심을 기울여야 할 중요한 영역이다. 이는 동시에 대학 글쓰기 교재가 일관되거나 합의된 교육원리 또는 교육과정에 의해 편성되어 있지 않음을 보여주는 근거로도 작용한다.6) 따라서 대학 글쓰기 교재에 대한

가 도입된 이래 우리나라 글쓰기 교재는 지역과 단위를 불문하고 대동소이한 내용으로 구성되어 왔다. 영미 신비평의 형식주의적 문학이론이 보편화되면서 한국의 문학교육 역시 오랫동안 영향을 받아 왔고, 여기서 파생된 작문이론 역시 지금까지도 그 원론적 틀이 유지되고 있다. 모더니티라는 공준이 학문을 물론 시대적 패러다임의 기준이 된 이상 서구 레토릭을 번역한 이론이 보편화된 실정은 불가피한 결과일지 모른다. 그럼에도 불구하고 한국사회의 특수성과 인식 체계에 기반한 자생적 작문이론이 부족한 현실은 아쉬운 면모가 아닐 수 없다. 그 결과가 우리 현대사회의 기형적 전개 과정과 무관하다고 확신하기 어렵다. 글쓰기 관련 교육의 실태가 모든 지식인들의 반성적 성찰 대상이어야 하는 이유가 여기에 있다." 남기택 외 4명, 「책머리에」, 『대학생을 위한 글쓰기와 포트폴리오』, 삼경문화사, 2013.

6) 정희모는 "대학 글쓰기 교재가 어떤 일관된 교육원리에 의해 구성되어 있지 않으며, 기존의 학습 방법을 답습하거나 아니면 다른 교재를 변용한

연구는 각 대학이 추구하고 있는 교육목표를 확인할 수 있는 근거로 작용함과 동시에, 이러한 교육목표를 실현하기 위하여 어떠한 교육과 정과 학습방법, 도구 등을 활용하고 있는가를 살필 수 있는 계기를 마련한다. 대학 글쓰기 교재에 대한 연구가 몇몇 연구자들에 의해 이루어지다가 기초교양교육과 인문학적 소양이 강화된 최근에 이르러 대학 글쓰기 교재의 개편과 맞물려 다수의 연구결과를 도출하고 있는 바, 그 연구결과를 정리하면 아래와 같다.

대학 글쓰기 교재에 대한 연구들은 크게 네 가지 측면으로 정리될 수 있다. 첫째, 교재 평가의 준거를 마련하기 위한 연구[7]이다. 초기 연구에 해당하는 이들 연구는 기준 설정의 필요성과 실례를 제시함으로써 교재 분석의 기틀을 마련한 의의를 지닌다. 둘째, 교재 개발의 실태 및 교재 개발을 위한 교재 분석 연구[8]와 셋째, 교재의 단원 구성 방식과 교재 내용을 분석한 연구[9]가 주를 이룬다. 두 번째 연구 경향

것이 많이 보이"며, "대학 글쓰기교육은 현재 합의된 교육과정을 가지고 있지 않기 때문에 교과서는 교육과정을 대신하는 기능을 하고 있다."고 설명하고 있다. 정희모, 「대학 글쓰기 교재의 분석 및 평가 준거 연구」, 『국어국문학』148호, 국어국문학회, 2008, 244쪽 및 249쪽 참조.

7) 이순옥, 「교과서 분석의 준거 설정」, 『교육학논총』27권 1호, 대경교육학회, 2006; 정희모, 위의 논문.

8) 이주섭, 「대학작문 교재 구성의 양상」, 『한국어문교육』9집, 한국교원대학교 한국어문교육연구소, 2000; 정선희, 「대학 글쓰기 교재 분석과 개선 방안」, 『이화어문논집』26집, 이화어문학회, 2008; 허재영, 「대학 글쓰기 교과의 운영 방식과 교재 개발 실태」, 『한말연구』25권, 한말연구학회, 2009; 구자황, 「대학 글쓰기 교재의 구성에 관한 일고찰」, 『어문연구』74호, 어문연구학회, 2012; 전지니, 「수용자를 위한 대학 글쓰기 교재 개편 방안 연구 - 이화여자대학교 사례를 중심으로」, 『이화어문논집』36집, 이화어문학회, 2015.

이 교재의 이념이나 지향성을 밝힌 이념적 거시적 차원이라면, 세 번째 연구는 특정 대학 교재를 중심 사례로 들어 교재의 내용과 형식적 차원을 살피거나 비교의 방법으로 접근한 방식이다. 넷째, 쓰기를 중심으로 읽기와 말하기와의 상관성을 검토한 연구10)가 있다. 이와 함께 통합형·계열별 교재의 특징과 장단점을 세분화한 연구들도 나오고 있다.

대학 글쓰기 교재에 대한 그간의 연구결과를 비추어 볼 때, 다수 연구자들의 노력에도 불구하고 국내의 경우는 물론 국외조차도 대학 교재의 체제에 대한 기준이나 선정 범위 그리고 구성 이유 등이 합리적인 것이 거의 없다. 이러한 상황은 그만큼 대학 글쓰기 교재를 판단하는 것 자체의 어려움뿐만 아니라 교육과정 내지 구체적인 준거가 없는 상황을 여실히 보여준다. 이런 점에서 대학이 처한 상황과 교육 내용의 자율성을 최대한 고려하면서 교재가 담아야 할 필수적인 내용

---

9) 윤철민, 「대학 글쓰기 교재 분석 연구 -2005년, 2014년 고려대학교 글쓰기 교재를 중심으로」, 『한국어문교육』 17권, 고려대학교 한국어문교육연구소, 2005; 곽경숙, 「대학 글쓰기 교재의 비교 분석」, 『한국언어문학』 68집, 한국언어문학회, 2009; 정혜영, 「대구 지역 대학교의 글쓰기 교재 분석」, 『한민족문화연구』 30권, 한민족문화학회, 2009; 오태호, 「경희대학교 학술적 글쓰기교육의 방향과 실제 -글쓰기2 『대학글쓰기: 세계와 나』 교재와 수업 사례를 중심으로」, 『우리어문연구』 49권, 우리어문학회, 2014; 이청, 「순천향대학교 글쓰기 교재 연구 -개편 전후 비교를 중심으로」, 『교양교육연구』 10권 1호, 교양교육학회, 2016.

10) 임선애, 「대학 글쓰기와 말하기 교재의 효과적인 구성 방안」, 『한국사상과 문화』 72권, 한국사상문화학회, 2014; 이채영, 「분석적 읽기를 통한 대학 글쓰기 교재의 경향과 특성 고찰」, 『문화와 융합』 37권 1호, 한국문화융합학회, 2015.

과 구성을 갖추어야 할 것으로 판단된다.

이 글에서는 대학의 글쓰기 교재를 중심으로 교육목표와 교과내용의 공통성과 차이성, 그리고 교재들의 편성 방식과 교과내용의 특이성을 최대한 객관적인 입장에서 살펴보려고 한다. 또한 대학 글쓰기의 지향점과 교재의 교과내용 등을 보완적으로 제시하고자 한다. 현재 우리나라 전체 대학의 교재를 살피는 것은 방대할 뿐만 아니라 이 논의를 통해서 전체의 상황이 어느 정도 제시될 것으로 기대되므로 10개의 거점국립대학11) 글쓰기 교재를 연구 대상으로 설정하여 그 면모를 기술한다.

본 연구의 대상인 거점국립대학의 글쓰기 교과목과 교재명을 제시하면 다음과 같다.12)

---

11) 거점국립대학교총장협의회에 가입된 10개 대학으로, 가나다 순으로 강원대학교, 경북대학교, 경상대학교, 부산대학교, 서울대학교, 전남대학교, 전북대학교, 제주대학교, 충남대학교, 충북대학교를 말한다. 다양한 대학 글쓰기 교재 중에서도 이와 같이 거점국립대학의 글쓰기 교재를 연구대상으로 설정한 것은, 전 지역에 고르게 분포된 거점국립대학이 지니고 있는 지역성과 대표성, 그리고 국립대로서의 공통지향성 등을 고려한 것이다.

12) 전 계열을 대상으로 하는 강의교재를 대상으로 하되, 계열별 글쓰기만을 교육과정으로 편성한 대학의 경우, 글쓰기의 기본적 성격을 고려하여 '인문계열' 또는 '인문·사회계열' 글쓰기 교과목 교재를 대상으로 하였음을 밝힌다.

(학교명: 가나다 순)

학교명	교과목명	교재명	시수	계열
강원대	글쓰기와 말하기	창의적 글쓰기와 말하기	3-3-0	전체
경북대	인문학 글쓰기	인문학 글쓰기	3-3-0	인문계
경상대	인문사회과학글쓰기	글쓰기의 방법과 실제	2-2-0	인문·사회
부산대	창의적사고와글쓰기	창의적 사고와 글쓰기	1	전체
서울대	글쓰기의 기초	글쓰기의 기초	3-3-0	전체
전남대	글쓰기	글쓰기	3-3-0	전체
전북대	글쓰기	인문계 글쓰기	3-3-0	인문
제주대	글쓰기	글쓰기와 생활	2-2-0	전체
충남대	기초글쓰기	기초글쓰기: 사고와 표현	2-2-0	전체
충북대	국어와 작문	국어와 작문	3-3-0	전체

2. 대학 글쓰기 교재의 교육목표와 주안점

교육목표는 교육을 통해 도달해야 할 목적과 방향, 그리고 가치를 포함하는 교육의 중요한 요소이다. 대학의 글쓰기 교재에서 교육목표는 서문을 통해 그 윤곽을 확인해볼 수 있는바, 10개 대학의 서문에 나타난 교육목표와 주안점, 특이사항 등을 대학별로 살펴보면 다음과 같다. 참고로 10개의 교재에서 7개 대학의 교재에는 서문이 있고, 3개 대학에는 서문이 없었다.

먼저 강원대학교의 글쓰기 목표는 '융복합형 창의 인재의 양성, 곧 창의력 신장'이다. 편찬위원회는 다원화·다변화 사회에의 요구에 주목하면서, 창의력을 새로운 것을 발견하거나 만들어 내는 힘으로, 융통성, 창의적 사고력, 유창성, 정교성과 유사한 개념으로 사용하고 있다. 창의력을 신장하기 위해 ①고정관념에서 벗어나 사고를 전환하거나 확장하는 연습, ②다른 것을 응용해서 적용해 보는 연습, ③표면적 의미 속에 이면적인 의미를 찾는 작업을 구체적 목표로 제시하고 있다. 교육목표에 맞춰 교과내용을 ①융복합형 창의 인재 양성에 기여하고, ②공시적, 통시적, 통합적으로 적용하며, ③주입식 설명을 지양하고 학습자들의 능동적인 활동을 이끌 수 있는 서술로 구성하고 있다. 두 번째 사항과 관련해 학문 간 통섭을 도모할 수 있도록 다양한 예문을 제시하고 학문 간 경계를 없앤 도입과 정리, 그리고 연습문제 등 전체적으로 학습자의 적극성을 요하고 있다. 글쓰기의 개념을 모든 학문의 근간을 이루는 기본기로 전제하고 있는 점과 창의력 신장이라는 교육목표 간 직접적인 관련성은 적어 보인다.

경북대의 경우 글쓰기교육의 목표를 '매체 환경의 변화와 글쓰기 영역의 확장'으로 삼고 있다. 그 실현을 위한 구체적 목표로, ①수많은 정보와 자료를 가지고 자기만의 문제를 구성하고 그것을 해결하는 능력의 함양, ②전공 분야의 지식 획득 및 사회적 기여, ③공통의 목표를 달성하기 위해 갈등을 창조적으로 해결하는 (협동학습) 방법 습득이다. 글쓰기에 대한 정의가 명시적으로 나타나지 않고 있고 매체 환경의 변화를 반복적으로 강조하고 있는 점을 미루어볼 때 글쓰기를 '미디어'의 주요한 요소로 전제하고 있음을 짐작할 수 있다.

다른 교재들에 비해 이 교재는 서문을 통해 교재의 개편 배경과 글쓰기를 통해 학생들이 습득할 '능력' 등을 구체적으로 전달하고 있다. 대학 글쓰기교육의 본격적 시행을 2005년 즈음으로 전제하면서, 미디어 환경의 변화와 그에 따른 글쓰기 환경과의 관련성을 강조하고, 현실에 비해 중고등학교 글쓰기교육 환경이 크게 달라지지 않은 점을 살피면서 비판적으로 접근하고 있다. 다시 말하면 이 교재는 현실의 변화와 과정중심의 교육을 강조하면서, 글쓰기에 대한 인식/기초/심화의 단계별 접근을 하고 있다. 이는 이진 교재에 대한 빈성적 접근, 글쓰기 현장의 시행착오를 반영한 체제라는 점의 반영이라고 할 수 있다. 교재 편성의 원칙으로 ①학생들이 반드시 길러야 할 글쓰기 능력, ②글쓰기의 의미를 살피고, 타인의 생각을 쉽게 도용해서는 안 된다는 원칙, ③다른 사람의 글을 좀 더 능동적으로 읽을 수 있는 방법으로 삼고 있다. 교육목표와 원칙을 통해 이 교재가 지향하는 것은 '능력'13)의 함양이다.

다음으로 경상대 교재는 글과 글쓰기의 개념을 강조하면서 글은 감정과 의사 표현/수용의 도구이며, 글쓰기는 자신의 생각을 구성하고 지식을 확대해 가는 과정, 그리고 글쓰는 과정은 기술임을 제시한다. 이러한 접근은 글과 글쓰기에 대한 기본적이며 가장 일반적인 시각이다. 이런 전제에서 글쓰기교육의 목표를 '올바른 소통'에 두고 있다. 그 구체적 목표로 ①타인의 글을 정확하게 읽는 방법, ②자신의 생각과 감정을 명확하게 드러내는 방법, ③체계적인 사고를 기르는 과정의 습득을 제시하고 있다. 이의 실현을 위해 이 교재는 글쓰기 연습을 강조한다.

부산대는 글쓰기 강좌에 실제적으로 도움이 되고, 모든 학문계통의 글쓰기 강좌에 사용될 수 있도록 글쓰기 교재의 개편 배경을 제시하

---

13) 이것은 "수많은 정보들 가운데서 중요하고 필요한 것을 골라내는 능력(안목), 골라낸 정보들을 진실하고 유용한 지식으로 만들어 내는 능력, 다양한 수준과 형태의 자료들을 창의적으로 재구성하는 능력, 문자를 다른 표현 수단들(음성, 이미지, 동영상)과 잘 어울리도록, 보기 좋게 배치하는 능력"이다. 글쓰기교재편찬위원회, 『인문학 글쓰기』, 경북대학교 출판부, 2015.

면서 글쓰기는 창조적인 활동이므로 '창의성 신장'을 글쓰기의 교육목표로 제시하고 있다. 창의성은 기존의 많은 글을 읽고 내용을 이해하고 이를 다양한 관점에서 살펴보는 데서 나온다는 점, 그런 만큼 창의적 능력을 길러지는 것으로 강조한다. 이에 맞추어 교과내용에 기본적으로 읽고 다루어야 할 주제를 제시하고, 학생들이 쓴 글을 교재 내용의 자료로 활용함으로써 교수자와 학습자가 교재를 창의적으로 활용할 것을 당부하고 있다.

서울대의 경우는 다른 대학의 교재의 목표와 성격이 다르다. '대학 국어'(1946)에서 '글쓰기의 기초'(2014)로 강좌명이 변경되면서 교재를 개편한 것이므로, 이는 엄밀하게 '대학 글쓰기의 기초'가 본 명칭인 셈이라고 설명하고 있다. 서문을 보면, 조건과 방법의 필요성을 제시하면서, 글쓰기의 목표를 '좋은 글의 기본 요건(자연성, 정확성, 논리성)의 습득'에 두고 있다. 구체적 목표는 ①자신의 전공 분야를 포함한 다양한 영역의 글을 읽고 이해하며 쓸 수 있는 능력, ②창의적 비판적 사고를 바탕으로 하면서 학문적 경계를 넘나드는 다양한 글을 읽고 쓸 수 있는 능력이다. 이는 서문에서도 기술되었듯이 학습 능력의 함양과 강의 진행의 효율성을 도모하는 차원에서 이루어진 목표 설정임을 알 수 있다. 그 일환으로 교과내용은 워크북과 기존 교재의 일부 수정 편찬으로 이루어지고, 그 과정에서 전체 내용은 줄이고, 글이 대체되었으며 강의 진행에 맞추어 순서를 조정하였음을 밝히고 있다.

전북대는 글쓰기를 자신의 생각이나 주장을 글에 담아 표현하는 언어활동이며 생각을 더 체계적으로 정리하고 주장을 효과적으로 드러낼 수 있는 매체로 정의하고 있다. 이런 관점에서 글쓰기의 교육목표를 '현대적 의사소통'으로 설정하고, 그 구체적 목표로 ①자신의 생각을 제대로 표현하는 기본적 글쓰기 능력 함양, ②졸업 후 사회생활에 필요한 실용적 글쓰기 능력의 배양으로 기본과 실용을 동시에 강조하고 있다. 개편 배경을 인터넷 매체의 발전과 소통 도구의 개발의 상황에서 필요한 정보를 제대로 정리해 이해하는 것과 주장을 효과적으로 표현하는 것으로 제시한 것으로 볼 때 교육목표에서 의사소통 앞에 놓인 '현대적'이라는 수식어는 인터넷 매체를 염두에 둔 것으로 보인다. 또한 시각적인 요소와 실습을 강조하는 점도 이와 관련된다고 할 수 있다. 오랜 글쓰기 교수자의 경험을 통한 학습 동기를 유발하기 위한 세심한 배려가 반영되었다는 점과 학습자 스스로 글쓰기의 중요성과 필요성을 깨닫는 것의 중요성을 강조하고 있다.

마지막으로 제주대의 글쓰기 교재에서 글쓰기는 역사의 기록, 마음의 전달, 감동이며, 글쓰기의 교육목표를 '의사소통'에 두고 있다. 그 구체적 목표로 자유분방함을 조절하고, 차분하게 논리적으로 자신의 생각을 표현하는 것으로 제시하고 있다.

위의 내용을 표로 정리하면 아래와 같다.

〈표 2〉 거점국립대학 글쓰기 교재 머리말에 나타난 교육목표

(학교명: 가나다 순)

학교명	교과목명	글/글쓰기 개념	일반적 목표	구체적 목표
강원대	창의적 글쓰기와 말하기	모든 학문의 근간을 이루는 기본기	융복합형 창의 인재의 양성	고정관념에서 벗어나 사고를 전환하거나 확장하는 연습
				다른 것을 응용해서 적용해 보는 연습
				표면적 의미 속에 이면적인 의미를 찾는 작업

학교명	교과목명	글/글쓰기 개념	일반적 목표	구체적 목표
경북대	인문학 글쓰기	–	매체 환경의 변화와 글쓰기 영역의 확장	수많은 정보와 자료를 가지고 자기만의 문제를 구성하고 그것을 해결하는 능력의 함양
				전공 분야의 지식 획득 및 사회적 기여
				공통의 목표를 달성하기 위해 갈등을 창조적으로 해결하는 (협동학습) 방법 습득
경상대	글쓰기의 방법과 실제	글은 감정과 의사 표현/ 수용의 도구, 글쓰기는 자신의 생각을 구성하고 지식을 확대해 가는 과정(기술)	올바른 소통	타인의 글을 정확하게 읽는 방법
				자신의 생각과 감정을 명확하게 드러내는 방법
				체계적인 사고를 기르는 과정
부산대	창의적 사고와 글쓰기	창조적 글쓰기	창의적 능력의 신장	기존의 많은 글을 읽고 내용을 이해하고 이를 다양한 관점에서 살피는 능력
서울대	글쓰기의 기초	글쓰기의 조건과 방법 제시	좋은 글의 기본 요건(자연성, 정확성, 논리성)의 습득	자신의 전공분야를 포함한 다양한 영역의 글을 읽고 이해하며 쓸 수 있는 능력
				창의적 비판적 사고를 바탕으로 하면서 학문적 경계를 넘나드는 다양한 글을 읽고 쓸 수 있는 능력
전북대	인문계 글쓰기	생각을 더 체계적으로 정리하고 주장을 효과적으로 드러낼 수 있는 언어활동	현대적 의사소통	자신의 생각을 제대로 표현하는 기본적 글쓰기 능력
				졸업 후 사회생활에 필요한 실용적 글쓰기 능력의 배양
제주대	글쓰기와 생활	글쓰기는 역사의 기록, 마음의 전달, 감동	의사소통	자유분방함을 조절하고, 차분하게 논리적으로 자신의 생각을 표현

앞의 내용을 종합해 공통점과 차이점 그리고 비판적으로 접근해야할 부분은 무엇인지 생각해 보자. 먼저 각 대학들은 글쓰기 교새를 강의에 모두 활용하고 있으며, 자체적으로 집필 발간하고 있었다. 교육목표의 측면에서 글쓰기의 목표는 대동소이하다. '소통'이 가장 많고 이어 '창의'의 가치 순이다. 물론 두 가치를 결합해서 기술한 부분은 있으나 교육목표가 지향점을 제시한다는 점에서 우선순위를 구별할 수 있다. 또한 교재 구성 및 내용의 유사성이 보이며, 글쓰기를 '과정'으로 인식함에 따라 모든 교재에 글쓰기의 절차와 방법이 수록되어 있다.

이들 교재들은 강좌명과 교재 성격의 강조성에서 차이점을 보인다. 강좌명과 교육목표가 선명하게 드러나기도 하고, 강의의 수월성과 목적성에 따라 편성이 다르게 나타난다. 또한 실용성을 강조한 경우와 그렇지 않은 경우, 실용성을 강조한 경우에도 진로와 직업 등 사회생활에 필요한 제반 글쓰기 능력을 의미하는 측면과 대학 수학을 위한 학습능력을 의미하는 측면 등 두 접근 방향이 있다. 서울대의 경우 '자기소개서' 내용이 없는 점이 그 사례인데, 이는 아마도 전공교과 습득에서 부차적인 내용이며 최근 대학에서 '진로' 관련 교과목이 (필수) 편성되어 연계된 때문인 것으로 추측된다. 그리고 학습자의 적극적인 동기유발을 위하는 목적으로 학생 사례 글을 제시하는 경우와 그렇지 않은 경우도 나뉜다.

3. 대학 글쓰기 교재의 교과내용 편성 현황과 구성(편성)적 특이점

1) 대학 글쓰기 교재의 교과내용 편성 현황

오늘날 글쓰기는 지성인으로서 자신의 의견을 논리적·설득적으로 표현할 수 있는 기본적 토대라 할 수 있다. 전공지식의 습득과 전달 과정, 전공능력을 개발하기 위한 모든 대학 교육과정에 있어 글쓰기 능력은 대학생이 기본적으로 갖추어야 할 능력으로 강조된다. 모든 거점국립대학에서 글쓰기 교과목을 교양교육과정에 편성하고 있으며, 대다수의 대학이 글쓰기 관련 교과목을 1과목 이상 필수로 이수하도록 지정하고 있다는 점은 이를 뒷받침한다.14) 특히 각 대학에서 글쓰기 능력을 대학생이 기본적으로 갖추어야 할 기초소양으로 보고 있다는 점은, 글쓰기 관련 교과목을 대다수의 대학이 1학년 교육과정에 편성하고 있다는 점에서 쉽게 확인 가능하다.

현재 이 글에서 대상으로 다루고 있는 대학을 대상으로, 필수로 지

---

14) 글쓰기 관련 교과목은 모든 거점국립대학에서 개설하고 있으며, 그 수는 25강좌이다. 이들 교과목은 모두 교양교과목에 편성되어 있으며, 전남대 학교를 제외한 모든 대학이 1교과목 이상 필수로 이수하도록 지정되어 있다. 교육과정에 글쓰기 관련 교과목을 가장 많이 편성한 대학은 충남대 학교(6교과목)이며, 그 다음이 서울대학교(4교과목)이다. 또한 현재 각 대학별 글쓰기교육과정에 편성한 학점은 대다수 3학점으로, 글쓰기 관련 25교과목 기준, 3시수 20교과목(80%), 2시수 4교과목(제주대, 경상대, 충남대, 16%), 1시수 1교과목(부산대, 4%)이다. 단 부산대는 선택 교과 목인 〈진로탐색 글쓰기〉가 3학점, 충남대는 글쓰기 선택 교과목이 모두 3학점이다.

정된 대학 글쓰기 교과목은 모두 대학교재를 자체적으로 제작·출간하여 주요교새로 사용하고 있다.15) 아울러 기초 글쓰기 교과목의 주요교재가 모두 자체적으로 출간된 도서라는 점은 각 대학별로 별도의 글쓰기 교재를 만들어야 할 필요성에 의해 제작이 되었다는 점과 더불어 이들 교재를 통해 각 대학별 글쓰기교육 목표와 특수성을 파악할 수 있음을 시사한다.

이에 따라 3장에서는 대학 글쓰기 교재의 교육 내용과 편성에 대한 특이점을 살피도록 할 것이며, 분석의 틀로 각 교재의 목차를 활용하고자 한다. 이를 위하여 목차에 수록된 주요 항목을 뽑아, 그 빈도수를 토대로 각 교재의 목차 내용을 정리하였으며, 이를 도표화하면 아래에 제시된 〈표3〉, 〈표4〉, 〈표5〉와 같다.

〈표 3〉 거점국립대학 글쓰기 교재 각 항목별 분포 도표(1)

(학교명: 가나다 순)

	강의명	강원대학교	경북대학교	경상대학교	부산대학교
수록 교재 개수	교재명	글쓰기와 말하기	인문학 글쓰기	인문사회과학글쓰기	창의적사고와 글쓰기
	총 장수	창의적 글쓰기와 말하기	인문학 글쓰기	글쓰기의방법과 실제 (인문.사회계열)	창의적사고와 글쓰기
	글쓰기의 의미와 목표	3부 8장	3부 13장	6장	1부 3장+ 2부 8장

---

15) 글쓰기 관련 교과목 중, 강의별 교재(대표교재)를 지정한 교과목은 17교과목(68%)이다. 기초 글쓰기 교과목이 모두 강의교재를 제작, 출간하여 지정하고 있다는 점을 염두에 두면, 이를 제외한 대다수의 글쓰기 선택 교과목이 강의별 지정 교재를 별도로 두고 있지 않거나, 미출간 상태로 활용하고 있다는 점을 보여준다.

10	글쓰기의 절차와 개요의 작성	1부 창의적 사고와 표현 1. 창의적 글쓰기와 말하기의 원리	Ⅰ. 글쓰기의 의미 제2장 필자로서의 읽기	1장 글이란 무엇인가?	제1장 창의적 사고와 글쓰기
10	리포트, 보고서, 논문 작성법	2부 의사소통을 위한 글과 말 4. 글쓰기절차	Ⅱ. 글쓰기 기초 과정	2장 글을 쓰는 과정 6장 학술적 글쓰기	제2장 글쓰기의 기초 제3장 글쓰기의 유형
10	기술 양식	3부 실용글쓰기와 말하기 7. 학술글쓰기 1) 리포트와 논문	Ⅲ. 글쓰기심화과정 제8장 인문학 보고서 쓰기	6장 학술적 글쓰기	
8	다양한 글쓰기	2부 의사소통을 위한 글과 말 5. 다양한 표현 방식		3장 글의 유형에 따른 표현방법	
8	이력서와 자기소개서		Ⅲ. 글쓰기 심화 과정 제7장: 책읽기와 서평 쓰기 제9장: 인문학 에세이 쓰기 제11장: 스토리텔링과 글쓰기 제12장: 인문학 제안서 쓰기	4장 감상과 비평	제3장 글쓰기의 유형 1) 독서비평 2) 시사비평 3) 문화비평
7	글쓰기 윤리	3부 실용글쓰기와 말하기 8. 사회생활을 위한 글쓰기와 말하기 2) 이력서와 자기소개서	Ⅲ. 글쓰기심화과정 제10장 자기소개서 쓰기	5장 자기소개서	
6	발표와 프레젠테이션		Ⅰ. 글쓰기의 의미 제1장 글쓰기와 윤리	6장 학술적 글쓰기 1. 학술적 글쓰기의 요건 5) 윤리성	제1장 창의적 사고와 글쓰기 3. 글쓰기와 윤리: 표절하는 교수, 표절하는 학생

6	인용, 주석 참고 문헌 작성법	3부 실용글쓰기 와 말하기 8. 사회생활을 위한 글쓰기와 말 하기 1) 프레젠테이션	Ⅲ. 글쓰기 심화 과정 제13장 프레젠테 이션 글쓰기		
5	어문 규정	3부 실용글쓰기 와 말하기 7. 학술글쓰기 2) 학술자료의 활용			
3	기타				
*	기타	3부 실용글쓰기 와 말하기 8. 사회생활을 위한 글쓰기와 말하기 3) 면접 4)포트폴리오		학술적 글쓰기 에 에세이 포함	제2장 발상과 표현

〈표 4〉 거점국립대학 글쓰기 교재 각 항목별 분포 도표(2)

(학교명: 가나다 순)

수록 교재 개수	학교명	서울대학교	전남대학교	전북대학교
	강의명	글쓰기의 기초	글쓰기	글쓰기
	교재명	글쓰기의 기초	글쓰기	인문계 글쓰기
	총 장수	3부 8장	11강, 부록	12장
10	글쓰기의 의미와 목표	**제1부 대학 생활과 글쓰기** 제1장 글쓰기의 의의 제2장 글쓰기의 목표	제1강 글쓰기의 목적과 윤리	제1장 글쓰기란 무엇인가
10	글쓰기의 절차와 개요의 작성	**제2부 글쓰기의 과정과 방법** 제1장 글쓰기의 과정	제2강 주제선정과 개요작성	제2장 글쓰기의 절차

10	리포트, 보고서, 논문 작성법	**제3부 글쓰기의 실제** 제2장 보고와 제안	제8강 학술보고서 쓰기의 기초	제11장 학술적 글쓰기
8	기술 양식	**제2부 글쓰기의 과정과 방법** 제2장 글쓰기의 방법	제5강 설명과 이해	제4장 설명적 글쓰기 제5장 논증적 글쓰기 제7장 서사묘사적 글쓰기 제8장 수사적 글쓰기
8	다양한 글쓰기	**제3부 글쓰기의 실제** 제1장 감상과 비평 제3부 글쓰기의 실제 제2장 글쓰기의 방법 2.2제안서	제4강 분석과 요약 3. 요약문 쓰기 제5강 설명과 이해 4. 기사문과 안내문 쓰기 제6강 논증과 설득 4. 시사평론 쓰기 제7강 표현과 비평 2. 독서 감상문과 서평쓰기 7강 표현과 비평 3. 영화리뷰 쓰기	제9장 창의적 글쓰기 제10장 제안서 쓰기
7	이력서와 자기소개서		제11강 자기소개서 프레젠테이션	제3장 실용적 글쓰기
6	글쓰기 윤리	**제1부 대학생활과 글쓰기** 제3장 글쓰기의 윤리	제1강 글쓰기의 목적과 윤리 2. 글쓰기 윤리와 필요성	제1장 글쓰기란 무엇인가 3. 글쓰기의 윤리
6	발표와 프레젠테이션		제11강 자기소개서와 프레젠테이션	제6장 프레젠테이션의 작성과 활용
5	인용, 주석, 참고 문헌 작성법	**제1부 대학생활과 글쓰기** 제3장 글쓰기의 윤리 *인용, 주석 및 참고문헌	제10강 학술보고서 쓰기의 실제	제11장 학술적 글쓰기 3. 인용, 주석, 참고문헌
3	어문 규정			제5장 좋은 문장 쓰기
*	기타		부록1. 바른 문장과 고쳐 쓰기 부록2. 원고지와 컴퓨터 원고 쓰기 부록3. 조사보고서와 실험보고서	

〈표 5〉 거점국립대학 글쓰기 교재 각 항목별 분포 도표(3)

(학교명: 가나다 순)

	학교명	제주대학교	충남대학교	충북대학교
수록 교재 개수	강의명	글쓰기	기초글쓰기	국어와 작문
	교재명	글쓰기와 생활	기초글쓰기: 사고와 표현	국어와 작문
	총 장수	5장	part.5, 14장, 부록	6장, 부록
10	글쓰기의 의미와 목표	제1장 삶과 글쓰기	Part 01 창조적 사고	제1장 대학생활과 국어생활
10	글쓰기의 절차와 개요의 작성	제2장 글쓰기의 단계와 방법 제5장 논문 쓰기	Part 03 구성 6 글쓰기의 절차와 주제 설정 7 취재와 정리 8 개요의 이해 I 9 개요의 이해 II Part 04 글쓰기 1 10 글의 종류와 진술 방식 11 도입부와 종결부 쓰기 12 퇴고와 교정	제2장 글 읽기와 글쓰기의 기본원리 제3장 학술적 글쓰기 2. 학술적 글쓰기의 절차 3. 학술적 글쓰기의 구성 4. 주석과 참고문헌작성법
10	리포트, 보고서, 논문 작성법	제4장 글쓰기의 실제 Ⅵ. 보고문 제5장 논문 쓰기	Part 05 글쓰기2 14 리포트쓰기	제3장 학술적 글쓰기 5. 학술적 글쓰기의 실제
8	기술 양식	제2장 글쓰기의 단계와 방법 Ⅱ. 글쓰기단계 3 본문의 서술방법	Part 04 글쓰기 1 10 글의 종류와 진술방식	제2장 글 읽기와 글쓰기의 기본 원리 4. 기술의 방법
8	다양한 글쓰기	제4장 글쓰기의 실제 Ⅰ.수필, Ⅱ.독후감, Ⅲ.서간문, Ⅳ.기행문, Ⅴ.일기문, Ⅶ.기사문, Ⅷ.광고문, 사대예문 (四大禮文)		제4장 실용적 글쓰기 3. 설명서 4. 광고문 5. 기사문 6. 사설
7	이력서와 자기 소개서	제4장 글쓰기의 실제 Ⅸ. 자기소개서와 이력서		4장 실용적 글쓰기 2. 자기소개서

6	글쓰기 윤리			
6	발표와 프레젠 테이션		Part. 05 글쓰기2 13 발표문 쓰기	4장 실용적 글쓰기 7. 프레젠테이션
5	인용· 주석· 참고 문헌 작성법	제5장 논문 쓰기 III. 논문 3. 논문의 체재와 내용 4)인용, 5)주석, 6)참고문헌		
3	어문 규정		Part 02 표현의 기초 3 한글맞춤법 4 문장구성의 원리 5 단락의형식과 원리	6장 정확한 문장쓰기
*	기타	제3장 글의 표현기법 I. 문체, II. 수사법	Part 06 부록 한글맞춤법, 국어의 로마자 표기법	제5장 문학작품 감상하기 산문, 소설, 시 부록 1.한글맞춤법, 2.외래어표기법, 3.상용한자, 4.생활문서식

2) 대학 글쓰기 교재의 구성(편성)적 특이점

각 대학 글쓰기 교재의 목차는 각 교재가 담고 있는 교육목표와 초점, 교육과정의 설계 방향과 흐름을 명확히 보여주는 지표라 할 수 있으며, 각 교재에 수록된 내용을 한 눈에 확인할 수 있는 일종의 가이드라인이라 할 수 있다. 그런 점에서 이 글이 밝히고자 하는 교과내용에 대한 분석의 틀로 유효하다. 이를 위하여 이 글에서는 위에 제시한 도표와 같이 각 교재에 수록된 교과내용을 분석하여, 각 교재에 나타난 글쓰기교육에 있어 중요하게 다루고 있는 10가지 대표 항목을 추출하였으며, 각각의 교재의 수록 여부와 더불어 각 교재에 나타난 특이점을 정리하였다. 10가지 대표 항목의 순서도는 빈도수로 결정하였으며, 동일 빈도수의 경우 항목 이름순으로 제시하여 분석하였음을 밝힌다.16)

단, 10가지 대표 항목으로 분석하여 제시하는 과정에서 목차에서 제시되지는 않았으나 본문에서 담고 있는 내용이 각 교재별로 있을 수 있다는 점이 지적될 수 있겠다. 그러나 이와 같은 경우 10가지 대표 항목으로 선정된 교과내용임에도 불구하고 목차에서 다루지 않았다는 것은 해당 내용에 대한 중요도가 타 항목에 비해 낮게 다루어졌다는 점을 의미한다는 것과, 글쓰기 교재에서 목차 자체가 갖는 중요성에도 불구하고 목차가 그 역할을 제대로 수행하지 못하였다는 것을 의미한다. 이와 같은 의견을 담아내는 차원에서, 이 글에서는 각 교재의 교과내용 분석에 있어 목차만을 대상으로 분석하였다. 이에 따라 각 빈도수의 순서대로 정리하면 〈표 6〉과 같이 나타낼 수 있으며, 각 항목별 특징을 정리하면 아래와 같다.

〈표 6〉 대학교재 수록 상위항목 순서도

①글쓰기의 의미와 목표: 글쓰기의 의미와 목표는 대학 글쓰기 교재 전 종에서 제1장에 해당하는 부분에서 다루고 있다. 글쓰기교육에 있어 글쓰기의 의미와 목표를 1장에 제시하는 것은 교육목표와 방향을 명확히 밝히고 시작한다는 점에서 매우 중요하며, 학습자에게 대학 글쓰기에 대한 의미와 필요성을 알리는 한편, 동

---

16) 또한 학교명의 경우, 나열식으로 다루어야 할 모든 부분에서 이름순으로 서술하였음을 밝힌다.

기부여를 제공한다는 점에서 중요하다. 10개 대학 중 글쓰기의 목표를 가장 상세하게 세시한 대학은 서울대학교로 총 8장 중 1, 2장에 걸쳐 '소통'에 초점을 두고 글쓰기의 의의와 목표를 제시하고 있다.

②글쓰기의 절차와 개요의 작성: 글쓰기의 절차와 개요의 작성은 분석 대상인 대학 글쓰기 교재 10종 전체가 다루고 있는 항목으로, 글쓰기교육에 있어 본질적 목표를 상기할 때 당연한 요인이라 할 수 있다. 그 중요성을 인지하듯 2장 이상 할애하고 있는 교재가 5종에 달한다.17) 각 교재별로 나타난 글쓰기의 절차와 개요의 작성 순서나 초점은 유사한 점은 있으나 대체적으로 다르게 나타남을 확인할 수 있다.18) 글쓰기의 절차를 제시함에 있어, 학술적 글쓰기 절차를 별도로 다루고 있는 대학도 눈에 띄는데, 경상대학교, 부산대학교, 제주대학교, 충북대학교가 일반적 글쓰기 단계와 학술적 글쓰기 단계를 장으로 구분하여 다루고 있다.

③리포트, 보고서와 논문 작성법: 전 교재 중 리포트, 보고서, 논문 작성법을 다루고 있는 교재는 총 8종이며, 논문 작성법을 다루고 있는 교재는 총 7종에 해당한다. 리포트, 보고서, 논문 작성법을 모두 다루고 있는 교재는 총 5종으로 강원대학교, 경상대학교, 전

---

17) 경북대학교가 2부 3~6장, 경상대학교가 2장과 5장, 전남대학교가 2, 3, 8~10강, 전북대학교가 2, 3장, 충남대학교가 6~12항에 '글쓰기의 절차'와 '개요의 작성'을 담고 있다.

18) 이중 '단락쓰기'에 주목해보면, 부산대학교와 제주대학교는 단락쓰기를 목차에서 다루고 있지 않으며, 충남대학교는 구성 부분이 아닌 표현의 기초에서 단락쓰기를 별도로 다루고 있다. 또한 충북대학교는 문단쓰기라는 용어를 사용하고 있다.

남대학교, 제주대학교, 충북대학교가 이에 해당한다. 리포트, 보고서 작성법만 다루고 있는 교재는 총 3종으로 경북대학교와 서울대학교, 충남대학교가 이에 해당하며, 논문 작성법만 다루고 있는 교재는 총 2종으로 부산대학교와 전북대학교가 이에 해당한다. 즉 모든 교재가 리포트, 보고서, 논문 작성법 중 모두 또는 1개 이상은 다루고 있다.

④글의 기술양식: 전 교재 중 글의 기술 양식을 담고 있는 교재는 총 8종으로, 경북대학교와 부산대학교를 제외하고 모든 교재가 글의 기술양식에 대하여 다루고 있다. 이중 충남대학교와 제주대학교는 글쓰기의 절차와 개요의 작성 과정에 글의 기술양식을 포함하고 있음을 확인할 수 있다. 글의 기술양식에 가장 초점을 기울이고 있는 대학은 전북대학교로, 4장 설명적 글쓰기, 5장 논증적 글쓰기, 7장 서사·묘사적 글쓰기, 8장 창의적 글쓰기 총 4장에 걸쳐 각 기술양식을 설명하고, 실전 글쓰기를 수행하도록 교과내용을 편성하고 있다.

⑤다양한 글쓰기: 다양한 글쓰기를 제시하고 있는 교재는 총 8종으로, 각 교재별 다루는 글쓰기는 서평쓰기나 영화평쓰기와 같은 비평문쓰기, 광고문쓰기, 기사문쓰기 등 실용적 글쓰기에 초점을 맞추고 있다. 차별성을 두는 항목이 포함된 교재로는 경북대학교의 '인문학 에세이 쓰기'와 '스토리텔링과 글쓰기', '인문학 제안서 쓰기', 그리고 서울대학교의 '정책제안서의 예', '연구계획서의 예', 전북대학교의 '결론 바꿔 쓰기', '광고문 쓰기', '패러디하기', '제안서 쓰기'가 있으며, 제주대학교의 경우 '서간문', '사대예문'과 같이 실생활 속 글쓰기에 대해 제시하고 있다는 점이 눈에 띈다.

⑥이력서와 자기소개서 작성법: 이력서와 자기소개서 작성법을 다루고 있는 교재는 총 7종으로, 강원대학교, 경북대학교, 경상대학교, 전남대학교, 전북대학교, 제주대학교, 충북대학교가 이에 해당한다. 주로 사회생활, 실생활 글쓰기와 같은 항목 아래 해당 글쓰기 교과내용을 편성하고 있다.

⑦글쓰기의 윤리: 글쓰기의 윤리에 대해 다루고 있는 대학 글쓰기 교재는 모두 6종으로 경북대학교, 경상대학교, 부산대학교, 서울대학교, 전남대학교, 전북대학교가 이에 해당한다. 이들 교재 중 경북대학교, 부산대학교, 서울대학교, 전남대학교, 전북대학교 교재가 1장에서 글쓰기의 윤리를 다루고 있으며, 이는 곧 글쓰기에 있어 글쓰기의 윤리를 강조한다는 것을 의미한다. 경상대학교만이 6장에서 다루고 있는데, 이 6장은 리포트, 논문 작성법을 다루는 장으로, 학술적 글쓰기에 있어 글쓰기의 윤리를 강조하는 형식으로 나타남을 확인할 수 있다.

⑧발표와 프레젠테이션 작성법: 발표와 프레젠테이션 작성법에 대해 다루고 있는 교재는 총 6종으로, 강원대학교와 경북대학교, 전남대학교, 전북대학교, 충남대학교, 충북대학교가 이에 해당한다. 이중 전북대학교는 한 장에 걸쳐 프레젠테이션의 성격과 의의, 절차를 다루고 있다.

⑨인용, 주석, 참고문헌 작성법: 인용, 주석, 참고문헌 작성법을 교과내용에 편성하고 있는 교재는 모두 5종으로, 강원대학교, 서울대학교, 전남대학교, 전북대학교, 제주대학교가 이에 해당한다. 이들 중 글쓰기의 윤리와 함께 인용, 주석, 참고문헌 작성법을 모두 다루고 있는 교재는 서울대학교와 전남대학교, 전북대학교 총 3종이다.

⑩어문규정: 어문규정을 담고 있는 교재는 총 3종으로, 전북대학교와 충남내학교, 그리고 충북대학교가 이에 해당한다. 다만 전남대학교의 경우 '바른 문장과 고쳐쓰기'를 부록에 수록하고 있다. 전북대학교는 바른 문장쓰기에 주목하고 있으며, 충남대학교와 충북대학교는 맞춤법 전반에 걸쳐 중요성을 강조하고 있으며, 부록으로 한글 맞춤법 등을 수록하고 있다.

⑪기타: 위에 제시하지 않은 교재 편성 교과과정을 제시하면 다음과 같다. 강원대학교는 '면접과 포트폴리오'를 별도로 담아내고 있으며, 부산대학교는 '발상과 표현'을 '글쓰기의 목표' 다음으로 편성하고 있다. 제주대학교는 '문체'와 '수사법'을 담고 있으며, 충북대학교는 '문학작품 감상하기' 항목 아래 산문, 소설, 시 감상법을 편성하고 있다.

4. 대학 글쓰기교육목표와 교과내용의 지향점과 제안

1) 대학 글쓰기교육목표와 교과내용을 통한 글쓰기 지향점

대학의 글쓰기 교재의 편성과 집필은 매우 힘든 과정을 수반한다. 교육목표를 설정하고 그를 실현할 교과내용을 선정하고 배열하는 과정뿐만 아니라 정해진 시간과 학생 수, 강의 조건 등 여러 사항을 동시에 고려해야 하기 때문이다. 이 글의 2장과 3장에서 이루어진 대학의 글쓰기 교재의 공통점과 차이점을 인식하는 것에서 더 나아가 교재에 대한 전반적인 검토가 필요해 보인다. 이 장에서는 교육목표, 교과내용, 그리고 둘 사이의 긴밀성의 측면에서 살펴보고, 현 상황에서 실현가능한 교육목표와 교과내용, 그리고 그 편성에 대하여 기술하도록 한다.

먼저 대학의 글쓰기교육의 목표를 명시적으로 설정해야 할 필요가 있다. 다시 말하면 대학에서 글쓰기교육을 통해 성취해야 할 목표를 구체적으로 설정하는 것이 더 나은 방향이라고 생각한다. 소통과 창의는 글쓰기교육의 목표가 아니라 글쓰기에 내재한 속성으로 전제하고 교육의 측면을 강조하는 것이 필요하다. 글쓰기는 글 쓰는 사람의 가치관과 배경지식, 그리고 경험이 통합적으로 수렴되는 표현의 장이며 글을 통해 미처 발견하지 못했던 자신과 세상에 대해 새롭게 인식하는 창의적인 공간이기도 하기 때문이다. 교재가 현 사회의 요구 및 환경을 어떻게 반영할 것인가도 고민해야 할 지점이다.

이러한 맥락에서 글쓰기의 교육의 목표는 학생들이 문제를 발견하고 해결해 나가는 과정을 통해 전공지식의 습득은 물론 살아가는 데 적용할 수 있는 역량을 함양하도록 하는 데 강조점이 주어지는 것이 좋을 듯하다. 대학생들은 자신들의 전공 역량과 사회 문제에 큰 관심이 있으며, 이를 충족하기 위해서 대학의 글쓰기교육은 대학생 학습자들이 다양한 주제를 심화하고 깊이 있는 시각으로 정립할 수 있도록 생산적인 방안을 적극적으로 모색해야 한다. 즉 대학에서 글쓰기교육은 문제를 인식하고 문제를 해결하는 방법을 익혀 자기주도적 학습능력과 학습능률을 위해 학술적 능력을 신장하는 데 집중되는 방향으로 모아지면 좋겠다. 이러한 과정에서 글쓰기라는 본질에 더 다가갈 수 있을 것으로 기대된다.

둘째, 글쓰기 교재의 교과내용과 교육목표가 긴밀하게 연결되지 않고 있다. 매체와 인재상 등 환경 변화의 상황과 그에 적합한 교재가 필요하다는 기술은 있으나, 설정한 교육목표를 교과내용이 얼마나 잘 실현하고 있는지는 뚜렷하지 않다. 글쓰기와 글쓰기교육의 목표가 혼

효되면서 교과내용의 선정과 편성에서 그 기준을 명확하게 찾기 힘들다. 또한 한정된 강의 시수와 학기에 비해 너무 많은 내용을 담고 있어 목표의 초점이 오히려 흐려지는 경향도 보인다. 상황이 이렇다 보니 교과내용에서 장을 나누는 기준을 포함해 장별 연관성이 부족해 보인다. 강의 시수를 늘리지 않는다면 목표를 구체적으로 정하고, 정해진 학기에 전달할 수 있는 내용을 중심으로 편성하고 장별 긴밀성을 높이는 방향으로 개선되는 것이 좋겠다. 이와 함께 글쓰기교육에서 사용되는 용어의 정리와 개념의 공유가 필요하다. 보고서, 리포트, 학술적 글쓰기, 학술적 보고서 등은 혼용되어 쓰이고 있다.

셋째, 글쓰기 교재에 학습자의 기대와 요구를 적절하게 반영하고 있는지도 고려할 사항이다. 글쓰기에 대한 학생들의 생각을 교재 및 강의 등에 반영하는 것도 필요하다. 학생들은 대학의 글쓰기교육에서 논문, 인용각주, 참고문헌 순으로 가르치는 것을 선호했다. 그런데 대부분의 교재는 보고서와 논문이 거의 마지막에 배치되어 있다. 이러한 배치는 글쓰기 전반에 대한 기초적인 것을 앞서 습득하고 단계를 심화하려는 취지로 보인다. 논문 쓰기는 기초 글쓰기를 익힌 후에 이루어지는 대상인가 하는 의문이 든다. 또한 교재의 끝부분에 배치될 경우 문제는 지정 학기에 다루지 못할 가능성이 높다는 점이다. 글쓰기의 실습(실제)의 경험과 중요성을 교재마다 거듭 강조하고 있는 점과 논문을 접하지 못하는 것은 모순된다. 학생들이 필요하다고 응답한 교과내용을 중심으로, 실제 강의 과정에서 학생들의 글쓰기에 대한 친숙도 및 편차 등을 살펴 교육한다면 강의 초반부터 본격적으로 진행해도 충분히 가능성이 있다고 생각한다. 이와 함께 교과내용이 학습동기를 촉발하는 요소를 담고 있는지 등에 대한 접근도 필요하다.

2) 대학 글쓰기교육목표와 교과내용 제안

각 대학 글쓰기 교재의 목차에 대한 3장에서의 비교 분석은, 각 교재가 담고 있는 교과내용의 편성 현황과 초점, 그리고 특이점에 대해 세부적으로 분석하여 의미 있는 지표를 마련한 바 있다. 이를 토대로 하여 이 글에서는 대학 글쓰기교육의 교육목표와 교과내용을 다음과 같이 제안하고자 한다.

첫째, 대학 글쓰기교육은 전공능력을 강화할 수 있는 학술적·전문적 글쓰기교육으로 나아가야 한다. 대학에서의 글쓰기교육에 대한 교육목표 설정과 편성은 '대학'에서의 글쓰기의 의미와 목표가 무엇인지에 대한 진지한 고민으로부터 시작된다. 그러나 현재 대다수의 교재 1장에 수록된 '글쓰기의 개념과 의의'는 글쓰기에 대해 당연한, 일반적 기초 원리·원칙에 초점이 맞추어 있다. 이는 지식정보사회에서의 글쓰기 역량을 강화하고, 대학에서의 학술적·전문적 글쓰기 능력을 강조하는 것에 비해 기본적 지식의 전달 수준에 머물러 있다고 보아도 무방하다. 따라서 '글쓰기의 개념과 의의'는 '대학'에서의 글쓰기의 의미와 목표를 강조하는 것이 더 효과적이다.

'어문규정'과 '글의 기술양식'을 제외한 '보고서·논문작성법', '글쓰기의 형식과 절차', '발표와 프레젠테이션 작성법', '글쓰기 윤리'는 모두 학술적 글쓰기와 연관된 항목으로, 학술적 글쓰기의 필요성을 인지하고 그에 대한 글쓰기교육을 요구하고 있다고 볼 수 있다. 이와 같이 '보고서·논문 작성법', '참고문헌 작성법'과 같은 학술적 글쓰기에 초점을 둘 경우, '글쓰기 윤리'에 대한 교육이 '글쓰기의 개념과 의의'와 더불어 글쓰기교육에서 가장 먼저 다루어져야 할 것이며 그 필요성을 학습자에게 명확하게 상기시켜야 한다. 또한 한 학기 동안 이루어지는 글쓰기교육의 특성상, 과다한 내용을 교재에 편성할 경우 모든 교과내용을 다루기 어렵다는 점을 염두에 두어야 한다. 따라서 학술적 글쓰기에 초점을 둘 경우, 다양한 글쓰기나 이력서외 자기소개서 작성법은 대학 글쓰기교육의 주목표가 아닌 보조 자료로 활용되거나 실용적 글쓰기 및 진로 혹은 직업 관련 교과목으로 수록되어야 할 것으로 보인다.

　이러한 내용을 토대로 기본적인 글쓰기 교재 수록 내용과 순서를 제안하면 〈표 7〉과 같다.

〈표 7〉 글쓰기 교재 수록 내용 및 순서 제안도

리포트 · 보고서 · 논문 작성법									
글쓰기의 의미와 목표	글쓰기 윤리	글쓰기 절차	개요의 작성	기술 양식	단락 쓰기	인용, 주석, 참고문헌 작성법	발표와 프레젠테이션	부록: 다양한 글쓰기 유형	부록: 어문규정

　〈표 7〉에서 제시한 순서 중 발표와 프레젠테이션의 배치는 학습자 스스로 작성한 글의 주제를 청중에게 효과적으로 전달할 수 있도록 교육할 수 있다는 점에서 매우 중요하다. 또한 다양한 글쓰기 유형을 부록으로 제시함은, 이에 대한 학습자의 학습욕구를 유발하여 실용적 글쓰기와 같은 선택교과목의 수강을 유도함으로써 글쓰기능력의 심화로 이어지도록 할 수 있다. 아울러 학습자의 학습동기를 유발시키는 차원에서 학습자를 대상으로 한 대학 글쓰기교육 관련 설문을 통하여 학습자의 입장에서 대학 글쓰기교육에 대한 의견을 수렴한다면, 대학 글쓰기교육에서 요구하는 바와 학습동기를 촉발하는 요소를 확인할 수 있는 또 하나의 방법이 될 것이다.

　둘째, 대학 글쓰기교육과정에 있어 계열별·전공별 글쓰기교육의 편성이 필요하다. 현재 대학에서의 글쓰기교육은 기초소양교육 차원에서의 글쓰기교육에서 계열별·전공별 글쓰기교육으로 점차 심화되고 있는 추세다. 계열별 글쓰기 교과과정을 개설한 대학은 경북대(〈인문학 글쓰기〉, 〈사회과학 글쓰기〉, 〈과학과 기술 글쓰기〉), 경상대(〈인문사회 글쓰기〉, 〈자연과학 글쓰기〉), 서울대(〈인문학 글쓰기〉, 〈사회과학 글쓰기〉, 〈과학과 기술 글쓰기〉), 충남대(〈인문과학 글쓰기〉, 〈사회과학 글쓰기〉, 〈자연과학 글쓰기〉, 〈공학논문 작성과 발표〉)이다. 단, 전북대는 글쓰기 강의 내 전공별 글쓰기 교재(『인문계 글쓰기』, 『사회계 글쓰기』, 『이공계 글쓰기』)를 제작하여 전공별로 수업하고 있으며, 충북대는 〈과학글쓰기〉 교과목이 별도로 개설되어 있다.

이와 같이 10개 대학 중 6개 대학이 전공별 글쓰기를 교육과정에 반영하고 있다는 것은 대학 교육과정에서 전공별 글쓰기 능력 배양을 위한 전공 맞춤형 글쓰기교육의 중요성을 인지하고 있음을 보여준다. 아울러 현행 글쓰기교육과정이 전 계열을 대상으로 한 기초소양에 맞추어져 있어, 전공별 글쓰기의 특수성을 모두 반영하기 어렵다는 것을 인정하는 것이기도 하다. 다만 전공별 글쓰기를 교육과정에 편성한 대학 중 기초 글쓰기를 교육과정에 편성하지 않는 대학이 글쓰기 기초소양에 해당하는 부분을 전공별 글쓰기교육과정에 어떻게 적용해야 하는가에 대한 부분은 한 번 짚어볼 필요성이 있다.

또한 각 대학의 기초 글쓰기교육 교과목과 전공별 글쓰기 교과목을 제외한 글쓰기 관련 교과목을 살피면, 기초 글쓰기교육과정에 포함하고 있는 내용을 교과목으로 개설한 경우가 눈에 띈다. 강원대학교의 〈다매체 시대의 언어생활〉, 〈창의적 사고와 논리의 이해〉, 경북대학교의 〈인간과 언어〉, 〈국어와 매체언어〉, 〈학술정보의 이해〉, 〈추리와 논증의 이해〉, 〈학술윤리 및 연구윤리〉, 부산대학교의 〈열린 생각과 말하기〉, 〈진로탐색글쓰기〉, 〈프레젠테이션과 토론〉, 〈창의적문제해결력〉, 서울대학교의 〈말하기와 토론〉, 〈창의적 사고와 표현〉, 〈논리와 비판적 사고〉, 제주대학교의 〈논리와 비판적 사고〉, 충북대학교의 〈발표와 토론의 실제〉, 〈스토리텔링과 소통〉, 〈독서와 토론〉, 〈매체와 표현〉 등 총 6개 대학 20개 교과목명이 기초 글쓰기에 편성된 내용과 유사하다.

앞에서 밝힌 교과목 정보를 정리하면 〈표8〉과 같다.

〈표8〉 거점국립대학 글쓰기 관련 교과목 정보

(학교명: 가나다 순)

학교명	수업명	학년	시수	교재명	학교명	수업명	학년	시수	교재명
강원대	글쓰기와 말하기	1	3-3-0	창의적 글쓰기와 말하기	서울대	말하기와 토론	–	3-3-0	
	다매체 시대의 언어생활	–	3-3-0			사회과학 글쓰기	–	3-3-0	사회과학 논문작성법
	창의적 사고와 논리의 이해	–	3-3-0			인문학 글쓰기	–	3-3-0	글쓰기의 기초
경북대	과학과 기술 글쓰기	–	3-3-0	과학기술 글쓰기		창의적 사고와 표현	–	3-3-0	
	국어와 매체언어		3-3-0		전남대	글쓰기	–	3-3-0	글쓰기
	사회과학 글쓰기	–	3-3-0	사회과학 글쓰기	전북대	글쓰기	1	3-3-0	인문계 글쓰기
	인간과 언어		3-3-0						사회계 글쓰기
	인문학 글쓰기	–	3-3-0	인문학 글쓰기					이공계 글쓰기
	추리와 논증의 이해		3-3-0		제주대	글쓰기		2-2-0	글쓰기와 생활
	학술정보의 이해		3-3-0			논리와 비판적 사고		2-2-0	
	학습윤리 및 연구윤리		3-3-0		충남대	공학논문작성과 발표	1	3-3-0	
	한국의 언어와 문학		3-3-0			국어작문1:표현과논술	1	3-3-0	
경상대	인문사회학 글쓰기	1	2-2-0	글쓰기의 방법과 실제(인문·사회계열)		기초글쓰기	1	2-2-0	기초글쓰기: 사고와 표현
	자연과학글쓰기	1	2-2-0	글쓰기의 방법과 실제(자연계열)		사회과학글쓰기	1	3-3-0	

학교명	수업명	학년	시수	교재명	학교명	수업명	학년	시수	교재명
부산대	열린생각과 말하기	1	1	열린생각과 말하기	충남대	인문과학글쓰기	1	3-3-0	
	진로탐색글쓰기		3			자연과학글쓰기	1	3-3-0	
	창의적 문제해결력		3		충북대	스토리텔링과 소통	1	3-3-0	
	창의적사고와 글쓰기	1	1	창의적사고와 글쓰기		과학글쓰기	1	3-3-0	
	프레젠테이션과 토론		3			국어와 작문	1	3-3-0	국어와 작문
서울대	과학과 기술 글쓰기	–	3-3-0	과학기술 글쓰기		독서와 토론	1	3-3-0	
	글쓰기의 기초	1	3-3-0	글쓰기의 기초		매체와 표현	1	3-3-0	
	논리와 비판적 사고	–	3-3-0			발표와 토론의 실제	1	3-3-0	

해당 내용이 별개의 교과목으로 교육과정에 편성되어 있음은, 해당 교과목이 지닌 교육내용과 목표의 중요성을 인지하고 있음을 보여준다. 그러나 이와는 별개로 대학 글쓰기 교과목의 교육목표와 교육체계에 대해 다시 한 번 더 생각해보는 계기를 마련한다고 볼 수 있다. 즉 대학에서의 기초 글쓰기에 편성한 내용 일부를 교과목으로 개설하고 있다면, 기초 글쓰기에서 다루고 있는 해당 내용은 유사 교과목을 위한 선행 기초 교육으로 다루어져야 하는가, 아니면 기초 글쓰기교육내용에서 유사 교과목에서 다루는 내용을 배제해야 하는가 등의 문제가 그러하다. 여기에서 후자의 경우 유사 교과목 모두 이수구분을 '선택'으로 두고 있다는 점을 고려할 때, 학습자가 해당 교과목을 선택하여 듣지 않을 경우 해당 내용에 대한 학습이 이루어지지 못한다는 문제점을 안을 수밖에 없다. 따라서 이러한 문제점을 해결하기 위해서는 기초-전공-계열심화/실용적 글쓰기로 이어지는 교육과정 편성 및 교과내용의 편성이 필요할 것이다.

5. 대학 글쓰기 교재의 개편 방향성

시대의 변화에 따라 그리고 대학별 교육목표와 특수성에 따라 대학 글쓰기교육에 접근하는 방향이 다를 수 있으나, 대학 글쓰기교육이 대학생으로서 갖추어야 할 기본적 글쓰기 능력의 배양에 초점을 맞추고 있다는 것은 동일하다. 대학 글쓰기 교재의 개편이 지속적으로 이루어짐은 실제 대학 글쓰기 교재 활용 과정에서 발생하는 문제점을 개선하는 한편, 대학별 교육목표 및 시대의 변화에 맞는 양질의 글쓰기교육을 실현하기 위함이라고 할 수 있다. 이를 위해서는 각 대학별 글쓰기 교재가 기본적으로 담아야 할 교과내용을 바탕으로, 각 대학별로 대학 교육목표와 특수성을 담은 교과내용을 편성해야 할 것이다. 아울러 대학생의 글쓰기에 대한 요구를 반영함으로써 그에 따른 학습동기를 고려하여 편성해야 할 것이다.

이를 위하여 이 글에서는 거점국립대학 10개교의 대학 글쓰기 교과목 및 기초글쓰기 교재에 나타난 교육목표와 교과내용의 공통성과 차이성, 그리고 교재들의 편성 방식과 교과내용의 특이성을 각 대학별 글쓰기 교재의 머리말과 목차를 토대로 분석하였다. 그 결과, 대학 글쓰기교육의 명시적 목표 설정이 필요하며, 교육목표와 교과내용 간 긴밀한 연결 및 학습자의 기대와 욕구의 반영 등을 고려한 교과내용의 편성이 필요함을 밝혔다. 그리고 이를 토대로 대학 글쓰기교육이 전공능력을 강화할 수 있는 학술적·전문적 글쓰기교육으로 나아가야 한다는 점과, 대학 글쓰기 교육과정에 있어 계열별·전공별 글쓰기교육 등 학습자의 요구와 시대적 요청을 고려한 교과목의 선택지를 다양하게 둘 필요가 있겠다.

물론 대학 글쓰기교육의 교육목표와 교과내용에 있어 각 대학별 교육목표와 특수성이 반드시 고려되어야 함은 자명하다. 그러나 1학년 교양과정에 편성된 필수 교과목으로써 모든 글쓰기교육은, 대학생으로서 갖추어야 할 글쓰기능력을 배양하기 위한 기본 내용은 공통적으로 담아야 할 것이다. 이 글에서는 이를 밝히기 위하여 각 글쓰기 교재가 담고 있는 교육목표와 교과내용을 분석하였으며, 글쓰기교육에 대한 학습자의 의견을 수렴하여 글쓰기교육이 담아야 할 내용을 제안하였다.

지식·정보사회에서 다양한 정보를 바탕으로 자신의 생각을 정리하고 논리적으로 표현하는 글쓰기능력 배양을 위한 글쓰기교육은 고등교육기관인 대학에서 반드시 갖추어야 할 교육과정에 해당한다. 대다수의 대학이 1학년 교육과정에 글쓰기교육을 교양필수로 편성하고 있다는 점은 이를 방증한다. 그러나 그 중요성에 비하여 현재의 대학 글쓰기교육은 대학 글쓰기교육의 교육목표와 학습자의 욕구를 모두 충족시키기에는 아직 부족한 면이 있는 것이 사실이다. 특히 이러한 대학 글쓰기교육을 반영한 글쓰기 교재는 몇 차례의 수정과 보완, 개편 등을 거쳐 이러한 문제점을 개선하고 각 대학별 교육목표를 반영하여 꾸준히 개정판을 출간하는 경우도 있으나, 그렇지 않은 경우도 다수이다. 또한 일부 대학 글쓰기 교재는 대학 내 신입생을 대상으로 인쇄하여, 시중에서는 구하기 어려운 경우도 있었다.

이 글에서 밝힌 바와 같이, 대학 글쓰기교육의 핵심은 학술적 글쓰기라 할 수 있다. 지식·정보를 체계화하고 논리적으로 자신의 의견을 밝히는 학술적 글쓰기는 대학 글쓰기교육이 단연 나아가야 할 방향이라 할 수 있으며, 보고서·논문 작성법에 대한 학습자의 학습욕구는 이를 뒷받침한다. 이와 같은 차원에서 대학 글쓰기 교재의 방향을 정립하고 어떻게 써야할 것인가에 대한 체계적 접근이 요구된다.

대학 글쓰기교육의 교육목표와
평가목표의 상관성 분석

1. 대학 글쓰기교육의 평가 준거와 방법의 필요성

대학 글쓰기교육에서의 평가에 대한 접근이 본격적으로 이루어진 시점은 대학 글쓰기교육 전반에 대한 연구 흐름과 궤를 같이한다. 2000년대 초반 대학 글쓰기교육의 평가는 중등교육에서의 평가 접근 방식을 도입하거나 1980~1990년대 미국 글쓰기교육에서의 평가 접근 방식을 도입·적용하는 방식으로 진행되었으며, 현재 다양한 형식의 이론 검토 및 사례 분석을 통한 평가이론·방법·전략 및 방안 등을 도출하여 왔다.

대학 글쓰기교육의 평가 관련 선행 연구들을 분석하는 과정에서 평가 준거와 방법을 모색하고 제언하려는 기획에서 좀 더 심화하는 과정을 거쳐야 한다는 점을 인식하게 되었다. 그것의 주제로 첫째, 대학 글쓰기교육의 목표, 둘째, 대학 글쓰기교육의 평가목표, 셋째, 글쓰기 갈래(장르)에 따른 평가 방법 및 준거, 넷째, 평가도와 신뢰도의 타당성 확보 방안, 다섯째, 교수법과의 연계 및 평가 결과의 활용 방안,

특히 피드백 및 첨삭 등을 통한 평가 방법이 이에 해당한다.

교육이 투입(in-put)과 산출(out-put)의 상호작용이라고 할 때, 그 둘을 이어주는 동시에 공통적으로 지향하는 것이 교육목표이다. 대학 글쓰기교육에서의 평가는 실질적으로 대학 글쓰기교육의 목표의 달성 여부를 측정하기 위한 것이며, 이를 위해서는 적절한 평가목표와 평가 기준, 준거를 마련하는 것이 중요하다. 따라서 대학 글쓰기교육에서의 평가는 대학 글쓰기교육의 목표에 대한 제시와 그에 따른 평가목표의 설정에 대한 접근이 가장 먼저 이루어져야 할 것이다.

무엇보다도 대학 글쓰기교육의 목표와 평가목표의 제시, 선명성, 상관성 등이 구체적으로 제시되어야 할 필요성이 다시금 제기된다. 그렇다면 대학 글쓰기교육의 평가 관련 연구에서는 글쓰기교육의 목표가 어떻게 설정되고 있으며, 평가 준거 및 방법과 어떻게 상호 관련되고 있을까. 이러한 질문에서 2005년부터 2019년 4월까지의 글쓰기교육 관련 학술논문 중 '평가'를 다룬 논문 72편[1]을 대상으로, 이 글은 대학 글쓰기교육의 평가 양상과 준거를 살펴보기에 앞서, 대학 글쓰기교육 목표와 평가목표의 제시 현황과 상관성을 분석하고 그 방향

---

1) 연구 대상 선정은 이 책의 1부 「대학 글쓰기교육의 연구 동향 분석과 시사점」 및 「대학 글쓰기교육에서 평가 연구의 동향과 분석」과 동일한 방식인 한국학술지인용색인(KCI: Korea citation index)을 활용하였으며, 2019년 4월을 기점으로 연구 대상을 재검토하는 과정에서 대학 글쓰기교육에서의 평가를 논한 논문을 대상으로 한다는 기준을 더욱 강화할 필요성이 제기됨에 따라, 교수 첨삭 '담화'를 중심으로 한 이재기(2010)의 논문과 예비 교수자를 대상으로 한 이윤빈(2015)의 논문 총 2편의 논문을 제외하고, 2018년도에 발표된 3편의 논문을 추가하여 총 72편의 논문을 대상으로 하였음을 밝힌다. 대상 논문은 이 책의 [부록 5]에 제시한다.

성을 제시하고자 한다. 이를 위해서 ①대학 글쓰기교육 목표와 평가목표의 제시 유무 및 의미, ②대학 글쓰기교육 목표로 설정하고 있는 중점항목, ③평가목표로 설정하고 있는 중점항목에 대한 각각의 현황과 그 의미를 면밀히 살펴본 후, ④대학 글쓰기교육 목표와 평가목표의 상호 연계성에 대한 분석을 통하여 ⑤대학 글쓰기교육에서의 평가목표 방향을 제시하고자 한다.

그간 대학 글쓰기교육의 평가 연구는 부분적으로 이루어졌지만, 교육목표와 평가목표의 상관성을 종합적으로 접근한 메타 연구는 전무한 실정이다. 따라서 이 글을 통해 대학 글쓰기교육이 본격적으로 시작된 15여 년 동안의 글쓰기목표의 제시 여부와 내용, 평가목표의 제시 여부와 내용, 그리고 둘 사이의 상관성을 체계화한 점에서 새로운 지점과 의의를 기대해 볼 수 있다.

2. 교육목표와 평가목표의 제시 현황과 상관성 분석

1) 교육목표와 평가목표의 제시 현황

대학 글쓰기교육에서 평가는 이 책의 1부 「대학 글쓰기교육에서 평가 연구의 동향과 분석」에서 밝힌 바와 같이 "대학 글쓰기교육의 목표를 드러내는 지표로서 작용"한다. 대학 글쓰기교육 평가의 중요성을 언급하는 대다수 논문이 주장하는 바와 같이, 대학 글쓰기교육 평가에 있어 대학 글쓰기교육 목표의 제시와 평가목표의 설정은 선행되어야 할 요소이자 점검·검증하기 위한 요소가 된다.

총 72편의 평가 관련 학술논문에서 연구자는 글쓰기교육의 교육목표를 분명하게 제시하였는가를 면밀히 분석하였다. 기본적으로 대학 글쓰기교육의 교육목표는 '대학생의 글쓰기 능력 신장'이라는 관점이 공통적·암묵적으로 반영되어 있으며, 이를 실현하기 위해 각 내학·교수자들은 구체적 교육목표의 설정과 구체적 실행을 위한 커리큘럼을 설계한다. 이 과정에서 평가는 이러한 교육 목표의 실현 여부 및 달성도를 측정하기 위한 것으로, 평가 관련 논문은 교육목표가 무엇인지를 제시해야 한다.

 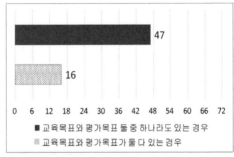

〈그림 1〉 교육목표와 평가목표 편수   〈그림 2〉 총편수 대비 목표(교육, 평가)언급 비율

이러한 차원에서 〈그림 1〉과 〈그림 2〉에 제시된 평가 관련 학술논문의 대학 글쓰기교육의 교육목표와 평가목표 제시 현황을 보면, 그동안 평가에 대한 인식과 실현의 실제를 파악할 수 있다.

교육목표는 31편(43.06%), 평가목표는 32편(44.44%)이 구체적 목표를 제시하고 있으며, 〈그림 2〉를 통해 제시한 바와 같이 교육목표와 평가목표 둘 중 하나라도 있는 경우는 47편(65.3%), 둘 다 있는 경우는 16편(22.2%)이다.

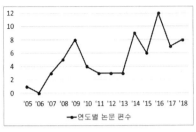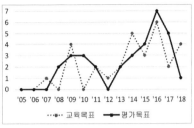

〈그림 3〉 연도별 글쓰기교육 평가 관련 〈그림 4〉 연도별 목표(교육, 평가) 제시
논문 편수 현황 논문 편수 현황

〈그림 3〉은 글쓰기교육 평가 관련 논문의 연도별 편수를, 〈그림 4〉
는 교육목표와 평가목표를 다룬 평가 관련 논문의 연도별 편수를,
〈그림 5〉, 〈그림 6〉은 각각 평가 관련 논문 대비 교육목표 그리고 평
가목표를 다룬 평가 관련 논문의 연도별 비율을 나타낸 것이다. 〈그
림 3〉의 연도별 교육목표와 평가목표 제시 논문 편수 현황을 통하여
드러난 그래프는 〈그림 4〉의 평가 관련 72편 논문의 연도별 현황 그
래프와 거의 유사함을 확인할 수 있다.

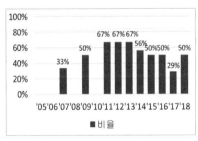

〈그림 5〉 연도별 교육목표 비율 〈그림 6〉 연도별 평가목표 비율

〈그림 5〉와 〈그림 6〉에서 제시한 각 연도별 교육목표와 평가목표
비율도 연도별 격차나 시기별 변화 양상에 대하여 큰 변별지점이 없
음을 보여준다. 2005년도와 2006년도 0편은 당시 수록된 논문 편수

가 0~1편밖에 되지 않았으므로, 교육목표와 평가목표 부재에 대한 부분보다 평가 관련 연구가 초기 단계였음을 보여주는 지표로 보는 편이 타당하다. 2007년도부터는 교육목표나 평가목표 둘 중 하나라도 제시한 논문 비율이 비교적 고르게 분포한다는 점에서 평가 관련 연구 진행 이후 교육목표와 평가목표에 대한 2005년부터 2019년도까지의 증감에 따른 시기적 의미보다, 이들 논문들이 제시하고 있는 교육목표와 평가목표의 중점항목과 시기적 변화유무를 살펴볼 필요가 있다.

2) 교육목표로 설정하고 있는 중점항목 제시 현황과 그 의미

대학 글쓰기교육 관련 절대 다수의 논문에서 밝히고 있는 바[2]와 같이 교육목표는 대학 글쓰기교육에서 가장 중요한 요소라 할 수 있다. 우리는 교육목표와 평가목표의 긴밀한 호환성을 위해 학습 현장을 비롯해 연구 논문에서 구체적이고 명료하게 제시되어야 한다는 입장이다. 이와 관련해 다른 관점도 제기될 수 있다는 점도 예상된다. 앞서의 논의에서 구체적 목표를 명료하게 제시하고 있지 않은 현황을 제시한 바 있는데, 이들 논문이 구체적으로 제시하고 있지 않더라도 기본적·일반적인 글쓰기교육 목표, 예를 들어 '대학생의 글쓰기 능력 신장'이라는 관점을 전제하는 것이라고 반문할 수 있다. 이러한 상황을 수용하더라도 구체적 평가목표의 설정 부재는 문제가 될 수밖에 없다. 왜냐하면 평가는 학습자의 점수로 환원될 수 있는 성적뿐만이 아닌 성취도 등에 대한 가시적·구체적 정보를 제공해주어야 하기 때

---

2) 이에 대해서는 이 책의 1부 「대학 글쓰기교육에서 평가 연구의 동향과 분석」을 통해서도 밝힌 바 있다.

문이다. 따라서 평가를 어떻게 할 것인가 등에 대한 방향 설정에는 교육을 통해 성취하고자 하는 구체적인 교육목표와 그 실현 여부를 판단할 평가목표 모두가 명료하게 제시되어야 할 것이다.

이와 관련해 대학 글쓰기교육의 교육목표가 대학별·교수자별로 크게 또는 조금씩 다르기 때문에 그 특수성을 고려해야 한다는 의견도 제시될 수 있다. 이러한 점을 감안하더라도 글쓰기교육은 보편적 가치와 세계시민교육의 차원을 공유하고 시대와 공명할 수 있는 교양인의 육성이라는 공통의 교육목표를 지향해야 한다. 이것은 대학의 글쓰기교육이 공공성의 강화라는 것과 아울러 개별 대학 및 교수자의 특수성과 개별성을 유지하고 계발하는 차원을 위해서라도 교육목표는 구체적으로 제시되어야 할 것이다.

거점국립대학의 글쓰기 교재를 분석한 우리의 선행연구에 따르면, 대학 글쓰기교육에 있어 각 대학별·수업별 교육목표가 상이한 지점도 있으나, 대범주 영역으로 살필 경우, 연구자·교수자 다수가 인식하는 공통지표가 존재한다. 국내 대학 글쓰기교육은 '교양교육'과 '의사소통 교육'을 보편적 목표로 하여, '인성교육', '창의교육', '통합교육', '융복합교육'을 세부목표3)로 제시하고 있다. 72편의 평가 관련 논문에서 제시하고 있는 교육목표를 분류·분석한 결과 도출된 다음 6가지 중점항목은, 이 보편적 목표와 세부목표의 동일·유사한 내용을 다루고 있다는 점에서 대학 글쓰기교육의 교육목표를 바라보는 지점을 명확히 보여준다.

---

3) 국내 대학 글쓰기교육은 이 책의 1부 「대학 글쓰기교육에서 평가 연구의 동향과 분석」에서 분석한 바와 같이 '교양교육'과 '의사소통 교육'을 보편적 목표로 하여, '인성교육', '창의교육', '통합교육', '융복합교육'을 세부목표로 제시하고 있다.

①의사소통 능력, 지식의 공유와 소통

②학술적 글쓰기 능력, 전공지식의 응용과 활용, 지식의 도구적 사용

③학습자의 글쓰기 능력 향상과 태도 개선

④문제해결능력

⑤비판적·논리적 사고, 논증적 사고

⑥창의적 사고와 논리적 표현

기타: 인간으로서의 성장, 인간 형성, 구체적인 개념의 습득·원리 적용

〈그림 7〉은 평가 관련 논문에서 도출한 6가지 교육목표별 논문 편수를 그래프로 나타낸 것이다. 그래프를 통해 드러난 바와 같이 6가지 중점항목 중에서도 ①의사소통 능력, 지식의 공유와 소통, ②학술적 글쓰

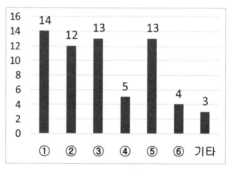

〈그림 7〉 교육목표 중점항목별 편수 현황

기 능력, 전공지식의 응용과 활용, 지식의 도구적 사용, ③학습자의 글쓰기 능력 향상과 태도 개선, ⑤비판적·논리적 사고, 논증적 사고가 중심임을 확인할 수 있다.

6가지 중점항목 중 ①의사소통능력, 그리고 초연결사회에서의 지식의 공유와 소통을 중시하는 교육목표는 현재 사회가 요구하는 인재가 갖추어야 할 요건이자 대학교육의 지향점이기도 하며, 4차 산업혁명 시대의 미래 교육이 키워낼 인재가 갖추어야 할 역량4) 중

---

4) 세계경제포럼(WEF)이 강조하고 있는, 4차 산업혁명 시대가 요구하는 인재가 갖추어야 할 4가지 역량(Competencies)은 다음과 같다. ①비판

하나이기도 하다. ④문제해결능력과 ⑤비판적·논리적 사고, 논증적 사고, 그리고 ⑥창의적 사고와 논리적 표현 또한 4차 산업혁명 시대가 요구하는 인재의 역량에 해당한다. 이는 대학 글쓰기교육의 교육목표가 시대가 요구하는 인재를 양성하는 목표와 밀접한 연관성이 있음을 보여주는 동시에, 글쓰기교육의 중요성을 다시 한 번 일깨우는 것이라 할 수 있다. 기타 항목에서 제시한 인간으로서의 성장, 인간 형성과 같은 인성 교육적 차원에서의 교육목표 또한 AI인공지능 시대를 앞두고 인간다움을 강조하는 현 시대의 요구와도 연결된다.

〈표1〉에서 확인할 수 있는 바와 같이 위 6가지 중점항목은 2005년부터 2008년도까지는 이를 거의 다루고 있지 않는다는 점 외에는 눈에 띄는 연도별 특징을 보이지 않고 있음을 확인할 수 있다. 이는 대학 글

〈표 1〉 연도별 교육목표 중점항목 편수 현황

게재연도	①	②	③	④	⑤	⑥
2005						
2006						
2007						1
2008						
2009	1	2	3			
2010						
2011	2		1	1	1	
2012		1		1	2	
2013	1	1	2	1		
2014	2		2		1	1
2015	1	3	1		1	
2016	4	3	1		3	2
2017	1	1	2			
2018	2	1	1	2	3	

쓰기교육에 대한 중요성이 강조되고 연구가 본격화된 시점부터 지금에 이르기까지, 글쓰기교육이 요구하고, 글쓰기교육을 통하여 실현하고자 하는 교육목표가 큰 틀에서 변화하지 않았음을 의미한다. 이와

적 사고와 문제해결(Critical thinking/problem-solving), ②창의성 (Creativity), ③의사소통(Communication), ④협력(Collaboration)

동시에 대범주의 차원에서 현 대학 글쓰기교육의 공통목표를 설정할 수 있음을 역설적으로 보여준나고도 할 수 있겠다. 잎시 확인한 바와 같이 현 시대의 인재가 갖추어야 할 역량과 일치하는 면을 보여주고 있다는 점 또한 이를 뒷받침한다.

3) 평가목표로 설정하고 있는 중점항목 제시 현황과 그 의미

대학 글쓰기교육에서의 평가에 대한 연구는 대학 글쓰기교육이 본격적으로 연구되는 시점에 시작되어, 초·중등교육에서의 평가와 미국 글쓰기교육 평가 이론의 도입과 적용 등 국내·외적으로 다루어진 기존 연구를 활용하며 진행되어 왔다. 결과 중심 평가에서 과정 중심 평가로, 그리고 현재는 맥락 중심 평가로 변화5)하고 있다는 초·중등교육 연구에서 밝힌 바와 유사하게, 대학에서의 평가도 결과 중심 평가에서 벗어나 과정 중심 평가, 맥락 중심 평가의 각각의 형태 또는 혼용된 형태로 나타나고 있다.

이러한 평가 연구에 있어 평가목표 설정의 중요성은 거의 대다수의 연구가 강조하고 있는바, 대학 글쓰기교육에서의 평가에 대한 연구 다수에서 평가목표 설정의 필요성을 강조하는 것과 달리, 평가목표를 구체적으로 설정하고 제시한 논문 편수는 상대적으로 적다. 72편 논문의 평가 관련 논문에서 제시하고 있는 평가목표를 분류·분석한 결과 도출된 중점항목은 아래와 같다.

①교육과정과 수업 내용을 통한 교육목표(수업목표)의 실현(타당성) 여부 점검 및 검증

---

5) 임천택, 『학습자 중심의 국어과 평가』, 박이정, 2002, 40~44쪽.

②교수자의 교수학습평가, 교육과정 개선(교육의 질)
③학습자의 학습 성취정도 측정
④학습자의 글쓰기 능력 향상(장단점 확인), 글쓰기 개선, 학습 활
　　동 지원
⑤학생평가의 서열화, 성적처리, 정당성 부여

　5가지 중점항목 중 ①교육과정과 수업 내용을 통한 교육목표(수업 목표)의 실현(타당성) 여부 점검 및 검증과 ②교수자의 교수학습평가, 교육과정 개선(교육의 질)은 교수자 중점 환류체계 구축을 의미한다. ③학습자의 학습 성취정도 측정과 ④학습자의 글쓰기 능력 향상(장단점 확인), 글쓰기 개선, 학습 활동 지원은 학습자 중점 학습·교육의 차원에 해당한다.

　〈그림 8〉에 제시된 바와 같이 5가지 항목 중 가장 중점적으로 제시되는 항목은 ④학습자의 글쓰기 능력 향상(장단점 확인), 글쓰기 개선, 학습 활동 지원으로, 이는 곧 평가 관련 연구자들이 평가를 학습·교육의 차원으

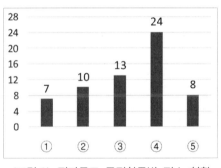

〈그림 8〉 평가목표 중점항목별 편수 현황

로 인식하고 있음을 의미한다. 이는 2000년대 초반의 글쓰기평가 연구들이 ⑤학생평가의 서열화, 성적처리, 정당성 부여의 역할에서 나아가 교육 방법의 일환으로 인식하는 것으로부터 지속적으로 제시되고 있는 지점으로, 이에 대한 평가 방법으로 활용되는 방식 중 대표적인 사례가 첨삭과 피드백, 동료평가와 자기평가라 할 수 있다.

<표 2>에서 확인할 수 있는 바와 같이 평가목표 중점항목 또한 2005년부터 2007년도까지는 이를 거의 다루고 있지 않는다는 점 외에는 눈에 띄는 시기별 특징을 보이지는 않는다. 다만 2016년도

<표 2> 연도별 평가목표 중점항목 편수 현황

게재연도	①	②	③	④	⑤
2005					
2006					
2007					
2008	2	2	2	2	1
2009	1	2	3	3	1
2010		1	1	3	
2011	1	1	2	2	1
2012					
2013			1	1	1
2014	1	2	1	1	
2015	1			2	1
2016		1		7	
2017	1		1	2	2
2018				1	1

에 ④학습자의 글쓰기 능력 향상(장단점 확인), 글쓰기 개선, 학습 활동 지원이 두드러지게 강조되고 있었음을 확인할 수 있는데, 이는 당시 글쓰기센터 설립의 필요성 강조와 학습자의 학습 활동 지원을 강화하고자 하는 글쓰기교육의 목표 설정과 어느 정도 맞물린 결과로 볼 수 있겠다. 이 밖의 평가항목은 균일한 분포도를 보이는데, 이 또한 앞서 제시한 대학 글쓰기교육의 교육목표와 같이 현 대학 글쓰기교육에서의 평가목표를 대범주의 차원에서 설정할 수 있음을 시사한다.

3. 교육목표와 평가목표의 상호 연계성에 대한 분석

2장에서 대학 글쓰기교육 평가 관련 논문 72편에서 제시하고 있는 교육목표와 평가목표에 대한 분석을 통하여, 6가지 교육목표 중점항목과 5가지 평가목표의 중점항목을 도출한 바 있다.

평가목표 중점항목 중 ①항은 교육목표의 실현 여부를 점검하고 검증하여야 할 것을 요구한다. 즉 6가지 교육목표 중점항목에 대하여 그 실현여부를 점검하고 검증하여야 함을 의미한다. 평가목표 중점항목 중 가장 많이 제시되었던 ④항 학습자의 글쓰기 능력 향상과 글쓰기 개선, 학습 활동 지원은 교육목표 중점항목 ③항 학습자의 글쓰기 능력 향상과 태도 개선과도 일치한다. 이는 곧 평가 또한 대학 글쓰기 교육 과정에서 글쓰기 능력 향상을 위해 활용되어야 함을 의미한다. 아래 〈표 3〉과 〈표 4〉는 논문 중에서 각 항목에 해당하는 부분을 정리한 것이다.

〈표 3〉 교육목표 중점항목 중 ③항의 논문별 제시 현황

1) 학습자가 대학이라는 학문적 담화 공동체에서 요구하는 글쓰기 능력을 갖추도록 함, 학생들로 하여금 글쓰기의 가치를 알고 글을 제대로 쓸 줄 아는 '자율적인 생애필자(life-term writer)'로 거듭날 수 있도록 하는 것
2) 글쓰기교육의 궁극적인 목적이 학습자의 글쓰기 능력을 향상시키고 태도를 개선시키는 것
3) 학습자들의 글쓰기 능력을 실질적으로 개발하고 증진시키는 데 있다는 점
4) 글쓰기를 자신의 전공 학습에 활용하는 능력을 길러주는 것
5) 미래의 공학자가 갖추어야 할 사고 능력과 글쓰기 능력 신장
6) 어떤 전공 분야의 학생들이라도 자신의 전공 분야를 포함한 다양한 영역의 글을 읽고 이해하며, 쓸 수 있는 능력을 갖추도록 하는 것
7) 학생들의 글쓰기 능력을 계발
8) 교양 글쓰기를 배우고자 하는 학습자의 글쓰기 능력을 제고
9) 대학생의 글쓰기 능력을 신장시킨다는 실용적 목적
10) 전공 관련 글쓰기에 도움이 되는 글쓰기 기초 실력을 쌓도록 하는 데 그 목적, 학생 스스로 글을 보는 눈을 높여 가는 것에 목적
11) 대학생들로 하여금 학문 공동체의 일원으로서 필요한 글쓰기 능력을 키움
12) 자신의 생각을 제대로 표현하는 기본적 글쓰기 능력과 졸업 후 사회생활에 필요한 실용적 글쓰기 능력 배양, 실질적인 '쓰기 능력'을 배양하기 위한

목적

13) 좋은 글을 쓸 수 있는 능력을 배양하는 것. 대학 신입생들의 글쓰기 능력
배양

〈표 4〉 평가목표 중점항목 중 ④항의 논문별 제시 현황

1) 교수학습 과정에서 학습자를 도울 수 있어야 함
2) 그들(학습자)의 글쓰기 능력을 향상시킴
3) 궁극적으로 학생 필자의 글쓰기 능력을 보다 더 향상시키는 데 기여
4) 학생의 학습에 도움
5) 학습자가 스스로 올바른 학습 목표를 설정하도록 함으로써 효과적인
학습 이행을 촉진하기 위한 목적
6) 글쓰기 과정을 통하여 학습자 스스로가 갖춰야 할 능력을 신장. 학습
자의 글쓰기 능력을 실질적으로 향상
7) 학습자 스스로가 자신의 학습 활동에 대해 주도적 태도를 갖게 하는
것을 목적
8) 글의 향상. 글쓰기의 개선을 목적
9) 작문 능력 및 학습 태도의 신장
10) 학습자가 스스로 글쓰기 학습활동을 주체적으로 함
11) 평가의 궁극적인 목표는 학습을 효과적으로 지원하는 데 있음
12) 학습을 위한 평가를 강조
13) 학습자의 글쓰기 능력을 신장
14) 글쓰기에서 겪는 문제 해결 과정의 경험
15) 교육을 목적(교육과정의 일부)으로 삼아야 함
16) 평가의 본질적 측면은 학생들의 글쓰기 신장
17) 학습자 스스로 계속해서 그 방법을 어떤 상황에서도 조절하여 응용할
수 있게 하는 것
18) 자기견해 및 주장을 명확히 밝힐 수 있는 글쓰기 능력을 갖추게 하는 것
19) 학습자가 자신의 글쓰기 결과물을 수정 보완하는 과정을 거듭하면서
수업과 관련된 합목적적 활동을 위한 사고 전략을 익히는 데 도움을

> 　　주는 계기
> 20) 학습자의 비판적 사고를 키워내기 위한 목적
> 21) 글쓰기 목표에 반영되어 좋은 글을 완성할 수 있는 능력을 배양
> 22) 자신의 학습목표를 설정하여 그 목표에 도달하는 과정을 자각
> 23) 학생의 성장에 도움
> 24) 학생들의 쓰기 학습에 실제적으로 도움

〈표 3〉와 〈표 4〉에서 제시한 바와 같이 대학 글쓰기교육에 있어 교육목표와 평가목표 모두 학습자의 글쓰기 능력 향상을 목적으로 함을 기본적 요건으로 삼고 있으며, 아울러 교육목표와 평가목표 일부에는 글쓰기교육을 통하여 배양·성장할 수 있는 구체적인 글쓰기 능력을 제시하고 있음을 확인할 수 있다. 이와 같은 구체적 목표의 설정은 대학 글쓰기교육에 대한 성과 및 성취 정도를 명확히 측정할 수 있도록 하는 지침이 된다.

〈표 5〉 교육목표 중점항목 중 ②항의 논문별 제시 현황

> 1) 대학 글쓰기교육의 주된 목표는 해당 전공 분야에서 필요한 학술적 글쓰기에 있음
> 2) 학술적 글쓰기 능력의 향상
> 3) 대학에서 요구되는 학문적 글쓰기 능력을 비판적 사고의 기본요소와 주요 속성에 맞추어 체계적으로 함양하는 것
> 4) 일반적인 의사소통을 위한 글쓰기 능력과는 다른 차원의 사유 과정과 소통 양식을 이해시키고 이를 바탕으로 학술적 글쓰기 능력을 신장
> 5) 학문 수학을 위해 도구적으로 사용되는 글쓰기를 학술적 글쓰기라고 하고, 이러한 사회의 쓰기 기술을 익히는 것을 대학 글쓰기의 교양적·교육적 목표
> 6) 학습을 위한 글쓰기, 곧 교양 및 전공 교과 과정 등과 연계된 글쓰기, 전문적 글쓰기 능력을 배양시키는 것

7) 학습자들의 표현 능력과 소통역량을 길러 대학 글쓰기의 최종 목표인 학술적 글쓰기

8) 글로벌 정보·지식사회의 적응에 필요한 지식의 도구적 사용능력, 학술적 사고의 기본능력 등을 키우는 것

9) 글쓰기 수업의 목표를 대개 '학술적 글쓰기 능력'의 향상

10) 전공 관련 글쓰기에 도움이 되는 글쓰기 기초 실력을 쌓도록 하는 데 그 목적

11) 학업적 쓰기와 말하기를 교육목표로 설정

12) 대학의 글쓰기가 논증에 바탕을 둔 학술적 글쓰기여야 한다는 암묵적인 합의

6가지 교육목표 중점항목에서 확인할 수 있는 또 하나의 특징은 〈표5〉를 통하여 제시한 바와 같이 ②항의 학술적 글쓰기 능력, 전공지식의 응용과 활용, 지식의 도구적 사용이다. 교육목표를 구체적으로 제시한 평가 관련 논문에서는 학술적 글쓰기 외 타 글쓰기 방법을 구체적으로 제시한 경우가 거의 없었다. 이는 두 가지 시사점을 제시하는데, 하나는 대학 글쓰기교육의 교육목표 차원에서 학술적 글쓰기가 기본적인 접근방식이라는 인식이 자리 잡고 있음을 보여준다는 점이며, 또 하나는 대학 글쓰기교육 평가목표 차원에서는 학술적 글쓰기의 평가의 필요성과 평가 방법 접근의 용이함을 보여주고 있다는 점이다.

또 한 가지 6가지 교육목표 중점항목 중 ①항 교육과정과 수업 내용을 통한 교육목표(수업목표)의 실현(타당성) 여부 점검 및 검증을 다룬 논문 8편과 ②항 교수자의 교수학습평가, 교육과정 개선(교육의 질)을 다룬 논문 10편 중 총 6편이 ①항과 ②항을 동시에 다루고 있다는 점은 교수자 차원에서의 환류체계 구축을 의미한다고 볼 수 있

다. 교육목표의 실현 여부 점검과 검증은 교수자의 교수학습 평가와 교육과정 개선을 통한 교육의 질적 향상을 꾀하고자 하는 의미를 담고 있다 할 수 있다.

〈표6〉 평가목표 중점항목 중 ①항의 논문별 제시 현황	〈표7〉 평가목표 중점항목 중 ②항의 논문별 제시 현황
1) 교육과정과 수업활동을 통해 교육목표가 실제로 어느 정도 실현되었는지를 밝히는 과정	1) 교수자가 자신의 교수학습을 평가하는 데 도움이 되어야 함
2) 학습자의 글이 이룬 성취요인을 확인	2) 교수학습의 개선이라는 목적을 이루기 위해 동원되는 여러 방법적 전략들의 총합
3) 학생 필자와 그가 산출한 텍스트를 해석하고 판단하여 글쓰기 교수–학습 방법을 개선하는 데 도움이 되는 정보를 수집. 평가의 핵심적인 목적은 교수–학습 방법을 질적으로 개선시키는 데 도움이 될 만한 근거자료를 평가 과정에서 추출하여 그것을 다시 글쓰기교육과정에 반영함으로써 교육의 효과를 극대화하는 것. 글쓰기교육에서의 '평가'는 '다음 목표'를 설정하고 '교수–학습 방법'을 개선할 수 있도록 근거자료를 제공	3) 수집한 자료를 글쓰기교육에 활용함. 평가의 핵심적인 목적은 교수–학습 방법을 질적으로 개선시키는 데 도움이 될 만한 근거자료를 평가 과정에서 추출하여 그것을 다시 글쓰기교육과정에 반영함으로써 교육의 효과를 극대화하는 것. 글쓰기교육에서의 '평가'는 '다음 목표'를 설정하고 '교수–학습 방법'을 개선할 수 있도록 근거자료를 제공
4) 글쓰기 과정을 통하여 그 구체적 실상을 '측정'	4) 교수–학습의 유의미한 '방향성'을 제시

5) 교육목표와 교육 활동상의 일치도를 측정	5) 송환(Feedback)의 필요성을 깨닫게 하고 더 심화된 내용으로 나아가기 위한 토대
6) 측정을 통해서 객관적으로 수업 과정을 '관리'	6) 관리를 통해서 궁극적으로 글쓰기 교과목 프로그램을 '개선'
7) 교실 공동체 구성원이 상호주관적으로 합의한 교수 학습 목표에 대한 달성 정도를 측정	7) 교수 및 학습을 개선 8) 교육과정의 개선 9) 평가의 핵심 목적은 교육의 질을 개선하는 것 10) 교수학습을 개선

〈표6〉과 〈표7〉은 평가목표 중점항목에서 각각 ①항과 ②항의 논문
별 제시 현황을 정리한 것으로, 다른 중점항목과 다른 특징을 보여준다.
위에서 제시한 바와 같이 10편의 논문 중 6편의 논문이 ①항과 ②항을
둘 다 다루고 있음에 따라, 이를 가시적으로 보일 수 있도록 대등하게
배치하였다. 이와 같이 ①항과 ②항을 언급한 평가 관련 논문의 60%에
해당하는 논문이 ①, ②항을 동시에 제시하고 있음은 교수법 차원에서
의 접근 또한 평가에 그치지 않고, 이를 토대로 교수법 또는 교육과정을
개선함으로써 궁극적으로는 학습자의 글쓰기 능력 향상이라는 목표를
달성하기 위한 전략을 세우고 있음을 확인할 수 있다. 교육의 질 개선은
결국 학습자에게 보다 나은 양질의 교육을 제안함으로써 글쓰기 능력을
향상시키는 데 궁극적 목적을 두기 때문이다.

4. 교육목표와 평가목표 관련 논의의 문제점과 방향성

1) 교육목표와 평가목표 관련 논의의 문제점

대학 글쓰기교육의 질적 양적 확대와 함께 대학 글쓰기교육에서 '평가'에 대한 논의는 글쓰기교육 관련 논문이 발표되기 시작한 시점부터 지속적으로 제기되어 온 과제이다. 글쓰기교육에 있어 평가 원리나 방법에 대한 학문적 연구가 이루어지지 않은 것은 아니나, 대부분 개별 사례에 대한 분석에 의존하거나 원론적 차원에서의 접근으로 이루어지는 경우가 대다수이다. 대학 글쓰기교육에 있어 표준 교육과정의 필요성을 제기하는 목소리6) 또한 없었던 것은 아니지만, 아직까지는 대학 및 학계에서 합의된 표준 교육과정(안)을 설정하지는 못하였으며, 이는 곧 교육과정의 목표 및 내용과 깊이 연관된 평가 이론 정립의 현 단계를 보여주는 것이기도 하다. 사실상 대다수 대학 글쓰기교육에 대한 연구 성과는 각 대학별 또는 영역별 글쓰기교육에 대한 단편적 연구에 그치고 있는 것이 사실이며, 이를 하나의 교육과정으로 통합하거나 연계하는 단계에는 이르지 못하였다.

이는 기본 교육지침과 방향이 설계되어 있는 초·중등교육과 달리, 대학 현장에서의 교수법 및 평가는 교수자의 교수법에 대한 자율성을 침해하지 않는 것이 일반적이었다는 점과, 다양한 교수법을 제시하는 방법과 달리, '평가'라고 하는 수업 결과에 대한 성과지표의 도출 방안을 제시하는 것에 대한 어려움이 반영된 결과로 보인다.

---

6) 허재영, 「대학 작문 교육의 현실과 정체성에 관한 연구 –선행 연구의 흐름과 실태 분석을 통한 표준 교육과정을 제안하며」, 『교양교육연구』 6권 1호, 한국교양교육학회, 2012.

평가는 교육과정과 수업 활동을 통해 교육목표가 실현된 정도를 밝히는 과정[7]이며, 학습자의 학업성취 정도를 측정하고, 학습 동기를 고취시킨다. 또한 교수자가 설정한 교육목표가 타당한 것이었는지, 교육 내용 및 방법이 학습자의 수준에 적절한 것이었는지 판단하게 하는 근거 자료의 역할도 담당한다.[8] 교육이 목표 지향적 행위라는 점이 강조될수록 그만큼 평가의 필요성 및 중요성, 그에 따른 평가 준거 등이 요구된다. 평가의 신뢰도 및 타당성을 위한 객관적인 지표를 마련하는 것은 목표의 성취 여부를 가늠하는 것이기도 하다. 이러한 평가는 학습자의 글쓰기에 수반되는 능력-의사소통능력과 표현능력, 문제해결력과 비판적 사고력을 측정하는 도구인 동시에 교육과정 자체에 대한 점검, 그리고 더 나은 수업을 설계해야 하는 교수자 자신에 대한 피드백에 기여한다.

이 책의 1부 「대학 글쓰기교육에서 평가 연구의 동향과 분석」을 통하여 국내 대학 글쓰기교육의 실정에 맞는 평가 기준 또는 평가 준거를 찾기 위한 노력의 가시적인 성과를 밝힘과 동시에, 이들 연구가 제시하고 있는 평가 준거별 기준이 서로 상이한 경우가 많고, 체계성과 통일성을 명확히 보여주고 있지 못하거나 평가 방안을 적용한 사례가 예상과 다르게 진행된 문제점이 있음을 확인한 바 있다. 그리고 이번 교육목표와 평가목표에 대한 현황 분석이, 교육목표와 평가목표를 설정 또는 제시하지 않거나 범박한 범주로 제시하지 않고 있다는 점을 해당 문제점에 대한 원인 중 하나로 지목할 수 있음을 보여

---

7) 이지영, 「'매체를 활용한 발표하기'의 평가 준거 개발 연구」, 『사고와표현』 10권 3호, 한국사고와표현학회, 2017, 394쪽.

8) 이명실, 「대학 글쓰기교육에서 '평가' 방법의 재고」, 『작문연구』 6호, 한국작문학회, 2008, 12쪽.

준다 할 수 있다.

이 글 2장에서 제시·분석한 바와 같이, 평가 관련 논문들 다수가 '평가목표'의 설정의 중요성을 강조하고 있는 것과 달리, 실제 글쓰기 교육 목표나 평가목표를 구체적으로 제시한 경우는 그 인식에 비하여 상대적으로 적다 할 수 있다. 일부 논문에서 주장하는 바와 같이 대학 글쓰기교육의 교육목표나 평가목표가 대학별·수업별 차이가 있음을 강조[9]한다면, 더욱 더 교육목표나 평가목표를 구체적으로 제시하여 야 주장에 설득력을 얻을 수 있다.

세부항목으로 들어가면 대학 글쓰기교육을 통한 문제해결능력 향상에 대한 교수자들의 강조에도 불구하고, 의외로 해당 부분이 수업 목표나 평가목표에 크게 드러나 있지 않다는 점은, 교육목표와 평가 목표에 따라 설정될 수업내용과 평가내용에도 누락될 소지가 높아질 것임을 의미한다. 이는 곧 글쓰기교육을 통하여 지향하는 바에 대한 구체적 항목의 제시와 제시한 항목의 타당성을 검증하는 과정을 통하 여, 명확하고 구체적인 교육목표와 평가목표의 설정이 필요함을 다시 한 번 보여주는 것이라 할 수 있다.

2) 글쓰기교육 목표의 환기와 평가목표의 방향성 모색

이 책의 1부 「대학 글쓰기교육에서 평가 연구의 동향과 분석」에서 밝힌 바와 같이, 대학 글쓰기교육에서의 평가는 본질적으로는 대학 글쓰기교육의 목표를 어떻게 실현하고 있는가에 귀결된다고 할 수 있 다. 수업 목표는 교과내용과 교수법 그리고 평가와 유기적인 관련을

---

9) 김경남, 「글쓰기 평가 연구 경향과 대학 글쓰기 평가의 발전 방향」, 『우리말교육현장연구』 7권 1호, 우리말교육현장학회, 2013.

지니기 때문이다. 따라서 평가에 접근할 때에 글쓰기교육목표는 우선
적으로 고려될 사항이다.

이와 관련해 이 책의 1부 「대학 글쓰기 교재의 현황과 발전적 방
향」에서 글쓰기 목표에 대해 분석한 바와 같이, 대학의 글쓰기의
목표는 대동소이했으며, '소통'이 가장 많고 이어 '창의'의 가치 순
이었고, 두 가치를 결합한 목표가 글쓰기교육의 핵심으로 설정되고
있었다.

평가 관련 기존 논의를 보면, 대학 글쓰기교육의 목표는 의사소통능
력 함양, 논리적·비판적·창의적 사고력 함양, 문제해결력 신장으로 정
리된다. 박정하(2007), 염민호·김현정(2008), 이은자(2008), 김민정
(2009) 외 다수 평가와 관련된 연구들은 글쓰기교육 목표를 합리적
'의사소통능력(역량) 함양'에 중심을 두고 그와 관련된 비판적·논리적
사고능력의 신장, 창의적인 문제해결 배양 등과 연계하고 있다. 이러한
목표와 함께 평가를 통한 서열화의 필요[10]도 제시되고 있다. 또한 최근
의 연구에서는 현 글쓰기교육의 목표(지향점)를 습득한 지식들을 재구
성하고 재맥락화하여 새로운 융합지식, 창조적 지식융합으로서의 가능
성을 가늠할 수 있도록 하는 방향을 제시하는 것[11]으로 제시하고 있다.

흥미로운 점은 대학 교재에서 강조한 '창의' 부분은 문제해결의 차
원에서 언급될 정도에서 그치고 있는 점이다. 이것은 짐작컨대 학술
적·논증적 글쓰기를 평가 대상으로 하는 동시에 평가 항목에서 '창
의성' 관련 부문에 대한 평가가 마련되지 않거나 어렵다는 것을 의미

---

10) 최상민, 「대학생 글쓰기 지도에서 평가 준거의 설정과 활용 문제」,
『작문연구』 13호, 한국작문학회, 2011.
11) 이은홍, 「대학 교양 글쓰기교육에서의 자기소개서 쓰기의 평가 범주 설
정 방안」, 『교양교육연구』 12권 5호, 한국요양교육학회, 2018.

한다. 이러한 점은 '완벽하게 구조화된 텍스트 전체'[12]인 글쓰기의 유형(장르)과도 연결된다. 대학 글쓰기의 평가의 대상이 주로 논술, 설득, 설명에 기반한 학술적 글쓰기인 점은, 대학의 학술적 기초능력과 글쓰기의 목표를 성취할 수 있는 가시적 효과를 드러낼 수 있는 용이한 수단이라는 점도 하나의 요인이 될 수 있을 것이다.

평가는 학습자에게 부여한 성적이나 등급에 정당성을 부여하는 데서 나아가, 교육목표의 실현과 목표 달성여부의 확인을 통한 교육의 질 개선과 학습자의 성취도 측정을 통한 글쓰기 역량 개선을 위한 것이다. 이는 "교육의 결과뿐만 아니라 교육의 목적이나 목표, 과정, 결과를 아우르며, 피교육자와 교육자를 함께 평가해야 함"[13]을 의미한다.

따라서 평가 준거나 평가 방법을 제안하기에 앞서, 평가목표가 명확하게 설정되어야 할 필요성이 제기된다. 그럼에도 불구하고, 앞서 밝힌 바와 같이 다수의 평가 관련 논문에서 글쓰기교육 목표나 평가목표가 제시되지 않거나 명료하지 않은 부분을 발견할 수 있다. 이는 평가와 관련된 논문의 다수가 실제 평가 사례에 대한 분석을 다루고 있다는 점에서, 평가 관련 연구에서 나타나는 아쉬운 지점 중 하나이다. 특히 구체적 평가 방법이나 방식, 준거 등을 설정하고 있는 경우에도 평가목표를 구체적으로 제시하지 않은 경우가 빈번하다.

대학 글쓰기교육 평가에 관련한 논문에서 드러나는 평가목표의 모호성이라는 문제점은 결국 연쇄적으로 평가목표를 바탕으로 제시되

---

12) 석주연, 「학술적 글쓰기의 평가에 대한 일고찰」, 『어문연구(語文研究)』 33권 1호, 한국어문교육연구회, 2005, 509쪽.

13) 김경남, 앞의 책, 43쪽.

어야 할 평가 방법이나 평가 준거의 모호성을 야기할 수밖에 없으며, 이러한 평가 방법과 평가 준거를 통해 도출될 평가 결과의 신뢰도 및 타당도나 정확성을 갖출 수 없음을 의미한다.

물론 "평가목표는 학습 목표와 내용을 충실히 반영하여야 하나, 대학 글쓰기의 학습 목표를 어떻게 설정할 것인가는 각 대학의 사정이 동일하지 않다"[14)는 우려를 제기하는 시각도 있다. 이는 앞서 살펴본 '대학 글쓰기교육의 교육목표'를 통하여 대범주 차원에서 대학 글쓰기의 목표를 일치시킬 수 있음을 확인하였다는 점을 고려할 때, 대범주 차원에서의 일정한–대학별 일치 가능한 목표와 글쓰기 갈래별 세부 목표를 제안하는 방법으로 해결할 수 있음을 보여준 바 있다. 따라서 대범주 차원에서의 대학 글쓰기교육목표를 설정하고 이를 토대로 글쓰기 갈래별 세부 목표를 설정함으로써 평가목표를 분명하고 구체적으로 드러내야 할 것이다. 이는 〈그림 8〉에서 보이는 바와 같이 교육목표를 통하여 평가목표를 설정하고 평가 방법, 평가 준거 등을 세워 교육과정, 수업목표, 교수학습평가, 학습 성취정도 등에 대하여 평가를 수행함으로써, 교육목표의 실현 여부를 점검·검증하여 이를 토대로 교육목표를 제고하고, 이를 다시 평가목표에 반영하는 교육목표와 교육평가 간 환류체계 구축의 중요성을 상기시킨다.

---

14) 김경남, 앞의 책, 58쪽.

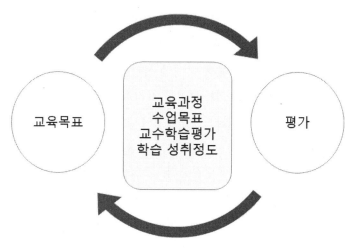

〈그림 8〉 교육목표와 평가 간 환류체계 구축

이를 실현하기 위하여, 현재 대학 글쓰기교육 평가 관련 논문에서 드러난 문제점을 보완하기 위한, 그리고 대학 글쓰기교육의 교육목표와 평가목표의 방향성을 모색하기 위한 방안은 아래와 같다.

①교육목표는 원활한 수업과정과 방향성을 위해 구체적이고 분명하게 제시되어야 한다.
②교육목표와 연계된 평가목표도 그에 따라 분명하게 제시되어야 한다. 특히 실현 가능하고 유용한 평가목적이어야 한다. 평가목표는 명시성·구체성·지향성을 갖추어야 한다.
②글쓰기 목표가 달라질 경우 평가목표 역시 달라져야 한다. 또한 이것은 교수법을 비롯한 계열별·갈래별 글쓰기에도 적용되어야 한다.

앞의 세 가지 방안을 바탕으로 교육목표와 평가목표를 구체적으로 설정할 때, 가장 우선시되어야 할 것은 교육목표의 구체적 설정일 것이다. 평가목표는 교육목표의 구체적 설정이 이루어진 후, 이를 토대로 설정할 수 있기 때문이다. 그리고 설정해야 할 교육목표에 대해서는 ①의사소통 능력, 지식의 공유와 소통, ②학술적 글쓰기 능력, 전공지식의 응용과 활용, 지식의 도구적 사용, ③학습자의 글쓰기 능력 향상과 태도 개선, ④문제해결능력, ⑤비판적·논리적 사고, 논증적 사고, ⑥창의적 사고와 논리적 표현 그리고 기타 항목으로 인간으로서의 성장, 인간 형성, 구체적인 개념의 습득·원리 적용 등을 활용하여 대범주를 설정한 후, 세부 글쓰기목표를 설정해야 할 것이다.

이는 평가목표 설정에 있어서도 동일하다. 평가목표의 대범주 또한 ①교육과정과 수업 내용을 통한 교육목표(수업목표)의 실현(타당성) 여부 점검 및 검증, ②교수자의 교수학습평가, 교육과정 개선(교육의 질), ③학습자의 학습 성취정도 측정, ④학습자의 글쓰기 능력 향상(장단점 확인), 글쓰기 개선, 학습 활동 지원, ⑤학생평가의 서열화, 성적처리, 정당성 부여로 정리할 수 있다. 이러한 항목들 중에서 대범주를 설정한 후, 세부 글쓰기목표(장르별(갈래별)/계열별) 등의 목표에 따라 세부 평가목표를 구체적으로 제시하여야 한다.

마지막으로 교육목표 및 수업목표와 평가목표는 학습자에게 공개해야 한다. 이는 과정평가든 결과평가든 간에, 목표의 공개는 산출된 성적 결과에 대한 신뢰도와 타당도를 부여하는 기본요건이기 때문이다.

5. 글쓰기교육 목표의 환기와 평가목표의 방향성 모색

이 글에서는 글쓰기교육 관련 학술논문 중 '평가'를 다룬 논문 72편을 대상으로 글쓰기목표의 제시 여부와 내용, 평가목표의 제시 여부와 내용, 그리고 둘 사이의 상관성 등을 분석함으로써 현재의 대학 글쓰기교육의 상황을 점검하고 그 방향성을 제시하였다.

2장에서는 평가 관련 논문의 교육목표와 평가목표로 설정하고 있는 중점항목 제시 현황을 살펴보았다. 이를 통해 2005년도부터 2019년도까지 평가 관련 논문 대비 교육목표와 평가목표를 제시한 논문 비율이, 다수 논문에서도 강조되었던 '평가목표'의 설정의 중요도와 달리, 교육목표는 31편(43.06%), 평가목표는 32편(44.44%) 제시되었으며, 둘 다 제시한 경우는 16편(22.2%)에 불과함을 밝혔다. 또한 교육목표와 평가목표의 제시비율에 대한 연도별 차이도 두드러진 특징을 보이지 않음으로써, 교육목표와 평가목표가 시대적 혹은 시기적 영향을 받아 그 중요성을 강조하고 있는 것이 아님을 밝혔다.

3장에서는 평가 관련 논문이 제시하고 있는 교육목표와 평가목표의 중점항목을 찾아 분석하여, 6가지 교육목표 중점항목 ①의사소통 능력, 지식의 공유와 소통(14편), ②학술적 글쓰기 능력, 전공지식의 응용과 활용, 지식의 도구적 사용(12편), ③학습자의 글쓰기 능력 향상과 태도 개선(13편), ④문제해결능력(5편), ⑤비판적·논리적 사고, 논증적 사고(13편), ⑥창의적 사고와 논리적 표현(4편) 및 기타 항목으로 인간으로서의 성장, 인간 형성, 구체적인 개념의 습득·원리 적용 등을, 5가지 평가목표 중점항목 ①교육과정과 수업 내용을 통한 교육목표(수업목표)의 실현(타당성) 여부 점검 및 검증(7편), ②교수자의 교수학습평가, 교육과정 개선(교육의 질)(10편), ③학습자의 학습 성취정도 측정(13편), ④학습자의 글쓰기 능력 향상(장단점 확인), 글쓰기 개선, 학습 활동 지원(24편), ⑤학생평가의 서열화, 성적처리, 정당성 부여(8편)를 도출하여, 이들 항목의 의미와 특징 등을 분석하였다.

4장에서는 교육목표와 평가목표 관련 논의의 문제점을 짚고 글쓰기교육 목표의 환기와 평가목표의 방향성 모색을 통하여 ①교육목표는 원활한 수업과정과 방향성을 위해 구체적이고 분명하게 제시되어야 한다. ②교육목표와 연계된 평가목표도 그에 따라 분명하게 제시되어야 한다. 특히 실현 가능하고 유용한 평가목적이어야 한다. 평가목표는 명시성·구체성·지향성을 갖추어야 한다. ③글쓰기 목표가 달라질 경우 평가목표 역시 달라져야 한다. 또한 이것은 교수법을 비롯한 계열별·갈래별 글쓰기에도 적용되어야 한다와 같은 세 가지 방안을 제시하고, 교육목표의 구체적 설정을 위해 6가지 중점항목을 활용한 대범주 설정과 세부 교육목표(수업목표)의 설정, 교육목표를 바탕으로 한 평가목표의 설정을 제안하였다.

교육목표는 교육을 통해 도달해야 할 목적과 방향성, 그리고 가치를 포함하는 교육의 중요한 요소로서, 글쓰기교육에서도 글쓰기목표는 반드시 필요하다. 글쓰기목표가 어떻게 설정되느냐에 따라 교수방법 및 내용도 달라진다. 글쓰기목표의 도달 여부는 평가를 통해 이루어지는 만큼 평가는 이후 이루어질 과정에 직간접적인 영향을 미친다. 앞으로 평가 관련 논의를 위해서는 시대의 환경 변화에 따른 교육목표와 평가목표의 상관성과 적합성에 대한 지속적인 고민이 필요하다.

대학 글쓰기교육에서 평가 연구의 동향과 분석

1. 대학 글쓰기교육과 평가에 관한 논의

교육부의 2022년도 대입제도개편안 발표 이후 대입 공론화를 포함해 개편안이 파급될 영향과 그에 대한 대응방안을 마련하느라 교육현장은 여느 때보다 고심하고 있다. 수능의 정시확대 및 고교 교과목의 절대평가 여부가 핵심인 대입제도 개편은 학생들의 교육적 성취와 교육 기회의 형평성 및 선발 과정의 공정성 등 여러 측면에서 상반된 관점을 보이고 있다. 이것은 또한 21세기 지식기반사회에서 문제해결 능력과 인성 등을 겸비한 융합형 인재를 양성하는 교육목표와 맞물려 이후에도 숙고할 문제로 남아 있다.

그만큼 '평가'는 교육의 효과를 살피는 핵심적인 부분을 차지하며, 교육의 목표를 이루기 위한 주요한 점검 항목이라고 할 수 있다. 교육학의 한 영역에 교육평가가 차지하고 있는 점은 교육목표의 실현 및 한계 등을 살피는 데 평가의 기능이 유효하기 때문이다. 글쓰기능력

역시 평가를 통해 신장될 수 있다는 관점에 큰 이견은 없을 것이다. 여기서 중요한 것은 '어떤' 평가냐이다. 즉 평가를 어떻게 할 것인가, 기준은 무엇인가, 그리고 글의 종류에 따라 달리 평가되어야 하는가 등의 구체적이고 실질적인 문제들이 글쓰기교육의 평가 차원에서 살펴야 할 지점이다.

우리는 이 책의 2부 「대학 글쓰기교육에서 '자기서사적 글쓰기'의 위상과 방향성」에서 2000년대 이후 대학 글쓰기교육의 현황을 살피고 이중 '자기' 관련 글쓰기교육의 위상을 확인하면서 대학에서의 자기서사적 글쓰기의 변별성과 심화를 이루기 위해서 평가의 준거가 필요하다는 점을 밝혔다. 즉 '자기' 관련 글쓰기교육을 대학 글쓰기교육의 한 유형으로 자리 잡도록 하기 위한 하나의 방안으로 구체적 실천 가능성을 위한 평가 준거를 제안하면서, 이에 대해 명료한 평가 준거를 마련할 것으로 약속했었다. 이에 '자기서사적 글쓰기' 평가 준거를 마련하기 위한 선행 연구 검토를 진행하던 중, 우선적으로 대학 글쓰기교육 전반에 대한 평가 연구의 동향 분석이 선행되어야 함을 인지하였다. 이는 숲과 나무의 관계처럼, 평가 연구에 대한 전체적인 진단을 바탕으로 할 때, 이 글이 제시하려는 '자기서사적 글쓰기'의 평가 항목의 마련은 물론 대학 글쓰기교육에서 자기서사적 글쓰기가 논증적/학술적 글쓰기교육을 위해 강의 초반에 이루어지는 자기소개의 형태나 취업을 위한 실용적 글쓰기의 한 형태인 자기소개서를 넘어서는 필요성을 더욱 힘주어 제시할 수 있기 때문이다.

대학 글쓰기교육의 이론적 연구가 기초적 토대를 닦고 활성화되며 다양한 연구 결과를 도출하고 있음에도 불구하고, 가장 부족하며 가장 논란이 많은 영역이 바로 이 글쓰기 '평가' 문제이다.[1) 김경남(2013)은 "국어과 전반의 평가 체제 연구가 미흡함"을 의미한다고 보면서, 중고등학교 교육과정 평가 원리를 연계성의 차원에서 적용하여 '계획', '목표와 내용', '방법', '결과의 활용'이라는 차원에서 평가 전반에 대한 체계적이고 종합적 연구를 통한 이론 정립의 필요성이 있음을 강조한 바 있다.[2] 지금까지 발표된 평가 관련 논문에서 지속적으로 제기되어왔던 대학 글쓰기에서의 평가의 어려움은 아직도 해결해야 할 과제로 남아있다.

따라서 대학 글쓰기교육에서 평가에 대한 논의가 본격적으로 이루어진 지 10여 년이 흐른 지금, 지난 10년간의 대학 글쓰기교육 평가 연구 경향을 정밀하게 진단하고 나아가야 할 방향을 구체적으로 설정하는 작업이 필요하다. 지난 10여 년간 평가에 대한 연구는 꾸준히 이루어져 왔으나, 그 구체적 목표나 방향이 명확하게 설정되었는가 하는 질문에 답을 도출하였는지에 대해서는 여전히 의문으로 남는다. 이 글에서는 대학 글쓰기교육에서 '평가'를 다루고 있는 학술논문을 대상으로 평가와 관련된 연구 현황을 점검하고, 앞으로 나아가야 할 방향을 제시해보고자 한다.

---

1) 이에 대하여 정희모는 대학 글쓰기교육 연구 영역에 있어 평가 문제가 매우 논란이 많은 원인을 다음과 같이 지적하고 있다. "학생들은 학점에 민감하기 때문에 성적이 객관적으로 산출되는지 주목한다. 담당 교수자는 객관적이고 타당하게 성적을 산출하기 위하여 많은 고심을 하지만 … (중략)… 검증된 표준화 방법이 존재하지 않기 때문에 대부분 교수자의 주관적 판단에 의존하는 경우가 많다." 정희모, 「대학글쓰기 평가의 신뢰도와 타당도 향상을 위한 한 방안」, 『작문연구』 9호, 한국작문학회, 2009, 277~278쪽.

2) 김경남, 「글쓰기 평가 연구 경향과 대학 글쓰기 평가의 발전 방향」, 『우리말교육현장연구』 7집 1호, 우리말교육현장학회, 2013, 49~50쪽 참조.

2. 대학 글쓰기교육 평가 관련 선행 연구의 흐름

쓰기 평가가 상대적으로 하나의 독립적 영역으로 자리 잡은 것으로 파악되는 미국과 달리 국내의 쓰기 평가 연구는 아직 미진한 상태이다. 쓰기 평가의 성립과 수용, 변화와 발전이 매우 짧은 시기에 이루어졌으며 현재진행형이라는 점에서 국내 평가 연구의 흐름을 분류하고 그 성과를 진단할 필요성이 있다. 이에 대학 글쓰기교육에서 '평가' 관련 선행연구의 현황을 살피고 대상 논문을 특정하기 위하여, 이 글은 다음과 같은 조건과 과정을 거쳐 연구 대상을 선정하였다.3) ① KCI에 등록된 학술논문 중, ②통합검색어로 검색된 '글쓰기' 6,163건과 '쓰기' 6,201건, '작문' 1,634건(2018.11.14.기준)을 1차로 통합한 후, ③논문제목 또는 주제어(Key-words)에 '평가'가 들어간 논문을 2차 선별한 뒤, ④이 글의 논의와 거리가 있는 초·중등교육, 한국어교육 및 외국어교육, 해외 글쓰기교육 관련 논문 등은 제외한다.4) 이는

---

3) 연구 대상을 선정하기 위하여, 논문검색시스템 중 한국연구재단의 한국학술지인용색인(이하 KCI: Korea citation index)을 활용하였다. KCI는 최근 '연구 성과 측정 시 질적 수준을 파악'하기 위한 시스템 구축 중에 있으며 이를 통해 연구 성과를 공유하고 확장할 수 있는 기반을 마련함으로써 연구의 방향 정립과 새로운 연구 성과의 도출을 유도할 수 있을 것으로 기대된다.

4) 대학 글쓰기교육 평가 연구대상에서 제외된 논문은 총 27편으로, ①교수법 사례나 수업모형을 제시하며 '평가'에 대해 가볍게 언급한 정도로만 그치는 경우(12편), ②커뮤니케이션, 의사소통, 말하기, 토론중심 교육이나 문법교육, 서평에서의 평가를 논하는 경우(10편), ③글쓰기교육의 방향이나 글쓰기교육 시스템에 대한 논의를 전개하면서 필요성을 언급하는 차원에서 다루는 경우(2편), ④교육대상을 특정하지 않고 포괄적 범주로

이 글의 연구 동향 분석의 신뢰도를 높이기 위한 절차이다. 여기에서 잠시 지적해둘 부분이 있는데, 연구 성과를 추출하는 과정에서 나타나는 논문검색시스템의 미비5)와 연구 분야 분류 및 주제어 선정 기준의 비체계성6)이 그것이다. 두 사항은 이 글의 목적인 평가 관련 연

　　다루거나 초·중등교육에서의 글쓰기교육을 염두에 두고 서술한 경우(2편), ⑤글쓰기 교재에 대한 평가를 논하는 경우(1편)는 이 글의 목적인 '대학 글쓰기교육'에서의 평가연구 동향 분석과 연관성이 적어 제외하였음을 밝힌다.

5) 검색시스템의 미비는 기존 연구 성과와 동향을 파악하고자 할 때 장애 요인이 된다. 관련 연구현황에 가장 용이하게 접근할 수 있는 논문검색시스템 구축은 연구의 정밀도와 신뢰도를 높일 수 있다는 점에서 추후 지속적 개선과 강화가 반드시 필요한 부분이다.

6) 연구기관과 연구자 차원에서는 연구 성과지표 등을 정확히 보여줄 수 있는 주제 분야의 명확화 및 키워드 선정기준(선정요건)의 제시와 이행이 필요하다. 학계에서 차지하고 있는 '대학 글쓰기교육'

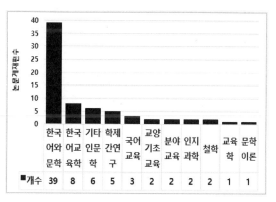

<표 1> 평가 관련 논문의 주제 분야 분포도

	한국어어문학	한국어교육학	기타인문학	학제간연구	국어교육	교양기초교육	분야교육	인지과학	철학	교육학	문학이론
개수	39	8	6	5	3	2	2	2	2	1	1

의 위상과 달리, <표 1>에서 확인할 수 있는 바와 같이 해당 분야가 위치 해야 할 주제 분야가 미비하여 '대학 글쓰기교육 내에서의 평가'가 주제 임에도 불구하고 다수의 주제 분야에 포진하고 있음을 확인할 수 있다. 현재 연구 분야 분류코드 선택 시 활용하고 있는 한국연구재단 학술연구 분야분류표(2016.2)에는 대학 글쓰기교육이나 이와 연계된 다양한 연구 를 지정할 수 있는 키워드가 부재한다. 현재 학술연구분야분류표의 연구

구뿐만 아니라 기존 연구 동향 및 성과의 파악에 어려움을 야기하는 점에서 추후 보완해야 할 부분이라고 할 수 있다.

이러한 문제의식 하에 이 글의 목표인 '평가' 연구 성과를 공유하고 나아가 연구의 방향 정립과 새로운 연구 성과의 도출하기 위하여 우리는 논문검색시스템의 활용과 수작업을 통해 위 조건을 충족한 논문 94편을 모두 검토하였으며, 이중 대학 글쓰기교육에서의 '평가'를 직접적으로 다룬 논문 71편을 최종 선정하였다. 이 선정된 논문을 대상으로 한 대학 글쓰기교육에서의 평가 관련 연도별 논문 편수 추이는, 대학 글쓰기교육 관련 전체 발표 논문 편수의 증가와도 밀접한 연관성이 있다. 특히 2008~2010년 공학교육인증제와 연계하여 이공계 글쓰기 관련 연구 성과가 다수 도출되었으며, 2012년도부터 현재에 이르기까지는 대학 글쓰기교육에 대한 사회적 관심에 힘입어 다수의 논문 발표가 이루어졌다는 점

분야 분류코드의 수는 총 4,241개로 이중 '글쓰기' 또는 '작문' 용어를 활용한 교육 주제코드는 없다. 유사한 범주로 간주되는 주제코드로 '국어교육학'(사회과학-교육학-교과교육학)과 한국어교육학(사회과학-교육학-교과교육학) 혹은 '국어교육'(인문학-한국어와문학)이나 '문학교육'(인문학-문학)을 들 수 있겠으나, '국어교육학'은 '한국어교육학'과 분류된 점으로 미루어 보아 '언어교육'의 일환으로 보는 경향을 반영하고 있다는 점에서 적합하지 않다. 또한 '국어교육'의 경우 포괄적 의미를 염두에 두더라도, 대학 교양기초교육으로서의 '글쓰기교육'을 분류하는 개념으로 활용될 수 있는지는 의문으로 남는다. 실제 대학 글쓰기교육 평가 관련 연구들의 과반수(전체 71편 중 39편, 54.9%)가 '한국어와 문학'을 선택하고 있다는 점이 이를 반영한다. 이에 국내 대학 글쓰기교육이 가지고 있는 특성을 고려하고, 현재 융복합교육으로서 활용된다는 점 등 추후 학문적 영역의 확장과 성과를 고려하여 '대학 글쓰기교육'에 대한 연구 분야를 별도 분리하여 지정해야 할 필요성이 제기된다.

은 이전 연구7)를 통해 밝힌 바 있다.

　구체적으로 살펴보면, 쓰기 평가를 포함하여 현재 대학 글쓰기교육이 미국의 글쓰기교육 연구 성과에 영향을 받아 이를 적극 수용하였다는 점에는 이견이 없을 것이다. 국내 쓰기교육에서 평가는 초등교육 제4차 교육과정에서 처음으로 지도방법과 더불어 '평가상의 유의점'이 언급되면서 반영되었다. 다만 이 시기의 평가는 개괄적인 언급에 그쳐 평가 지침이 되기에는 미흡한 수준이었다.8) 미국 쓰기 평가 연구의 흐름9)에 영향을 받은 국내 쓰기교육은 1990년대에 들어서 본격적인 과정 중심 작문 교육에 대한 논의가 이루어졌으며, 구체화된 평가 지침을 마련하고 학교 현장에서의 반영이 이루어지기 시작하였다. 의사소통 측면을 강조한 지도방법과 평가 방법을 다룬 원진숙(1994)이나 중등교육에서의 작문 평가의 신뢰성과 타당성을 확보하기 위한 작문 능력의 특성을 규정한 박영목(1999, 2008) 등 학교교육에서의 쓰기 평가에 대한 연구는, 초·중등교육에 비해 늦게 출발한 대학에서의 쓰기 평가 연구에 지대한 영향을 끼쳤다.

　2000년대 초반 대학 글쓰기교육에 대한 논의가 본격화되면서, 대학 글쓰기교육의 방향 정립 및 수업모형 등에 대한 논의 속에서 평가에 대한 논의도 점차 이루어지기 시작한다. 쓰기에 대한 논의가 거의 전무하다시피 한 이전 상황에서 김성숙(2008), 신선희(2011) 등이 미

---

7) 대학 글쓰기교육에 대한 연구 동향 분석은 이 책의 「대학 글쓰기교육의 연구 동향 분석과 시사점」을 참고하기 바란다.

8) 신헌재, 「초등국어과 교육과정의 역사적 변천」, 『교원교육』 4권 1호, 한국교원대학교 교육연구원, 1988, 11쪽 참조.

9) 미국의 수사학자 Yancey(1999)의 구분에 따라 미국 쓰기 평가의 흐름을 세 시기로 구분하면 다음과 같다.

국의 쓰기 평가에 대한 소개와 논의를 전개하였으며, 초·중등교육에서의 평가에 관한 논의들을 검토하는 과정을 거치기 시작한다. 대학 글쓰기 교재에서의 평가모형과 준거를 찾는 본격적 논의는 정희모[10]

〈표 2〉 Yancey(1999)의 1950년대 이후 미국 쓰기 평가 역사의 흐름

시기	방법	방식	특징
1950~ 1960년	간접평가	• 평가의 신뢰도 추구 • 용법, 어휘, 문법 등의 지식을 측정하는 객관식 문항 활용	정확성 중시. 수준별 글쓰기수업 배치 도구로 활용
1970~ 1986년	직접평가 (중 총체적 평가 중심)	• 평가의 타당도 주목 • 쓰기 능력의 직접적 평가. 평가 대상이 객관식 문항에서 텍스트로 전환 • 총체적 평가(실제 텍스트를 대상으로 인상에 근거한 단일한 점수 부여)*	평가 주체가 글쓰기 교수자로 대체
1986년 이후	포트폴리오 평가	• 포트폴리오 평가 주목 • 평가의 타당도와 신뢰도에 대한 강조공존, 다양한 상황에서 작성된 복합적 문서의 집합체 • 직접 평가의 연장선에서 타당도를 중시하는 동시에 신뢰도를 재맥락화	평가자 집단 내부의 합의를 우선시함

* 위 도표는 국내 대학 글쓰기평가에 대한 논의의 흐름과 비교하여 살피기 위한 목적으로, 김진웅·주민재(2016, 301~303쪽)와 이윤빈(2017, 14~15쪽)이 정리한 미국 글쓰기 평가의 발달 단계와 쟁점을 논의한 Yancey(1999; Hamp-Lyons 2001; Huot et al. 2010)의 의견을 토대로 하여, 미국 글쓰기 평가의 흐름을 한 눈에 보기 쉽도록 간략히 정리한 것이다.

10) 정희모는 「대학 글쓰기교육의 현황과 방향」(2005)에서 대학 글쓰기교육에서의 평가에 대하여 논한 이후, 「대학 글쓰기교육과 과정 중심 방법의 적용」(2006), 「대학 글쓰기 교재의 분석 및 평가 준거 연구」(2008), 「대

로부터 시작되었는데, 평가 관련 논의에 대한 연구가 전무한 실정이라 교과서 일반에 내한 분석과 평가 논문의 검토를 토대로 진행되었다. 이후 정희모를 중심으로 미국의 쓰기평가 연구 성과를 도입하여, 쓰기에서의 신뢰도와 타당도 및 총체적 평가와 분석적 평가에 대한 연구가 본격화되었다. 이와 같이 2000년대 들어 글쓰기교육에 대한 연구가 본격화된 시점에서 대학에서의 쓰기 평가는 초·중등교육에서의 선행연구와 미국 쓰기평가 연구 동향을 분석하고 이를 국내 대학 교육 실정에 맞추어 반영하는 방식을 취하였으며, 그로 인하여 초·중등 쓰기교육, 미국 쓰기교육에서의 평가 방식이 동시에 수용되는 양상을 취하게 되었다.

국내 쓰기 평가 연구의 경향과 발전방향에 대한 논의로 김경남 (2013)과 김진웅·주민재(2016)의 연구가 있다. 김경남은 2000년대 이후 2012년도까지 발표된 쓰기 평가 관련 학술지 논문 58편을 대상으로 연구 경향을 살피고 중·고등학교 교육과정의 평가 체제와의 연계 방안을 모색하고 있다. 이 논의에서 해당 시기의 논문들이 평가의 중요성 및 인식(6편)과 다양한 평가 방법(24편)이 모색됨을 지적하나, 구체적 평가 방법이 제시되지 않고 있으며 대학 평가체제를 구축하기 위한 방안으로 중·고등학교에서의 교육과정만을 적용하고 있는 점에서 아쉬움이 남는다. 김진웅·주민재의 경우, 미국 쓰기 평가 연구의 국내 수용 양상과 연구 성과를 밝히기 위하여 연구 목표를 분석함으로

학글쓰기 평가의 신뢰도와 타당도 향상을 위한 한 방안」(2009), 「글쓰기 평가에서 객관-주관주의 대립과 그 함의」(2010) 및 이재성과 공동 연구로 진행한 「대학생 글쓰기의 수정 방법에 관한 실험 연구」(2008), 「대학생 글에 대한 총체적 평가와 분석적 평가의 결과 비교 연구」(2009) 등에서 대학 글쓰기평가 방안에 대한 다양한 이론을 소개·적용한 바 있다.

써 국내 쓰기 평가 연구 목표가 '신뢰도의 확보'에 편향되어 있으며 이를 위한 방법론으로 평가자 변인, 평가 준서에 대한 연구가 상내적으로 중시되고 있음을 밝힌 바 있다. 그러나 2000년대부터 현재에 이르기까지의 쓰기 평가 연구에서 다루고 있는 구체적 방법론에 대한 체계적인 흐름 정리와 한계 등이 충분히 논의되지 못하고 있어 대학 글쓰기교육에서의 평가 연구 동향과 흐름에 대한 맥락이 한 눈에 보이지 못하고 있다는 점은 추후 풀어야 할 과제로 남아있는 상황이다.

앞서 기술한 바와 같이 초기의 대학 글쓰기교육에서의 평가 연구는 미국에서 이루어진 글쓰기평가 방식과 초·중등교육에서의 평가연구를 기반으로 하여 대학 글쓰기 내에서의 신뢰도와 타당도를 확보하기 위한 방법을 마련하는 데 주안점을 두고 시작하였다. 이로 인하여 미국에서 50여 년간 이루어진 평가 방법이 동시에 유입되면서 과정중심평가와 결과중심평가가 혼재되거나, 총체적 평가와 분석적 평가의 개념 및 특징, 한계점 등을 검토한 후 둘의 상호 결합을 모색하는 방향이 기존 논의의 주를 이루었으며, 이러한 개념과 이론을 토대로 데이터 분석 및 통계를 통한 연구방법이 우세하게 활용되고 있었다. 이는 초·중등교육과정에서 기본적인 평가 기준과 준거를 제시하는 것과 달리, 대학에서는 교수자별 교수법 및 평가 방식을 존중하는 차원에서, 각 교수자별로 제시하는 평가의 객관성 및 신뢰도와 타당도를 높이려는 연구자들의 연구 전략으로 판단된다.

이에 우리는 최종 선정된 71편에 대해 평가 연구에서의 흐름과 방향성, 목표와 성과 그리고 한계 등의 관점을 중심으로 분석하면서 추출된 주요한 특성들 중 현재 가장 주목되는 세 가지 차원을 제시하고자 한다. 첫 번째는 평가 목적과 수업과 평가 활동 간 관계에 초점을 맞춘 과정중심평가와 결과중심평가, 두 번째는 평가 주체와 평가 방법에 초점을 맞춘 동료평가 및 자기평가, 세 번째는 평가 내용과 평가 방법에 대한 지점이다.

3. 대학 글쓰기교육 '평가' 관련 선행 연구 분석

1) 과정중심의 평가와 결과중심의 평가

본격적인 대학 글쓰기 평가 연구를 진행한 정희모(2009)는 효율성, 경제성의 문제를 고려하면서 신뢰도와 타당도를 충족할 수 있는 글쓰기 평가 준거를 설정하기 위한 방법으로 "①평가 표본의 수를 늘리기 위한 '포트폴리오 평가'(최소 3개 장르 이상, 3개 주제 이상), ②학기 초 학생들과 평가 기준과 평가 표본을 마련하고 지속적 대화 시도를 한다."는 두 가지 해결책을 제시한 바 있다. 이는 전반적인 글쓰기 평가 방법을 위한 기본적 준거로 긍정적인 면이 있으나, 글쓰기 유형별 성격과 특성을 고려한 세부 평가 기준이 각 글쓰기 유형별로 별도로 마련되지 않은 점에서 한계와 필요성을 동시에 보여주었다. 이러한 필요성을 반영하듯 2008~2009년도를 기점으로 한국에 소개된 미국의 작문평가 방법과 축적되어 온 다양한 교수법 사례를 토대로 연구자들은 신뢰도와 타당도를 충족하면서도 효율적인 글쓰기 평가 준거를 설정하기 위한 연구를 진행하였는데, 과정중심의 단계적 글쓰기교육에 관한 연구가 주를 이루었다.

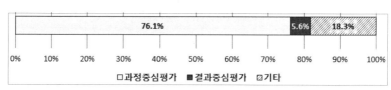

〈표 3〉 평가 관련 논문 중 과정중심평가와 결과중심평가, 기타 논문 비율

〈표 3〉을 통해 확인할 수 있는 바와 같이 국내 대학 글쓰기교육에서 과정중심평가를 중심으로 다룬 논문이 54편(76.1%)에 날하고 있으며, 주로 과정중심평가 관련 연구는 교수자 평가, 동료평가, 자기평가를 혼용하는 양상을 보이고 있다. 특히 과정중심평가 내에서 가장 높은 비중을 차지하고 있는 것은 동료평가이다. 이는 작문 이론의 변화와도 밀접한 관련이 있는데, 오현아(2011)는 과정중심평가에서도 교수자가 평가 주체일 경우 기존의 결과중심평가 제시방식과 큰 변별점이 없을 우려가 있다는 점을 지적하며 학습의 주도권 및 평가의 주체가 학습자 중심으로 이양되고 있음을 밝힌 바 있다.11) 이러한 경향은 〈표 4〉와 〈표 5〉의 논문 편수를 통해서도 확인 가능한데, 2013년도 이후 과정중심평가에서 '동료평가'의 비중이 평균 56.7%에 달할 정도로 높은 비중을 차지하고 있다는 점은 주목할 만하다.

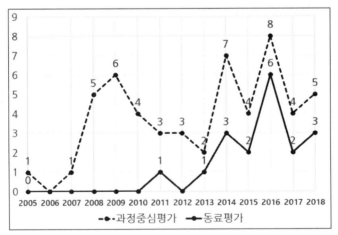

〈표 4〉 과정중심평가와 동료평가 편수 분포도

---

11) 오현아, 「학습자 중심 작문 평가 결과 제시 방식에 대한 고찰」, 『작문연구』 12호, 한국작문학회, 2011, 251쪽 참조.

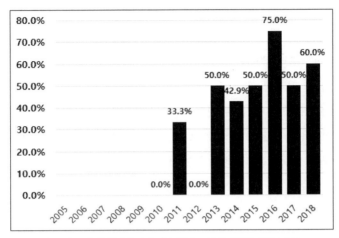

〈표 5〉 과정중심평가 논문 편수 대비 동료평가 비율

  미국에서 1986년도 이후부터 평가자 집단 내부의 합의를 우선시하여 평가의 타당도와 신뢰도를 높인다는 점에서 주목되고 있는 포트폴리오 평가 또한 과정중심평가의 한계를 보완할 수 있는 방안 중 하나로 꼽히고 있다. 국내의 경우 포트폴리오 평가에 대한 여러 시도와 사례 분석이 있었으나, 학습자의 글쓰기 과정 및 발전 과정을 전체적으로 평가할 수 있다는 장점이 있음에도 불구하고 포트폴리오의 세부 과제 구성과 평가 기준의 마련 등에 대한 부담으로 평가 자체의 효율성 문제를 노정하였으며 최근에 포트폴리오 관련 연구는 많이 이루어지지 않고 있다. 이는 '동료평가'나 '자기평가'에 대한 논의가 현재에도 활발히 이루어지는 이유와 관련되는 것으로 보인다.

2) 동료평가, 자기평가 그리고 피드백의 강조

2008년도부터 2013년도까지 교수자 중심의 과정중심평가와 더불어 분석적 평가를 과정중심평가에 적용하는 양상을 보여 왔다면, 2014년도부터는 '평가' 관련 논의는 과정중심 쓰기교육에서 학습자 중심의 교육을 강조하며 동료평가 또는 동료피드백을 중심으로 한 평가 방안이 모색되는 경향이 두드러지게 나타난다. 이러한 논의는 과정중심 교수법 및 평가 과정을 개선하는 과정에서 나타난 현상으로 보인다. 이러한 논의들은 교수자에게서 학습자로의 일방향적 학습(글쓰기 모방)을 경계(차봉준, 2015)하고 문제 해결 과정을 경험(유유현, 2016)하도록 하며, 직관적 평가에서 분석적 평가로의 이행학습을 유도(최선희, 2016)하는 등 학생 주체적 학습, 즉 자기 주도적 학습을 강조하는 차원에서 다루어진다.

동료평가 또는 동료피드백은 과정중심의 교육에서 지속적으로 이루어져야 할 첨삭 및 피드백과 같은 평가 과정에서 교수자의 부담을 현실적으로 완화할 수 있는 효율적 대안으로 제시되기도 한다. 그러나 이와 같은 긍정적 효과에도 불구하고, 동료평가는 '신뢰도' 면과 피드백의 수용, 잠재적 경쟁관계의 위험성 등(유해준, 2015) 부작용을 일으킬 수 있는 우려를 내포하고 있다. 이는 동료평가를 논의하고 있는 연구자들 스스로도 지적하고 있는 문제이기도 하다.(유해준, 2015; 배수정·박주용, 2016; 송지언, 2016; 유유현, 2016)

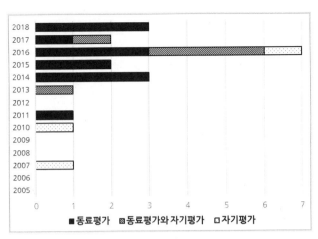

〈표 6〉 연도별 동료평가와 자기평가 논문 편수 분포도

　대학에서 이를 실현할 수 있는 가장 좋은 방법은 '첨삭'과 '피드백'인데, 자기첨삭, 동료첨삭, 교수첨삭 등의 방식 중에서도 '동료첨삭'과 '동료평가'에 대한 연구 흐름은 주목할 만하다. 사실상 대학에서 가장 많이 이루어지는 첨삭 방식은 '교수첨삭'이나, 다수의 학습자를 대상으로 짧은 시간 내에 수회 첨삭을 진행하는 것은 교수자에게 큰 부담으로 작용할 수밖에 없다. 이러한 점에서 교육적 효과를 저하시키지 않고 학습자 중심의 교육으로 진행할 대안으로써 '동료첨삭' 및 '동료평가', '자기평가'를 제안하는 경우가 하나의 연구 경향으로 드러나고 있다. 다만 첨삭의 중요성과 실효성을 강조하면서도, 평가 기준이나 성취기준에 대한 가이드라인(지침)을 명확하게 제시하지 못하는 경우가 대다수인 점은 아쉬운 지점이다.

3) 평가 준거의 상이성과 복잡성

2015 개정 교육과정에서는 고등학교 국어과 평가 준거에 대하여 "수업과 평가는 서로 긴밀하게 연동되어 계획되어야 하며, 평가의 내용과 수준은 성취기준 및 교수·학습 활동을 근거로 선정, 운영되어야 한다. 특히 2015 개정 교육과정에서는 교육과정-교수·학습-평가의 연계성에 주목하고 있고, 학습의 결과뿐만 아니라 학습 과정까지도 균형 있게 평가할 것을 강조"[12]하고 있다. 즉 교수·학습과 평가를 각각 분리된 활동으로 보기보다는 긴밀성과 연계성을 강화한 평가 기준을 설립할 것을 요청한다. 이와 달리 고등 교육과정에서는 평가 영역을 대체로 교수자의 교수 자율권으로 두고 이를 침해하지 않으며, 이에 따라 교수자별로 개별적 평가 준거를 마련하고 있다.

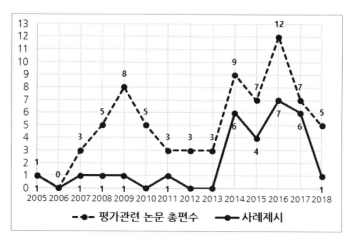

〈표 7〉 평가 관련 논문 총 편수 대비 사례제시 논문 편수 분포도

---

12) 김현정 외 19명, 『2015 개정 교육과정에 따른 고등학교 국어과 평가기준 개발 연구』, 한국교육과정평가원, 2017, 34쪽.

이와 관련해 평가 관련 논문 71편 중, 36편(50.7%)에 해당하는 논문이 평가 기준 또는 평가 준거를 간략하게 제시하거나(17편) 구체적(19편)으로 밝히고 있다. 이중 2014년도 이후 논문이 28편이라는 점과 29편이 구체적 사례를 제시하고 분석하는 방식으로 제안하고 있다는 점은 국내 대학 글쓰기교육의 실정에 맞는 평가 기준 또는 평가 준거를 찾기 위한 노력의 가시적인 성과라 할 수 있다. 그와 동시에 이들 연구가 제시하고 있는 평가 준거별 기준이 서로 상이한 경우가 많고, 체계성과 통일성을 명확히 보여주고 있지 못하거나 평가 방안을 적용한 사례가 예상과 다르게 진행된 문제점 등은 추후 보완되어야 할 사항이다.

대학 글쓰기교육을 포함한 대학교육이 교수자의 교수권을 존중하는 차원에서 진행된다는 점을 감안한다 하더라도, 신뢰도와 타당도를 어느 정도 충족해야 하는 평가 기준의 경우, 전체 글쓰기교육 또는 계열별 분야별 글쓰기교육에서 적용할 수 있는 기본적인 평가 기준의 확립이 필요하다.

대학 글쓰기교육에서의 평가가 결국 대학 글쓰기교육의 목표를 드러내는 지표로서 작용한다는 점, 신뢰도와 타당도를 바탕으로 하여 교육적 효과를 가시적으로 드러내야 한다는 점, 그리고 이를 교육 현장에 명확히 적용해야 한다는 점 등이 추후 보완되어야 할 부분으로 지적할 수 있겠다. 결국 대학 글쓰기교육에서의 평가는 본질적으로는 대학 글쓰기교육의 목표를 어떻게 실현하고 있는가에 귀결된다고 할 수 있을 것이다.

4. 평가 연구의 네 가지 특성과 남은 과제들

대학 글쓰기교육에서 평가의 필요성 및 평가 준거에 대한 중요성이 강조되고 있다는 것은 곧 다른 영역에 비해 평가에 대한 논의가 그간 활발하게 이루어지지 않았거나 이론적이고 추상적인 차원에서 이루어져 왔음을 의미한다. 이 글에서는 대학 글쓰기교육에서 '평가'와 관련된 연구 현황을 파악하고, 앞으로 대학 글쓰기교육에서 평가의 영역이 나아가야 할 방향을 제시하였다. 평가 관련 선행 연구를 검토한 결과 다음과 같은 주요 특징을 보이고 있음을 확인하였다.

첫째, 대학 글쓰기교육의 평가는 '과정중심평가'를 지향하고 있다. 결과중심평가를 강조하는 경우에도 과정중심평가와 결합되고 있으며, 글쓰기교육은 과정중심의 단계별, 수준별 접근으로 이루어져야 의미가 있다는 점을 강조하는 것으로 보인다.

둘째, 과정중심평가의 연속성에서 동료평가에 대한 논의가 다수 산출되고 있는 점이다. 논의는 크게 교수평가와 동료평가, 동료평가와 자기평가, 동료평가 자체, 교수/동료/자기평가의 결합 등으로 제시된다. 이는 교수자 중심의 결과평가에서 평가자 변인의 변화를 의미하며, 피드백, 첨삭, 교정, 튜터링 등에 대한 논의와 병행되고 있다. 이러한 점은 한정된 시간과 다수의 학생들을 지도해야 하는 교수자의 역할을 분배하는 전략적 차원이기도 하다.

셋째, 평가와 관련된 논의들이 꾸준히 이어오고 있고 후속 연구들은 앞선 시기에 이루어진 연구의 결과를 비판적으로 접근하고 있으나 지향점 및 대안 등에서 반복적인 한계점을 보이고 있다. 또한 선행 연구에 대한 전체적 독해나 공유가 이루어지지 않고 있다. 특히 유사한 논조와 추상적인 대안 제시가 답습되고 있는 상황은 특정 논문과 연구자에 집중됨으로써 기인한 것이라고 할 수 있다. 이에 덧붙여 현재 대학 글쓰기교육의 평가가 미국의 글쓰기교육 및 평가에 대부분 정향되어 있는 점을 들 수 있다. 미국의 글쓰기교육의 체계성은 다년간의 논의와 사회문화적 환경이 뒷받침하고 있으며 오랜 시간 교육현장에의 적용을 통해 이루어진 점에서 참조할 만하다. 그런데 이론의 도입 및 소개가 활발하게 이루어진 데 비해 실제 우리 교육에 적용하는 과정에서 나타나는 특성 및 한계 등에 대한 논의를 찾기 어렵다. 이에 대한 지속적인 연구가 요청된다.

마지막으로, 대학 글쓰기교육에서도 평가 준거를 마련할 필요가 있다. 현재 대학 글쓰기교육의 평가 대상은 거의 '논증적/학술적 글쓰기'에 집중되어 있으며 그에 대한 평가 요소도 유사하나, 이 밖에 다양한 글쓰기교육도 이루어지고 있다는 점에서 이에 대한 평가 준거도 세워야 할 것이다. 이에 따라 신뢰도와 타당도를 확보할 수 있는 일반적 평가 준거와 글쓰기 유형에 따른 평가 변인을 고려한 평가 준거에 대한 연구가 이루어져야 할 것이다.

대학 글쓰기교육에 대한 체제 개편 및 연구가 본격적으로 이루어진 시기가 길게 잡아도 불과 20여 년에 불과하다는 점에서 곧바로 체계적이고 종합적인 평가 체계를 갖추기는 현실적으로 어려울 것이다. 그러나 현재까지 누적되어 온 연구들의 성과들은 추후 대학 글쓰기교육의 목표나 방향 설정 등의 교육과정 개편과 진로를 바로잡는 데 있어 길잡이로서의 역할을 충실히 해낼 수 있다. 장르별 글쓰기와 같이 목표가 어느 정도 통일된 글쓰기의 경우, 평가목표와 준거를 설정하는 과정을 거침으로써 전체 글쓰기교육의 방향을 설정하는 데 하나의 역할을 수행할 수 있을 것으로 기대된다.

대학 글쓰기교육에서
평가 방법의 양상
– 평가 관련 학술논문을 중심으로

1. 대학 글쓰기교육의 평가 준거와 방법 모색

4차 산업혁명이라는 시대적 요구가 반영된 2015 개정 교육과정에 따라, 대학 글쓰기교육 또한 비판적 사고능력(Critical Thinking)과 창의력(Creativity), 의사소통능력(Communication Skill), 협업능력(Collaboration)에 초점을 둔 학습자 역량 강화에 교육목표를 두고 있다. 2000년대 이후 대학에서의 글쓰기교육이 본격화되고 글쓰기교육 전담센터 등의 글쓰기교육기관 활성화에 힘입어, 교육목표, 교육과정, 교수법, 평가, 사례 분석 등 관련 분야의 연구 또한 다양한 방면으로 이루어지고 있다.

대학 글쓰기교육에서의 평가에 관한 연구도 국내 대학 글쓰기교육의 실정에 맞는 평가 기준 및 평가 준거를 찾기 위한 가시적인 성과가 축적되고 있다. 2000년대 이후 과정중심교육·학습자 중심의 교육에 영향을 받은 글쓰기교육의 흐름에서 평가를 교육의 일환으로 보고 평가의 역할을 교육목표의 실현과 학습자의 역량(변화) 확인 등에 초점을 맞춘 평가목표·평가 방법 등에 대한 다양한 접근 또한 시도되고 있다.

대학 글쓰기교육에서의 평가는 학습자의 글쓰기에 수반되는 능력 즉 의사소통 능력과 표현 능력, 문제해결 능력과 논리적·비판적 사고 능력을 측정하는 도구인 동시에 글쓰기교육과정 자체에 대한 점검, 수업을 설계한 교수자 스스로에 대한 피드백에 기여한다. 곧 교육이 목표 지향적 행위라는 점이 강조될수록, 평가의 필요성 및 중요성, 그에 따른 평가 준거 등이 요구된다. 평가의 신뢰도 및 타당성을 위한 객관적인 지표를 마련하는 것은 목표의 성취 여부를 가늠하는 과정인 동시에 결과로 연결된다.

평가에 있어서 평가의 대상을 확인하고 평가 방법을 결정하는 일로부터 평가의 준거와 기준을 설명하며 평가 지표로서 근거자료들을 수집하여 최종적 판단에 이르기까지 그 모든 것은 가치 판단의 역할[1]이다. 평가가 가진 이러한 성격은, 평가 관련 연구들이 제시하고 있는 평가에 관한 연구 경향에서도 두드러지게 드러난다. 각 연구자가 제시하고 있는 평가 준거별 용어와 기준이 서로 다른 경우가 다수 있으며, 체계성과 통일성을 명확히 보여주고 있지 못하거나 평가 방안을 적용한 사례가 예상과 다르게 진행된 경우도 보이고 있다. 이는 곧 한국에서의 글쓰기교육 평가에 대한 다양한 고민과 논의가 진행되었음에도 불구하고 구체적·체계적 구성이 이루어지지 않았음을 의미한다.

---

1) 최상민, 「대학생 글쓰기 지도에서 평가 준거의 설정과 활용 문제」, 『작문연구』 13호, 한국작문학회, 2011, 229쪽.

이와 관련하여 앞서 대학 글쓰기교육의 평가 준거와 방법을 모색하고 제언하기 위한 첫 번째 단계로 이 책의 1부 「대학 글쓰기교육의 교육목표와 평가목표의 상관성 분석」에서 대학 글쓰기교육의 목표와 평가목표를 살펴본 바 있다. 이와 연계하여 대학 글쓰기교육의 평가 목표를 실현하기 위하여 대학 글쓰기교육 현장에서 어떠한 평가 방법들을 도입·활용하고 있는가에 초점을 두고 전체 상황을 살펴보고자 한다. 연구의 연속성을 기하기 위하여 2005년부터 1월부터 2019년 4월까지의 글쓰기교육 관련 학술논문 72편[2])에서 다루고 있는 평가 방법을 살펴보고, 구체적으로 어떠한 평가 방법을 선택하고 있는지를 분석하고자 한다.

2. 평가 관련 논문에 언급된 평가 방법 분석

1) 평가에서의 글쓰기 유형 구성 형태와 의미

교수자는 평가를 통하여 학습자의 학습 성취 정도를 측정하고 학습자의 글쓰기 능력 향상을 위해 지도하며, 교육목표의 실현 여부를 점검하고 검증함으로써 교수학습 평가 및 교육과정을 개선한다. 우리가 이 책의 1부 「대학 글쓰기교육의 교육목표와 평가목표의 상관성 분석」에서 분석한 바와 같이, 글쓰기 교육목표의 설정에 따라 교수법 및 교육내용이 달라지며 이를 토대로 평가목표가 설정되어 교수자의 목표 즉 교육목표의 실현 여부를 점검하고 교육과정에 직간

---

2) 연구 대상의 선정은 연구의 연속성을 강화하기 위하여 선행연구와 동일한 방식인 한국학술지인용색인(KCI: Korea citation index)에서 평가 관련 논의를 다룬 논문을 대상으로 하였음을 밝힌다.

접적으로 영향을 끼치는, 교육목표와 교육평가 간 환류체계의 구축이 이루어진다.

평가 방법은 그러한 평가목표를 실현하기 위한 구체적 도구로써 활용된다는 점에서, 평가 방법에 대한 접근은 교수자의 교육 목표, 글쓰기 유형을 확인하는 과정에서부터 시작한다. 이 글의 논의 대상인 대학 글쓰기 평가 관련 논문 72편에서 다루고 있는 글쓰기 유형을 살피면 〈표1〉과 같다.

〈표1〉 대학 글쓰기 평가에서 다루고 있는 글쓰기 유형

대단위	소단위	편수
학술적 (57편)	글쓰기, 대학글쓰기	19
	교양 글쓰기, 기초 글쓰기	7
	학술적 글쓰기	8
	전공 글쓰기	5
	공학 글쓰기, 이공계 글쓰기	6
	논리, 논술, 논증, 비평, 비판, 설명, 문제해결	13
실용적 (9편)	이력서와 자기소개서, 디지털 텍스트 등	5
	독서교육 프레젠테이션, 매체(파워포인트) 활용	4
성찰적 (1편)	성찰적 글쓰기, 소통적 글쓰기	1
기타 (4편)	대학 신입생 글쓰기 평가, 대학생 글쓰기 기초학력진단평가	4

〈표1〉은 대학, 특히 글쓰기를 지도하는 교수자 입장에서 글쓰기를 어떻게 바라보고 있는가, 그리고 어떠한 글쓰기를 평가 대상으로 보는가에 대한 시각을 확인할 수 있다. 대학 글쓰기 평가 방법을 본격적으로 다룬 72편의 논문 중, 학술적 글쓰기로 규정·전제한 논문은 총 58편(80.6%)으로, 대다수의 대학 글쓰기교육이 인식하고 있는 기본

적 글쓰기의 유형과 목표를 보여준다. 실용적 글쓰기에 초점을 둔 글쓰기는 총 10편(12.5%)으로, 주로 이력서와 자기소개서, 디지털 텍스트와 같이 실생활에 활용할 수 있는 글쓰기 유형이 제시된다. 기타(대학 신입생의 글쓰기 진단 평가) 4편은 대학 신입생 또는 글쓰기 기초 학력을 진단을 목적으로 하는 글쓰기로, 대학 글쓰기교육 접근을 위한 글쓰기와 평가에 대한 필요성을 보여준다.

해당 구성에서 보여주는 또 하나의 특수성은 자기서사적, 성찰적 글쓰기나 문예창작(비유, 묘사 등)과 같은 글쓰기 유형에 대한 평가 연구는 본격적으로 진행되었다고 보기 어렵다는 점이다. 의사소통 역량강화와 인성교육이 강조되고 있는 시점에서 글쓰기에서도 학술, 실용, 성찰적 글쓰기교육에 대한 언급이 활발히 진행되고 있는 것에 비해, 글쓰기 평가 관련 연구에서 다루고 있는 글쓰기 유형은 현재 다양한 글쓰기교육에서의 평가에 대한 접근의 어려움을 보여준다. 교양 글쓰기, 기초 글쓰기나 대학 글쓰기 명칭으로 언급되고 있는 글쓰기 유형조차도 일반적인 글쓰기 유형 또는 학술적 글쓰기에 가까운 형태의 수업모형 및 평가 방안을 제시하고 있음을 보았을 때, 대학에서의 글쓰기 평가 연구는 대체적으로 학술적 글쓰기에 대한 교육 방안과 그에 대한 평가를 어떻게 하며, 어떻게 활용할 것인가에 대한 논의가 중심이 됨을 확인할 수 있다. 이는 자기서사적, 성찰적 글쓰기나 문예창작(비유, 묘사 등)과 같은 글쓰기가 대학에서 잘 다루어지지 않는다는 것을 의미하는 것이 아닌, 평가 대상으로서의 글쓰기로 다루기 어려움을 상대적으로 보여주는 것이라고 판단된다.

또 한 가지 주지해야 할 점은 대학 신입생을 대상으로 하는 기초학력, 글쓰기능력에 대한 평가 및 수업 중 진단평가에 관한 연구(최병선, 2009; 김민정, 2009; 이상원, 2017; 이효숙, 2017)라 할 수 있다.

이효숙은 글쓰기 기초학력진단평가가 글쓰기교육계획을 수정·보완하고 교육 방향을 실정하는데 일정한 역할을 할 수 있다고 보고 있다.[3] 평가가 학습자의 현 상태를 점검하고 그에 맞는 학습자의 글쓰기 역량을 강화할 수 있는 교수법 및 교육과정을 제공하는 데 있다면, 대학 신입생을 대상으로 하는 글쓰기 진단평가는 현 학습자 중심의 교육, 과정중심의 교육에서 중요한 의미를 지닌다. 영어교육의 경우, 다수 대학에서 영어능력 진단평가 등을 통해 학습자의 수준을 진단하여 영어능력 단계를 설정하고 수준별 교양 영어 수업을 시행[4]하고 있다. 대학 글쓰기교육에서도 수준별 수업운영의 가능성에 대한 논의(이은주, 2017)가 이루어졌으나, 수준별 수업 시스템을 수년에 걸쳐 구축한 영어교육과 달리 본격적 접근이 이루어졌다고 보기 어렵다.

---

3) 이효숙은 다음과 같이 글쓰기 기초학력진단평가의 기능을 밝히고 있다. "우선, 고등학교 작문 교육의 결과를 진단·확인하고 그에 따라 어떤 교육이 필요한지를 파악할 수 있다. 둘째, 글쓰기 기초학력진단평가 결과는 교양필수과목으로서 "글쓰기"교과의 운영 방향을 결정하는 근거로 작용할 것이다. 셋째, 글쓰기 수업의 오리엔테이션을 활용하기 위하여 글쓰기 기초학력진단평가를 실시할 경우, 학생들은 글쓰기 수업에서 다루는 내용을 보다 구체적으로 확인할 수 있다. 넷째, 글쓰기 진단평가는 학생 본인에게도 자기 이해의 과정으로 작용한다. 이외에도 글쓰기 기초학력진단평가 결과를 토대로 교수자는 분반 내에 특별한 상담이 필요한 학생, 과목 수강 자체에 소극적인 학생, 학교 생활에 대학생의 적은 상태 등을 간접적으로 파악할 수 있다." 이효숙, 「대학생의 글쓰기 기초학력 진단평가의 기능과 진단평가지 개발」, 『대학작문』 21호, 대학작문학회, 2017, 50~51쪽.

4) 2013년도를 기준으로 하여, 4년제 대학의 47.2%가 영어 수준별 강의를 시행하고 있다. 김성혜·임자연, 「대학교양영어 프로그램의 운영 현황」, 『현대영어교육』 14권 2호, 현대영어교육학회, 2013, 263~290쪽 참조.

현실적으로 수준별 글쓰기교육 체계, 수준별 강의 개설이 어렵다 할 시라도, 학습자 중심의 교육, 학습자의 글쓰기역량을 강화하기 위한 하나의 방법으로, 진단평가의 의미와 실효성에 대해 본격적으로 접근 될 필요가 있다고 본다.

2) 대학 글쓰기 평가에서 언급된 평가 방법의 종류와 의의

대학 글쓰기교육의 평가와 관련된 72편의 학술논문에서 언급되고 있는 평가 방법은 다양하다. 이는 과정중심교육에 대한 중요성이 점차 강조되던 2000년대 초반, 평가 또한 교육의 일환으로 보는 시각이 증대된 점과 관련된다. 학습자 중심의 교육이 강조되면서 글쓰기교육에서 어떻게 평가에 대하여 접근하는가에 대한 다양한 고민과 연구가 진행되었으며, 이러한 양상은 다양한 방면으로의 접근이 시도되었음을 보여주는 동시에 합리적 평가 시스템이 확립되지 않았다는 상황을 보여준다.[5]

평가 유형과 관련해 오현아는 평가자, 사용 매체, 평가 범위, 평가 개입 시기, 평가 내용, 평가 결과 제시 방식에 따라 유형화한 바 있다.[6] 해당 평가 유형을 염두에 두고, 현재까지의 평가 관련 논문에서

---

5) "현재 한국 대학생의 글쓰기 능력이 어느 정도 수준인지를 파악할 수 있는 평가 시스템이 없으며, 객관적인 평가 세트를 확립하고, 합리적인 평가 항목을 설정하고 항목 간 비중을 체계적으로 연구할 필요가 있다."는 지적은 평가 방법이 다양해진 한 요인으로 볼 수 있다. 시정곤, 「이공계 글쓰기 교육의 과제와 전망 – 카이스트 사례를 중심으로」, 『작문연구』 21호, 한국작문학회, 2014, 71~72쪽 참조.

6) 오현아, 「학습자 중심 작문 평가 결과 제시 방식에 대한 고찰」, 『작문연구』 12권, 한국작문학회, 2011, 257쪽. 오현아가 제시한 변인에 따른 글쓰기 평가 유형은 다음 표와 같다.

제시하고 있는 다양한 평가 방법을 분류하면, 크게 ①평가 개입의 시기에 따라 과정중심평가와 결과 중심평가로, ②평가 개입의 정도에 따라 직접평가와 간접평가로, ③평가 주체에 따라 교수자(교수평가)와 학습자(자기평가, 동료평가)로, ④평가 범위에 따라 총체적 평가와 분석적 평가로, ⑤평가 활용 방식에 따라 첨삭과 피드백으로 나눌 수 있다. 이와 같은 다섯 가지 기준은, 오현아의 의견을 따르되 사용 매체와 평가 내용은 평가 준거와 직접 관련되는 것으로 보고 제외하였다. 교수자의 평가 접근 기준에 따라 이 글에서는 시기, 주체, 정도, 범위, 방식 등에 중점을 두어 〈표 2〉로 분류하기로 한다.

〈표 2〉 글쓰기 평가 유형

기준	작문 평가 유형
1. 평가 개입 시기	과정중심평가, 결과중심평가
2. 평가 개입의 정도	직접평가, 간접평가
3. 평가 주체	교수평가, 동료평가, 자기평가
4. 평가 범위	총체적 평가, 분석적 평가
5. 평가 활용 방식	첨삭, 피드백

□ 변인에 따른 작문 평가 유형

변인	작문 평가 유형
1. 평가자에 따라	교사 평가, 동료 평가
2. 사용 매체에 따라	지면 첨삭 평가, 대면 첨삭 평가, 인터넷 게시판 활용 평가
3. 평가의 범위에 따라	총괄 평가, 분석적 평가
4. 평가의 개입 시기에 따라	과정 중심 평가, 결과 중심 평가
5. 평가의 내용에 따라	사고, 조직, 표현 등의 단계에 따른 평가
6. 평가 결과 제시 방식에 따라	직접적 평가(직설적 평가) 결과 제시 방식, 간접적 평가(은유적 평가) 결과 제시 방식

〈표 2〉는 대범수의 글쓰기 평가 유형을 다룬 것으로, 평가 관련 각 논문에서 제시된 평가 방법에 대한 용어는 매우 다양하며, 바라보는 시각도 다르다. 72편의 논문에 한 번이라도 언급된 평가 방법 모두를 각 기준별 평가 유형에 따라 분류하여 정리하면 아래에 제시하는 〈표 3~8〉과 같다.

〈표 3〉 "평가 개입 시기"에 따른 평가 지칭 용어

대단위		분류항목
결과	결과평가	■ 결과평가 ■ 결과평가(양적 평가(형식적 차원), 질적 평가(내용적 차원)) ■ 결과평가(분석적 평가, 총체적 평가, 특질평가 등)
	결과중심 평가	■ 결과중심평가/결과 중심의 평가 ■ 결과중심평가(선발을 위한, 평가자 중심의 평가)
과정	과정평가	■ 과정평가 ■ 과정평가(누가 기록 평가 및 포트폴리오 중심) ■ 과정평가(교수 피드백, 동료 피드백, 자기 피드백 차원) ■ 과정평가/쓰기 과정 평가(준거지향평가, 규준지향평가) ■ 수행평가(perfomance assessment) 　- 참평가(authentic assessment), 　- 직접평가(direct assessment), 　- 과정평가(process assessment)
	과정중심 평가	■ 과정중심평가/과정 중심의 평가 ■ 과정 중심의 발달 지향 평가 ■ 과정 중심주의 평가 ■ 과정중심평가(학습자의 행동 변화를 위한, 학습자 중심의 평가)

〈표 4〉 "평가 개입의 정도"에 따른 평가 지칭 용어

대단위	분류항목
직접평가	■ 직접평가 ■ 직접쓰기 평가 ■ 직접적 평가(직설적 평가) 결과 제시 방식 ■ 수행평가(perfomance assessment) 　－ 참평가(authentic assessment), 　－ 직접평가(direct assessment), 　－ 과정평가(process assessment)
간접평가	■ 간접평가 ■ 간접적 평가(은유적 평가) 결과 제시 방식

〈표 5〉 "평가 주체"에 따른 평가 지칭 용어

대단위		분류항목
교수	교수평가	■ 교수평가/교수자 평가 ■ 교수평가(자기 평가와 동료 평가를 포함한 다면적 평가) ■ 루브릭(rubric)－교수평가에 활용/준거지향평가 특성
	교수첨삭	■ 교수첨삭 ■ 교수첨삭(면대면 및 지면) ■ 교수첨삭(첨삭지도의 차원) ■ 교수첨삭(피드백 차원)
	교수 피드백	■ 교수 피드백/교수자 피드백 ■ 교수 피드백(과정평가 일환) ■ 교수피드백(피드백 차원)
동료	동료 평가	■ 동료평가/동료평가(peer assessment)/동료평가(peer review) ■ 동료 평가(조별 상호 평가) ■ 동료평가(인상평가, 세부평가) ■ 집단 동료 평가 ■ (구술 첨삭을 통해) 동료평가 ■ 동료평가(반성적 쓰기 활용)

대단위		분류항목
		▪ 동료 간의 분석적 평가 ▪ 동료 간의 직관적 평가 ▪ 루브릭(rubric)—동료평가에 활용/준거지향평가 특성
	동료 첨삭	▪ 동료첨삭/동료 첨삭 ▪ 동료 첨삭(동료 간 상호 첨삭) ▪ 동료첨삭(첨삭지도의 차원) ▪ 동료첨삭(피드백 차원)
	동료 피드백	▪ 동료피드백/동료 피드백 ▪ 동료 피드백(과정평가의 일환) ▪ 동료 피드백(협력학습(collaborative learning) 활용) ▪ 동료 피드백(협력학습을 통해서 진행)
자기	자기 평가	▪ 자기평가/자기평가(Self—review)/자기 평가/자가 평가 ▪ (구술 첨삭을 통해) 자기평가 ▪ 자기 평가(다면적 평가의 일환) ▪ 루브릭(rubric)—자기평가에 활용/준거지향평가 특성
	자기 첨삭	▪ 자기첨삭/자가 첨삭 ▪ 자기첨삭(피드백 차원)
	자기 피드백	▪ 자기 피드백(과정평가의 일환) ▪ 자기 피드백(반성적 쓰기(reflective writing)의 활용)

〈표 6〉 "평가 범위"에 따른 평가 지칭 용어

대단위	분류항목
분석적 평가	▪ 분석적평가(analytic assessment) ▪ 분석적 평가(결과평가의 일환) ▪ 동료 간의 분석적 평가/동료 간의 직관적 평가
총체적 평가	▪ 총체적 평가(holistic assessment) ▪ 총체적 평가(결과평가의 일환)

〈표 7〉 "평가 활용 방식"에 따른 평가 지칭 용어

대단위	분류항목
첨삭	■ 첨삭 및 평가 ■ 첨삭 피드백(논술첨삭, 첨삭 지도)–교육적 의미 ■ 교수첨삭, 동료첨삭, 자기첨삭(피드백 차원에서의 접근) ■ 교수첨삭/교수 첨삭/교수첨삭(면대면 및 지면) ■ 조교 첨삭(교육의 개념) ■ 첨삭지도의 차원에서(자기첨삭, 동료첨삭, 교수첨삭, 글쓰기 센터 전담 　연구원 혹은 조교(TA)에 의한 첨삭, 지면, 대면, 사이버 첨삭) ■ 동료첨삭/동료 첨삭/동료 첨삭(동료 간 상호 첨삭) ■ 자가 첨삭 ■ 자기첨삭 ■ 대면 첨삭 ■ 지면 첨삭 평가 ■ 지면 첨삭, 대면 첨삭, 사이버 첨삭
피드백	■ 피드백 ■ 평가 결과의 피드백 ■ 피드백과 평가 ■ 첨삭 피드백(논술첨삭, 첨삭 지도)–교육적 의미 ■ 교수 피드백, 동료 피드백, 자기 피드백(과정평가 일환) ■ 교수 피드백/교수자 피드백 ■ 교수피드백, 동료피드백(피드백 차원에서의 접근) ■ 동료 피드백 ■ 동료 피드백(협력학습(collaborative learning) 활용) ■ 동료 피드백(협력학습을 통해서 진행) ■ 자기 피드백(반성적 쓰기(reflective writing) 활용)

<표 8> "기타" 평가 지칭 용어

대단위	분류항목	
포트폴리오 평가	■ 포트폴리오 중심 평가(과정 평가의 일환) ■ 포트폴리오 작성 ■ 포트폴리오 평가	
진단평가	■ 진단평가 ■ 논술 레벨테스트: 절대평가(객관식 시험, 논술형 시험)	
총괄평가	■ 총괄평가	
기타	■ 능력참조평가 ■ 대면상담 ■ 동시평가 ■ 루브릭(rubric)—준거지향평가 　특성 살림 ■ 맥락적 평가 ■ 모델평가 ■ 사고, 조직, 표현 등의 단계에 따른 평가 ■ 사회구성주의 평가 ■ 사후 튜터링 ■ 상호주관적 평가 ■ 성장참조평가 ■ 세부평가 ■ 수행평가 (perfomance assessment): 참평가(authentic assessment), 직접평가(direct assessment), 과정평가(process assessment) (Wiggins, 1995) ■ 인터넷 게시판 활용 평가 ■ 전체적평가	■ 역동적 평가 (상호작용평가, 학습잠재력 평가, 근접발달대 평가, 중재된 평가로도 지칭) ■ 역량평가 ■ 인상평가 ■ 절대기준평가 ■ 절대평가 ■ 종합 평가 ■ 지면 첨삭 평가 ■ 직관적인 평가 ■ 직접쓰기 평가 ■ 특성 평가 ■ 해석적 평가 ■ 해석학적 평가 ■ 현장 중심 평가, 맥락 중심 평가, 지역 중심의 평가 ■ 협력적인 글쓰기 평가 ■ 형성평가

〈표 3~8〉에서 보듯 글쓰기교육 평가와 관련된 항목들이 많음을 볼 수 있다. 또한 개념상으로는 유사하나 논자에 따라 띄어쓰기를 포함해 제시되는 용어 형태가 다른 경우도 볼 수 있다. 이는 글쓰기교육을 위한 다양한 평가 방법의 활용에 대한 긍정적 시각과 동시에 명확한 평가 방법의 활용면에 있어 용어의 통일성, 의미의 상이성 등에서 정리가 필요한가 하는 질문을 갖게 한다.

또 하나 주목할 점은 평가 방법의 다수를 차지하고 있는 피드백과 첨삭 그리고 튜터링, 형성평가와 진단평가, 포트폴리오 등은 네 영역 중 과정중심 평가의 요소들로 평가 관련 연구에서 많은 비중을 차지하고 있는 것이다. 특히 첨삭과 피드백은 학습자의 의미구성과정에 대한 개입으로 강의현장에서 가장 많이, 그리고 실천적으로 이뤄지고 있는7) 활동이다. 또한 인터넷 첨삭시스템을 통한 상호피드백 과정은 물리적 공간을 넘어 글쓰기교육의 접근을 확장하고 있다. 그만큼 현재 대학 글쓰기교육은 학습자를 중심으로 한 과정중심교육으로 이루어지고 있으며, 이러한 과정에서 협력학습과 역량교육 그리고 대면상담을 통한 인성교육도 병행되고 있음을 알 수 있다. 이는 맥락과 해석을 중요하게 다루는 사회구성주의 평가와도 관련된다.

앞서 살펴본 바와 같이 대학 글쓰기교육의 평가와 관련된 72편의 학술논문에서 주로 다루고 있는 글쓰기 유형이 학술적 글쓰기임을 염두에 둘 때, 위에서 제시한 평가 방법들은 주로 학술적 글쓰기를 위한 평가 방법으로 활용되는 것임을 확인할 수 있다. 교육목표와 평가목표를 염두에 두고 평가 방법을 활용한다는 점에서, 각 교수자의 교육목표와 글쓰기 유형에 적합한 평가 방법은 변별되는 지점이 있을 것

---

7) 최상민, 앞의 논문, 151쪽 참조.

으로 판단된다.

3. 평가 관련 논문에 선택된 평가 방법 분석

1) 선택된 평가 방법의 연도별 추이 분석

우리는 각 연구자들이 선택한 평가 방법의 유형별 분류, 선호도 및 시대별 추이를 살피기 위하여, 평가 관련 학술논문 중 평가 방법을 명시적으로 선택한 51편을 대상으로 평가 방법에 대한 분류를 진행하였다.8) 앞서 제시한 글쓰기 평가 유형에 따른 선택된 평가 방법의 연도별 추이를 살피면 다음과 같다.

우선 결과중심평가와 과정중심평가를 중심으로 논의한 논문은 총 6편(11.8%)으로, 이중 결과중심평가와 과정중심평가를 동시에 언급한 논문이 4편, 과정중심평가만을 언급한 논문이 2편에 해당한다. 과정중심평가는 과정중심의 교육이 강조되면서부터 꾸준히 제기되어 온 평가 방법이다. 〈그림 1〉은 해당 평가를 선택한 학술논문의 연도

---

8) 대학 글쓰기 평가를 다룬 논문은 총 72편이나, 글쓰기 평가 방법을 본격적으로 다룬 논문만을 대상으로 하여 평가 방법에 대한 논의를 본격화하기 위하여, 대학 신입생 글쓰기평가(진단평가), 발표 중심의 수업, 교수자를 대상으로 한 평가를 다룬 논문, 뚜렷한 평가 방법을 선택하지 않은 논문까지 총 21편을, 평가 방법에 대한 논의 편수에서는 제외하였음을 밝힌다. 대상 논문은 다음과 같다. 원진숙(2007), 김민정(2009), 최병선(2009), 박준범(2010), 김경남(2013), 주민재(2014), 박찬수(2014), 시정곤(2014), 김진웅(2016), 이은주(2016), 류의근(2016), 양선진(2016), 정혜경(2016), 이효숙(2017), 이지영(2017), 김남미(2017), 이상원(2017), 이지영(2018), 이은홍(2018), 김현정(2018), 김누리(2018)

별 추이를 나타낸 것으로, 평가 관련 논문 편수가 2014년도 이후 증가세였다는 점에 비해 그 수가 적음을 확인할 수 있다. 이는 과정중심평가나 결과중심평가에 대한 논의가 적다기보다는 과정중심평가와 결과중심평가에 기반을 둔 다양하고 세분화된 평가 방식의 활용이 있기 때문이며, 관련 용어를 사용하지 않더라도 첨삭, 피드백과 같은 과정중심의 교육을 기반으로 한 평가 방법을 통해 살필 수 있듯이 현재에도 유용하고 중요한 평가 개념이라 할 수 있다.

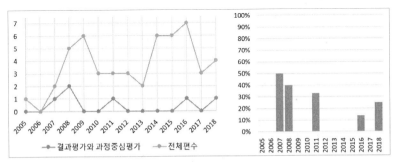

〈그림 1〉 결과평가와 과정중심평가 연도별 편수 및 비율

　　실제 첨삭과 피드백을 기반으로 한 〈그림 2〉를 볼 때 이에 대한 의미는 더욱 확실하게 다가온다. 2008년도와 2009년도는 미국의 학습자중심교육, 과정중심교육이 도입되고 반영되는 시기로서, 해당 개념에 대한 소개와 관심이 논문을 통해 구체화된 사례로 볼 수 있다. 첨삭과 피드백을 선택한 논문은 〈그림 2〉에 제시된 바와 같이 18편(35.3%)으로, 〈그림 4〉에서 제시한 주체(교수, 동료, 자기) 평가 연도별 편수와 유사한 형태를 보인다. 이는 교수, 동료, 자기평가에 있어 활용하고 있는 평가 방법의 다수가 첨삭과 피드백에 있다는 점이 주요 요인으로 보인다.

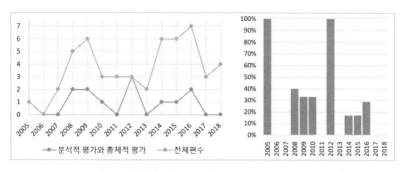

<그림 2> 첨삭과 피드백 평가 연도별 편수 및 비율

    〈그림 3〉에 나타난 바와 같이 유의미한 분석적 평가와 총체적 평가를 중심으로 논의한 논문은 총 13편(25.5%)으로, 이중 분석적 평가만을 제시한 논문이 5편, 총체적 평가만을 제시한 논문이 2편, 분석적 평가와 총체적 평가 모두를 제시한 논문이 5편이다. 큰 차이는 없으나 분석적 평가 방법이 선호되는 평가 방법으로 선택하는 경우가 다수임을 확인할 수 있다. 〈그림 2〉는 해당 평가를 다룬 논문의 연도별 추이를 살핀 것으로, 평가 관련 논문 편수가 2014년도 이후 증가세였다는 점에 비해 결과중심평가와 과정중심평가에서 보인 바와 같이 그 수가 적음을 확인할 수 있다.

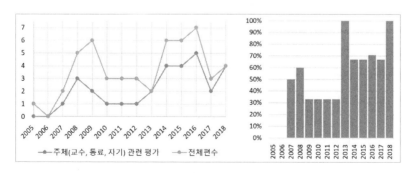

<그림 3> 분석적 평가와 총체적 평가 연도별 편수 및 비율

주체 즉 교수평가와 동료평가, 자기평가를 다루고 있는 논문은 전체 논문 총 32편(62.7%)으로, 주체에 따른 평가 방법에 대한 선호도를 수치로 확인할 수 있다. 특히 교수평가, 동료평가, 자기평가는 〈그림 4〉에서 확인할 수 있는 바와 같이 선택된 평가 방법 전체 편수 흐름도와 거의 유사한 형태를 보이며, 결과중심평가와 과정중심평가, 분석적 평가와 총체적 평가에 대한 편수 추이와 비교했을 때 이 차이는 더욱 두드러지게 나타난다. 32편의 논문 중 동료평가(동료 첨삭 및 피드백 등 동료가 주체가 되는 평가)를 다루고 있는 논문이 21편(65.6%)이라는 점 또한 주목할 만하다.

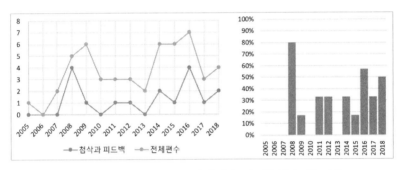

〈그림 4〉 주체(교수, 동료, 자기)평가 연도별 편수 및 비율

2) 선택 평가 방법의 종류 추이 분석

평가 방법을 선택한 논문 51편에서 다루고 있는 평가 방법은 다양하나, 크게 다음 〈표 9〉와 같은 분포도를 보인다. 제시된 평가 방법과 달리 선택된 평가 방법만을 분류한 〈표 9〉의 분포도는 평가 개입 시기별 평가 방법인 과정중심평가와 결과중심평가, 평가 범위별 평가 방법인 분석적 평가와 총체적 평가, 평가 주체별 평가 방법인 교수,

동료, 자기 평가별 급격한 격차는 보이지 않으며, 〈표 9〉에서 제시하는 바와 같이 평가를 위한 다양한 방식을 취하고 있음을 엿볼 수 있다.[9]

〈표 9〉 선택 평가 방법 분류표

유형	대단위		소단위	편수
개입 시기	결과평가/과정중심평가 (총 6편, 동시사용 4편)		결과평가	4
			과정중심평가	6
활용 방식	첨삭과 피드백 (총 17편, 동시 사용 7편)	첨삭 (총10편)	교수첨삭	8
			동료첨삭	5
			자기첨삭	2
			대면첨삭	1
		피드백 (총10편)	교수피드백	5
			동료피드백	3
			자기피드백, 단계별피드백, 샘플피드백, 첨삭피드백	각 1
범위	분석적 평가/총체적 평가 (총 13편, 동시사용 6편)		분석적 평가	11
			총체적 평가	8

---

9) 〈표 9〉의 편수 총수가 평가 논문 51편의 수보다 많은 이유는 한 논문이 두 개 이상의 평가 방법을 택하고 있는 점이 반영되었기 때문이다.

유형	대단위		소단위	편수
주체	주체 (총 32편, 동시 사용 7편)	교수 (총 15편)	교수평가	3
			교수첨삭	8
			교수피드백	5
		동료 (총 21편)	동료평가	15
			동료첨삭	5
			동료피드백	3
			협력적인글쓰기	1
		자기 (총 10편)	자기평가	8
			자기첨삭	2
			자기피드백, 학습자참여평가	각 1
기타	포트폴리오		포트폴리오	1
			포트폴리오평가	2
	다양한 평가 방법의 활용		총괄평가	2
			다면적평가, 단일한 평가 방법의 배제	각 1
	반성적쓰기, 대면상담, 양적평가, 질적평가, 능력참조평가, 성장 잠조평가, 루브릭rubric, 루브릭평가, 모델평가, 상호주관적평가, 객관적평가, 성적을 매기기 위한 평가, 세부평가, 역동적평가, 역량평가(의사소통역량평가), 은 유적작문평가, 인상평가, 진단평가, 특성평가, 특질평가, 해석학적평가, 형 성평가			각 1

선택된 평가 주체별 평가 방법에서 눈에 띄는 부분은 동료평가 부분으로, 21편(41.2%)에서 동료평가를 평가 방법으로 선택하고 있음을 확인할 수 있다.

과정중심평가가 강화되는 이유는 결과중심의 글쓰기교육에서 기대하기 어려운, 글쓰기의 과정 및 필자에 대한 평가가 가능해짐으로써 교수자는 학습자에 대해 보다 총체적이고 공정한 평가[10]를 할 수 있기 때문이다. 이 과정에 높은 빈도로 활용되는 것이 자기평가와 동료

평가이다. 자기평가는 학습자는 자신이 쓴 글의 내용은 물론이고 구성, 표현에 이르기까지 그 전반에 대해 성찰적인 사고 과정을 거치게 됨으로써 글의 완성도를 높여 나갈 수 있는 기회를 얻게 되고, 더 나아가 반성적 쓰기(reflective writing)로 기능한다. 이때 동료 평가를 적용할 경우 매우 세심한 평가 설계 필요/사전에 적합한 평가목표와 기준을 정하고, 구체적인 평가항목을 개별 문제 상황이나 맥락에 맞춰 제시[11]해야 한다.

과정중심평가를 강조하는 또 다른 이유는 평가의 신뢰도와 관련된다. 일반적으로 총체적 평가에 대한 신뢰도는 필요 이상으로 과대평가되며, 평가의 부정확성은 무시되는 경향이 많아 신뢰도에 있어 많은 문제를 갖고 있는 것[12]으로 본다. 총체적 점수 편차에서 상당 부분은 평가자의 개인적 가치 판단과 관련을 맺고 있기 때문에, 평가 대상의 세부 구성요소에 대해 분석적·미시적으로 분석하고 척도나 항목을 구체적으로 명시화할 수 있는 평가 방법인 분석적 평가를 채택함으로써 신뢰도를 확보하고자 한다. 이는 곧 분석적 평가가 전체 작품의 구성 요소를 제시하는 듯 보여도 실제 그 내용에 대해 검증된 바가 없고, 많은 학자들이 제시하는 많은 평가 척도 및 준거 설정 자체가 매우 작위적이며 임의적임에 따라 타당도 확보 여부를 판단하는 데 어려움을 겪을 수 있다는 단점에도 불구하고, 연구자들이 분석적

---

10) 김민정, 「대학 글쓰기교육에서의 '반성적 쓰기'의 활용과 의의」, 『한국문학이론과 비평』 13권 4호, 한국문학이론과비평학회, 2009, 471쪽.

11) 최상민, 앞의 논문, 152쪽.

12) 정희모·이재성, 「대학생 글에 대한 총체적 평가와 분석적 평가의 결과 비교 연구」, 『청람어문교육』 39호, 청람어문교육학회, 2009, 254~256쪽 참조.

평가를 활용하는 이유라고 할 수 있다. 이에 대한 한 사례로 대학 글쓰기 교수자들은 현실적 여건과 효율성으로 인해 내부분 총체적 평가 방식을 활용하거나 이를 분석적 평가와 혼합하는 절충적 방식을 선호하면서도 분석적 평가 방식이 보다 객관적인 평가를 할 수 있다는 인식을 하고 있었다.13)

4. 평가의 다양한 양상과 논의의 시사점

이 글은 대학 글쓰기교육의 평가 관련 연구의 현황 및 평가의 실태와 그에 대한 분석을 수행하였다. 평가 관련 연구논문 72편에 언급된 평가 방법을 총망라해 제시하였고, 이중 평가 방법을 명시적으로 선택한 51편을 대상으로 연구자들이 제시한 평가 방법의 양상과 의미, 그리고 글쓰기교육을 위해 선택한 평가 방법의 유형을 분류하고 시대별 추이와 시사점을 살펴보았다.

요약하면, 평가 관련 연구 논의들은 의사소통과 문제해결능력의 평가목표를 성취하기 위해 크게 ①평가 개입 시기에 따라 과정중심과 결과중심으로, ②평가 개입 정도에 따라 직접평가와 간접평가로, ③평가 주체에 따라 교수자와 학습자(학습자는 다시 자기 평가와 동료 평가)로, ④평가 범위에 따라 총체적 평가와 분석적 평가로, ⑤평가 활용 방식에 따라 첨삭과 피드백으로 접근함을 알 수 있었다. 특히 평가 방법의 다수를 차지하고 있는 피드백과 첨삭 그리고 튜터링, 형성평가와 진단평가, 포트폴리오 등은 과정중심평가의 요소들로 평가

---

13) 주민재, 「대학 글쓰기 교수자들의 쓰기 평가 경향 및 평가 인식에 관한 탐색적 연구」, 『국어교육』 147호, 한국어교육학회, 2014, 371쪽.

관련 연구에서 많은 비중을 차지하고 있다. 이중 피드백은 대학 글쓰기교육 현장에서 가장 많은 비중을 차시하는 중요한 활동임을 알 수 있다.

　이 글의 의의는 대학 글쓰기교육의 평가 관련 개별 논문들에 대한 꼼꼼한 독해를 통해 기준을 마련하여 분류하고 연도별 추이 및 선호하는 평가 방법과 그 의미를 분석함으로써 평가와 관련된 현재의 평가 관련 상황을 제시한 점에 있다. 이를 통하여 각각의 평가 방법에 대한 개념 및 다양한 용어의 정리 방안 등을 포함해 그간 적용된 평가 방법의 준거 양상을 분석할 수 있는 기반을 마련하였다. 이를 바탕으로 인문교양교육과 성숙한 민주시민교육을 위해 대학 글쓰기교육의 평가 방법 및 준거 등의 논의가 활발하게 이루어지길 기대한다.

2부

대학 글쓰기교육의
교수 학습 방법

대학 글쓰기 교과목의 운영 현황과 내실화를 위한 제도적 방안 모색
– A대학 〈기초글쓰기〉 교과목 교수자의 응답을 중심으로

1. 교양 교육과정의 개편 개요

A대학은 창의·개발·봉사의 이념에 바탕으로 두고 교양교육의 내실화와 창의적 지식융합능력을 갖춘 지성인을 양성하기 위해 교양교육과정 개편을 지속적으로 추진해 오고 있다. 2013년 2월 설립된 기초교양교육원을 중심으로 A대학 구성원은 '잘 가르치는 대학'을 위해 다각적 변화를 모색하고 있다. 교양 교육과정 개편의 주요 내용은 5개 영역 학문계열 배분이수제[1]로 편성 운영해 왔던 종래의 공통기초 중핵교육과정에서 교양교육목표와 인재상을 반영한 'CNU 창의인재'의 6대 역량 기반 복합모델로의 전환이다. 그 핵심은 자기관리 (Self-management), 의사소통(Talk With), 대인관계(Relationship), 창의융합 (Originality

---

[1] 2014년 A대학의 학문계열 5개 영역은 1영역 언어문학, 2영역 역사철학, 3영역 사회과학, 4영역 자연과학, 5영역 예체능으로 편성되어 있다.

-Convergence), 인성(Nature), 글로벌(Global) 역량을 갖춘 'S.T.R.O.N.G 백마교양'의 역량을 함양하는 데에 있다.

A대학 복합모델의 교양 교육과정은 '공통기초, 핵심교양, 일반교양, 특별교양'으로 구분된다. 공통기초는 A대학 학생이 반드시 이수해야 할 기초 교양과정으로 글쓰기(2학점), 영어(4학점), 진로설계 I (1학점)·진로설계 II (1학점) 총 8학점으로 구성되어 있다. CNU 역량별 배분이수를 수렴한 핵심교양은 인간, 자연 및 세계에 대해 균형 잡힌 안목과 통찰력을 지닐 수 있게 하는 학술적 교양과정이다. 핵심교양은 각 단과대학이 역량별로 3과목을 선정하여 총 18과목으로 구성되며, 이중 학생들은 최소 3대 역량에서 3과목 9학점을 필수로 이수해야 한다. 일반교양은 고등교육을 받은 지성인으로 갖추어야 할 문화시민적 소양을 함양할 수 있는 교양이며, 특별교양은 정규 교육과정 외 핵심역량 강화를 위한 특별 프로그램으로 운영되는 과정이다. 이러한 개편 내용은 2014년 1학기부터 시행되고 있다. 교양교육 개편에 따라 A대학 학생들은 17학점을 필히 수강해야 졸업할 수 있다.

여기서 주목하고자 하는 것은 공통기초 중 '글쓰기' 관련 부분이다. 글쓰기 과목과 관련해 학생들이 졸업하기 위해서는 개편 이전 1영역인 언어문학에서 '국어작문' 관련 3학점을 필수로 이수해야 했고, 수강 정원은 60명이었다. '실용적 글쓰기 능력'을 함양하고자 하는 요구와 '전공글쓰기'와의 연계 부족, 그리고 수강인원의 과다로 글쓰기 실습 및 지도가 어려운 운영 상황 등을 고려해 이수 학점 2학점에 수강인원 30명으로 〈기초글쓰기〉 과목이 신설되었다. 이와 함께 핵심교양 중 '전공글쓰기(〈인문과학글쓰기〉, 〈사회과학글쓰기〉, 〈자연과학글쓰기〉)'를 신설하여 단과대학에서 핵심교양 또는 일반교양으로 선택할 경우 글쓰기는 총 5학점(공통기초 2학점+핵심·일반교양 3학점) 체재로 운영되는 것이다. 곧 개편의 초점은 "실용 및 전공글쓰기의 연계를 통한 글쓰기 능력 강화"에 놓여 있다고 할 수 있다.

교과목 〈기초글쓰기〉는 2014년도 1학기에 신입생을 대상으로 65강좌 중 64강좌(1과목 폐강, 수강인원 10명 기준)가 설강되었으며, 교과목 〈인문과학글쓰기〉, 〈사회과학글쓰기〉, 〈자연과학글쓰기〉 각 1분반은 모두 개설되지 않았다. 그 이유는 전공글쓰기 교과목이 2014년부터 적용되면서 실제 교양 편제에 대한 홍보 부족 및 수강 접근성이 거의 희박한 1학년의 경우뿐만 아니라 재학생들의 경우에도 새로운 과목에 대한 성격과 필요성 등이 충분하게 안내되지 못해 운영되지 못한 것으로 보인다.

2014년도 1학기에 처음 시작된 〈기초글쓰기〉가 어떻게 운영되었으며, 교양 교육과정의 개편 방향과 어느 정도 부합되게 진행되었는지 점검하는 일은 대학생에게 모든 학문 분야의 기초능력인 글쓰기 능력을 강화하기 위해 필요하다. 한 학기가 진행된 상황에서 전체적인 면모를 살피는 것은 어려운 일이다. 하지만 교육제도 및 교육내용, 그리고 방법론상으로 안착될 수 있게 하기 위해서는 짧은 기간이지만 교과목 담당 교수자가 겪었던 문제 또는 교육에서의 장단점 등을 수집·분석하여 이상적인 방향으로 교육목표를 재설정하고, 그에 맞게 교육방법과 내용을 개편·시행할 필요가 있다. 2학기에도 63강좌가 개설되었고 1학기에 진행된 사항을 점검해 〈기초글쓰기〉 교과목과 운영상의 장점은 강화하고 한계점을 보완하는 과정이 필요하다. 특히 강의가 교수자와 학습자의 상호 교감 및 협력에 의해 이루어지는 과정이자 결실인 만큼 강의에 대한 교수자와 학습자의 체감도는 특정 교과목을 검토하는 데 일차적인 요소라고 할 수 있다.

더욱이 교수자의 역량은 학습자의 소통 및 수업목표의 실현 등과 직결되는 사항이므로 이 글에서는 교수자의 의견을 가감 없이 청취해 향후 〈기초글쓰기〉와 관련된 운영 및 제도 등에 활용하고자 한다.2) 곧 이 글은 〈기초글쓰기〉의 현황과 운영에서 나타난 문제점 등을 인식하고 대학 글쓰기의 내실화와 활성화를 위해 필요한 제도적 방안 등을 모색해 보는 데 취지가 있다. 이는 더 나아가 기초교양을 강조하는 교육의 내외적 요청에 따라 국내 대학들이 교양학부 등을 설립·운영 및 개편하는 과정에서 하나의 참조점이 되었으면 하는 바람이다. 제도, 특히 교육과정과 관련된 제도는 한번 확정되면 쉽게 바꾸기 어려울 뿐더러 개선하는 데에도 적지 않은 물적 경비와 시간이 소요되기 때문이다. 교육은 '제도'보다 앞서서 계획되고 실행되어야 하는 실체이다.

2. 2014년도 1학기 〈기초글쓰기〉 수업 및 교과목 운영 관련 설문 분석

이 글은 교과목과 관련된 문제점을 깊이 인식하고, 제반사항을 집중적으로 고찰하는 성찰적인 방법으로 접근하고자 한다. 2014년 1학기에 처음 시행된 〈기초글쓰기〉 수업에 대해 돌아보고 이후 학기부터 더 좋은 수업을 진행하기 위해 교수자의 의견을 참조하여 바람직한 〈기초글쓰기〉의 운영과 제도적 방안 등을 주관 학과 및 기초교양교육

---

2) 학습자의 경우 기초교양교육원에서 '2014년 기초글쓰기 만족도 조사'를 별도로 수행하고 있는바, 본 논의의 결과와 학습자 만족도 조사 결과에 대한 논의가 이루어진다면 교과목 운영에 필요한 적절한 방안을 모색할 수 있을 것으로 기대된다.

원에 제시하고자 설문 조사를 실시하였다.3)

조사 개요

조사 기간: 2014년 6월 20일(금)~6월 25일(수) 6일간
조사 대상: 2014학년도 1학기 〈기초글쓰기〉 담당 교수자 전원 조사 대상: 21명
응답 조사: 18명(응답률 85.7%)
응답 방법: 선택형과 서술형 혼합 설문 16문항
표집 방법: E-mail 발송 및 회수, 학과 사무실 방문 작성

이 장에서는 〈기초글쓰기〉 수업 관련 20문항과 교과목 운영 관련 11문항으로 작성된 설문조사를 분석한다. 실질적이고 생산적인 논의를 위해 교수자의 의견을 가감 없이 듣고자 하는 취지에서 선택형과 기술형을 혼합해 질문지를 작성했다. 항목에서 미처 다루지 못한 점이나 빠진 부분을 보완하기 위해 〈기초글쓰기〉 교재 및 교과목 운영에 제안하고 싶은 사항 등을 자유롭게 기술하는 지면을 부가적으로 할애하였다.4)

1) 2014년도 1학기 〈기초글쓰기〉 수업 관련 설문 분석

〈문항 1〉 〈기초글쓰기〉 수업에서 가장 역점을 둔 부분은 무엇인가

---

3) 이 지면을 빌려 답변을 해주신 〈기초글쓰기〉 담당 선생님들께 감사한 마음을 전한다.

4) 본 연구에서 사용한 설문지와 도표로 작성된 분석 결과를 본문에 활용하면 시각적인 가독성을 높일 수 있으나 논문의 진행 및 분량을 고려할 때 모두 제시하는 데에 한계가 있다. 특정 문항만 제시하는 것보다 전체를 살펴보는 것이 맥락을 파악하는 데 나을 듯하여 [부록 1]과 [부록 2]로 제시하고자 한다.

요? 이 질문은 대학 글쓰기의 목표 및 지향점을 묻는 질문으로 교수자가 글쓰기의 수업 목표를 어디에 누고 진행하는지를 파악하고자 하는 물음이다. 이에 대한 응답은 ①대학(생)의 글쓰기의 필요성과 관심 고취, ②실용(실전) 글쓰기 능력의 신장, ③글쓰기의 기본 이론 습득과 소통 능력(역량) 강화, ④글쓰기의 논리적 구성과 윤리적 글쓰기에 대한 인식, ⑤글쓰기 경험(연습)과 표현 능력 배양이다. 이 다섯 가지 사항은 A대학의 교양 교육과정의 공통기초 과목 중 글쓰기 목표의 취지와 부합한다. 또한 열거된 수업 목표는 현재 대다수 대학의 글쓰기 교과목 목표와 유사하다. 그런데 여기서 우리는 앞서 열거된 글쓰기의 목표가 기초적 영역, 다시 말하면 대학의 학문습득을 위한 기초적인 능력인지 재고할 여지가 있다. 즉 대학의 기초로서 글쓰기 교과목은 비판적 사고와 문제해결능력의 배양이라는 대목표를 설정하고 그에 대한 구체적인 세부 목표를 설정하는 것이 교과목 취지에 맞지 않을까 싶다.

〈문항 2〉〈기초글쓰기〉 수업에서 활용된 가장 주된 교수법은 무엇인가요?〈①강의(이론) 중심, ②쓰기 실습 중심, ③피드백 중심, ④토론 중심, ⑤모둠학습 중심〉 이 질문은 글쓰기에 적용되는 교수법을 파악하고자 하는 것으로, 이에 대해 교수자들은 강의 중심 34%, 쓰기 중심 21%, 피드백 중심 24%, 토론 중심 12%, 모둠학습 중심 9%로 응답하였다.

응답에서 보듯 대학 글쓰기는 주로 강의와 쓰기 그리고 그에 대한 피드백 중심으로 이루어지고 있음을 알 수 있다. 위의 문항에 이어 〈문항 3〉에서 2번에서 선택한 방법을 다음 학기에도 활용할 예정인가요?라는 질문에 '예'가 83%, '아니오'가 6%, '기타'가 11%로 나타났다. 각각의 이유를 살펴보면, '예'를 선택한 경우 ①강의: 교재의 적극적 활용, 다양한 사례 제시에 용이, 미흡한 학생 수준에 맞는 이론 제시, ②쓰기: 다양한 글쓰기 연습, 비판적 지성적 노력을 통한 논리적이고 체계적인 글쓰기 능력 향상, ③피드백: 학생들의 높은 선호도, 학습자의 수업에 대한 이해와 활용능력과 교수자의 학습 점검 및 보완, ④강의+쓰기: 글쓰기 이론과 실제의 접목, ⑤강의+모둠: 모둠을 통한 강의 내용의 효과적 숙지, ⑥강의+피드백: 글쓰기의 기본 이론과 과제물에 대한 피드백, ⑦쓰기+피드백: 글쓰기의 실제와 맞춤형 지도, ⑧강의+쓰기+피드백+토론: 글쓰기의 실습 기회와 소통 능력 함양이며, 토론+모둠 학습에 개별 발표의 시간을 추가할 예정('아니오' 응답 의견), 학습자 상황에 맞게 유동적으로 적용하되 쓰기 비중 확대 예정(기타 응답 의견)이라는 점에서 거의 모든 교수자가 현재 진행하고 있는 교수법을 적용할 것임을 보여주었다. 강의에서 교수법은 강의목표의 도달과 함께 강의의 질적 부분과 직접적으로 연관되므로 교수자 간 효과적인 교수법 공유가 필요해 보인다.

〈문항 5〉〈기초글쓰기〉의 효과적인 수업을 위해 피드백은 몇 번 이상 이루어지면 좋다고 생각하시나요? 이 질문은 글쓰기에서 첨삭 및 상담 등 피드백의 횟수와 중요성을 점검하고자 하는 질문이었다. 이에 대해 교수자들은 1회 5%, 2회 10%, 3회 53%, 4회 21%, 5회 11%로 응답했으며, 4회의 경우 개인별 1~2회, 모둠별 1~2회로 혼합하고 있다.

한 학기(2시수, 15주) 동안 교수자들은 〈기초글쓰기〉의 피드백은 3~4회(74%)는 이루어져야 효과적인 수업이 진행될 수 있다고 응답하였다. 이어 〈문항 6〉〈기초글쓰기〉에서 피드백이 꼭 필요한 부분은 무엇인가요?에서는 흥미로운 응답이 있었다. 피드백이 필요한 부분이 '글' 차원과 '태도' 차원으로 나왔기 때문이다. 글 차원에서는 글쓰기의 절차(단계)에 따른 교수·학습 전 과정(주제 설정과 개요 작성 강조), 단락 쓰기와 구성(체계), 국어어문규정과 문장, 태도 차원에서는 수업에의 관심도 및 교수자·학습자 간 상호 협력 강조, 학생 상호 간 강평 등 관계성 강조의 응답이 있었다. 피드백이 글의 차원에 머물지 않고 태도의 측면을 주목한 점은 글쓰기에 대한 동기 유발 및 정서적인 목표지향성을 중요하게 생각하는 교수자의 의도를 알 수 있다. 이것은 더 나아가 과정중심 교수법이나 직접 교수법을 적용하는 동시에 사회구성주의 관점이 반영된 결과로 예상된다.

앞의 문항에 이어 〈문항 7〉〈기초글쓰기〉 수업에서 실제 피드백은 몇 번 이루어졌나요?의 질문에 대한 응답은 1회 10%, 2회 27%, 3회 27%, 4회 10%, 5회 10%, 7회 10%, 8회 5%로, 효과적인 피드백 횟수 3~4 회(74%)에 미치지 못한 것을 알 수 있다. 물론 피드백은 반 편성이나 학습자의 전공, 학습자 수에 따라 일률적으로 적용하기 어려우나 2학점으로 운영되는 대학 글쓰기의 경우 교수자들은 3~4회의 피드백 과정을 거쳐야 수업 목표에 도달할 수 있는 것으로 파악하고 있는 듯하다.

〈문항 8〉 효과적인 피드백 횟수보다 적은 경우 가장 큰 장애 요인은 무엇이었나요?를 묻는 질문에 ①수업 시수 부족(다수 의견), ②강의계획서 상의 교재 진도에 따른 심리적 압박감, ③피드백 및 글쓰기 실습 횟수 하향 조정, ④글의 완결성(형식성) 저하 우려, ⑤보강 가능성의 축소, ⑥학생들의 이해도 확인 어려움, ⑦교수자 대비 학생 수 과다(교수자의 담당 과목 수), ⑧글쓰기의 기본 형식 및 글쓰기 문제에 대한 학생의 인지 부족 등의 원인이 제시되었다. 2시수에 따른 강의 운영상의 문제점과 더불어 글쓰기에 대한 학생들의 수준 등이 주요한 것으로 볼 수 있다. 특히 학습자들은 중등교육과정에서 학교에 따라 그리고 입시에서 논술 응시 여부 등에 따라 수준의 차이가 나타나고 있으며, 글쓰기 절차의 경우 작문 교과에서 학습이 이루어진 경우와 그렇지 않은 경우가 있어 강의에서 학습자의 수준을 고려[5]해야 함을 알 수 있다. 또한 계열별 전공별 학습자의 성취의욕에 따라 학습자 편성도 고려할 대상임을 알 수 있다.

〈문항 9〉〈기초글쓰기〉 과제 제시 횟수는 몇 번이었나요?〈①1회 ②2 회 ③3회 ④4회 ⑤기타(회)〉의 응답으로 5회 29%, 6회 14%, 7회 14%, 6회 29%, 11회 14%였다. 설문에서 제시한 것 이상으로 많은 과제가 제시되고 있다. 이는 강의 중심으로 이루어진 후에 확인 학습의 차원에서 이루어지는 과정으로 보이며, 이에 대한 피드백은 가장 주안점을 둔 부분을 중심으로 대략 1/2나 1/3 수준으로 이루어 짐을 알 수 있다.

〈문항 10〉〈기초글쓰기〉 중심 과제(연습문제 실습 포함)는 무엇이 었나요?에 대한 응답은 다음과 같다.

---

5) 한 연구에 따르면 "대학생 필자는 '글쓰기에 대한 무경험(58%)'으로 인해 대학 글쓰기에 대한 '두려움(58%)'이 가장 많이 드러났고, 대학 글쓰기 강의에 대한 '개인적인 생각으로 어렵다(38%)'가 가장 높게 나타났다." 또한 "글쓰기의 도입과 관련하여 글쓰기의 계획성에 질문을 유도한 바, '생각하지 않음(67%)'의 답변이 가장 높은 수치를 보"였고, 반면에 "대학 글쓰기에 대한 필요성과 목적성에 대한 부분"은 앞의 두려움과 어려움과는 반비례 현상을 보였다. 임지원, 「대학글쓰기에 대한 필자의 내면적 관점 탐색」, 『비평문학』 제52집, 한국비평문학회, 2014, 299쪽.

글의 종류에 따라	자기소개서, 서평, 설명문, 논설문(사설·칼럼), 영화감상문, 에세이
교재를 중심으로	교재실습과 강평, 주제설정, 개요작성, 단락 쓰기, 도입과 종결 쓰기
제출 방식에 따라	개별 글 제출 주제에 따른 개별 및 모둠별 완성 글 제출 시사적인 주제 중심으로 모둠별 진행 후 글 제출

글쓰기에 대한 흥미 부족과 미경험, 그리고 글쓰기의 필요성에 대한 인식 부족과 전문가나 학자들에게만 적용되는 도구로 생각한 대학생들에게 대학에서 주로 이루어지는 학술적인 글쓰기는 어렵게 다가갈 수밖에 없을 듯하다. 이를 덜기 위한 방편으로 대학생들은 영화, 광고, 독서, 신문을 활용한 글쓰기의 확장이 필요하다[6]고 본 것에 반해 교수자들의 과제는 위의 표처럼 주로 학술적 글쓰기의 종류가 많은 부분을 차지함을 알 수 있다. 대학 글쓰기의 수업목표를 고려하면서 학습자들에게 적용 가능한 글쓰기의 종류 및 과제의 성격, 난도 등을 고려해봄 직하다.

다음으로 설문에서 다룬 대상은 '교재'이다. 교재는 수업목표를 효과적으로 성취하고 교수법이 적용되는, 강의를 구성하는 중요한 실체이다. A대학의 2014년 1학기에 개편된 교재 〈기초글쓰기〉[7]에 대해

---

6) 임지원, 앞의 논문 참고.
7) 〈기초글쓰기〉의 목차는 아래와 같다.

1. 창조적 사고
  1) 좋은 글의 요건
  2) 문제 의식과 독창적 관점
  *실습과 강평
2. 표현의 기초
  1) 한글맞춤법
  2) 문장 구성의 원리
	4. 글쓰기
	  1) 글의 종류와 진술방식
	  2) 도입부와 종결부 쓰기
	  3) 퇴고와 교정
	  *실습과 강평
	5. 글쓰기
	  1) 발표문 쓰기

〈문항 11〉에서는 〈기초글쓰기〉 교재에 대해 만족하시나요?〈①매우 만족, ②만족, ③ 보통, ④불만족, ⑤매우 불만족〉을 질문하였고, 그 결과 '만족' 61%, '보통' 22%, '불만족' 11%, '매우 불만족' 6%로 조사되었다. 〈문항 12〉 만족하는(11번의 ①-②)/만족하지 않은(11번의 ④-⑤)/보통(11번의 ③) 이유에 대해 '만족'의 선택 이유는 ①글쓰기에 집중된 개편, ②내용의 평이함과 적절한 분량, ③기초적인 내용 수록 및 사례의 다양성, ④이론과 실습의 체계적 구성, ⑤책 내용의 완성도를 떠나 교재로써 사용하기 용이함을, '보통'의 선택 이유는 ① 기초라는 의미에 미충실, ②적절한 예문 부족(부적합한 예시, 최신 예문의 필요성), ③흥미 유도와 창의성 부족, ④너무 어려운 이론 중심을, '불만족'의 선택 이유는 ①표절과 연구윤리에 대한 내용 부재, ②글쓰기 단계에 맞는 내용 재배치 필요, ③시간 대비 분량 과다, ④일부 오탈자와 부적절한 예문과 실습 문제를 피력하였다. 교재는 수정 보완될 여지가 있는 만큼 교재 개정이나 개편을 할 때에는 앞서 기술했던 학습자의 요구 사항 등을 반영해 편성하는 것도 교과목에 대한 학습자의 동기유발을 크게 할 뿐만 아니라 실용적인 실효성도 있을 것으로 판단된다.

　다음은 수강생과 관련된 질문들이다. 교수자가 학습자를 어떻게 파악하고 대하느냐에 따라 강의의 분위기 및 강의의 질에 영향을 줄

---

3) 단락의 형식과 원리	2) 리포트 쓰기
*실습과 강평	*실습과 강평
3. 구성	6. 부록
1) 글쓰기의 절차와 주제 설정	1) 한글맞춤법
2) 취재와 정리	2) 국어의 로마자표기
3) 개요의 이해1	
4) 개요의 이해2	
*실습과 강평	

것이다. 〈문항 12〉〈기초글쓰기〉 수강생의 학습 참여도에 대해 만족
하시나요?〈①매우 만족, ②만족, ③보통, ④불만족, ⑤매우 불만족〉
에 대한 응답 결과는 '만족' 44%, '보통' 39%, '불만족' 17%로 나타났
고, 〈문항 14〉〈기초글쓰기〉 수강생의 교재 만족도는 어떻다고 생각
하시나요?〈①매우 만족, ②만족, ③보통, ④불만족, ⑤매우 불만족〉
에 대한 응답 결과는 '만족' 28%, '보통' 61%, '불만족' 11%로 나타났
다. 이 결과는 교수자의 교재 만족도에 비해 학습자의 만족도가 낮게
나타난 점이 주목을 요한다. 학습자들이 교재에 만족감을 못 느낀다
고 판단한 부분이 무엇이며 왜 그러하게 반응했는지 좀 더 살펴볼
부분이다.

　〈문항 15〉〈기초글쓰기〉 수강생의 수업 만족도는 어떻다고 생각하
시 나요?〈①매우 만족, ②만족, ③보통〉에 대해 '만족' 56%, '보통'
44%로 전체적으로 〈기초글쓰기〉에 보통 이상 만족한 것으로 생각하
는 것을 알 수 있다. 〈문항 16〉〈기초글쓰기〉 수강생의 학습 목표 성
취도는 어떻다고 생각하시나요?〈①매우 높음, ②높음, ③보통, ④낮
음, ⑤매우 낮음〉에 대한 응답의 결과는 '높음' 67%, '보통' 33%로
유의미한 성취를 이루었다는 의견을 보였다. 〈문항 17〉에서 높음(16
번의 ①-②)/낮음(16번의 ④-⑤)/보통(16번의 ③)인 이유를 물은 결
과 '낮음'의 응답은 없고, '높음'의 선택 이유로, ①적은 학생 수로 글
쓰기 향상, ②'글을 잘 써야 한다'는 목적의식과 글쓰기의 기초 습득
에 열의가 높음, ③피드백을 통한 답안 작성 및 과제 수행의 난도 변
화, ④객관식·단답형의 답안을 벗어나 적극적인 자기표현 능력의 학
습 기회, ⑤단계별 학습 후 논리적 근거를 갖춘 글을 완성함이, '보통'
의 선택 이유로 ①다수 학생의 글쓰기에 대한 부담감과 집중력 부족
(1학년 1학기의 특성), ②수업 참여도와 학생들의 호응도 낮음(1학년

편성), ③이론 공부 후 실습과 피드백 시간 부족, ④글쓰기의 중요성에 대한 수강생의 인식 부족이 제시되었다. 여기에서 높은 성취율은 한 학기 동안 텍스트에 집중된 글과 태도에 대한 피드백이 적절하게 이루어져 나타난 결과로 보인다. 그리고 보통의 선택 이유는 강의를 진행하는 데 보완해야 할 강의 내외적 사항인 만큼 이에 대한 지속적이고 단계적인 논의가 필요하다.

〈문항 18〉은 〈기초글쓰기〉 표준강의안 및 강의 매뉴얼이 필요하다고 생각하시나요?〈①필요, ②불필요, ③상관없음(교수자 재량)〉에 대한 응답으로 '필요' 50%, '불필요' 6%, '상관없음(교수자 재량)' 44%로, 상관없음에는 필요를 전제한 응답이 포함되어 있어 교재에 대한 표준강의안 및 강의 매뉴얼이 필요하다는 의견이 지배적이었다. 〈문항 19〉에서는 수업 환경(강의실 등 물리적 환경 및 복사 등 지원)이 적절하였나요?〈①적절, ②보통, ③부적절(기타 의견:)〉에 '적절' 11%, '보통' 61%, '부적절' 28%로, 노후된 컴퓨터·프로젝터 및 전자교탁 사용의 불편함, 그리고 수강생 수에 맞지 않는 강의실 배정 등 전반적으로 강의 환경에 대한 개선의 요구가 많았다.

마지막으로 〈문항 20〉 〈기초글쓰기〉 수업을 위해 꼭 갖추어야 할 제반 요소는 무엇이라고 생각하시나요?는 앞선 문항들과 겹치는 질문으로 볼 수 있으나 교수자의 견해를 강조하고 정리하는 의미에서 접근하였다. 이에 대한 응답은 수업 관련과 운영 및 제도 관련 부분으로 나눠진다. 먼저 수업과 관련해서는 ①3학점 시수 보강(다수 의견), ②교재 검토와 수정(다수 의견), ③해설서 및 추가 예시 자료, ④표준강의안+교수재량의 강의 운영이, 운영 및 제도와 관련해서는 ①수강인원에 맞는 강의실과 기기 등의 수업 환경 개선, ②학과별 편성 요망, ③철저한 수강생 관리(피드백)를 위한 수강인원 감소 필요, ④피드백과 첨삭에 대한 여건 개선과 글쓰기 튜터 필요를 제시하였다.

2) 2014학년도 1학기 〈기초글쓰기〉 교과목 운영 관련 설문 분석

이 장에서는 〈기초글쓰기〉 교과목 운영과 관련된 질문을 중심으로 살펴보고자 한다. 〈문항 1〉 새로 신설된 〈기초글쓰기〉 과목의 제도적 운영 (학교/학과)에 대해 어떻게 생각하시나요?〈①매우 만족, ②만족, ③보통, ④ 불만족, ⑤매우 불만족〉에 대한 응답 결과는 '만족' 45%, '보통' 33%, '불만족' 22%로 나타났다. 각 응답에 대한 구체적인 의견을 듣기 위해 〈문항 2〉 만족하는(1번의 ①-②)/만족하지 않은(1번의 ④-⑤)/보통(1번의 ③)의 이유를 질문한 결과는 다음과 같다.

만족	학생 수 축소 교수자의 글쓰기 실력 보장 1학년 편성으로 수준 파악 및 지도에 용이 기초글쓰기교육과 전공글쓰기 연계를 통한 체계적 글쓰기교육 교수–학습내용의 적절성
보통	타과 학생과의 교류와 소통 필요 2시수에 대한 학생들의 중요도 저하(3학점 수업 요망) 학과 및 학교의 교과목에 대한 확실한 홍보 필요 (졸업과 사회진출 관련 필수과목)
불만족	학습자의 인문학적 비판력과 지성을 고취하기 위한 기본 교육의 인식

다음으로 〈문항 3〉 〈기초글쓰기〉의 2학점 운영은 적절하다고 생각하시나요?〈①매우 적절, ②적절, ③보통, ④부적절, ⑤매우 부적절〉에 대한 응답 결과는 '적절' 16%, '보통' 32%, '부적절' 26%, '매우 부적절' 26%로 과반수가 시수 부족의 상황을 피력하였다. 이에

대해 〈문항 4〉 적절한 (3번의 ①-②)/적절하지 않은(3번의 ④-⑤)/보통(3번의 ③)의 이유를 질문한 결과, '적절'의 선택 이유로 ①2시간 편성과 과제 부여시기 적절과 ②다양한 교양 수업 경험을, '보통'의 선택 이유로 작문에 필요한 절대 시간 부족과 피드백 어려움(2시간)을, '부적절'의 선택 이유로 ①교재 강의와 글쓰기 실습 병행에 절대 시간 부족, ②2시수에 따른 과제 부여 증가로 수강생 부담 가중, ③전공글쓰기 설강의 불확실함에 따른 글쓰기 평균 공부 시간 부족함, ④시간 대비 교재의 양이 많음을 제시하였다. 〈문항 2〉에 대한 '보통'에 응답한 이유도 적절하지 않음에 가까워 2학점 운영은 84% 정도 적절하지 않게 판단하는 것으로 파악된다. 이는 학생 수가 60명에서 30명으로 줄어든 이점보다 3시간에서 2시간으로 줄어든 한계를 더 느끼는 것으로 보인다. 이것은 2014년 1학기 개편 이전에 운영되던 〈국어작문〉과목(3시수, 75분 수업, 주 2회 편성)을 강의했던 경험이 작용한 듯하다.

다음으로 〈문항 5〉 〈기초글쓰기〉의 수강인원 30명은 적절하다고 생각하시나요?〈①매우 적절, ②적절, ③보통, ④부적절, ⑤매우 부적절〉의 질문에 '매우 적절' 26%, '적절' 42%, '보통' 21%, '부적절' 11%의 응답 결과를 보였고, 〈문항 6〉 수강학생을 계열별(단대별)로 구성하는 것이 필요하다고 생각하시나요?〈①필요, ②불필요, ③상관없음〉라는 질문에 '필요' 55%, '불필요' 28%, '상관없음' 17%로 조사되었다. 〈문항 7〉 필요한(6번의 ①)/불필요한(6번의 ②)/상관없음(6번의 ③) 이유를 묻는 질문은 위의 문항과 관련된 것으로 계열별 혹은 전공별 반 편성 항목이다. 이에 대해 교수자들은 깊이 있는 의견을 제시해 주었다.

필요	수업 집중도와 강의 편의 및 심화 계열별 맞춤형·특성화된 글쓰기교육 학생들의 요구에 더 부합하는 수업 및 효과적인 강의안 구성 가능 단대학과별 행사 및 휴강 등에 따른 수업 분위기와 모둠 활동 등 고려 가능
불필요	다양한 학과 구성을 통한 다양한 의견의 공유와 창의적 사고 교환 학생들의 수강 선택권 필요 대학교 1학년생으로서 학습태도 경험
상관없음	토론과 피드백을 통한 상호 발전 학습자 상태(상황)와 요구의 재구성을 통한 강의 진행 '기초' 성격의 교과목·전공글쓰기 수업 전제 학생들 간 격차에 따른 수준별 분반 편성 요망

〈문항 8〉〈기초글쓰기〉 교과목 운영에서 가장 큰 문제점은 무엇이었나요?라는 질문에 교수자들은 크게 '수업 운영'과 '제도 운영' 두 측면과 관련된 응답을 보였다. 강의에 ①시수 부족(대다수 의견), ②교재의 검토와 수정 요망(다수 의견), ③토론 및 발표 수업 누락, ③수강인원의 과다로 첨삭 지도 및 학습자 1:1 피드백 어려움을, '운영'에 ①교양 교육과정 개편 후 학교 측의 홍보 부족과 학생들의 관심 저하(과목명 고려), ②상대평가의 재고(절대평가·P/F), ③학생 수에 맞지 않는 강의실 환경과 시간대 편성(오후 5시~7시)의 문제점이 제시되었다. 항목 중에서 강의와 관련된 문제점은 교수자의 교수법 및 강의 준비가 한층 요구되고, 물리적 환경과 홍보 등은 개선이 이루어지기 비교적 쉬우나 평가 관련 사항은 교육의 효과성(상대평가와 절대평가의 장단점) 및 학교 전체 차원(상대평가의 운영 강도가 대학평가에서 지표로 작용)에서 고려될 사항이므로 개별 학교뿐만 아니라

대학 전체 차원에서의 논의가 필요하다고 본다.

　나음으로 〈문항 9〉〈기초글쓰기〉 교과목 운영에서 시급하게 개선해야 할 부분은 무엇인가요?[8])는 기존 문항에서 제기된 문제점에 대한 재확인인 동시에 그 중에서 시급해야 개선할 부분을 추출하고자 하는 취지의 질문이다. 이에 대해 교수자들은 '수업' 운영에서 ①수업시수 증강 필요(다수 의견), ②교재 보강과 교과서의 실습과 강평 해 제안 필요를, '제도' 운영에서 ①화법, 토론, 독서 등 다양한 교과목 개설을 통한 글쓰기 관심 증대 필요, ②수강 인원에 맞는 강의실 환경 조성, ③평가 방식, ④창의적인 프로그램 개발 및 학습동기를 유발할 수 있는 이벤트(백일장·토론대회), ⑤수강 인원 의 점진적 하향 조절, ⑥첨삭 지원과 기초글쓰기 연구실 운영 등을 개선해야 할 점으로 제시하였다. 〈문항 8〉에서 제시된 문제점 외에 대학 글쓰기에서 학습자의 창의성 및 학습동기 강화 등 학습자의 정서적 내면적 측면을 중요하게 여기고 있는 점이 주목할 만하다.

　〈문항 10〉〈기초글쓰기〉(교필)-전공·계열글쓰기(핵심교양) 체계가 적절하다고 생각하시나요?〈①매우 적절, ②적절, ③보통, ④부적절, ⑤매우 부적절〉에 대한 질문은 현재 2학점으로 운영되는 〈기초글쓰기〉와 3학점인 〈인문학 글쓰기〉·〈사회과학 글쓰기〉·〈자연과학 글쓰기〉와의 연계성에 대한 것으로, '매우 적절' 6%, '적절' 44%, '보통' 44%, '부적절' 6%로 조사돼 기초글쓰기와 전공(계열)글쓰기의 연계가 필요하다는 의견이 다수를 차지하였다.

---

8) 〈기초글쓰기〉 교재 및 교과목 운영에 제안하고 싶은 사항이나 설문 문항에서 미처 다루지 못한 점이나 빠진 부분을 보완하고자 마련된 설문지의 기타난은 〈문항 8〉과 〈문항 9〉와 비슷한 답변이 많아 두 문항에 수렴해서 다루었다.

〈문항 11〉〈기초글쓰기〉와 관련해 개발해야 할 영역 및 교과목은 무엇이라고 생각하시나요?라는 질문에는 ①화법(발표) 및 토론 위주의 교과목 개설(〈기초말하기〉(안)), ②기초-전공 글쓰기의 체계적 연계와 필수과목지정, ③창의력 개발을 위한 다양한 읽기 자료 및 강의 자료 개발, ④(인문학) 독서 관련 교과목 개설, ⑤실용적(실질적) 글쓰기와 문학적(창의적) 글쓰기 교과목 개설 등의 의견이 있었다.

3. 〈기초글쓰기〉 교과목의 내실화를 위한 제도적 방안

어느 학문 분야를 막론하고 글쓰기는 필수적인 요소이다. 더욱이 전문인의 경우 실용적인 관점에서의 글쓰기는 더 말할 나위 없이 중요하다. 대학에서 글쓰기에 관한 강의내용의 혁신이나 강의방법의 새로운 모색, 그리고 교재의 개편이나 제도의 보완 등의 궁극적인 지향점은 학생들을 효과적으로 교육하는 데 있다. 각 대학들은 정확한 표현력과 통합적인 문제해결능력, 원활한 의사소통능력 함양, 교양교육 강화의 필요성을 인식하고 교양 교육으로서의 글쓰기를 강화하고자 모색하고 있다. 글쓰기 과목을 '비판적 사고력'과 '문제 해결력'을 배양하는 과목으로 규정하고 다양한 프로그램을 개발하여 교육을 실시하고 있으며, 글쓰기에 대한 기초 이론과 학술 영역 글쓰기를 분리하여 학생들이 학문적 담론 공동체에 편입할 수 있는 교육을 시행하고 있다. 서울대, 연세대, 고려대를 비롯한 대부분의 대학들이 글쓰기 강좌에 6학점 이상을 배정하고, 학부생들의 글쓰기 능력 함양을 위해 글쓰기센터를 운영하거나 맞춤형 글쓰기교육을 제공하는 시도들이 점차 증가하고 있다.

그런데 주로 대학 저학년을 대상으로 전문적인 글쓰기를 아우르는 것은 생각만큼 용이한 일이 아니다. 따라서 대학 및 교수자는 학습의 수용주체인 학생들이 효율적으로 〈기초글쓰기〉를 이해하도록 안정화된 제도를 정착시키고, 글쓰기교육의 효율성을 극대화하며, 나아가 강의 질을 개선하는 데 주안점을 두어야 한다.

그 일환으로 이 글에서는 〈기초글쓰기〉 교과목 관련 20문항과 교과목 운영 관련 11문항을 조사 분석해 보았다. 수업목표, 교수법, 피드백, 교재, 학습자, 성취도, 그리고 과제 및 글쓰기 영역 등 강의와 관련된 문항과 강의 시수, 강의 운영의 문제점 및 개선점 등 제도와 관련된 문항이 설문의 주요 내용이었다. 향후 〈기초글쓰기〉 교과목의 내실화를 위한 방안을 '제도적' 차원을 중심으로 주관학과(국어국문학과)와 학교 차원(기초교양교육원)으로 나누어 제시하면 다음과 같다.

학과 차원의 〈기초글쓰기〉 내실화 방안에서 강의와 관련된 방안으로는 ①교재의 참신하고 적합한 예문 및 실습과제의 지속적 보강, ②실습과제 및 강평 해제안 마련, ③표준강의안 마련을 통해 강의목표 및 과제물 그리고 수업의 질 확보를 위한 공통성 공유 및 확대, ④첨삭 및 피드백을 통한 교수법 개선 등이 이루어져야 한다. 특히 표준강의안은 설문 결과에서도 나왔듯이 교수자에게 일정한 틀을 부여함으로써 강의의 통일성을 기한다는 면에서는 수월성이 있는 반면, 교수자의 창발성과 자발성을 제약한다는 점에서 우려의 목소리도 있다. 대학 글쓰기는 고유한 수업목표를 도달하는 데에 목적이 있는 만큼 표준강의안을 마련하되 글쓰기 워크숍 등을 통해 교수자의 개성 및 요구사항 등을 적극적으로 수렴한다면 교수자의 내적 갈등은 어느 정도 극복되리라 생각한다.

제도와 관련된 방안으로는 ①〈기초글쓰기〉와 전공글쓰기와 직간접적으로 관련된 타 과목과의 관계 설정 및 활용 방안(〈국어작문1: 표현과 논술〉과 〈국어작문2: 생활과 논술〉, 〈한국어문학〉, 〈영화와 문학〉, 〈화법과 생활〉, 〈공학논문작성과 발표〉), ②교수자의 전문성을 위한 (학부 및) 대학원 내 글쓰기 교과목 개설, ③브로셔 및 홈페이지 등을 활용한 학과 차원의 〈기초글쓰기〉 적극적 홍보로 요약될 수 있다.

학교 차원의 〈기초글쓰기〉 내실화 방안은 학과 차원의 방안보다 거시적이고 통합적인 접근이 요구된다. 운영(제도)면에서 ①교재 보강 및 강의+쓰기+모둠+토론+피드백의 통합적 교수법이 적용 가능한 3시수로 전환 검토, ②전공글쓰기 필수 과목 지정을 통한 기초글쓰기(2시수)+전공글쓰기(3학점) 연계, ③실용적 글쓰기↔문학적(창의적) 글쓰기(일반교양) 교과목 개발, ④글쓰기 튜터 지원: 기초글쓰기(국어국문학과 중심)+전공글쓰기(국문학과+관련 계열), ⑤교수자의 강의 역량 강화를 위한 정기적인 교수법 및 세미나 개최, ⑥KCI급 글쓰기 관련 논문 수록 시 연구비 지원, ⑦학교 차원의 저작권 해결, ⑧정보 검색 및 표절 인식을 위한 도서관 이용자교육 활용, ⑨웹 시스템을 통한 피드백 지원, ⑩신입생 오리엔테이션 등 학교 차원의 〈기초글쓰기〉 적극 홍보 등이 고려될 사항이다.

또한 글쓰기는 절차 및 연습을 통해 소기의 결과물을 산출하는 특성을 지닌바, 성취와 관련된 ①글쓰기 표본 및 우수 글 모음집 간행, ②학습 포트폴리오 우수 사례 공모, ③토론대회 및 백일장·논문 공모전 개최, ④타 대학 글쓰기 강좌 운영의 모니터링을 통한 비교 보고서 작성 및 운영에의 적용 등 비교과과정 프로그램을 기초교양교육원이 중심이 되어 기획할 필요가 있겠다.

더불어 학과와 학교는 수업의 질 향상과 학습자 만족도를 높이기 위해 유기적으로 협력해야 한다. 처음 시행된 제도의 상황을 파악하고 합리적인 방안을 모색하는 일은 이후에 진행될 교과목의 내실화에 기여할 수 있다. 개선할 부분이 수정 보완되는 과정을 통해 교과목의 정체성 및 교과목 목표가 실현될 수 있다. 시급을 판단해 단계적으로 문제점에 대한 해결책에 접근하면 글쓰기 강의가 질적으로 발전할 것이다. 이런 점에서 학과와 학교 간 중장기적 협의 논제를 설정하고 그에 대한 깊이 있고 지속적인 논의가 이루어져야 할 것이다.

2014년도 1학기의 〈기초글쓰기〉 교과목에 대한 설문 조사를 통해 우선적으로 논의되어야 할 의제는 ①강의 시수와 평가 방식, ②〈기초글쓰기〉와 전공 및 계열별 글쓰기의 연계 및 활성화 방안, ③교수자의 강의 역량강화를 위한 정기적인 교수법 및 세미나 개최, ④강의 내실화를 위한 첨삭조교(TA)와 글쓰기 상담지도사(튜터) 활용 방안, ⑤글쓰기센터(안) 설립에 관련된 운영 주체, 상담 요원, 상담 방법, 운영비 관련, ⑥교과기반(WAC)지도자 양성(튜터링) 프로그램 개발[9]로 수렴된다. 특히 기초글쓰기와 전공 글쓰기 외에 글쓰기와 직간접적으로 운영되고 있는 과목은 〈국어작문1: 표현과 논술〉과 〈국어작문2: 생활과 논술〉, 〈한국어문학〉, 〈영화와 문학〉, 〈화법과 생활〉, 〈공학논문작성과 발표〉이다. 이 과목들은 현재 2014년도 이전 교육과정

---

9) 연구(정한데로, 「글쓰기 튜터의 역할과 자세-WAC(교과기반 글쓰기) 프로그램을 중심으로」, 『시학과 언어학』 22호, 시학과언어학회, 2012)에 따르면 서강대 글쓰기센터에서는 정기적인 프로그램을 통해 튜터들에게 오류 지시형이 아닌 수정 제안형의 접근으로 피드백을 진행하고 있다. 대학 글쓰기는 글쓰기센터와 같은 중추적 기관이 설립되고, 글쓰기센터를 중심으로 체계화된 튜터 교육과 지속적인 튜터링 결과 분석 등이 병행된다면 학습자들의 글쓰기효능감이 커질 뿐만 아니라 수업의 질도 담보될 수 있을 것이다.

을 적용 받거나 재이수, 일반교양 대상 과목들로, 이 과목들을 필수적으로 이수해야 하는 학생들이 졸업하면 일반교양으로 선택할 가능치, 개설 강좌 수, 운영방법 등을 고려해야 한다. 아울러 공통기초인 〈기초글쓰기〉와 핵심교양인 '전공글쓰기'와의 관계를 어떻게 설정할지10) 등도 향후 논의가 필요한 사항이다.

이 글에서 살펴본 내용들은 우리가 이미 경험했거나 예상 가능한 결과로 보일 수 있다. 그런데 많은 대학들이 글쓰기를 강조하며 새로운 대안을 제시하고 실행해도 위에서 지적된 사항들, 특히 제도상 한계점은 여전히 현재진행형이다. 이 문제들은 한 대학의 강의 여건과 특수성에서 비롯된 것으로 볼 수 있지만 우리 대학 전체가 지속적이고 반복적으로 안고 있는 문제들이기도 하다. 같은 지역에 있는 대학 간에도 대학 글쓰기의 목표 및 운영 방법 등이 어떻게 이루어지고 있는지 공유되지 않고 있다. 실제 기초교양교육에 대한 교류가 거의 없는 실정이다. 그러나 앞으로 대학 글쓰기는 외국의 글쓰기교육 동향을 포함해 국내의 연구 동향 등을 분석해 대학 글쓰기교육과 관련된 한계 및 시행착오들을 실천적으로 해결할 방법을 모색해야 하는 시점에 놓여 있다. 최근에 이르러 우리나라 대학은 "외국인 학생들의 비율뿐만 아니라 해외나 다문화 가정에서 성장한 한국 학생들의 비율이 지속적으로 증가하고 있다는 점, 대입 전형 방식이 점점 다양해지

---

10) 서울대학교의 경우 글쓰기 과목을 글쓰기에 대한 기초적 지식 습득에 해당하는 〈대학국어과목〉과 전공 영역별 글쓰기에 해당하는 〈인문학글쓰기〉, 〈사회과학글쓰기〉, 〈과학과 기술 글쓰기〉의 과목으로 분리하여 운영 중이며, 고려대학교의 경우에도 '사고와 표현Ⅰ'에 해당하는 글쓰기의 기초와, '사고와 표현Ⅱ'에 해당하는 〈인문학과 글쓰기〉, 〈사회과학 글쓰기〉, 〈자연과학 글쓰기〉로 나누어 글쓰기 교과 과정을 운영하고 있다.

면서 입학생들의 작문 능력 편차가 커지고 있다는 점, 학문 분야가 점점 세분화되면서 각 학문 분야에서 대학작문에 요구하는 사항도 다양해지고 있다는 점"11) 등 수업 변인의 요소를 안고 있기 때문이다.

교수자의 강의 역량을 더욱 강화하는 차원에서 첨삭 및 피드백 강화를 위한 지원 시스템 및 전담기구 설치12)도 필요하다. 대학 글쓰기는 학부교육 중심에서 기초학습능력의 토대, 특히 저학년의 학습과정에 직접적으로 영향을 미치는 중요한 과목이다. 〈기초글쓰기〉도 교육목표와 교육내용의 편성의 일관성 및 연계성을 강화해 나가야 한다. 〈기초글쓰기〉의 학습목표 및 교육방법을 범주화하고, 교재내용·교육방법·교육제도 등 다양한 관점에서 신규 교과목 운영상의 문제점을 검토·보완하는 동시에 개인별로 효과적인 교수 방안을 창안하여 교육해야 한다. 본 연구의 의의는 실제 교수자들의 의견과 요구 등을 사실적이고 성찰적으로 보여준 데 있다. 이와 함께 적은 교수자 수및 A대학에 국한된 접근이라는 점에서 자료를 보강해 객관성을 보강해야 하는 한계점 역시 지니고 있다.

운영의 전모를 공개적으로 제시하는 것은 일정 부분 제약이 따른다. 그럼에도 운영의 실제 및 한계까지도 대학 간에 공유함으로써 생산적인 대안을 찾고 대학교육에 적용하는 일은 미래 사회를 이끌 대

11) 옥현진, 「작문 연구의 국제 동향 분석과 대학작문교육을 위한 시사점」, 『반교어문연구』 31집, 반교어문학회, 2011, 참조.

12) A대학은 2014년 7월 24일 〈기초글쓰기〉 워크숍 이후 2014년 9월 22일부터 'CNU글쓰기·영어 클리닉'을 열고 상담교수를 채용해 학습자들의 글쓰기 문의사항 등에 대해 지원하고 있다. 또한 국어국문학과와 기초교양교육원의 공동 워크숍을 매 학기 진행하기로 논의되었다고 한다. 이러한 시작이 토대가 되어 내실 있는 대학 글쓰기교육이 이루어질 것으로 기대한다.

학생들을 육성한다는 점에서 긴요한 일이다. 대학들의 사례를 검토하고 대학 간 공유를 통해 특정 대학의 교육을 넘어 교육 전체로 적용되면 우리나라 대학교육의 위상도 높아지리라 생각한다. 글쓰기 교수자의 응답을 집중적으로 조사한 본 연구를 참조 삼아 학습자의 설문분석, 다른 대학 교수자의 설문 분석 등을 보강해 많은 교수자가 효과적인 방안을 공유하고, 궁극적으로는 〈기초글쓰기〉 강좌에서 교육의 수월성이 담보될 수 있기를 기대해 본다.

주제 분석을 통한 학습자의 학술적 접근 양상과 글쓰기교육의 방향

− 2013~2015년 대학생의 제출논문 사례를 중심으로

1. 글쓰기교육 전략의 변화 필요성

대학 글쓰기교육이 중등교육의 수준에 그치고 있거나 글쓰기교육 정체성의 모호성 등으로 인한 교육 내용의 부실함 등에 대해서 비판적·자성적 목소리가 새어나온 지는 오래되었다.[1] 현재에 이르기까지 글쓰기교육에 대한 문제가 지속적으로 제기되고 있음은 현 글쓰기교육 전략의 변화 필요성과 아울러 글쓰기교육의 중요성을 인지하고 있기 때문이다. 물론 현재의 글쓰기교육 방식이 잘못되었다고 보기는

---

[1] 이에 대한 몇 가지 사례를 들면 다음과 같다. 손윤권, 「대학 〈글쓰기〉에서의 '글'에 대한 태도 변화와 창의적 교수법의 필요성 - 강원대학교에서의 〈글쓰기〉 강의 경험을 바탕으로」, 『대학작문』 2호, 대학작문학회, 2011; 김은정, 「학문목적 글쓰기를 위한 대학글쓰기교육 방안」, 『교양교육연구』 6호, 한국교양교육학회, 2012; 차봉준, 「대학 교양 글쓰기교육 연구」, 『대학작문』 13호, 대학작문학회, 2015.

어렵다. 그러나 고등교육 수준의 대학생 학습자들을 대상으로 이루어지는 대학 글쓰기교육이 지식습득 중심의 글쓰기교육에서 벗어나야 하는 것은 자명한 사실이다. 또한 감정의 표현이나 생활 글쓰기로서의 글쓰기도 여전히 중요한 것만은 사실이나, 현재 사회에서 그리고 대학에서 요구하고 있는 인재를 양성하기 위한 교육, 그리고 고등교육에서 필요한 글쓰기교육은 대학생 학습자들의 습득한 정보에 대한 구성능력과 비판적으로 분석하고 논증하기 위한 방법을 이끄는 글쓰기교육일 것이다.

대학 글쓰기교육은 학습자가 전공 지식을 바탕으로 하여, 일상 또는 학문 분야에서의 독창적 또는 새로운 가능성을 찾아 이를 비판적으로 사고하고 논리적으로 구성하여 표현할 수 있는 글쓰기교육으로 나아가야 할 것이다. 이는 전공영역의 학문 분야에 머무르지 않고 기존 학문 영역의 테두리에서 벗어나, 자유롭게 소통할 수 있는 복합적 학문 지식의 가능성으로 나아갈 수 있는 밑바탕을 마련하는 길이기도 하다. 학습자의 논리적·비판적 사고를 유도하고, 이를 통해 학습자의 지식과 정보를 토대로 생각을 논리적으로 연계하여 글로 표현할 수 있도록 유도하는 글쓰기교육은, 오늘날 지식 사회에서 요구하는 가치 있고 새로운 정보와 지식을 창출할 수 있는 창의·융합형 인재를 양성할 수 있는 기반을 마련할 수 있는 토대가 될 수 있다.

이런 지향성을 적용하고자, A대학 자유전공학부의 〈학술적 글쓰기 2〉강의는 7단계의 글쓰기 단계2)를 토대로 생각의 전환과 연계, 그리

---

2) 이는 이 책의 2부 「대학생의 학술적 글쓰기 능력 향상을 위한 지도의 실제」에서 밝힌 7단계 수업모형을 말한다. 해당 연구에서는 이 단계별 학습 모형을 토대로 한 실제 수업 사례의 분석을 통해, 학술적 글쓰기의 교육적 효과 즉 학습자의 전공지식을 바탕으로 한 주제의 탐색과 설정,

고 비판적 사고를 통한 글쓰기 훈련과 학습자-학습자 간, 학습자-교수자 간 반복적 피드백을 통한 사기주도적 학습을 진행하고 있다. 특히 집중적으로 이루어지는 단계는 주제 선정에 관한 것이다. 주지하듯 글쓰기에 있어 가장 중요한 요소는 "무엇을 쓸 것인가"에 있다고 해도 지나치지 않다. 어떠한 글쓰기이든 '무엇' 즉 글의 목표, 주제의 설정은 글쓰기의 핵심이자 토대이다. 주제는 대상을 어떻게 보는가 하는 관점의 표명이자 창의적 사고와 독창적 사고와 밀접하게 관련되는 만큼, 대학생들이 선정하는 주제는 주목을 요한다. 특히 '주제어(키워드)'는 제목과 마찬가지로 논문 전체를 읽지 않고도 특정 논문의 내용과 성격을 이해할 수 있게 해 준다는 점에서 논문의 핵심 요소가 된다.3)

선행 연구에서 밝힌 바와 같이, 대학생의 학술 활동 및 자기계발 등의 제반 지식 함양에 있어 주도적으로 주제를 탐색, 설정하고, 문제를 해결하는 전략적 글쓰기교육은 대학교육에서 매우 중요하다. 또한 이러한 학습 과정을 수행한 현 대학생 학습자의 논문은 학습자의 전

그리고 주제의 명료화 과정이 학습자의 전공지식 활용과 더불어, 학습자 간 피드백 과정과 토론을 통한 창의·융합지식의 활용 가능성을 확인한 바 있다.

3) 양창진, 「학술 논문의 주제어 표기 및 활용 방안 연구」, 『인문콘텐츠』 19호, 인문콘텐츠학회, 2010, 397쪽. 부연하면, "주제어는 논문의 핵심 연구 주제를 대표한다고 할 수 있다. 또한 주제어는 관련 주제를 공유하는 논문 간의 중요한 연결고리 역할도 한다. …(중략)… 장기간의 연구 동향뿐만 아니라 최근 새롭게 등장한 연구 관심사를 분석하는 데 주제어가 유용하게 사용될 수 있다." 임준근, 「주제어 중심의 한국학 연구 리뷰 정보 구축 및 활용」, 『정신문화연구』 36권 1호, 한국학중앙연구원, 2013, 121쪽.

공지식의 활용 양상과 심화 가능성, 그리고 글쓰기교육의 방향성과 실제적 교육 방안을 구축하는 데 중요한 기초 자료로 활용될 수 있을 것이다.

이 글에서는 2013년부터 2015년까지 3년 동안, 〈학술적 글쓰기 2〉 글쓰기 단계 수행을 거친 논문 134편[4]에 대한 논문 주제와 주제어를 선정·정리하였다. 이를 대상으로 2장에서 분석의 틀과 분석 방법을 기술하고 3장에서 분석 결과를 제시함으로써 학생들의 학술적 관심 분야 및 접근방법을 살피는 한편, 그 의미를 세밀히 분류·분석하고자 한다. 아울러 분석 대상 논문에 나타난 주제와 학습자의 전공과의 연계성을 파악하고, 현 대학생들의 사회에 대한 접근 태도 및 관심도를 살피고자 한다.

2. 사례 분석의 틀과 방법

최종 논문 134편을 평가하기 위한 분류 기준은 ①학술연구분야, ②핵심영역, ③접근방식, ④주제어이며, 각각의 상세 분석 방법과 분석 의미는 다음과 같다.

우선 첫 번째로, 연구 분야의 분석 방법에 있어 분류 기준은 한국연구재단 학술연구분야 분류표[5]에 제시된 대분류와 중분류, 소분류를 기준으로 하였음을 밝힌다. 한국연구재단 학술지인용색인(KCI)에서

---

4) 총 수강생은 136명으로, 학기 중에 휴학하였거나 최종 과제(논문)를 미제출한 2명의 논문은 제외하였으며, 최종 과제 수행률은 98.53%이다.

5) 한국연구재단 한국학술지인용색인(https://www.kci.go.kr/kciportal/ss-mng/bbs/bbs RRView.kci)의 연구분야분류표를 기준으로 하였다.(확인일자: 2016.03.11)

는 학술연구분야 분류표 및 그에 관련된 통계정보를 공개하고 있는데, 학술연구분야별 중분류 수 및 학회/대학부설연구소 및 재단 등재(후보)학술지 현황은 아래 〈표 1〉과 같다.

〈표 1〉 한국연구재단 연구분야 대·중분류 및 연구소, 학술지 분포도[6]

구분	인문사회분야				과학기술분야				계
	인문학	사회과학	예술체육학	복합학	자연과학	공학	의약학	농수해양학	
중분류수	23	22	12	8	13	28	39	7	152
학술단체수	1,452	2,629	625	403	776	1,589	1,010	266	8,762
학술지발간기관수	521	698	114	100	101	180	236	59	2,010
등재(후보)지수	545	766	117	79	121	227	249	71	2,175

- 한국연구재단 등재(후보)학술지는 총 2,175종이며, 이중 인문사회분야 학술지가 1,507종에 해당함(전체의 약 69.3%)

〈표 1〉에서 확인할 수 있는 바와 같이 학술연구분야 분류표 기준(2016.02) 인문사회분야에 '복합학'이 포함되어 있다는 점이 흥미롭다. 현재 복합학의 중분류는 과학기술학, 기술정책, 문헌정보학, 여성학, 인지과학, 뇌과학, 감성과학, 학제간 연구로 구분되어 있다. 이중 학제간 연구가 다른 여러 분과 학문 분야에 걸친 융합, 접근을 의미한다는 점을 고려한다면, 엄밀히 말해 복합학 연구 분야를 인문사회분야만으로 한정하기에는 아쉬운 부분이 있다. 복합학 분야를 인문사회분야의 범주 아래 두기에는, 어느 한쪽에 비중을 둔 종속관계로 파악되거나 복합학문의 성격을 한정할 우려가 있음에 따라, 학문간 소통의 가능성을 염두에 두고, 이 글에서는 학문의 분야별 분류 순을 인문

---

6) 학술단체 수 및 학술지 발간 기관 수, 등재(후보)지 수는 2016년 7월 24일 기준, 한국연구재단 한국학술지인용색인 통계정보(https://www.kci.go.kr/kciportal/po/statistics/poStati sticsMain.kci)에 게시된 자료를 참고하였다.

사회분야-과학기술분야-복합학 순으로 배열하였다. 또한 논문의 주제와 제목에 제시된 주제어를 대상으로, 유사한 성격의 한국연구재단 등재(후보)지의 소속과 비교·검토하는 과정을 거쳐 대분류, 중분류, 소분류로 나누어 논문을 분류하였다.

두 번째로, 논문에 나타난 학습자의 관심 분야를 확인하고 그 의의를 파악하기 위하여, 논문별로 나타난 핵심영역을 구분하고자 하였다. 이 핵심영역의 범주와 용어 선정 기준을 정리하면 다음과 같다.

가. 관심 분야의 대표성: 학습자가 중점을 두고 있는 대상이나 관심·흥미 영역을 대표할 수 있어야 할 것
나. 주제의 학술성: 주제와 뒷받침 자료의 학술적 특징을 담고 있어야 할 것
다. 목표의 지향성: 논문의 초점과 궁극적 지향점이 어디를 향하고 있는지를 구체적으로 가리켜야 할 것
라. 용어의 적절성: 핵심영역으로 선정된 용어로서의 타당성. 보편성과 특수성을 담고 있어야 할 것

이 글에서는 위에서 제시한 핵심영역의 범주와 용어 선정 기준을 토대로 각 주제의 흥미 및 관심을 보인 영역에 대해 대표적 성격을 띤 핵심 용어를 선정하여 이를 중심으로 나누어 분류하는 과정을 거쳤다. 그 결과, ①제도/체제, ②교육/학술 활동, ③경제/산업활동, ④대중매체/소셜미디어, ⑤위법행위/처벌, ⑥대인관계/의사소통, ⑦스포츠/놀이유형의 7영역으로 나누어 분류하였다. 위 핵심영역의 범주와 용어 선정 기준은 대상 논문의 특수성을 고려하여 귀납적 방법으로 도출한 것이라는 점에서 한계가 있으나, 추후 다양한 논문의 예와 자료를 대상으로 수정하고 조율해 나가는 과정을 통해 학습자의 흥미·관심영역을 파악할 수 있는 중요한 잣대가 되리라 기대한다.

세 번째로, 접근방식별 분류 기준은 선행연구에서도 활용한 잣대[7]인 ①문제해결, ②논증분석, ③통계분석, ④영향분석, ⑤실험분석, ⑥비교연구의 총 6분야를 활용하여 분류하였다. 이때 논증분석 및 통계분석, 영향분석, 실험분석 등 분석과 비교 연구는 어떠한 문제에 대하여 그 원인이나 영향 관계 등이 무엇인가를 논증, 통계, 영향관계, 실험 등으로 밝힌다는 점에서, 궁극적으로는 연구주제에 대한 문제해결을 위한 뒷받침이 된다. 따라서 해당 연구방법 또한 문제해결의 일환으로 볼 수 있으나, 해당 논문 내에서 문제해결까지 나아가지 못한다는 점에서 접근방식의 갈래는 위와 같이 두었음을 밝힌다.

마지막으로, 주제 접근 과정에서의 유효성 검증과 학생들이 가진 생각의 틀을 확인하기 위하여, 주제어를 선정하여 이를 분류하고자 하였다. 이에 따라 주제어를 선정한 기준을 정리하면 다음과 같다.

가. 주제의 대표성: 주제를 핵심적으로 드러낼 수 있어야 하며, 논문을 관통하는 성격을 띠어야 함
나. 주제어 간 연계성: 선정된 주제어 간 상이하지 않고 주제를 드러낼 수 있도록 연계성을 띠어야 함
다. 표기의 용이성: 단어 등의 간결한 표현으로 검색에 용이하게 하여야 함
라. 표기의 배열성: 주제를 핵심적으로 드러낼 수 있는 주제어 순으로 배열해야 함

이 글에서는 위에 제시한 기준을 토대로 학습자의 논문 134편의 주제어를 선정하였다. 학습자의 논문 제목과 주제에 나타난 주제어[8]를

---

7) 이 접근방식별 분류 기준의 잣대는 이 책의 2부 「대학생의 학술적 글쓰기 능력 향상을 위한 지도의 실제」에서 학습자의 글을 분석하여 도출하였다.
8) 고영만·송민선·이승준은 학술 논문의 저자키워드가 "논문의 저자들이 가장 핵심적이라고 판단해 추출한 학술 용어로 구성되어 있으며, 의미적

중심으로, KCI 등재 후보지 이상의 논문을 참조하여, 유사한 영역의 논문과 연계 '제목'을 중심으로 각사 2개의 주제어를 선성하였다.9) 특히 해당 주제어는 논문의 주제를 핵심적으로 담고 있어야 함을 염두에 두었으며, 유사한 성격의 한국연구재단 등재(후보)지의 주제어와 비교 ·검토하는 과정을 거쳤다. 이처럼 주제어의 선정에 있어 위와 같은 기준을 마련하는 것은 하나의 의미 있는 작업이 될 것이라 기대한다.10)

3. 사례 분석 결과

2장에서 밝히고 있는 바와 같이, 3장에서는 대상 논문을 ①학술연구분야, ②핵심영역, ③접근방식, ④주제어 순으로 분석하고자 한다.

인 면에서 해당 논문의 주요 내용들과 관련이 있다."며, 또한 "해당 학술 논문이 속한 학문 영역이나 주제 분야의 특성", "논문과 관련된 기본적 개념이나 성질을 나타내는 내포적인 속성 및 해당 개념의 구체적 예시나 연관 관계를 나타내는 외연적 속성 등"을 반영한다고 밝힌 바 있다. 고영만·송민선·이승준, 「한국학술지인용색인(KCI)의 인문학, 사회과학, 예술체육 분야 저자키워드의 의미적 관계 유형 최적화 연구」, 『한국문헌정보학회지』 49권 1호, 한국문헌정보학회, 2015, 46쪽 참조.

9) 주제어가 연구 주제를 대표하고 논문 간 연결고리 역할을 수행하며, 연구자 간 소통할 수 있는 지표가 될 수 있다는 점에서 일반적으로 5~6개 정도의 주제어를 선정하는 것도 고려할 만하다.

10) 양창진은 대다수의 논문 주제어가 특별한 통제 없이 저자가 직접 입력하고 있는 상황이 많은 문제를 안고 있다고 주장한다. 즉 "표기 형태, 표기 순서, 동일 주제어에 대한 상이한 표현 등의 문제가 있으며, 논문의 내용을 대표하지 않는 주제어도 포함하고 있어 체계적인 관리가 필요"하다고 지적하고 있다. 양창진, 「학술 논문의 주제어 표기 및 활용 방안 연구」, 『인문콘텐츠』 19호, 인문콘텐츠학회, 2010, 395~416쪽 참조.

이들 분석에 앞서, 과제 논문을 제출한 대학생 학습자의 전공을 밝히면 아래 〈표 2〉와 같다.

〈표 2〉 대상(대학생 학습자)의 전공별 분포도

전공	인문사회분야				자연과학분야		계
	인문·사회과학	공공안전학	리더십과 조직과학	기타 11)	과학기술	기타 12)	
명수	50	40	37	2	3	2	134
비율	37.3%	29.9%	27.6%	1.5%	2.2%	1.5%	100.0%

〈학술적 글쓰기 2〉 대학생 학습자는 〈표 2〉에서 확인할 수 있는 바와 같이, 자연과학 분야에 해당하는 4명을 제외한 127명이 인문사회 분야에 해당한다. 이는 전체의 94.8%에 달하는 수치로, 이어지는 분석과 밀접한 관련을 보이는바, 대학생 학습자의 전공과 이들이 제출한 논문(과제)의 상관관계는 이어지는 분석을 통해 증명하는 한편, 그 의미를 확인하고자 한다.13)

1) 학술연구분야 분류표 기반 대·중·소분류별 분포도와 분석 결과

〈학술적 글쓰기 2〉에서 대학생 학습자가 제출한 논문 134편을 대상으로, 한국연구재단의 학술연구분야 분류표에 기반을 두어 대분류,

---

11) 인문학 및 사회과학 분야 기타에 해당하는 전공은 '독어독문학'과 '행정학' 전공이다.

12) 자연과학 분야 기타에 해당하는 전공은 '해양환경과학'과 '토목공학' 전공이다.

13) 성별, 학년별 지표 분석 결과, 지표 간 유의미한 차이를 보이지 않음에 따라 이 글에서는 성별 분포도 및 학년별 분포도를 제시하지 않음을 밝힌다.

중분류, 소분류별로 분류한 분포도와 이를 분석한 결과를 각각 정리
하면 아래와 같다.

①대분류별 분포도와 분석 결과

〈표 3〉 대분류별 분포 편수 및 비율

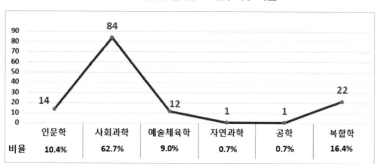

위 〈표 3〉에서 시각적으로도 바로 확인할 수 있는 바와 같이 대분
류별 분류 결과, 자연과학 분야 1편 「우리나라 화장품 동물실험 실태
와 개선 방향」(남, 과학기술전공)과 공학 분야 1편 「국내 안전공학의
한계와 개선방안」(여, 공공안전학 전공)을 제외한 모든 논문이 인문
학, 사회과학, 예술체육학 등 '인문사회과학' 분야에 속하는 것을 확인
할 수 있다. 인문사회 분야의 명수와 인문사회 분야와 자연과학 분야
가 융합된 복합학 분야의 편수를 모두 합하면 132편으로 전체의
98.5%에 해당한다. 논문을 제출한 대학생 학습자의 인문사회분야 전
공 비율이 94.8%에 달한다는 점을 염두에 둘 때, 학습자와 학습자
전공 간 유사도와 연계성을 직접적으로 확인할 수 있다.14) 또한 위

---

14) 부연하면 〈학술적 글쓰기 2〉 글쓰기교육에서의 주제의 선정 단계에서 교

분포도에서 확인할 수 있듯이 사회과학 분야가 134편 중 84편으로 과반수에 달하는 62.7%를 차지하고 있다는 것은, 학습자의 관심이 우리 사회의 현상이나 문제 등을 학문적으로 접근하는 사회과학분야에 집중되어 있음을 드러내고 있다고 볼 수 있다.

특히 복합학 분야 논문이 총 22편으로 전체의 16.4%에 해당한다는 점은 주목할 만하다. 최근 주제 및 관련 연구방법론을 타 영역과 연계하는 학문간 소통, 학제적 연구, 융합적 연구 등이 주목받는 상황임을 고려할 때 이 같은 복합학 학문 분야에 대한 관심과 학술적 접근 양상은, 대학생 학습자들에 대한 교육 지도 방향과 글쓰기교육의 접근 방향이 다양한 학문적 소통과 가능성에 초점을 두고 진행되어야 한다는 점을 시사한다고 보아야 할 것이다.

②중분류별 분포도와 분석 결과

〈표 4〉 중분류별 분포 편수

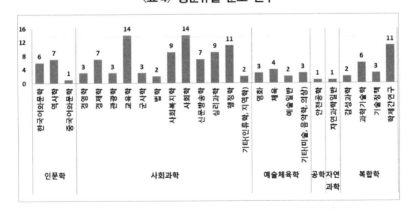

수자는 학습자에게 전공과 상관없이 자유롭게 글감을 선정할 수 있도록 하였다.

〈표 4〉에서 제시하는 바와 같이, 134편의 논문을 중분류별로 분류하였을 때, 활용된 중분류 수는 총 28종으로, 이중 가장 많은 비중을 차지하는 인문사회 분야는 26종이다. 이는 인문사회분야 총 중분류 수 64종 대비 40.6%에 달하는 수치로, 학습자의 관심도가 다양한 방면에 걸쳐 분포하고 있음을 확인할 수 있다. 또한 이는 대학 교육이 학습자의 학술·연구 분야에 대한 관심·흥미가 다양한 분야에 분포되어 있음을 고려하여 이를 본격적인 학술적 접근과 연구, 학습의 심화로 이끌 수 있도록 유도하는 방향으로 나아가야 함을 보여준다.

한편 중분류별 논문 수를 살피면, 사회과학: 교육학(14편, 10.4%), 사회과학: 사회학(14편, 10.4%), 복합학: 학제간 연구(11편, 10.2%), 인문학: 역사학(7편, 5.2%), 사회과학: 신문방송학(7편, 5.2%) 순으로 높게 나타남을 확인할 수 있다. 또한 학제간 연구에 소속된 논문 일부에서 사회학과 교육학 분야와의 연계·융합적 접근을 요구한다는 점에서, 교육학과 사회학에 대한 학습자의 관심이 매우 높음을 확인할 수 있다. 또한 교육학, 사회학, 역사학, 신문방송학 등의 비율(4개 중분류 총 비율: 31.3%)이 높다는 점은, 대학생 학습자가 접하는 환경과의 연계성 및 이를 바탕으로 한 전공 간 연계 가능성을 확인할 수 있는 객관적 근거로 볼 수 있겠다.

③소분류별 분포도와 분석 결과

〈표 5〉 소분류별 분포도: 사회과학 분야

대분류	중분류	소분류	명수	대분류	중분류	소분류	명수
사 회 과 학	경영학	창업/벤처기업	1	사 회 과 학	사회학	교육/지식사회학	1
		판매관리/마케팅	2			문화/종교사회학	3
	경제학	경제성장/발전/개발경제	1			사회심리/일탈과범죄사회학	8
		경제학 일반	2			사회이론/사상사	1
		기업경영윤리	1			인구/노인/지역사회학	1
		노동경제	1		신문 방송학	신문방송학 일반	1
		분야별경제	1			언론학/언론정보학	4
		소비자/소비경제	1			커뮤니케이션학	2
	관광학	관광경영/경제	2		심리과학	동기/정서심리	1
		관광행동/심리	1			사회/문화심리	2
	교육학	교과교육학	1			상담심리/심리치료	3
		교수이론/교육방법/교수법	1			심리측정/계량심리	1
		교육상담	1			임상심리	1
		교육평가	2			학교/교육심리	1
		교육학 일반	5		인류학	상징과 의례	1
		분야교육	4		지역학	북아메리카	1
	군사학	국방정책론	1		행정학	분야별행정*	9
		안보이론	2			사회복지행정	2
	법학	공법	1	계	13	43	84
		법학일반	1				
	사회 복지학	노인복지	1				
		사회복지학 일반	5				
		서양/유럽사회복지	1				
		청소년복지	1				
		학교사회복지	1				

* 분야별 행정을 세분류하면 사법/법무행정 7편, 사회복지행정 1편, 경찰행정 1편으로 분류할 수 있다.

〈표 6〉 소분류별 분포도: 인문학, 예술체육학, 공학, 자연과학, 복합학 분야

대분류	중분류	소분류	명수	대분류	중분류	소분류	명수
인문학	역사학	서양사	1	공학	안전공학	안전공학일반	1
		역사일반	2	자연과학	자연과학일반	과학윤리	1
		한국근대사	2	복합학	감성과학	감성디자인	1
		한국사	2			감성마케팅	1
	중국어와문학	중국현대문학	1		과학기술학	과학기술경영학	1
	한국어와문학	국문학	3			과학기술과법	1
		국어학	2			과학기술사회학	1
		한문학	1			기타과학기술학	3
예술체육학	미술	미술일반	1		기술정책	과학기술학	1
	영화	영화연출/연기	1			지적재산권	2
		영화일반	2		학제간연구	하위분류없음	11
	예술일반	예술교육	1	계	15	30	50
		예술비평	1				
	음악학	대중/실용/영화음악	1				
	의상	패션제품분석	1				
	체육	스포츠경영학	1				
		스포츠사회학	1				
		스포츠철학	1				
		체육일반	1				

〈표 5〉와 〈표 6〉과 같이 134편의 논문을 소분류별로 분류한 결과, 활용된 소분류 수는 하위분류가 배제된 학제간 연구 11편을 제외하고 총 73종으로, 중분류 분포도 분석 결과에서 확인하였던 학습자의

연구 분야의 다양성은 소분류 분포도를 확인하였을 때 더욱 두드러지게 드러남을 확인할 수 있다. 〈표5〉의 사회과학분야 84편의 논문에 대한 소분류는 총 43종으로, 51.2%의 분포비율을 보이며, 여기에 인문학, 예술체육학, 공학. 자연과학, 복합학 분야를 더해 그 분포비율을 확인해 보면 134편이 73종으로 분포되어 약 54.5%의 분포비율을 보인다. 게다가 논문이 비교적 치중된 양상을 보인 학제간 연구 11편이 소분류 상 유사범주로 포함할 수 없다는 점과, 교육학 일반 5편, 사회복지학 일반 5편, 분야별 행정 9편 등 그 범주가 세분화되어 '일반'으로 묶여 있음을 염두에 볼 때, 대다수의 논문 주제 분야가 서로 다르게 나타나고 있다는 분석결과를 뒷받침한다고 할 수 있겠다.

이러한 다양화된 주제별 분류 양상 속에서도 비슷한 범주에 속하는 분야가 있음을 확인할 수 있다. 〈표5〉에 나타난 바와 같이, 사회과학-행정학-분야별행정(9편, 6.7%), 사회과학-사회학-사회심리/일탈과범죄사회학(8편, 6%), 사회과학-교육학-교육학 일반(5편, 3.7%), 사회과학-사회복지학-사회복지학 일반(5편, 3.7%) 순으로 그 비율이 높게 나타남을 확인할 수 있다.

한편 소분류 분포도에서 비율이 높은 연구 분야 중 사회과학-사회학-사회심리/일탈과범죄사회학(8편, 6%)과 사회과학-행정학-분야별행정(사법/법무행정)(7편, 5.2%)는 사회문제에 대한 원인 분석 및 해결방안에 대한 학술적 접근 시도를 화인할 수 있는데, 134편 중 총 15편, 11.2%에 달하는 이 분야의 비율은 대학생 학습자에게 있어 현 사회문제에 대한 의식을 확인할 수 있는 객관적 지표를 제시한다.

2) 핵심영역별 분포도와 분석 결과

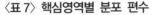

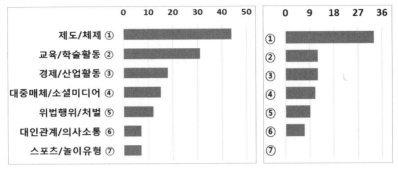

⟨표 7⟩ 핵심영역별 분포 편수 · · · · · · · · · – 사회과학 분야 분포 편수

– 인문학 분야 분포 편수 · · – 예술체육 분야 분포 편수 · · – 복합학 분야 분포 편수

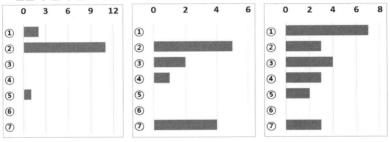

핵심영역별 분류 결과, 제도/체제 영역(48편, 32.8%) > 교육학술
활동(31편, 23.1%) > 경제산업활동(18편, 13.4%) > 대중매체/소셜
미디어(15편, 11.2%) > 위법행위/처벌(12편, 9%) > 대인관계/의사
소통(7편, 5.2%) = 스포츠/놀이유형(7편, 5.2%) 순으로 나타났다. 사
회과학 분야 논문 편수의 비율이 높다는 점에서 사회과학 분야 분포
도와 전체 핵심영역별 분포도와의 유사도는 당연한 것으로 보인다.
인문학 분야와 예술체육 분야에서 가장 높은 핵심 영역은 교육/학술
활동 영역으로 각각 총 14편 중 11편, 78.6%와 총 12편 중 5편,

41.7%로 나타났으며, 사회과학 분야와 복합학 분야는 제도/체제 영역이 각각 총 84편 중 33편, 39.3%, 종 22편 중 7편 31.8%로 나타나고 있다.

3) 접근방식별 분포도와 분석 결과

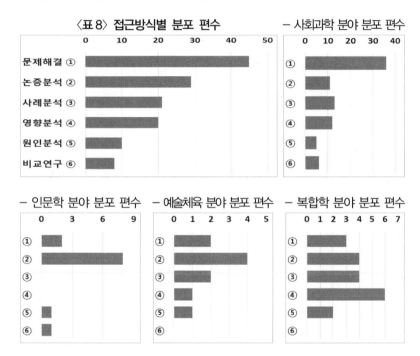

〈표 8〉 접근방식별 분포 편수 — 사회과학 분야 분포 편수
— 인문학 분야 분포 편수 — 예술체육 분야 분포 편수 — 복합학 분야 분포 편수

접근방식은 선정된 주제를 어떻게 써 나갈 것인가 하는 개요이다. 이 방식은 글의 짜임인 동시에 주제의 타당성을 합리적으로 검증하는 절차이므로 학생들은 주제를 선정하거나 유효성을 판단할 때에 자료의 수집 여부, 접근방법 등을 경험적, 선험적으로 고려했을 것으로 보인다.

6가지 유형의 접근방식 중 문제해결형이 총 45편으로, 33.8%의 비율을 차지함을 확인할 수 있다. 논증분석, 사례분석, 영향분석, 원인분석 등 분석을 기준으로 하는 유형은 총 80편, 60.2%의 비율을 차지한다. 인문학 분야는 논증분석형(8편, 66.7%), 사회과학 분야는 문제해결형(36편, 43.4%), 예술체육학 분야는 논증분석형(4편, 40%), 복합학 분야는 영향분석형(6편, 31.6%)이 가장 높은 비율을 보이고 있다. 이중 사회과학 분야는 문제해결형이 압도적으로 높은 비율을 보이고 있는데, 이는 사회과학 분야에서 문제를 분석하는 데서 나아가 해결책을 제시하는 단계까지 이르고자 하는 학습자의 연구목적과 주제의식이 반영된 결과로 볼 수 있다.

4) 주제어별 분포도와 분석 결과[15]

[부록 4]에서 제시한 학습자의 제출논문에 나타난 주제어별 분포도는 주제의 다양성이 구체적 결과로 드러나고 있음을 보여준다. 이는 주제 접근 과정에서의 유효성과 다양한 관심에 대한 학생들의 생각의 틀을 확인하는 의미 있는 자료라 할 수 있다. 이에 대한 구체적인 분석 결과는 다음과 같다.

첫째, 134편의 논문에 대하여 2개씩의 주제어를 설정한 바, 총 주제어는 268개이며 이들 중복되는 주제어를 종류별로 분류하면 [부록 4]에서 나타난 바와 같이 229개로 정리된다. 이는 거의 대다수의 논문의 주제어가 겹치지 않고 있음을 의미하는데, 앞서 설명한 바와 같이 주제어가 논문의 주제와 핵심을 대표한다는 점에서 핵심영역이나 연구 분야가 유사한 논문의 경우에도 분석 대상이나 목표가 서로 다르다는 것을 증명한다. 또한 학습자들이 관심을 보이는 분석 대상이

---

15) 주제어별 분포도는 이 책의 [부록 4]를 참조하기 바란다.

나 목표가 구체적이고 세분화되는 경향을 보이고 있음을 증명한다고 할 수 있다.[16]

둘째, 가장 많이 선택된 주제어는 '소셜미디어'로, 총 7번 사용되었다. 이는 최근 사회현상과도 직접적 연관성이 있을 뿐만 아니라, 대학생이 가장 민감하게 반응하는 정보매체라는 점에서 연구주제로 다수 선택된 것으로 보인다. 실제 이 주제어를 사용한 제출논문의 주제를 살피면, 스마트폰과 사회관계망서비스(SNS)의 기능이 확대되면서 학습자가 자신의 경험을 토대로 미디어를 통한 감성마케팅, 사이버공간에서의 저작권 문제, 여론의 독점화 경향, 소셜미디어의 역기능과 해결 방안, 스마트폰 중독 등에 대해 문제의식을 갖고, 연구 주제로 선정하고 있음을 확인할 수 있었다.

셋째, 두 번째로 많이 사용된 주제어는 '심리학'으로 총 6번 사용되었다. 이 또한 대학생의 관심사를 반영하는 주제어라 할 수 있는데, 역시 이 주제어를 사용한 제출논문의 주제를 살피면 아름다운 얼굴에

---

16) 특히 〈학술적 글쓰기 2〉에서 과정중심의 글쓰기 단계 중 선정된 주제에 대한 모둠별 피드백을 거치는 과정에서, 학습자가 스스로 선택했던 주제가 변경된 사례가 없었다. 이는 글감의 선택 및 주제의 선정 단계에서 학생들이 스스로 관심과 흥미를 보이는 분야에서 주제를 매우 신중하게 뽑아내고 선택하여 글쓰기의 단계를 수행하였음을 의미한다. 또한 체계적인 글쓰기 단계를 스스로 이끌어감으로써, 자기주도학습의 실천을 보여준 것으로 볼 수 있다. 따라서 모둠별 피드백은 주제를 구체적이고 선명하게 하며, 범주를 축소하고, 문제해결책으로 제시한 의견에 대한 실현 가능성 등의 측면에서 집중적으로 이루어졌고, 이 과정은 학습자가 논문을 완성하는 데 효과가 있었다. 아울러 이는 주제 선정 단계부터 이루어지는 자기주도적 학습과 그에 따른 맞춤형 지도가 학습자의 학술적 접근과 새로운 분야로의 탐색 가능성을 높일 수 있는 기회를 부여할 수 있음을 보여주는 긍정적 사례라 할 수 있다.

투사된 심리, 심리치료의 부정적 인식과 사회적 개선방안, 성형과 다이어트에 비친 심리적 요소, 마음의 작용 등을 중심으로 자신의 관점을 기술하고 있음을 확인할 수 있었다.[17]

넷째, 세 번째로 많이 사용된 주제어는 '게임 산업', '아동교육', '아이돌'로 총 4번 사용되었다. 이는 대학생의 관심·흥미 영역과 밀접할 뿐만 아니라, 이를 관심·흥미 영역에서 학문적으로 접근하도록 유도할 수 있음을 의미한다. 실제 이 주제어를 사용한 제출논문의 주제를 살피면, 게임 산업에서는 한국 e-스포츠, 특정 게임의 사례를 포함한 한국 게임 산업의 성공 요인 및 개선방향이, 아동교육에서는 스마트폰 중독 및 미디어를 통한 교육방법 등 미디어와 관련된 주제가 선정되었다. 아이돌에서는 아이돌 열풍의 분석 및 한류 진출 등 문화와 관련지은 주제가 선정되었다.

다섯째, 그 다음으로는 '대인관계', '대학교육', '유행'이 각각 총 3회 사용되었다. 앞서 살핀 주제어와 마찬가지로, 대학생의 관심·흥미 영역에서 학문적으로 접근한 사례이다. 실제 이 주제어를 사용한 제출논문의 주제를 살피면, 집단스포츠 및 술을 매개한 대인관계, 전공불일치 등의 대학교육, 예능 트렌드, 프랜차이즈, 패션 등의 유행에 대한 주제가 선정되었다.

여섯째, 2회 사용된 주제어는 다음과 같다. 금연제도, 다이어트, 담배규제, 대중음악, 리그 오브 레전드, 마케팅, 빅데이터, 저작권, 중국,

---

17) 해당 논문 작성에 있어 주제와 관련하여 학습자들과 토의를 할 때, 학습자들은 '심리학'에 대해 동경하거나 학문영역으로서보다 치료 내지 치유의 대상으로 생각하는 경우가 자주 있었다. 따라서 이러한 학습자의 인식을 학문의 영역으로 전환하기 위해서는, 교수자가 주제 선정 단계에서부터 연구 분야에 대한 학술적 접근을 유도해야 할 것이다.

천일염, 팬심, 한국교육, 한국어로 총 13개이다. 이 또한 앞서 살핀 바와 동일하다. 실제 이 주제어를 사용한 제출논문의 주제를 살피면 언어부터 마케팅, 문화적 현상, 저작권 등 제도와 관련된 것을 주제로 선정한 것을 알 수 있다.

주제어를 분석한 결과, 첫째, 주제의 다양성을 엿볼 수 있다. 이를 통해 주제 접근 과정에서의 유효성 검증과 학생들이 가진 생각의 틀을 확인할 수 있었다. 둘째, 접근방법 면에서, 학생들은 현실 문제를 인식하고 분석하며, 개선하는 과정에서 다양한 방식으로 접근하려는 시도를 하였다. 또한 궁극적으로 문제를 해결하고자 하는 과정에 논리적이고 합리적인 접근방법을 활용하고자 하였다. 이는 학생들의 관심이 추상적 개념이 아닌, 구체적 대상과 영역, 특히 사회 현안 및 제도 등에 집중되어 있음을 확인할 수 있었다. 셋째, 대다수의 주제어에서 확인할 수 있는 바와 같이 대학생의 관심·흥미영역에 속하는 단어들이 주로 선택되고 있음을 확인할 수 있었다. 이는 대학생의 관심·흥미영역이 무엇인지를 보여주는 지표일 뿐만 아니라, 대학생 학습자의 학습 환경이나 주변 환경의 중요성을 보여주는 지표이기도 하다. 학습자가 보고 듣고 느낄 수 있는 소재로부터 글감을 찾고, 문제의식을 이끌어 내며, 학문적으로 접근할 수 있는 가능성을 찾아낸다는 원리, 바로 이러한 기초적이면서도 중요한 원리를 주제어별 분포도에 나타난 주제어를 통해 확인할 수 있다.

4. 전공과의 연계와 학술 연구로의 심화 가능성

이상으로 2013년부터 2015년까지 〈학술적 글쓰기 2〉의 글쓰기교육에 따라 최종 과제로 제출된 총 134편 논문에서 선정된 주제 분석과 주제어를 중심으로, 학생들의 관심 분야와 학술적 접근방법 등의 양상과 그 의미를 분석하였다. 이를 분석하기 위하여 이 글에서는 대상에 대한 평가 및 분류 기준을 ①학술연구분야, ②핵심영역, ③접근방식, ④주제어로 두었다.

분석 결과, 핵심영역과 주제어를 토대로 본 대학생 학습자의 논문 주제가 주로 사회현상 또는 사회 현안에 집중된 것을 알 수 있으며, 학습자들은 사회에서의 위치와 진로 관련 영역, 사회 인식 및 사회 문제점에 대한 개선 요구 등에 관심을 보이고 있음을 확인할 수 있었다. 또한 학습자가 이러한 문제의식을 학습자 본인의 전공과 연계지어 학술적으로 접근하고자 시도하고 있음을 확인할 수 있었다. 다만 다른 영역에 비해 인문사회과학 전공 학습자가 134명 중 50명으로 37.3%의 비율을 보이고 있음에도 불구하고 전체 인문학 분야 논문 편수 14편, 10.4%의 비율을 보이는 등 저조한 양상을 보이고 있음은, 현 인문학에 대한 대학생의 관심 저하를 보여준다. 현재 복합학 등의 융복합적 지식의 창출을 요하는 지능정보사회로 나아가는 시점에서 인문학적 지식을 접할 수 있는 다양한 기회를 제공해야 할 필요성이 두드러진다. 이와 더불어 논문의 주제와 주제어가 대표적 현상, 즉 국가나 사회 전반에 나타난 보편적 문제의식에 치중되어 있다는 점에서 개별성과 다양성의 측면을 보완하는 차원에서 에세이나 비평적 글쓰기의 주제 또는 제시자료를 통해 지역성 및 젠더성 등을 다루는 것도 새로운 시각이나 가치로 접근할 수 있는 기회를 제공할 수 있을 것으로 보인다. 한편 대인관계 및 의사소통 능력을 대학에서 핵심역량으로 강조하는 것과 달리, 학습자들은 이 영역에 대해 높은 관심을 보이고 있지 않다는 점도 주목할 만하다.

이 글은 장기간에 걸쳐 수집된 많은 양의 자료를 바탕으로 대학생 학습자의 관심·흥미 영역 및 이에 대한 문제의식과 학술적 접근 양상을 살피고, 전공과의 연계와 학술 연구로의 심화 가능성 등을 검토할 수 있는 객관적인 기초 자료를 마련한 것에 의의를 찾을 수 있다. 또한 대학생의 인식관, 성찰과 반성, 나와 세계를 통한 공동체적 인식, 관계맺음과 소통 등의 능력에 '글쓰기' 활동이 필요하다는 점과, 인문학적 가치를 함양할 주제적 접근과 사회과학적 접근방법을 글쓰기 현장에 통합적으로 제시해야 한다는 점을 재차 확인하는 기회가 되었다. 이것은 논거를 들어 자신의 생각을 합리적 논리적으로 펼치는 학술적 글쓰기의 효과라고 할 수 있겠다. 또한 학술적 글쓰기와 같은 대학 교육이 학습자의 전공지식체계와 학습자의 근접환경과의 연계를 통해 새로운 가치 연구 분야로의 기초적 접근 방법을 습득할 수 있는 기회를 제공할 수 있음을 증명할 수 있었다.

우리 사회에서 대학은 고등교육을 심화하여 청년들을 사회로 나아가게 하는 역할을 맡고 있다. 특히 지식정보사회를 넘어 지능정보사회로 나아가고 있는 현 시점에서, 고등교육 과정에서의 학습자에게 전공지식에 대한 비판적 사고와 이를 토대로 한 논리적·설득적 표현에 대한 글쓰기교육은 매우 절실하다. 청년 세대의 다수가 대학에 진학하고 있는 상황이므로, 대학생들이 자신과 현실에 대해 어떻게 생각하고 있으며 무엇에 관심을 갖고 있는지 주의 깊게 살펴볼 필요가 있다.

현재 대학의 글쓰기교육은 교양의 함양과 창의적 인재 양성을 위해 각 대학의 실정에 맞는 교재와 방법을 찾는 데 노력을 기울이고 있다. 그럼에도 과밀한 학생 수와 이수 학점의 한계 등으로 교재의 내용을 전달하는 차원에 그치는 경우가 많다. 이 글에서 살펴본 것처럼 대학생들은 자신들의 전공 역량과 사회 문제에 큰 관심이 있음을 알 수 있다. 이를 충족하기 위해서 대학은 대학생 학습자들이 다양한 주제를 심화하고 깊이 있는 시각으로 정립할 수 있도록 생산적인 방안을 적극적으로 모색해야 한다.

대학 글쓰기교육에 대한 비판적 접근과 맥락적 글쓰기교육의 제안
— 브루스 맥코미스키(Bruce McComiskey)를 중심으로

1. 4차 산업혁명 시대와 맥락적 사고의 요청

　미래사회, 특히 4차 산업혁명 시대에 접어듦에 따라 통합적 사고와 인성이 강하게 요구되면서 대학 글쓰기교육의 중요성도 한층 더 강조되고 있다. 대학에서의 글쓰기교육의 목표나 편성은 각 대학별로 차이를 보이고 있음[1]은 분명하나, 창조적 사고와 사유의 확장, 논리적 사고 표현, 합리적 의사소통 능력을 배양한다는 기본목표나 전제가 깔려있다는 점에서 대학 글쓰기교육은 오늘날 시대가 요구하는 인재 양성 요건을 충족한다. 올해부터 서울대학교에서 자연계열 신입생 200여 명을 대상으로 글쓰기 능력 평가를 실시하고, 하위 20%에 속한 학생에게 일대일 멘토링을 실시하겠다고 발표한 것은 대학 글쓰기

---

1) 이는 이 책의 1부 「대학 글쓰기 교재의 현황과 발전적 방향」에서 상세히 제시하고 있다.

교육 강화의 움직임이 점차 가시화되는 추세임을 보여주는 한 예라 할 수 있다.

이러한 움직임은 동시에 대학 글쓰기교육의 방향성에 대한 진지한 고찰과 더불어 교육과정의 편성과 교수법에 대한 논의가 필요함을 반증한다. 대학 글쓰기교육이 지금 이 시대가 요구하는 기대치와 목표치를 충족할 수 있느냐에 대한 고민이 필요할 때다. 대학 글쓰기교육이 저마다 편차가 있다 하더라도 "언어교육 중심의 전통적인 교수법에서 다양한 사고와 비판 능력을 강조하는 인문학 교육의 사이 어디에 있을 것"[2]이라는 것을 감안하면서, 현 시점에서의 각 대학별 글쓰기교육의 정체성과 방향성에 대해서 비판적으로 접근할 필요성이 있다.

사실 이러한 고민은 대학 글쓰기교육이 본격적으로 시작되고 현재 대다수 대학에서 교양필수 교과목으로 지정되는 등의 변화와 함께 지속적으로 요구되었던 과제이기도 하다. 교재연구 및 교육과정, 교수법 등 글쓰기교육에 관한 학문적 탐구와 그 누적된 학술적 성과[3]가 이를 보여준다. 이 누적된 학술적 성과와 가치를 기반으로 하여 현재 글쓰기교육의 상황을 비판적으로 바라봄으로써 글쓰기교육의 발전적 방향을 모색하는 동시에 국내에서의 연구 성과뿐만이 아니라, 국외 글쓰기교육 현황과 성과도 함께 살펴야 할 것이다.

이 글에서는 현재 대학 글쓰기교육의 상황을 비판적으로 살펴보고, 현 시점에서 적용 가능한 글쓰기모형을 제안하고자 한다. 이 글에서

---

2) 정희모, 「대학 글쓰기교육의 목표 설정과 지식 정보화 시대의 대응」, 『이화어문논집』 36호, 이화어문학회, 2015, 18쪽.

3) '글쓰기교육'에 관한 한국학술지인용색인 KCI 등재 및 등재후보지 수록 논문 수는 2017년 4월 5일 기준 448편으로, 2005년 10편, 2010년 37편, 2016년 60편, 2017년도에만 7편이 수록되는 등 점차 증가하는 추세이다.

제안하는 맥락적 글쓰기모형은 경험적(개인적) 자아로부터 타자적 (사회적) 자아, 그리고 세계적 자아로 전이되고 확산해가는 과정을 중요하게 여기는 관점으로부터 출발하였다. 이는 경험적 주체와 학문적 주체로의 접속이며, 공동체 등 공간과 관계성을 확장하려는 제안이다. 또한 학습자 자신의 관심 분야에 대한 지식의 탐구 과정이 병행되고 그에 대한 문제의식과 비판적 사고가 이루어짐으로써 글쓰기를 통해 독자와 소통하는 학습 경험도 성취할 수 있는 모형인 점에서 인문교육과 관련된다.

2. 대학 글쓰기교육에 대한 비판적 접근

현재 대학 글쓰기교육은 기초교육으로서 역할과 더불어 학문공동체의 학술적 가치를 이루어온 성과가 있다. 그 성과를 비판적으로 바라보는 일은 더 나은 교육을 위해 대학 현장에서 글쓰기교육을 담당하고 있는 교육자로서 수행해야 하는 책무이다.

현재 대학 글쓰기교육은 크게 두 가지 점에서 주목을 요한다. 첫째, 글쓰기교육에 대한 피상적 접근이다. 많은 연구자들의 연구 성과에도 불구하고 글쓰기교육에 대한 많은 연구논의를 보면 지향점은 제시되어 있으나 그에 대한 근거나 구체적 실행 방법이 부재해 당위적 주장에 머물고 있는 실정이다. 둘째, 미국 중심의 담론이나 미국 대학에서 이루어지고 있는 글쓰기교육 과정과 교육내용의 소개가 활발하게 이루어지고 있는 점이다. 담론을 소개하고 다양한 비교의 대상을 공유하는 것은 필요한 일이다. 그런데 우리의 현실 교육에 적응 가능한가의 여부에 대한 진지한 검토와 이론에 따른 후속적인 사례 연구와 결과 분석이 뒤따르지 않는 점에서 소개와 문제의식에 머물고 있는 것은 아닌가 하는 아쉬움이 있다.

전자의 경우 글쓰기교육의 특성상 학습자의 글쓰기 과정이 다르고, 강의 중심의 현장성이 강한 만큼 이론으로 정립하는 과정이 어려운 것이 사실이다. 이러한 점을 고려해 학습자 및 글쓰기 과정과 관련된 통계를 통한 양적·질적 접근법과 면담 조사와 사례조사 및 설문조사 등을 통해 구체성을 확보하려는 논의들[4]이 산출되고 있는 점은 주목할 만하다.

후자의 경우 우리의 대학 글쓰기교육을 이루는 데 있어 서구 이론 (담론)의 지대한 영향은 인정해야 할 것이다. 이 사항은 이 글과도 관련되는 사항으로, 중요한 것은 이론에 대한 비판적 점검과 우리의 교육 현실에 적용 가능성과 불가능성을 살펴 대안적 접근방법을 생산해내는 일일 것이다.

현재 대학에서 주로 이루어지고 있는 글쓰기교육은 ①글쓰기 요건 및 창의적 사고 훈련, ②글쓰기 절차와 방법, ③글쓰기 실제 등 단계별로 진행되며, 글쓰기 절차와 방법에서 ①주제의 선정, ②자료의 수집과 정리, ③단락 전개(방법 학습), ④전개 방식(묘사, 서사, 설명,

---

4) 이와 관련, 최근 발표된 논문을 들면 다음과 같다. 박상태·김철신, 「국립 순천대학교 〈독서와 표현〉 영역운영 현황 및 수강생 설문 조사를 통한 성과 분석」, 『사고와표현』 9권 1호, 한국사고와표현학회, 2016; 김정숙· 백윤경, 「주제 분석을 통한 학습자의 학술적 접근 양상과 글쓰기교육의 방향(1) -2013~2015년 대학생의 제출논문 사례를 중심으로」, 『한국언어문학』 98집, 한국언어문학회, 2016; 전지니, 「계열별 글쓰기교육의 방향성에 대한 재고 -E여대 교재 및 수업 개편 사례를 중심으로」, 『교양교육연구』 10권 3호, 한국교양교육학회, 2016; 조윤정, 「이공계 글쓰기교육에서 쓰기 능력의 평가와 수준별 교육의 효과 -카이스트의 사례를 중심으로」, 『인문논총』 73권 4호, 인문학연구원, 2016.

논증), ⑤퇴고(한글 맞춤법)에 따르는 '과정으로서의 글쓰기' 교육이 주를 이루고 있다. 과정중심의 글쓰기교육은 대학에서의 글쓰기의 본질적 목표와 학습자의 요구, 사회에서 요구하는 인재상 등을 고려하였을 때, 학습자 스스로가 글감(연구주제, 의견 등)을 찾아, 이를 뒷받침하는 근거 자료 등을 수집하고 정리하여, 비판적 사고를 통해 교수자-타 학습자-학습자 간의 의견 교류 등의 피드백을 거쳐 한 편의 글로 완성해 간다는 점에서 유효한 접근법이라 할 수 있다.

이 접근법은 학습자의 학술적 태도와 능력을 신장하는 목표와 맞물리면서 대부분의 대학이 택하고 있는 글쓰기교육이라고 할 수 있다. 이 과정에서 글쓰기 기초교육에서 익힌 실력만으로 학문공동체를 살아가는 일은 매우 힘겨운 일이기 때문에, 학술적 글쓰기교육 단계가 보충 운영되어야 할 것으로 판단된다[5]는 지적은 숙고할 대목이다. 왜냐하면 학술적 글쓰기교육이 지닌 강점에도 불구하고 전공이나 학습자의 삶으로 전이되지 않는 고립성에 대한 비판[6]도 제기되고 있기

---

5) 임선애, 「대학 글쓰기 선진화 교육의 특징과 시사점」, 『대학작문』 16호, 대한작문학회, 2016, 50쪽.

6) "대학에서의 글쓰기가 더 이상 학문 자체로서 유효하지 않고, 학문 수학을 위한 도구적 글쓰기로서의 학습자 요구와 사회적 실현성을 반영해야 할 의무가 있다는 데에서 이제 대학 글쓰기의 방향성과 교수법에 대한 논의가 좀 더 새로운 방향을 모색할 필요가 있을 것으로 생각된다." 차봉준, 「대학 교양 글쓰기교육 연구」, 『대학작문』 13호, 대학작문학회, 2015, 202쪽. 한편 학술적 글쓰기교육에 대한 김미란의 비판은 이해 가능하나 '사회 과정 중심 글쓰기'를 강조하기 위해 지나치게 비약한 감이 있으며, 특히 개인주의적 성공 신화를 강화한다는 지적은 구체적인 근거가 마련되지 않고 있어 그 점에는 동의하기가 어렵다. "과정 중심 작문 이론은 담론 공동체를 기능적으로 이해하는 경향이 강해 교실 현장에서는 학

때문이다. 따라서 "성인 대상의 글쓰기교육에 수요가 늘어나고 있는 최근의 동향을 미루어볼 때, 대학시절의 글쓰기에 고유성을 부여할 수 있는 지점이 바로 학술적 글쓰기에 대한 집중적 탐색에 있다고 생각하기에, 다양한 글쓰기 욕구들이 집결되는 일차적인 토대로 글쓰기 연습, 학문탐구의 의욕을 되살리는 데 집중하는 것이 필요하다."[7]

이와 관련해 우리는 이 책의 2부 「주제 분석을 통한 학습자의 학술적 접근 양상과 글쓰기교육의 방향」에서 대학생 학습자의 제출 논문을 대상으로 논문에서 선정된 주제 분석과 주제어를 중심으로, 학생들의 관심 분야와 학술적 접근방법 등의 양상과 그 의미를 분석한 바 있다. 이 글의 이해를 위해 연속 주제로 기술된 논문의 요지를 정리하면 다음과 같다.

학생들이 제출한 134편의 논문을 핵심영역과 주제어를 토대로 살펴본 결과 우리는 대학생 학습자의 논문 주제가 주로 사회 현상 또는 사회 현안에 집중된 것을 알 수 있었다. 또한 학습자들은 사회에서의 위치와 진로 관련 영역, 사회 인식 및 사회 문제점에 대한 개선 요구

생들이 속해 있는 담론 공동체에서 통용되는 학술적 글쓰기 형식을 익히는 일에, 즉 어떻게 하면 학술적인 글을 잘 쓸 수 있을까 하는 점에 수업의 목표를 맞추기 쉽다. 이렇게 되면 학생들이 대학의 담론 공동체가 요구하는 글쓰기 방식을 익힘으로써 대학 사회에 성공적으로 진입하는 것 이상을 기대하기 힘들다. 이를 통해 학생들은 자기 능력과 성취라는 개인주의적 성공 신화를 강화할 것이다." 김미란, 「인문학 연구의 활성화가 대학 글쓰기교육에 미친 영향과 전망: 문화 연구와 비판적 담론 분석을 중심으로」, 『작문연구』 10집, 작문연구학회, 2010.

7) 최규수, 「대학에서 글쓰기교육을 한다는 것, 그 돌아보기와 내다보기 - 대학 글쓰기교육의 정체성 찾기에 대하여」, 『이화어문논집』 36호, 이화어문학회, 2015, 40~41쪽.

등에 관심을 보이고 있음을 확인할 수 있었다. 학습자가 이러한 문제의식을 학습자 본인의 전공과 연계지어 학술적으로 접근하고자 시도하였다는 점은 학술적 글쓰기교육의 필요와 맞닿아 있다고 할 수 있다. 다시 말하면 논거를 들어 자신의 생각을 합리적 논리적으로 펼치고, 학습자의 전공지식체계와 학습자의 근접환경과의 연계를 통해 새로운 가치 연구 분야로의 기초적 접근 방법을 습득할 수 있었던 기회는 학술적 글쓰기의 효과라고 할 수 있겠다.

이런 관점에서 우리는 대학생 학습자들이 다양한 주제를 심화하고 깊이 있는 시각으로 정립할 수 있도록 생산적인 방안을 적극적으로 모색하는 차원에서 과정에 중심을 둔 글쓰기교육을 제안한 바 있으며, 이를 과정중심의 '맥락적 글쓰기'로 확장하고 강화할 필요를 인식하게 되었다. 그 이유는 대학생의 인식관, 성찰과 반성, 나와 세계를 통한 공동체적 인식, 관계맺음과 소통 등의 능력에 '글쓰기' 활동이 필요하다는 점과, 인문학적 가치를 함양할 맥락적 접근과 사회과학적 접근방법을 글쓰기 현장에 통합적으로 제시해야 한다는 점이 절실하게 다가왔기 때문이다.

이에 이 글에서는 인지구성주의에 바탕을 둔 과정중심의 접근법[8]

---

[8] 글쓰기 과정에 대한 이론은 '①작문 과정은 상호작용적이며, 뒤섞여 있으며, 동시 발생적일 수 있다. ②작문은 목표 중심 활동이다. ③전문적인 필자들은 초보적인 필자와는 다르게 글을 쓴다.'를 기본적 전제로 한다. 이 기본적 전제는 동일하나, 이를 위한 접근 방식의 차이는 빠르게는 1960년대부터 현재에 이르기까지 단계를 거듭하며 글쓰기교육 이론의 변화를 이끌어 왔다. 이 변화를 정리하면 다음과 같다. William Grabe & Robert B. Kaplan, 『쓰기 이론과 실천사례』, 박이정, 2008, 121～154쪽 참조.

■ 쓰기-과정 접근의 방식과 변화

시대	1960년대	1970년대 초반	1980년대 초반	1980년대
단계	표현론적 단계	인지 단계	사회학적 단계	담화 공동체 단계
이론가	피터 엘보, 맥크로리, 머레이, 노쓰 등	자넷 에미그, 린다 플라워, 헤이즈 등	칼킨스, 그레이브스, 하스트 등	쿠퍼, 밀러, 레이더, 린다 플라워, 프리드먼, 위트 등
이론과 주장	자신의 실제적인 목소리를 찾아야 하며 자신을 자유롭게 표현할 수 있어야 한다고 강조한다.	쓰기는 일직선으로 이어지는 과정이 아니라 되풀이되는 과정이라고 주장한다.(자넷 에미그)	과정으로서 쓰기 접근이 특정한 쓰기 목적을 규정하는 사회적 맥락을 벗어난다면 아무런 의미가 없다고 주장한다.	쓰기는 사회적 활동이며 사회 구조에 의존되어 있다. 쓰기는 생태 즉 유기체와 환경 사회의 상호작용 전체를 반영한다.
배경 및 관점	필자가 필요로 하는 모든 지적 자원들을 이미 갖고 있으며 단지 표현을 위한 적절한 배출구를 찾으면 된다고 가정한다.	이론배경으로는 인지 발달/피아제의 이론, 독자 자각 이론. 실제 쓰기 상황 등이 있다. 자아 중심적인 쓰기, 글쓴이 중심의 쓰기에서 독자와 글, 덩잇글 중심의 쓰기로 발전한다. 목표 중심의 행위를 살피는 인지 심리학에서 중요한 접근 방법이다.	이론배경으로 사회언어학, 기능언어학, 초 등교육조사연구, 사회적 기반을 가진 수사학, 사회 과학이 해당된다. 본질적인 것은 쓰기가 개인 산출물로서가 아니라 사회적인 맥락이라고 본다. 민족지학(일상적 자연적 상황에서의 쓰기 관찰적 관점에서 접근한다.	쓰기에 대한 포괄적인 이론은 쓰기에 영향을 미치는 다양한 사회적 인자들을 인식할 필요가 있다는 것이다. 동시에 쓰기 그 자체는 글쓴이의 인지 활동을 통해 산출된다는 것을 말한다. 쓰기 강좌에서 담화공동체를 개발해야 한다고 본다.
비판	실제 세계에서 쓰기가 수행되는 사회적 맥락과 쓰기 맥락을 근본적으로 무시하고 있다. 쓰기 과정 동안 덜 자란 필자들과 전문 필자들의 인지 과정이 같은 식으로 작용한다고 가정한다.	모형으로부터 사람들의 실제 쓰기로 나아가는 실천을 거의 설명하지 않다.(덩잇글 자료들이 어떻게 구성되며 어떤 언어 제약이 이 구성에 부과되는지 구체적 설명이 없다.)	민족지학적 측면에서 쓰기 환경/관찰자 접근에 대한 비판이 강하게 일었다.	담화공동체란 무엇인가, 담화공동체를 자리매김할 수 있는가에 대한 비판과 학생들이 입문하여야 하는 구조인가에 대한 비판이 주어졌다.

그리고 1990년대 이후 일어난 후기 과정 이론은 "글쓰기 과정이 표현주의적·인지주의적 수사학의 고유한 영역이 아니며,…작문 연구에서의 '사회적 전환'은 실천이나 이론 면에서 과정 운동을 거부하는 것이 아니라 오히려 그것을 담론의 사회적 세계로 확장하는 것"으로 본다. 나아가 브루스 맥코미스키는 텍스트적, 수사학적, 담론적 수준의 균형적 접근, "담

을 심화하고, 문화적 리터러시와 기술적 리터러시 등 비판적 문식성
을 강화하는 한편 대학생 학습자의 경험적 주체를 함께 고려하는 차
원에서 '맥락적 글쓰기'를 제안하고자 한다.

3. 맥락적 글쓰기의 개념과 모형

1) 맥락적 글쓰기의 개념과 방법론

글쓰기교육은 일반적으로 글쓰기의 언어적 특징에 주의를 기울이
는 텍스트적 수준, 의사소통 상황(필자, 독자, 목적)에 초점을 두는
수사학적 수준, 그리고 저자의 정체성을 결정하는 담론적 수준(경제
적, 정치적, 사회적, 문화적) 이 세 수준의 관점들이 복합적으로 결합
되어 있다. 브루스 맥코미스키(Bruce McComiskey, 이하 맥코미스
키)는 이런 세 수준의 균형 잡힌 접근이 글쓰기교육을 효과적으로 이
끌 수 있다고 말한 바 있다.[9] 교수자는 글쓰기교육을 구상할 때 하나
의 편중된 수준보다 세 수준에 모두 주의를 기울여야 하며, 이들을
모두 고려하는 통합된 글쓰기교육을 만들어야 한다.

특히 담론적 수준의 관점은 오늘날 우리 대학 글쓰기교육이 중점적
으로 접근해야 할 관점이라 할 수 있다. 저자(학습자)의 정체성을 확
인하고 확립하며 이를 바탕으로 타자 및 타자의 저작물에 대한 비판
적 접근과 분석을 요하는 비판적 분석[10]을 통한 글쓰기교육은 4차

───────────

론의 과정 및 산물에 대한 복잡한 수사학적 과제를 완수하기 위한 방법"
으로, 사회 과정 수사학 탐구를 제안한다. Bruce McComiskey, 『사회
과정 중심 글쓰기: 작문교육 패러다임의 전환』, 김미란 역, 경진, 2013,
91쪽~93쪽 인용 및 참조.
9) 위의 책, 24~25쪽 참조.

혁명에 접근하는 이 시점에서 중요한 글쓰기교육 접근 방법이라 할 수 있다. 물론 이는 이 세 가지 수준의 균형 잡힌 접근과 함께 이루어져야 할 것이다.

글쓰기라는 행위는 사고와 언어, 문화, 공동체가 결합된 매우 복합적이고 총체적인 활동11)이다. 이와 관련해 맥코미스키의 '사회 과정 중심 글쓰기'는 우리 교육에 하나의 참조점을 제공한다. 맥코미스키의 사회 과정 작문 교육학은 비판적 글쓰기를, 우리의 주체성을 구성하는 문화적 영향력을 수사학적으로 탐구하고 그에 정치적으로 개입하는 행위로 간주하며, '사회 과정' 교육학을 텍스트적·수사학적·담론적 관심사라는 더 넓은 지도scheme 안에 들여놓는다.12)

이에 따라 맥코미스키의 사회 과정 중심 글쓰기 이론을 바탕으로 하여 실제 대학 글쓰기교육 관련 강좌에서 활용할 수 있는 맥락적 글쓰기 활용 모형을 제안하고자 한다. 그런데 맥코미스키의 글쓰기 이론과 적용은 현재 국내 대학 글쓰기교육에 직접적으로 적용하기는 어려운 측면이 있다. 따라서 맥코미스키가 제시한 네 겹의 방법론13)을 기반으로 하여 대학 글쓰기교육에 적용할 수 있는 새로운 모형을 모색할 필요가 있다. 이 네 겹의 방법론은 〈표 1〉과 같다.

---

10) Bruce McComiskey, 앞의 책, 57쪽.
11) 정희모, 앞의 논문, 22쪽.
12) 위의 책, 10쪽.
13) 위의 책, 57쪽.

〈표 1〉 맥코미스키의 네 겹(four-fold)의 방법론

첫 번째	분석	대상 담론에 코드화되어 있는 문화적·사회적 가치 분석하기
두 번째	확인	대상 담론의 특정한 언어적·수사학적 선택에 의해 은폐된 대안적인 문화적·사회적 가치에 잠재되어 있는 대안적 성격 확인하기
세 번째	비판	실현 가능한 대안적 담론의 관점에서 대상 담론에 코드화되어 있는 문화적·사회적 가치 비판하기
네 번째	생산	사회화의 특정한 제도적 과정을 중재하기 위해 대안적인 문화적·사회적 가치를 코드화한 새로운 담론 생산하기

'분석→확인→비판→생산'의 과정은 각 단계에서 요구하는 질문을 통해 비교적 명확한 것으로 제시한다. 이와 같은 비판적 담론 분석을 수업에 통합하는 맥코미스키의 작업은 "비판적 분석은 학생들이 텍스트에 구축된 주체 의치를 문제 삼는 데 도움을 주며, 문화 연구에 기반한 글쓰기 과제는 학생들이 공동체의 이익을 위해 사회 문제를 해결할 수 있도록 함으로써 자신들의 주체 위치를 구축하도록 북돋는다.14) 그가 역설하는 협력적인 발견적 탐구 학습과 비판적 읽기와 분석의 중요성은 학술적 태도 및 문화 연구에도 적용되는 특성이다. 학생들이 "후기 근대적인 방식으로 문화적 산물, 사회 제도, 산물과 제도에 대해 쓴 논문들과 협상하도록 도움"15)을 줌으로써 문화현상 및 제도에 대한 관점을 재정립하는 데 우리 교육도 실천적으로 동참할 때이다.

---

14) Bruce McComiskey, 앞의 책, 57쪽.
15) 위의 책, 122쪽.

2) 맥락적 글쓰기 토론-생산 모형과 구성 요소

현재 한국 글쓰기 강좌에 적용하기 위한 하나의 단계로 맥락적 글쓰기 모형을 아래와 같이 제안한다. 특히 글쓰기의 범주가 확대되고 문자 외의 다양한 의사표현수단이 활용되는 현재에 이르러, 다양한 범주에 해당하는 자료들을 분석의 대상으로 삼을 수 있으며 새로운 가치의 생산 도구로 활용할 수 있는 글쓰기 모형을 제시하고자 한다. 이 글쓰기 모형을 간략히 도표화하여 제시하면 아래 〈표 2〉와 같다.

〈표 2〉 맥락적 글쓰기 모형

선행활동	1단계: 토론하기			2단계: 생산하기
	1 step	2 step	3 step	
분석대상 접근	순응하기	저항하기	협상하기	가치의 생산

토론하기-생산하기 과정은 현재 다양한 글쓰기 강좌에서도 활용하고 있는 방법이기도 하다. 맥락적 글쓰기 모형은 바로 이 토론하기-생산하기 과정을 확장·강화하여 유기적·효율적으로 설정한 구체적 방법론이라 할 수 있다. 특히 순응-저항-협상의 단계는 대상 담론에 코드화되어 있는 '문화적 가치'를 찾아 분석하며 이해하고, 대상 담론에서 찾아낸 '문화적 가치'에 대하여 저항하며, 이를 바탕으로 대상 담론이 제시하는 문화적·사회적 가치와 그에 대한 대안을 조율하고 협상한다는 점에서 타자와 동일시, 대립, 협상 등 비판적 담론 구조에 뛰어들게 되며, 이를 통하여 사고의 확장을 유도할 수 있다. 이것은 또한 학습자 스스로에게도 적용되는 과정이라는 점에서 중요한 경험이 된다. 하나의 텍스트에 대한 자기 안의 이질적이고 충돌하는 관점과 이해들을 대하면서 학습자는 자신을 객관화하는 동시에 내적으로

협상하는 과정을 거치면서 성숙한 태도를 함양할 수 있을 것이다.

가상 먼저 이루어지는 선행활동은 분석대상 분야의 기본 목표와 가치를 확인하고 분석대상에 접근하는 것을 말한다. 해당 활동은 분석대상을 단순한 독자 또는 시청자에서 분석자 또는 논자로 접근하기 위한 준비단계라 할 수 있다. 아울러 맥락적 글쓰기 모형에서는 문화텍스트를 분석 대상의 범주에 둔다. 문자텍스트뿐만 아니라 영상텍스트에 이르기까지 다양한 자료가 분석 대상으로 활용될 수 있다.

다음으로 이어지는 1단계: 토론하기는 타자와의 의견 교류를 통한 자아정체성 확인과 이질성을 존중하는 협력학습 단계라는 점에서 사회활동과도 직결될 뿐만 아니라, 자신의 주장에 대한 설득력과 논리성, 타당성을 획득할 수 있는 방안을 찾아가는 과정이기도 하다. 따라서 토론하기 단계는 참여자의 자율성을 부여하되, 아래와 같이 각 단계별 기본 가이드라인을 제시하여 분석대상을 세밀하게 살펴보고 자신의 의견(주장)을 확인할 수 있도록 한다.

마지막으로 2단계: 생산하기16)에서는 1단계: 토론하기에서 진행된 내용을 바탕으로 생산물을 도출할 수 있도록 방향을 설정하는 단계이다. 이때 생산물은 학습자의 수준이나 분석대상에 따라 다양한 방식으로 제시할 수 있다. 일반적으로 칼럼, 에세이 등과 같은 비교적 간결한 글쓰기부터 대안물의 제작 등과 같은 활용 단계에 이르기까지 창의적 사고를 이끌어 주체적으로 하나의 의사소통의 표현 대상물을 생산할 수 있도록 한다.

---

16) 7차 교육과정에서 문학교육의 목표가 '내면화와 수용'에 놓여 있었다면, 개정 7차 국어과 교육과정에서는 내면적 수용을 넘어 그것이 가치로 실현되는 '생산'을 강조하고 있는 점에서 교육의 변화를 확인할 수 있다.

〈표 3〉 맥락적 글쓰기 모형 강의 자료

선행학습	먼저 짚어보기	공익캠페인(공익광고)의 목적과 문화적·사회적 가치는 무엇이라고 생각합니까?
	대상 접하기	다음 대상은 한국방송광고진흥공사 공익광고협의회(Kobaco)가 2017년 3월에 공개한 30초 공익광고 영상 「결혼: 행복의 시작 편」입니다. 대상을 시청한 후 아래 단계에 따라 대상(영상자료)에 대해 토론하는 과정을 통하여 순응하고 저항하며 협상함으로써 새로운 가치를 생산할 것입니다.

토론하기와 생산하기	우리는 제1단계: 토론하기와 제2단계: 생산하기를 통하여 대상에 나타난 문화적·사회적 가치에 대해 분석하고 비판할 것입니다. 각 단계별 질문에 따라 맥락을 짚어가 봅시다.

1단계	토론하기		제1단계: 토론하기는 〈 〉 안의 항목에 따라 반복 수행할 수 있습니다.	
			'토론하기'에서는 대상 담론에 코드화되어 있는 문화적·사회적 가치를 분석하고 비판하며 절충안 또는 대안을 제시할 다양한 방법을 모색할 것입니다. 이를 위해 대상에 코드화되어 있는 다양한 가치들을 찾아 토론해봅시다. 토론하기는 총 3step으로 진행되며, 각 단계는 5~10분가량 소요하여 진행합니다.	
		반복수행 ↑↑↑	1step: 순응하기	'순응하기'는 대상 담론에 코드화되어 있는 〈문화적 가치〉를 찾아 분석하며 이해하는 단계입니다.
			질문 목록	■ 대상에 표현되어 있는 〈문화적 가치〉를 찾아 분석해보세요. － 대상을 대표하는 지배적인 시각자료들을 찾아 적어 보세요.(브레인스토밍) － 시각 자료들이 함축하고 있는 〈문화적 가치〉의 목록을 만드세요. － 대상이 시각 자료를 통해 드러내고자 하는 핵심주제가 무엇인지 한 문장으로 정리해보세요.
			2step: 저항하기	'저항하기'는 대상 담론에서 찾아낸 〈문화적 가치〉에 대하여 비판하는 단계입니다.
			질문 목록	■ 대상에 표현되지 않은 대안 자료를 찾아 분석하고 표현된 문화적 가치에 저항해보세요. － 대상을 대표할 수 있으나 재현되지 않은 〈문화적 가치〉의 목록을 만드세요. － 재현되지 않은 〈문화적 가치〉를 위한 대안적인 시각 자료들을 찾아 적어 보세요.(브레인스토밍) － 대안적인 시각 자료를 통해 드러내고자 하는 핵심 주제가 무엇인지 한 문장으로 정리해보세요.
			3step: 협상하기	'협상하기'는 대상 담론이 제시하는 문화적·사회적 가치와 그에 대한 대안을 조율하고 협상하는 단계입니다.
			질문 목록	■ 대상에 담긴 〈문화적 가치〉를 하나 이상의 실현 가능한 대안적 담론의 관점에서 비판하세요.(자유롭게 쓰기)
2단계	생산하기		'생산하기'에서는 지금까지 토론한 3step(순응하기-저항하기-협상하기)를 약 《2,000자 내외의 칼럼》으로 작성할 것입니다. 3step에서 토론한 내용을 토대로 나의 핵심 주장(주제)를 선정한 후, 이에 맞추어 주장(주제)을 뒷받침할 수 있도록 해당 내용을 순응하기-저항하기-협상하기 순으로 작성해 봅시다.	

여기에서 가치의 '생산'과 2단계의 '생산하기'는 결과의 측면에서 구별될 필요가 있다. 전자의 생산은 협상하기의 결과물로시의 '대안'·'해결점' 등 '가치적'인 측면을 지시하고, 후자의 '생산하기'는 앞 단계의 과정의 결과물로서의 '글(텍스트)' '동영상' '팸플릿' 등의 구체적이고 가시적인 목표물을 지시한다. 전자는 소문자 p, 후자는 대문자 P로 구별되며, 2단계의 생산하기는 소문자 p를 포함한다. 이를 기본 자료화하여 구성된 글쓰기 모형의 구체적 항목은 〈표3〉과 같다.

이 글에서는 강의 자료의 한 사례로 광고를 분석대상으로 선정[17]하였다. 광고는 영향의 파급력이 강한 문화텍스트이다. 이중에서도 공익광고[18]는 "사회 구성원과 공공의 이익을 위한 사회적 의사소통 수단이며, 문제가 되는 사건이나 행동을 해결하기 위해 사회 구성원들이 어떤 행동을 해야 하는가에 대한 정보를 제시하고, 더 나아가 사회구성원의 적극적인 참여와 실천을 요구한다.(Andreasen, 1993)"[19] 어떤 의미에서 제도는 불투명한 이데올로기를 은폐하고 있

---

17) 학습자에게 친숙한 대상(텍스트)로부터 낯설고 난해한 텍스트로 변화해 가면 학습자의 리터러시의 능력도 확장되리라 본다.

18) 한국방송광고진흥공사에서는 공익광고에 대하여 "인간존중의 정신을 바탕으로 사회/공동체의 발전을 위한 의식개혁을 목표로 하며, 광고라는 설득 커뮤니케이션을 통하여 제반 사회문제에 초점을 맞추고 국민들의 태도를 공공의 이익을 지향하는 모습으로 변화시키는 것을 목적으로 하며, 휴머니즘, 공익성, 범국민성, 비영리성, 비정치성을 기본 이념으로 한다."고 정의하고 있다. kobaco, https://www.kobaco.co.kr/websquare/websquare.jsp?w2xPath=/kobaco/businessintro/about/about_view.xml(확인일자: 2016.01.24)

19) 박진우, 「공익광고에서 은유 이미지의 광고효과와 인지된 창의성에 관한 연구」, 『한국광고홍보학보』 18권 3호, 한국광고홍보학회, 2016.

어 그것을 내면화한 학습자가 주체적으로 인식하는 데 걸림돌이 될 수 있다. 따라서 학습자는 비판적으로 담론을 분석하고 잠복해 있는 이데올로기를 탈자연화함으로써 미래의 사회적 주체로 성숙해야 한다. 그러한 점에서 공익광고는 비판적 분석의 대상으로 적합하다 할 수 있다.

우리는 이의 교육적 적용을 위해 문화텍스트(<그림 1>)를 선정하고 이를 대상으로 학생들이 토론을 거친 후 칼럼을 쓰는 작업을 수행하였다.

〈그림 1〉「결혼: 행복의 시작 편」 장면20)　　　〈그림 2〉 토론 활동 장면

그리고 토론 모둠은 A대학 4학년 재학생 3명(남학생 2명과 여학생 1명)으로 편성해 토론 과정을 녹화(<그림 2>)하였다. 이 모형은 시간, 운용, 관점 등을 파악해 그 교육적 타당성과 효과를 파악하기 위한 이유로 교육 현장에 직접 적용하기 전에 시험적으로 실시하였다.

진행방식은 다음과 같다. 우선 학생들에게 토론 전략이나 개념 등

20) 한국방송광고진흥공사 공익광고협의회가 2017년 3월 10일 공개한 방송 공익광고 「결혼: 행복의 시작 편」(제목: 작은결혼식 ─ 허들)으로, 대학생 학습자들이 관심 있을 만한 '결혼'이라는 주제와 '삼포세대' 'N포세대' 등 으로 표현되는 지금 사회의 현실적 문제를 직접적으로 반영하는 이유로 선정하였다.

을 5분~10분 정도로 압축해서 전달한다. 토론을 마치면 학생들에게 칼럼의 개념과 기능을 간단하게 알려준다. 2단계 생산하기에서 제안한 '칼럼 쓰기'는 우리 사회의 문제에 대한 비판과 대안을 제시하는 글쓰기의 한 방식이다. 사실에 대한 객관적 설명보다는 필자의 주장이 명징하게 드러나는 만큼, 시사적인 가치가 있는 특정한 소재(사건, 문제, 현상, 주장 등)를 중심으로, 소재에 대한 명확하고 구체적인 자신의 의견을 설정하고, 설명의 자료나 주장의 근거를 명확히 하여 개인적, 역사적 가치를 분석적으로 제시하는 동시에 그것의 시대적, 사회적 의미를 총체적으로 비평하는 활동은 사회의 구성원으로서 가치 있는 작업이라 할 수 있다. 이와 같은 작업을 바탕으로 하여 실제 적용해 본 결과는 다음과 같다.

우선 학습자들은 토론이 필요하고 중요하다는 것을 알고 있었다. 그런데 실제 토론을 마친 후의 반응을 보면 토론을 통해 느낀 즐거움과 성취감을 신선하게 받아들였다. 협력과 토론을 강조하지만 실제 대학에서 토론학습의 기회가 적을 뿐만 아니라 다양한 생각을 끌어내기 위해 효과적인 방법이 제시될 필요를 더욱 인식하게 되었다. 그런 의미에서 하나의 텍스트를 중심으로 그에 대한 '순응-저항-생산'에 초점을 맞춘 토론은 기존 협의 중심이나 근거 중심으로 이루어진 찬성과 반대의 과정보다 학습자의 경험과 배경지식을 다양하고 자유롭게 공유하며 다른 학습자들의 입장을 듣는 동안 자신을 되돌아보고 생각을 조정해나가는 점에서 더 효과적인 방법[21]이라고 할 수 있다. 특히 현실에서 부딪히는 문제들은 여러 원인들이 복합적으로 놓여있

---

21) 세계경제포럼에서 제시한 '2020년 요구되는 핵심 직무 기술'은 다음과 같다. 아래의 항목은 본 연구에서 제안하는 '맥락적 글쓰기'를 통해 성취할 수 있는 능력과 연결된다는 점에서 참조할 만하다.

는 만큼 그에 대한 대안이나 해결에도 다각적 방법이 모색되어야 하므로 본 연구의 수업모형이 의미 있는 역할을 할 것이다.

토론과정에서 맥코미스키의 분석하기→확인하기→비판하기→생

직 무	내 용	요구 정도
복잡한 문제 풀기 Complex Problem Solving	실세계의 정의되지 않는 문제 해결력	36%
사회적 기술 Social Skills	다른 사람들과 협업하고 설득, 교육하는 능력	19%
프로세스 기술 Process Skills	적극적으로 정보를 얻어 합리적으로 추론하는 능력	18%
시스템 기술 Systems Skills	시스템을 파악해서 가장 좋은 조건을 찾는 능력	17%
인지 능력 Cognitive Abilities	서로 다른 규칙들을 관찰해서 창조적으로 결합하는 능력	15%
자원 관리 기술 Resource Management Skills	지금, 시간 등을 목적을 위해 효율적으로 쓰는 능력	13%
기술적 능력 Technical Skills	기기를 관리, 검사하고 프로그래밍하는 능력	12%
콘텐츠 기술 Content Skills	말하기, 쓰기, 디지털 콘텐츠를 통해 표현하는 능력	10%
육체적 능력 Physical Abilities	물건을 정교하게 다루거나 힘을 쓰는 능력	4%

▫ 출처: W.E.F, Global Challenge Insight Report: The Future of Job, 18 January 2016. Figure 10: Change in demand for core work-related skills, 2015~2020, all industries(Share of jobs requiring skills family as part of their core skill set, %) (http://www3.weforum.org/docs/WEF_Future_of_Jobs.pdf) 권오성 기자, 「로봇 상사와 일하는 시대」, 아이들에게 무얼 가르쳐야 할까, 『한겨레』, http://www.hani.co.kr/arti/science/science_general/727657.html.(확인일자: 2016.01.24)

산하기 단계에서 분석과 확인 그리고 비판활동은 단계적이기보다 동시에 이루어지는 경향이 있었다. 따라서 이 과정을 적용하여 어느 정도 체계적인 학습이 성취된 후라면, 그리고 명료한 질문과 촘촘한 진행이 가능하다면 단계를 나누지 않아도 무방하다. 이 과정에서 사회자의 개입 및 역할이 중요하다. 교수자가 먼저 시범 학습을 한 후 모둠별로 사회자의 역할을 부여하면 이 모형을 효과적으로 적용할 수 있다. 무엇보다도 생각들을 모아 글로 구체화하고 재구성하는 생산하기 단계로 이어지도록 하는 일이 중요하다. 학습자가 제안하는 동영상을 제작하는 것도 한 방법이지만, 글쓰기로 수렴하는 작업이 필요하다. 실제 토론을 자유롭고 수월하게 진행하였으나, 글쓰기로 넘어가면서 학습자들은 자신의 생각을 정리하고 체계화하며 이를 논리적·구체적으로 표현하는 과정에서 어려움을 겪었다. 그러나 그러한 과정에서 단계를 스스로 다시 한 번 따라가며 다듬는 과정에서 체계적으로 글을 서술할 수 있었다고도 밝힌 바 있다. 학습자들은 실제로 한 편의 글을 쓰면서 하나의 텍스트에 대한 깊이 있는 이해에 도달할 수 있을 것이다.

4. 맥락적 글쓰기를 통한 사회적 세계로의 확장

본 연구는 학술적 글쓰기의 단계적 방법에 비판하기와 생산하기의 가치를 강화하고자 기획되었다. 글쓰기 과정을 담론의 사회적 세계로 확장하는 맥코미스키의 맥락적 글쓰기는 본 연구의 유효한 참조점으로, 이 글에서 제시한 맥락적 글쓰기 모형은 텍스트적·수사학적·담론적 수준의 글쓰기교육의 균형적 접근을 꾀하는, 대학 글쓰기교육의 기반을 다지는 과정에서의 또 하나의 시도이며 발전을 꾀하는 움직임이라 할 수 있겠다.

맥락적 글쓰기 모형은 '사회 과정 발견 학습'의 한 체험이다. 이러한 과정은 저자와 비판 대상 간의 대화를 통한 상호작용을 촉진시키며, 그 상호작용의 결과로서 순응, 저항, 협상의 균형을 경험하는 점에서 반성적·성찰적 학습이라고 할 수 있다. 다시 말하면 하나의 분석 대상을 마주한 학습자가 순응, 저항, 협상의 단계를 거쳐 주어진 문제를 해결해나가며 타인과의 상호소통을 통해 문화적·사회적 가치를 확인하고 비판하는 일은 학습자 자신과 그를 둘러싼 맥락에 대한 총체적인 인식에 도달하도록 추동한다. 또한 글쓰기를 통해 자신의 생산물에 대한 정체성을 확립하는 과정은 오늘날 다양한 문화·사회적 변화 가능성이 열린 시점에서 자아정체성을 확립하고 이를 통하여 새로운 가치를 생산할 수 있는 방법을 터득한다는 점에서 유의미한 교육의 방편이 될 것이다.

요약하면 맥락적 글쓰기교육은 대다수의 대학 교육기관이 강조하고 있는 사고와 표현을 유기적으로 훈련할 수 있으며, 학습자 스스로의 글쓰기와 전공 지식에 대한 관심과 흥미를 끌어냄으로써 전공지식의 심화와 비판적 사고, 분과학문의 범주를 넘어설 수 있는 계기를 마련할 수 있는 중요한 토대가 될 것이다. 이 맥락적 글쓰기 모형을 접한 학생들은 자신의 학습과 성취에 대해 더 많은 책임감을 지니게 되며, 비판적인 사고력을 신장시킬 수 있는 협력적인 문제 해결에 참여함으로써 문제해결능력과 프로세스 기술을 익히게 될 것이다.

이 지점에서 이 글이 지닌 한계도 지적될 필요가 있겠다. 이 글에서 3명의 학생을 대상으로 진행한 맥락적 글쓰기 모형의 결과는 학습자에게 끼칠 영향이나 효과를 고려할 때 실제 적용사례를 확보함으로써 더 정교하게 다듬어져야 할 것이다. 토론 과정을 담은 녹화자료와 칼럼에 대한 분석과 피드백, 그리고 수정하기의 과정을 보완한다면, 교육 현장의 여건에 적용 가능한 효과적인 맥락적 글쓰기 모형이 정립될 것으로 기대된다.

대학생의 학술적 글쓰기 능력 향상을 위한 지도의 실제

– 논문작성법을 중심으로

1. 자기주도적 문제해결을 위한 학술적 글쓰기 능력

오늘날 21세기에 이르러 창조적 사고를 통한 새로운 가치 창출의 필요성이 강조되는 사회로 변화하고 있음은, 고등교육기관인 대학의 교육과정 또한 창의적 인재 양성에 주력해야 함을 의미한다. 기초교육을 기반으로 하여 학문 간 소통을 통한 새로운 접근을 꾀하는 융·복합학문교육 중심의 교육 개편은 이를 뒷받침한다. 학문 활동은 증거에 입각하여 분명한 지식을 추구하는 작업이며, 연구 결과가 글쓰기 과정을 거쳐 연구논문으로 도출되었을 때 타인 나아가 사회로부터 그 의미와 가치를 인정받을 수 있다. 이는 곧 학문 활동의 기반에 한 편의 완성된 논문을 작성할 수 있는 학술적 글쓰기 능력이 뒷받침되어야 함을 환기한다.

그럼에도 불구하고 취업난으로 인하여 각 대학기관에서 취업 중심의 교육 시스템을 적극적으로 도입하면서, 연구논문뿐만이 아니라 졸업필수요건이었던 졸업논문 쓰기가 형식적 절차에 그치고, 필요성에 대한 의문까지 제기되고 있는 실정이다. 이는 최근 일부 학과에서 졸업논문을 자격증 취득으로 대체하거나, 교육대학원 등의 특수대학원에서도 졸업논문을 작성하지 않고 시험이나 학점 이수로 대체하는 곳이 점차 증가하는 현상에서도 역력히 드러난다. 학문 연구의 기반을 닦는 연구기관인 대학이 그 본 기능을 상실하고 있다는 목소리가 나오는 것도 이와 같은 맥락에서다.

그러나 대학생들에게 있어 졸업논문 등 한 편의 논문을 작성하기 위한 과정을 배움은, 습득한 지식에 대한 정리 및 나아가 문제에 대한 해결책과 대응능력을 향상시킬 수 있다. 또한 새로운 지식에 대한 가치 창출을 이끌어갈 수 있는 기반이 된다는 점에서 대학 고등기관의 본 기능을 유지함과 동시에 사회가 요구하는 지적 능력을 갖춘 창의적 인재를 양성하는 기반을 닦을 수 있음을 주지해야 할 것이다. 그런 점에서 대학은 제도적 보완을 통해 논문의 기능을 강화해야 한다.

연구논문은 학문연구의 성과인 동시에 학문 간 소통을 위한 '공통 언어'라고 할 수 있다. 한 편의 연구논문을 작성하기 위한 과정에는 가치 있는 것으로 선정된 하나의 주제와 주장의 타당성을 뒷받침할 관련 자료의 검토 및 인용, 정당한 논거를 들어 주장을 논리화하는 글쓰기 등의 활동이 포함된다. 곧 연구논문은 연구주제의 선정, 자료의 수집과 검토, 체계적 구성, 논리적 기술의 과정이 기록되는 연구의 현장이다. 또한 연구논문은 하나의 대상이나 주제에 대해 연구자의 새로운 문제의식과 다른 연구자들의 논의가 집약된 '가치의 저장고'라고 할 수 있다. 따라서 우리는 연구논문을 통해 연구자의 비판적 읽기를 통한 정보 수집 능력과 기존의 정보를 활용하는 능력, 깊이 있는 사고와 논리적인 사고력, 정확한 표현 능력과 학문에 기여할 새로운 연구 성과 등을 가늠할 수 있다.

논문을 작성한다는 것은 자신의 개념을 체계화하고 자료를 정리하는 방법을 배운다는 것을 의미한다. 가치가 있는 연구주제를 선정하고 완성된 결과물을 도출해내는 반복 훈련, 거기에서 요구되는 자료들의 체계화 능력은 학문의 깊이와 폭을 확장할 수 있는 기본 전제이다. 용어의 정확한 정의, 편견 없는 정보의 수집, 꼼꼼한 통계적 처리, 상황에 대한 균형 잡힌 설명과 요약 등 논문에 수반되는 작업의 경험은 자신의 학문 연구를 심화시키고 학문 연구의 외연을 넓힐 수 있는 기반이 된다. 따라서 기초교양교육의 내실화와 전공능력의 강화, 이를 통한 학제 간 융합연구를 이끌어가기 위한 기초 전제로, 전공별 특성을 반영한 글쓰기교육에 대한 학문적 관심과 특성을 반영한 맞춤형 교육이 필요하다. 현재 전공 혹은 계열 글쓰기가 교과목으로 편성되고 이와 관련된 연구 저서나 논문이 많이 생산되고 있는 것은 고무할 만하다.

그러나 실제 이론을 학습 현장에 적용한 결과물은 거의 없는 실정이다. 학습 현장에서 해당 이론의 교육적 적용 및 그에 대한 진단은 반드시 수행되어야 한다. 제시한 이론을 토대로 실제 수업을 진행함으로써, 수업모형이 실제 수업 현장에서 올바르게 기능하는가를 판별하며 파생된 문제점이 있을 경우 이를 짚어보고 다듬는 과정이 진행되어야 한다.

이 글에서는 논문작성법의 단계별 수업모형을 제시하는 한편, 논문작성법 중심의 글쓰기교육의 실제 사례를 통하여 융합·창의적 주제의 접근 방법과 양상을 분석하여 대학 기초교육에 있어 논문작성법의 중요성을 제시하고자 한다.

2. 〈학술적 글쓰기 2〉의 수업모형

융·복합학문의 중요성이 대두되는 이 시대에 스스로 주제를 탐색하고 연구 소재를 발굴하는, 논문작성법 중심의 대학 글쓰기교육은, 습득한 지식을 토대로 새로운 융합·창의적 주제로 접근할 수 있는 기틀을 마련할 뿐만 아니라 전공 분야에 대한 심도 있는 탐색과 창의적인 접근을 수반할 수 있을 것이다. 특히 단계별 피드백을 통한 논문주제의 접근 방식에 입각한 글쓰기교육은, 전공의 기초를 세우고 창의적 연구 과제를 수행할 능력을 갖출 시기인 1학년생에게 있어, 전공에 대한 진지한 탐색과 창의적 접근이 가능토록 이끌어가는 주요한 역할을 수행할 수 있다.

A대학 자유전공학부(Faculty of Liberal Arts) 1학년 2학기 교과목 〈학술적 글쓰기(Academic Writing) 2〉는 집중 논문쓰기 활동 및 프레젠테이션 발표를 통하여 글쓰기에 대한 친숙감을 갖고, 글쓰기의 기술을 훈련함으로써 자신의 생각과 의도를 원활하게 전달할 수 있는 방법을 습득하는 데 목표를 두고 있다. 학문적 역량을 기르는 주요 글쓰기 방법론을 단계별로 학습하여, 한 편의 완성된 논문을 개별적으로 완성함으로써 스스로 연구를 수행해나가는 역량을 기를 수 있는 교과목이라 할 수 있다. 이러한 배경 하에 개설된 〈학술적 글쓰기 2〉는 기본적으로 1학기 〈학술적 글쓰기 1〉 수강을 원칙으로 한다. 즉 2학기에 개설된 〈학술적 글쓰기 2〉의 논문작성법 강의는 〈학술적 글쓰기 1〉에서 수행하고 있는 기초 글쓰기 이론 습득을 전제로 한 글쓰기 심화 과정이라 할 수 있다.

〈학술적 글쓰기 2〉의 수업 목표는 학문적 역량을 기르는 주요 글쓰기 방법론을 단계별로 학습하여 자신의 생각과 의도를 '논문'이라는 수단으로 원활히 전달할 수 있는 방법을 습득하는 데 있다. 나아가 스스로 '연구'를 수행할 수 있는 바탕을 마련하고자 함에 그 목표가 있다 할 수 있다.

〈학술적 글쓰기 2〉는 1분반 강의 정원 20명, 주 2회 75분, 15주로 편성되어 있다. 학술적 글쓰기를 위한 목적으로 설계된 해당 학습모형을 적용한 시기는 2013년도 2학기로, '인문사회과학전공' 분반 19명, '공공안전학전공' 분반 20명, '리더십과조직과학전공' 분반 12명 총 56명을 대상으로 진행[1]하였다. 각 전공별 인원 수 및 남녀 분포도는 〈표 1〉과 같으며, 학년별 분포도는 〈표 2〉와 같다.

〈표 1〉 전공별 분포도

전공명	인문·사회과학	공공안전학	리더십과조직과학	기타[2]	계
명 수(남/여)	19(14/5)	20(7/13)	12(4/8)	5(4/1)	56(29/27)

〈표 2〉 학년별 분포도

학년[3]	1	2	3	4	계
명 수(남/여)	52(26/26)	3(2/1)	1(1/0)	0	56(29/27)

이 글에서는 2013년도 2학기에 자유전공학부 1학년생을 대상으로

---

1) 설강 당시 각 전공별 분반으로 지정되었으나, 각 학생별 시간표에 맞추어 일부 학생들이 분반을 옮겨 수강하였다. 또한 커리큘럼이 각 분반별로 동일하게 진행되었으므로 이 글에서는 전공별 분석으로 나누어 진행하고자 한다.

2) 기타 전공의 경우 토목공학과 1명, 독어독문학과 1명, 해양환경과학과 1명, 과학기술 전공 2명으로, 복수전공 및 전과 목적으로 해당 전공에 대한 학술적 글쓰기 강의를 원하여 수업에 참여하였다.

3) 2, 3학년은 기타 전공에 해당하는 학생이다.

개설한 〈학술적 글쓰기 2〉의 수업 사례 분석을 통하여, 대학생들의 학술적 글쓰기 수업을 효율적으로 진행하기 위한 방법론에 대하여 구체적으로 논의하고자 한다. 이에 학술적 글쓰기를 위한 목적으로 설계된 단계별 학습을 위한 수업모형은 〈표3〉과 같다.

〈표3〉 〈학술적 글쓰기 2〉 수업모형

학습단계	강의	주차	진행형태
강의소개	강의목표 및 강의안 소개	1	이론
논문 작성법 (전반부)	1단계: 논문 개념의 정립	2	이론
	2단계: 주제의 탐색	3	이론+실습 +피드백
	3단계: 주제의 설정	4	
	4단계: 자료의 수집과 정리(1)	5	
	4단계: 자료의 수집과 정리(2)	6	
	5단계: 개요의 작성	7	
중간평가	중간고사4)	8	중간고사+피드백
논문 작성법 (후반부)	6단계: 서론쓰기–첨삭과 피드백(1)	9	실습 +피드백
	6단계: 서론쓰기–첨삭과 피드백(2)	10	
	6단계: 서론쓰기–첨삭과 피드백(3)	11	
	7단계: 효과적 프레젠테이션 작성법	12	이론
	7단계: 프레젠테이션 발표 및 강평(1)	13	발표
	7단계: 프레젠테이션 발표 및 강평(2)	14	
기말평가	최종논문 제출5)	15	과제제출

1주차 강의소개 이후, 2주차부터 중간평가 전인 7주차까지의 6주간은 이론 중심으로 강의를 진행하되, 실습과 피드백을 통하여 논문

작성법에 대한 훈련을 거쳤으며, 8주차 중간고사는 이러한 과정에 대한 점검과 평가 차원으로 진행되었다. 9주차부터 11주차까지의 3주간은 논문의 골격이자 핵심인 "개요의 작성" 및 "서론 쓰기"에 대한 실습과 개별 피드백 중심으로 진행되었으며, 12주차부터 14주차까지의 3주간은 개별적으로 작성한 논문에 대한 중간 점검 및 발표 훈련을 위한 효과적 프레젠테이션 작성법 강의 및 발표, 강평을 진행하였다. 이후 수정 및 보완 시간을 부여하여 완성된 논문에 대한 기말평가를 진행하였다.

학술적 글쓰기는 논문을 작성하는 방법을 배우는 데 있으므로, 주제를 탐색하고 이를 명료화하는 단계별 학습법이 필요하다 할 수 있다. 이에 따라 단계별 논문작성법을 수업모형으로 만들어 수업을 진행하였으며 소정의 성과를 거둠에 따라, 이를 분석하여 그 성과 및 보완 방안을 밝히고자 한다. 즉 단계별 학습과 피드백 중심의 수업이 학생들에게 어떠한 방식으로 수용되었으며, 어떠한 가시적 성과를 도출하였는지를 살피고자 한다. 이러한 분석은 앞으로의 대학생 대상 학술적 글쓰기 수업 설계에 있어 어떠한 점에 중점을 두어야 하는지를 살필 수 있는 하나의 의미 있는 사례가 될 수 있을 것이다.

---

4) 중간고사와 그에 대한 피드백은 논문의 목적 및 기술을 점검하고 인용·각주·참고문헌 작성법을 확인하는 한편 이러한 사항이 주제와 얼마나 밀접하게 연관되어 사용할 수 있는지에 대한 점검 과정의 일환으로 진행하였다.

5) 제출한 최종논문에 대한 평가도구는 ①완성 여부, ②체제성, ③타당성, ④논증과정, ⑤어문규정 준수 등이다.

3. 〈학술적 글쓰기 2〉의 단계별 지도방법

대다수의 대학생들이 대학에서 요구하는 과목별 과제를 수행하는 데 있어 어려움을 느끼는 데는, 각 과제를 해결하기 위한 글쓰기의 성격을 이해하고 이를 어떻게 해야 하는가에 대한 부담도 한몫한다. 이는 곧 대학 1학년생들에게 있어 '학술적 글쓰기'에 대한 이해와 실습의 필요성을 보여준다. 즉 학술적 글쓰기는 전공뿐만 아니라 대학생활 전반에 걸쳐 대학생으로서 갖추어야 할 대학 글쓰기의 방법과 실제를 익히는 보조이자 필수 교과목이라 할 수 있다. 이는 역으로 '학술적 글쓰기'가 어떠한 방향으로 나아가야 하는지를 말해준다. 각 과제별로 주어진 과제 또는 주제에 대하여 자료를 수집하고 정리하여, 이를 '자신의 주장이나 생각에 따라 재구성하고 확장'해가는 글쓰기로써의 기본적 과정을 익히기 위한 수업이어야 한다는 것이다.

그러나 최근 대학 글쓰기교육이 기술·실용적 글쓰기, 형식 중심의 글쓰기교육으로 흘러감에 따라, 과정중심의 글쓰기교육에 대한 문제점 즉 "글쓰기교육 자체가 매뉴얼처럼 굳어지면서 생활과의 교직성(敎職性)이 괴리되는 현상"[6]을 야기하고 있다는 비판이 제기되고 있다. 구자황의 지적처럼 대학 글쓰기교육은 "인문학 본연의 비판성"을 핵심요소로 삼아 스스로 사유하고 비판적으로 바라보며, 이를 글쓰기로 표현할 수 있는 능력을 키울 수 있는 방향으로 나아가야 한다. 단순히 글쓰기 과정이 무엇인가를 암기하고 이해하는 과정에서 나아가, 학술적 글쓰기의 기본 과정을 따라가며 스스로 사유하는 방법에 대한

---

6) 구자황, 「대학글쓰기교육의 반성과 전망」, 『반교어문연구』 36권, 반교어문학회, 2014, 163~164쪽 참조.

지도와 훈련이 필요하다.

학술적 글쓰기에서 가장 중요한 점은 스스로 비판적 시각을 체계화하여 한 편의 완성된 학술적 글쓰기를 수행할 수 있는 능력을 길렀는가에 대한 판단일 것이다. 2013년도 2학기에 진행한 〈학술적 글쓰기 2〉 수업은 글쓰기의 기본 과정에 대한 지도 방안의 실례와 성과, 특히 이론의 충실성과 비판적 사유의 결합이 얼마나 중요한지를 보여준다. 이에 〈학술적 글쓰기 2〉에서 수행한 글쓰기 지도 방법과 성과를 단계별로 살펴보고자 한다.

학술적 글쓰기의 지도 방법은 크게 학술적 글쓰기에 대한 이해와 실습으로 나누어 볼 수 있다. 물론 이 두 단계가 분리되는 것은 아니며, 전반부가 이론에 대한 이해와 적용이 중심을 이룬다면, 후반부는 전반부에서 습득한 기초 이론을 토대로 실제 글쓰기를 스스로 수행하고 점검하는 과정이라 할 수 있다.

우선 전반부는 이론의 습득과 이를 적용하여 피드백하는 실습 과정이다. 전반부에서는 1단계 "논문의 개념, 요건, 가치", 2단계 "주제의 탐색", 3단계 "주제의 설정", 4단계 "자료의 수집과 정리", 5단계 "개요의 작성" 등 '주제' 중심으로 논문 작성을 위한 단계별 접근 방법을 수행하였다.

1) 1단계: 논문 개념의 정립

학술적 글쓰기에 있어 이론의 정립은 반드시 필요한 기초과정이라 할 수 있다. 실습은 이론에 기초하여 이루어진다. 이 단계에서 다루어지는 논문의 개념, 요건, 가치는 글쓰기로써 논문의 성격을 구명하고 가치와 관련한 정체성 확인의 의미가 있다. 즉 실제 논문작성법을 위한 기초 이론 습득의 단계로서, 일반적이고 기초적인 이론 중심으로 진행되었다. 학술적 글쓰기를 익히기 위해서는 이론과 실습이 병행되는 수업이 효율적이며 효과적인 바, 1단계에서의 이론은 학술적 글쓰기의 기본적 개념에 대한 이론과 기본 과정 및 토대에 대한 학습자의 이해를 돕는 차원에서 진행되어야 할 것이다.[7)

2) 2단계: 주제의 탐색

2단계 "주제의 탐색"에서는 각 전공별 주제에 대한 접근 방식에 있어 학생들에게 구체적인 길잡이가 제시되어야 논문의 주제 및 방향 설정에 도움이 될 것으로 판단하였다.

사실 논문작성법에 있어, 논문의 씨앗이자 핵심은 바로 이 주제의 탐색과 설정이라 할 수 있다. 논문의 주제는 그와 관련된 출간된 대부분의 기존 '문헌'의 견해를 비판적으로 파악하는 주제부터 새로운 것을 발견하는 독창적인 주제에 이르기까지 그 성격은 연구의 목적에 따라 다양하다. 이러한 주제에는 객관적인 사실에 관련된 것, 비평적이고 논쟁적인 주제, 이론적인 검토 등 모든 것이 포함된다. 이에 따라 각 전공별로 각각 지침이 될 2~3편의 논문을 선정하여, 주제의 탐색을 위한 논문 읽기의 과제로 부여하였다. 이때 논문을 '읽기' 위한 지침 역할로 하나의 서식(다음 장 〈표 4〉 참조)을 제시하여 '목적', '접근방법', '의의'와 '한계' 그리고 한 단락 분량의 '총평'을 작성하여 제출하도록 하였다.

---

7) 단 〈학술적 글쓰기 2〉는 〈학술적 글쓰기 1〉 수업을 선행하였음을 전제하였다. 〈학술적 글쓰기 1〉에서는 대학생으로서 알아야 할 기본적 글쓰기로서의 소양을 습득하였으며, 주로 언어적·인지주의적 방법으로서의 글쓰기 방법론을 익히는 과정을 거쳤다. 선수 과목 없이 상황에 따라 선행 학습을 포함한 수업도 가능하다.

〈표 4〉 논문 읽기 서식

주제의 탐색을 위한 논문 읽기					
전공		학번		성명	
논문명					
목적					
접근 방법					
의의					
한계					
총평 (400자 내외)					

학생들에게 제시한 논문의 경우, 한국연구재단에 등재된 KCI 등재 후보지 이상 학술지에 수록된 2000년대 논문 중, 각 전공에 관련된 주제의 논문을 선택하였으며 이 외에도 공통 주제로 읽을 만한 논문 2편을 함께 제시하였다. 즉 논문 제시와 더불어, 모든 전공에게 타 전공의 논문도 함께 제시함으로써 각 전공의 논문 외 타 전공의 논문 및 다양한 시각의 논문을 접하여 자신의 주제를 설정해 갈 수 있는 하나의 길잡이가 될 수 있도록 하였다.8)

---

8) 2013년도 2학기에 학생들에게 제시한 논문은 총 10편으로, 주제 탐색을 위한 읽기 논문 목록은 다음과 같다.

학생들은 위에 제시된 논문 중 한 편을 읽고 지침에 따라 해당 논문의 '목적'과 '접근방법', 그리고 '의의'와 '한계'를 스스로 분석하는 학습 과정을 거친다. 또한 논문을 읽고 400자 내외의 '총평'을 작성함으로써 스스로 논문에 대하여 평가할 수 있는 기회를 제공하였다. 주제 탐색 이전에 수행하는 2단계 "주제의 설정"의 핵심인 이 '논문 읽기'는 학생들이 논문을 작성하기에 앞서 실제 논문을 접하고 지침에 따라 논문을 분석하는 과정을 거침으로써 논문의 개념과 요건 가치에 대한 이론을 실제 사례를 통해 적용하고 파악하는 중요한 실습 과정이라 할 수 있다. 다음 쪽에 제시한 〈표5〉의 실제 사례는 이 '논문 읽기'가 학술적 글쓰기 초기 과정에 있어 차지하는 중요도를 짐작할 수 있게 한다.

▫ 전공 공통 2편: ①최성실(2013)/②현택수(2004)
▫ 인문사회 2편: ①한동숭(2012)/②정은해(2005)
▫ 공공안전학 3편: ①이경재(2002)/②김재윤(2012)
▫ 리더십과조직과학 3편: ①전병술(2010)/②김항규(2012)/③강혜선(2012)

〈표 5〉 "주제의 탐색을 위한 논문 읽기"의 실제 사례

[사례1]

주제의 탐색을 위한 논문 읽기

전공	리더십과조직과학	학번	000000000	성명	○○○(남)
논문명	리더십에서의 리더의 신뢰 구축 방안에 관한 연구				
목적	본 연구는"리더십의 연구에서나 상담학의 연구에서 공통적으로 리더와 구성원 혹은 상담자와 내담자라는 관계성 개념에 기초하고 있다는 점과 신뢰를 강조하고 있다는 점에 착안하여, 상담학에서 신뢰를 구축하기 위한 요건으로 제시되고 있는 요건-무조건적 수용적 존중, 일관적 진실성, 상담자의 전문적 능력 및 공감적 이해 -가운데 특별히 가장 중요하다고 생각되는 공감 능력을 향상시키기 위한 구체적 방안에 대한 탐색을 통해 리더십에서의 리더의 신뢰를 구축하기 위한 방안을 모색 해보고자 하는 데" 그 목적이 있다.				
접근 방법	리더십에 관한 기존의 접근방법(리더 중심적 관점, 부하 중심적 관점, 상황 중심적 관점)을 개관하고 본 연구에서는 신뢰에 기초한 리더십 접근 방법, 리더십과 관련된 많은 변수 가운데 리더와 구성원 간의 관계에 초점을 맞추고자 했다. 리더십과 상담에 대한 다양한 개념 정의를 종합하고 그 특징을 정리했다. 그리고 나서 리더십과 상담의 논리나 신뢰 구축 요건의 관계를 살폈다. 또한 공감 및 공감과 구별되는 개념을 정리하여, 공감에 기초한 신뢰를 구축하기 위한 구체적인 방안을 제시했다.				
의의	경영학 분야에서 '격려 리더십, 마음으로 리드하는 리더십', '섬기는 리더십' '감성의 리더십' 등 과거와는 다른 새로운 리더십 유형에 대한 연구가 활발히 행해지고 있다. 또한 행정학에서도 새로운 패러다임으로 '참여'와 '신뢰'를 중시하는 '거버넌스 행정'이 '사회자본'으로서 연구되고 있다. 이는 모두 리더와 구성원들 간에 신뢰에 기초한 리더십의 중요성을 강조하고 있다. 리더십 연구와 상담학 연구가 공통적으로 갖는 관계성에 착안하여 리더십을 상담심리학적 견지에서 조명하였다는 데 그 의의가 있다.				
한계	본고에서 열거된 리더가 신뢰의 리더십을 발휘하기 위한 요건을 모두 구비하였다고 하더라도, 리더의 마음 안에 구성원을 사랑하는 마음이 전제되어 있지 않다면 진정한 신뢰의 리더십이 될 수 없다. 그리고 본 연구에서는 리더십에 관한 여러 변수 가운데 '공감'이라는 특정 변수에 주목하여 연구하였기 때문에, 다른 변수들이나 관점을 포괄하지 못 할 수 있다는 단점을 내포한다. 또한 리더십 연구와 상담학 연구에서의 공통된 성격에 기초했기 때문에 상호 간 구별되는 성격에 대한 부분은 가려졌다.				

총평 (400자 내외)	마침 현재 리더십에 대한 고민과 성찰을 위해 읽고 있던 책이 본고의 참고문헌 가운데 하니인 '존 맥스웰 리더십 불변의 법칙' 이었다. 평소 리더십에 대해서, 리더 개인의 속성이나 행태보다도 리더와 조직 그리고 그 구성원 간의 관계와 영향에 더 관심을 가져왔다. 주로 경영 분야에서 다루어지는 리더십을 상담심리학 견지에서 탐구한 바는 내게 잘 와 닿았다. 더구나 소속된 학과전공에서 신뢰의 역할을 부여받고도 최근 더 중요한 역할을 요구받는 상황이라 더욱 그러하였다. 또한 각주에서 설명한 이론들은 몸담고 있는 조직을 떠오르게 하기도 했다. 반면에 학술적인 글쓰기의 결과물을 읽는다는 느낌보다는 일반 서적의 일부분을 읽는 것 같은 느낌이 들었다.

[사례2]

주제의 탐색을 위한 논문 읽기

전공	공공안전학	학번	000000000	성명	○○○(여)
논문명	범죄발생의 기초요인 분석에 관한 연구				
목적	도시범죄 발생패턴을 범죄유형별로 도시, 지역, 건물공간으로 그래픽과 수치로써 구현해 주는 범죄발생예측프로그램을 개발하기 위한 기초 작업이다. 범죄발생에 밀접하게 관련된 범죄발생 패턴과 범죄유형에 따른 사회적, 경제적 요인들의 구조적인 관계에 대한 연구는 찾아보기 힘들다. 이러한 한계를 극복하기 위하여 도시에서 발생하는 도시범죄를 대상으로 범죄발생과 관련성이 있다고 여겨지는 요인들을 추출하여 이들에 대한 범죄분석을 통하여 도시범죄발생을 미리 예측할 수 있는 범죄유형에 따른 범죄예측 프로그램의 설계지침을 마련하는 것이 목적이다.				
접근 방법	범죄유형에 따른 범죄발생예측프로그램을 설계하기 위한 선행 작업으로써 우선적으로 도시지역의 범죄발생 자료 수집은 범죄피해조사에 대한 공식적인 통계자료를 기초로 하고 범죄발생상황을 조사하기 위하여 피해주민의 의식수준을 설문조사를 통하여 측정한다. 경찰 통계상의 형법 범죄 분류체계에 따라 범죄발생현황에 대한 조사 및 관찰, 불안감 및 생활영역의식에 대한 설문조사를 구분하여 실행한다. 대상 범죄는 살인, 강도, 강간, 방화, 절도의 5개 범죄유형을 대상으로 조사, 분석하였으며 발생한 범죄에 대하여 발생장소 및 건물의 위치를 파악하고 사회적 경제적 요인들에 대한 자료를 수집 분석한다.				
의의	범죄발생예측프로그램 개발을 위한 전 단계로써 지금까지의 기초 작업을 기반으로 하여 후속연구로써 범죄발생과 밀접하게 관련된 다양한 인자들을 도출한다면 도시범죄의 발생구조를 보다 명확히 규명할 수 있을 것이다.				

한계	범죄발생 관련요인을 사회, 경제적 요인들에 한정하여 도시범죄 발생공간의 형태적 특성등과 같은 공간적 요인 등은 고려하지 않았다.
총평 (400자 내외)	논문에 대한 글을 읽고 배운 후 직접 읽어보니, 논문은 무엇에 대하여 쓰는지, 어떻게 쓰는지를 알 수 있었다. 이 논문에서 구체적인 주제를 설정하여 체계적으로 연구하는 모습을 읽을 수 있었다. 각주, 참고문헌에 대하여 어떻게 활용하는지도 알 수 있었다. 이 논문은 범죄발생예측프로그램을 .개발하기 위하여 도시범죄 발생패턴을 사회적, 경제적 요인으로 구분하여 기록했다. 특히 사회적, 경제적 요인도 경찰력, 주민의 연대감으로 나누어 적은 것이 인상 깊었다. 범죄 발생패턴 연구를 사회적, 경제적 요인에 한정한 것이 아쉬웠다. 좋은 논문을 쓰려면 많은 자료를 조사하고, 참고해야 한다는 것을 알게 되었다. 앞으로 쓸 논문 방향에 도움을 준 것 같다.

이러한 비판적 논문 읽기를 겸한 주제의 탐색과 설정은 긍정적 효과를 도출하였다. "논문에 대한 글을 읽고 배운 후 직접 읽어보니, 논문은 무엇에 대하여 쓰는지, 어떻게 쓰는지를 알 수 있었다. 이 논문에서 구체적인 주제를 설정하여 체계적으로 연구하는 모습을 읽을 수 있었다. 각주, 참고문헌에 대하여 어떻게 활용하는지도 알 수 있었다. …(중략)… 좋은 논문을 쓰려면 많은 자료를 조사하고 참고해야 한다는 것을 알게 되었다. 앞으로 쓸 논문 방향에 도움을 준 것 같다."(1학년, 여학생)나 "논문 위의 문장 하나하나들이 얼마나 정확한 내용을 다루고 있고, 신뢰성 있는 내용인지 알 수 있었다. 참고문헌들을 보면서 특히 그것들을 느꼈다. 또한 표절에 관한 엄격성이라든지, 다른 사람의 연구를 존중해주어야 한다는 점 등을 배울 수 있었다."(1학년, 남학생)는 학생의 의견은 이러한 "논문 읽기"의 중요성을 보여준다.

특히 이 단계에서는 "조사를 하기 위해서는 간학문적 방법(즉, 사회, 경제적 요인들만 조사하는 것이 아닌 지리적 방법, 현대정치학,

또한 그곳의 지리적 요소 등)으로 접근하여 여러 가지 변수들을 생각하고 연구했으면 더 좋았을 것이라고 생각한다."(1학년, 남학생)와 같이 논문을 비판적으로 읽어내는 과정도 함께 수행된다. 이는 곧 '논문 읽기' 단계가 해당 논문의 주제에 대한 무비판적 수용이 아닌, 스스로 그 논문의 의의와 한계를 짚어냄으로써 앞으로 스스로 논문을 작성함에 있어 참고하거나 배제해야 할 부분이 무엇인가를 파악하는 중요한 과정임을 인식시켜 준다 할 수 있겠다.

3) 3단계: 주제의 설정

앞서 비판적 읽기에 대한 방법론을 진행하였다면, 3단계 주제의 설정은 학술적 글쓰기에 있어 '비판적 사유'를 어떻게 하나의 주제로 도출할 수 있는가에 대한 보다 심화된 교육이라 할 수 있다. 교수자는 앞서 진행한 '논문 읽기'를 토대로 하여 연구 주제를 설정함에 있어 학생들에게 다음의 사항을 고려해 볼 것을 요청하였다.

첫째, 연구 주제가 현재적인 것일수록 더 유용하다는 점이다. 이미 검증이 끝났거나 완료된 문제들을 다루기보다 현재의 관점에서 다시 검토할 가치가 있거나 새로운 관점을 가진 것, 그리고 기존 연구에서 간과된 부분을 연구하는 것이 더 나은 연구 성과로 이어질 가능성이 크다는 점을 학생들에게 미리 알려두는 과정은 중요하다.

둘째, 연구 주제가 막연하거나 모호하지 않도록 구체적인 대상과 범주를 한정해야 한다는 점이다. 예를 들어 '역사인식의 태도'라는 주제는 그 범주가 막연하고 넓어 연구자가 하나의 결론으로 수렴하는 데 물리적(논문 기한, 논문 분량 등), 심적으로 어려움이 따른다. 이런 경우에는 일연의 『삼국유사』를 통한 역사 인식의 태도라든지, 19세기 실학자 정약용과 박지원의 역사관 비교, 홍명희의 『임꺽정』

에 나타난 민중역사관, E.H. 카의 역사 서술의 태도와 의미로 대상과 인물을 중심으로 좁혀 진행하는 것이 논문을 더 수월하게 써 나갈 수 있다.

셋째, 연구자는 선정된 연구 주제가 타당한지 계속해서 주의를 기울여야 한다. 수집된 자료들을 토대로 자신이 직접 연구 주제를 재검토하는 것이 필요하다. 이것은 다른 의미에서 논문을 읽는 사람이, 자기가 의도하는 바를 이해하도록 해주고, 또한 필요하다면 그 동일한 자료들로 거슬러 올라가서 그 주제를 나름대로 다시 파악할 수 있도록 하는 작업인 것이다.

<표 6> **주제 설정의 절차 서식**

주제 설정의 절차 _____ 전공 __학년 성명 _____	
가주제 설정	
구체적 주제들 (질문들)	
참주제 설정	
주제문 작성	

위 세 가지 사항에 근거하여 학생들은 주제 설정의 절차를 밟을 수 있도록 논문 쓰기의 구체적 과정을 수행하였다. 〈표 6〉의 형식에

따라 가주제를 설정하고, 구체적 주제들(질문들)을 작성하였으며, 이에 따라 참주제를 설정한 후, 주제문을 작성하는 과정이 그러하다. 이 과정과 함께 단계별로 이루어져야 할 단계가 3단계 "주제의 설정"과 4단계 "자료의 수집과 정리"로, 설정된 주제에 대한 설정과 자료의 수집 절차는 논문 쓰기에 있어 기본 골격이자 핵심을 만들어내는 주요한 과정인 바, 이에 대한 피드백 과정은 매우 중요하다 할 수 있다.

학생들은 아래 〈표7〉과 같이 1명당 총 2개의 주제를 작성하는 과정을 수행하였으며, 이에 대하여 교수자는 주제 설정의 절차에 따라 작성한 내용에 대한 피드백을 진행함으로써 최종적으로 1개의 주제를 선택할 수 있도록 하였다. 특히 해당 주제에 대하여 앞서 제시한 세 가지 사항을 충실히 따르고 있는지를 확인하여 논문을 작성함에 있어 중요한 요건이 무엇인지에 대하여 인식할 수 있도록 하는 과정은 피드백 전체에 있어 가장 핵심적 요인으로 작용한다 할 수 있다.

〈표7〉 "주제 설정의 절차"의 실제 사례

[사례1]	주제 설정의 절차 인문 · 사회과학 전공 1학년 ○○○(여)
가주제 설정	중등교육
구체적 주제들 (질문들)	▶ 중등교육의 정의와 범주는 무엇인가? ▶ 우리나라 중등교육의 장점과 특징에는 어떤 것들이 있는가? ▶ 오늘날 중등교육의 문제점은 어떤 것이 있는가? ▶ 이러한 문제점이 생겨나게 된 원인은 무엇인가? ▶ 우리나라의 중등교육과 외국의 중등교육에는 어떠한 차이가 있는가? ▶ 우리나라의 중등교육이 나아가야 할 방향은 무엇인가?

참주제 설징	우리나라 중등교육의 문제점과 개선방향
주제문 작성	대입으로 인해 교육의 진정한 목적을 잃은 채 표류하고 있는 우리나라의 중등교육은 온고지신의 자세로 핀란드와 독일교육의 일부 방식을 도입하여 우리 중등교육에 새로운 방향을 제시해주어야 할 필요가 있다.

[사례2]

주제 설정의 절차

인문 · 사회과학 전공 1학년 ○○○(남)

가주제 설정	인문학
구체적 주제들 (질문들)	· 인문학이란 무엇인가? · 인문학이 위기를 맞은 이유는 무엇인가? · 인문학 실용적인 학문으로 거듭나려면 어떠한 문제를 해결해야 하는가? · 인문학을 통해 실생활에 도움을 줄 수 있는가? · 인문학이 경제적인 도움을 줄 수 있는가? · 창의력과 인문학은 어떤 관계가 있는가? · 창의력의 경제적 파급효과는 어느 정도인가?
참주제 설정	인문학의 위기와 실용성의 제고
주제문 작성	인문학이 전문화에 따른 현실과의 유리, 경제적 파급효과의 미비로 인해 외면 받고 있으므로 인문학적 사유가 타 학과와 연계되었을 때 창의성을 발휘할 수 있다는 점에 착안하여 학제 간 연구의 증대, 인문학과 타 학과들과의 연계를 통한 통합적 교육을 통해 인문학의 실용성을 증대시킬 수 있다.

4) 4단계: 자료의 수집과 절차

4단계 "자료의 수집과 절차"는 설정한 주제에 대한 탐색의 과정을 결실로 만드는 중요한 역할을 수행한다. 이 단계에서의 핵심은 학생들에게 어떻게 탐색한 주제에 대한 자료를 수집하느냐에 대한 구체적 방법론을 습득하는 것으로서, 특히 학생들에게 '표절'과 '연구윤리'에 대한 올바른 인식을 심어주는 중요한 역할을 수행한다. 즉 논문을 작성함에 있어 어디까지가 '표절'의 범주에 드는지에 대한 이론 수업은 학생들이 예비 연구자로서 올바른 연구윤리를 이해하고 창의적 주제의 접근과 새로운 연구 소재의 개발을 일굴 수 있는 토대를 마련하는 중요한 과정이다.9)

자료의 수집과 절차 단계에서는 도서관 이용을 권장하고, 동시에 인터넷을 통한 논문 검색 등의 이용방법을 숙지하도록 한다. 스스로 자료를 찾아가는 과정에서 학습자는 자신의 주장에 대한 기존의 이론을 정립하고 근거를 마련하게 된다. 이에 대한 피드백은 ①수집한 자료를 통해 자신의 주제가 독창적인가를 판가름하는가에 대한 자기 피드백과 ②수집한 자료가 설득력 있는 자료인가, 자신의 주제를 보충해 줄 수 있는가에 대한 교수자 피드백으로 나누어 진행된다. 이 단계가 총 2주에 걸쳐 진행된 데에는 학생들의 시행착오와 그에 대한 수정 과정이 진행되었으며, 충분한 자료 수집과 그에 대한 검토 없이는 글을 쓰기 위한 준비단계를 마무리지을 수 없기 때문이다.

주제 탐색 과정과 자료의 수집과 정리, 그리고 그와 함께 진행된 피드백은 획일화, 단일화된 형식적 글쓰기교육에서 벗어나 스스로 창의적 소재를 발굴하고, 새로운 융복합적 연구 소재를 개발하는 능력을 계발할 수 있도록 지도하는 주요한 역할을 수행한다. 또한 실습

---

9) 사실 일부 글쓰기교육 및 관련 교재에서는 이 부분을 간과하는 경우가 있다. 그러나 독창적 아이디어의 도출과 비판적 사유를 글쓰기를 통해 구체화하기 전, 표절과 연구윤리에 대한 이해는 반드시 선행되어야 할 것이다. 작문에서의 표절이나 연구윤리에 대한 막연한 인식을 바탕으로 한 글쓰기는 표절에 대한 이해 부족으로 야기될 수 있는 표절 위험성을 내포할 수밖에 없다.

과정에서 나타나는 오류를 바로잡아 주고 주제 설정을 통해 학생 자신이 선택한 가치 있는 주제를 설정함으로써 논문을 작성할 수 있는 토대를 마련해 줄 수 있다.

5) 5단계: 개요의 작성

5단계 "개요의 작성"에서는 1~4단계를 거쳐 준비된 주제와 자료를 토대로 본격적인 논문 작성을 위한 글쓰기의 골격을 짜게 되며, 학생들은 스스로 작성한 개요에 대한 자가 및 교수자 피드백 과정을 거쳐 완성된 개요를 토대로 논문 작성을 위한 글쓰기를 진행하게 된다.

개요(out-line)는 한 편의 논문을 작성하기 위한 글의 골격이자 설계도라 할 수 있다. 학생들은 5단계 "개요의 작성"에서 스스로 설정한 주제에 대한 자신의 생각을, 자료의 수집과 정리 단계를 거쳐 앞으로 쓸 논문을 위한 글쓰기의 개요로 명료하게 드러내는 과정을 거치게 된다. 이때 교수자는 학생들이 논리적·비판적 사고를 통하여 연구 주제에 접근할 수 있도록 〈표 8〉과 같이 피드백하되 '주체적으로' 문제에 대한 해결방법을 찾을 수 있도록, 즉 접근방식을 통해 문제를 해결할 수 있도록 한다.

〈표 8〉 개요의 작성과 피드백 후 논문 목차의 비교

개요의 작성	논문 목차
○○○○○○○○○ ○○○○전공 ○○○(남학생)	○○○○○○○○○ ○○○○전공 ○○○(남학생)

제목　소셜 벤처의 리더십 및 조직 특성 　　　　과 양상 분석	**제목**　소셜 벤처의 리더십 및 조직 특성 　　　　과 양상 분석

개 요	개 요

<table>
<tr>
<td valign="top" width="50%">

I. 서론

II. 이론적 배경
1. 소셜 벤처의 개념
1) (고용노동부 인증)
　 사회적 기업과의 비교
2) 벤처 기업과의 비교
3) 자선단체와의 비교
2. 소셜 벤처의 유형
3. 리더십의 개념과 유형
1) 리더십의 개념
2) 리더십의 유형
4. 조직의 개념과 유형
1) 조직의 개념
2) 조직의 유형

III. 소셜 벤처의 리더십
1. 도입
2. 리더십 분석 지표
3. 리더십 사례
1) 기업가1
2) 기업가2
3) 기업가3
4) 기업가4
5) 기업가5
4. 리더십 평가
1) 의의
2) 한계

IV. 소셜 벤처의 조직
1. 도입
2. 조직 분석 지표
3. 조직 사례
1) 기업1
2) 기업2
3) 기업3
4) 기업4
5) 기업5
4. 조직 평가
1) 의의
2) 한계

V. 결론

* **참고문헌**
* **부록**

</td>
<td valign="top" width="50%">

I. 서론

II. 이론적 배경
1. 소셜 벤처의 개념
　1) 사회적 기업과의 비교
　2) 벤처 기업과의 비교
　3) 자선단체와의 비교
2. 소셜 벤처의 유형 및 사례

III. 리더십 및 조직 분석의 틀
1. 조직역량 분석의 틀
2. 조직구조 분석의 틀
3. 문화격차 분석의 틀
4. 조직몰입 분석의 틀
5. 직무만족 분석의 틀
6. 직무동기 분석의 틀
7. 직무탈진감 분석의 틀
8. 집권화 및 업무과다 분석의 틀

IV. 소셜 벤처의 리더십 및 조직 분석
1. 분석 개요
2. 조직역량 분석

V. 결론

* **참고문헌**

</td>
</tr>
</table>

논문작성법 5단계 "개요의 작성"은 논문 작성을 위한 글쓰기 바로 직전 단계이자 지침이 되므로 중간평가 이후에 이르기까지 스스로 다듬는 과정을 거치도록 시간을 부여하게 되며, 중간평가 이후 논문 작성을 위한 글쓰기 1단계인 "서론 쓰기"를 진행하면서 개요의 실행 가능성 여부를 가늠하게 된다.10) 따라서 3주에 걸쳐 진행된 "서론 쓰기"에서는 개별 피드백을 통하여 서론을 완성함과 동시에 본론의 접근에 대한 지침을 제시함으로써, 본론을 작성함에 있어 스스로 연구하여 결과를 도출할 수 있는 가능성을 제공한다.

이 단계를 거치면 강의 중반부인 8주차에 이르게 되며, 이때 진행하는 중간평가는 2주~7주까지 진행된 논문작성법에 대한 이론을 얼마나 '이해'하고 있는지에 대한 확인 절차로 수행된다. 중간평가는 단순히 평가 차원이 아닌, 출제된 문제에 대한 피드백 과정을 통하여 이해가 부족했던 부분을 보완하고 앞으로의 논문 작성에 있어 이론을 확인하는 과정으로써의 역할을 수행하는 단계라 할 수 있겠다.

---

10) 〈학술적 글쓰기 1〉에서 도입단락과 종결단락 쓰기에 대하여 학습이 이루어지는 만큼, 〈학술적 글쓰기 2〉에서는 서론쓰기와 본론쓰기에 초점을 맞춘 기초 이론 수업만을 진행한다. 즉 이 글의 대상 수업인 〈학술적 글쓰기 2〉는 도입단락이나 종결단락의 다양한 유형에 대한 학습이 선행되었음을 밝히며, 따라서 이에 대한 학습이 선행되지 않았을 경우 다양한 방식의 도입단락 쓰기와 종결단락 쓰기가 가능함을 알리는 학습이 함께 이루어져야 할 것이다.

4. 〈학술적 글쓰기 2〉의 단계별 조직화 및 PPT 발표

1~5단계가 글쓰기의 기본적 토대를 다지는 단계였다면, 6단계 "서론 쓰기"와 7단계 "프레젠테이션 작성과 발표"는 자신이 탐색하고 설정한 주제를 조직화하고 명료화하는 단계라 할 수 있다. 특히 6단계 서론쓰기는 실제 논문쓰기로 들어가는 초입부이자, 스스로 글쓰기에 본격적으로 접근하는 첫 단계라는 점에서 보다 세심한 피드백이 필요하다. 교수자는 글쓰기의 두려움을 없애고, 본격적으로 글을 개요의 틀에 맞추어 조직화하여 다듬어가는 과정에 스스로 임할 수 있도록 피드백을 해주어야 한다. 사실 서론과 본론, 결론에 대한 이론은 중고등교육을 통해 충실히 습득된 지식이므로, 이를 전문화된 글쓰기로서 수행하는 기본적 토대만을 설명하며, 실제 글쓰기에 주력하도록 독려한다. 특히 교수자는 글쓰기 기본 방법은 동일하나, 실제 글쓰기 결과는 다름을 인식하고 자신만의 글쓰기 방법을 습득할 수 있도록 피드백해야 한다.

이러한 글쓰기 이후 진행되는 7단계 PPT 작성 및 발표는 스스로 작성한 논문에 대한 진단 및 평가로써 매우 중요한 과정이라 할 수 있다. 글쓰기 방법을 내면화하며 1:1 피드백을 통해 가다듬는 과정을 거쳐 왔다면, 7단계 PPT 작성 및 발표는 본인의 주제를 얼마나 효율적으로 조직화하여 전달할 수 있는가에 대한 학습능력을 배양할 수 있는 과정에 해당한다.

1) 6단계: 서론 쓰기─첨삭과 피드백

"서론 쓰기" 단계에 있어 논문 작성을 위한 글쓰기의 서두를 어떻게 제시할 것인가를 고민하면서, 학생들은 독자가 아닌 서술자로서의 역할을 수행하고 있다는 사실을 자각한다. 즉 학생들은 어떻게 하면 독자에게 자신이 설정한 주제가 흥미롭게 다가갈 수 있는지, 또 어떻게 하면 주제를 명확히 전달할 수 있는지를 고민하게 된다. 이때 교수자는 학생들이 서론 쓰기를 함에 있어 지나치게 흥미 위주로 가거나 스스로가 설정한 주제에서 벗어난 글쓰기가 되지 않도록 지도한다. 특히 서론이 글에 있어 도입부, 즉 본문 작성을 위한 전 단계에 해당함을 상기하도록 한다. 이처럼 "서론 쓰기" "개요의 작성"에서 작성한 개요를 토대로 실제 논문 작성을 위한 글쓰기에 들어가는 첫 단계이니만큼 개요의 실현 가능성 여부를 스스로 판단하는 계기가 되기도 한다. 그러한 점에서 서론에 대한 교수자의 피드백은 매우 중요하다. "서론 쓰기" 단계를 거치게 되면 자신의 논지를 본격적으로 펼치게 되는 "본문 쓰기와 결론 쓰기"가 이루어지게 되는데, 이때 교수자는 학생들에게 끊임없이 자신이 작성한 글에 대한 반복적 읽기를 수행하여 작성한 개요에 맞게 올바르게 진행되고 있는지를 가늠하도록 한다.

"서론 쓰기" 단계를 지나게 되면 학생들의 관심 분야와 접근 방식이 구체적으로 드러나게 된다. 〈학술적 글쓰기 2〉에서는 스스로 주제를 탐색하고 문제를 의식하는 과정에 있어 학생들의 관심 분야는 다음 장의 〈표 9〉에서 확인할 수 있는 바와 같이 주로 인문학(8.9%)과 사회과학(84%), 공학(8.9%) 분야에 집중되었다. 그중에서도 가장 비율이 높은 분야는 사회과학 분야로, 사회학(30.4%)과 교육학(16.1%), 그리고 정책학(14.3%)과 법학(8.9%) 분야에 대한 논문 비율이 상당히 높게 나타나고 있는데, 이는 현 대학생의 사회현상에 대한 관심도를 짐작하게 해주는 지표이자, '자유전공학부'라는 학부의 특성상 전공과의 연계성에 있어 밀접한 관련이 있는 분야에 대한 관심도로 볼 수 있다.

특히 각 분야별 주제에 대한 학생들의 접근방식을 보면, 다음 장의 〈표 10〉과 같이 논증분석형(39%)과 문제해결형(36%)에 집중되고 있음을 확인할 수 있는데, 이와 같이 논증분석하고 문제를 해결하고자 하는 접근 방식이 높게 나타나는 데는 관심 있는 연구주제에 관해 논증하고 분석하거나, 어떠한 문제를 인식하고 해결하고자 하는 의도에서 비롯된 것으로 보인다.11) 즉 인문학, 사회과학, 공학 등 다양한 분야에서 스스로 주제를 탐색하여 이를 논증하고 분석할 수 있는 가능성이 엿보이는 대목이다.

〈표 9〉 분야12)별 명수 및 비율

대분류	인문학 (8.9%)		사회과학 (80.4%)							공학 (8.9%)	예술체육 (1.8%)	계
중분류	언어학	철학	사회학	교육학	정책학	법학	경영학	심리과학	정치외교학	전자/정보통신공학	영화	
명	2	3	17	9	8	5	3	2	1	5	1	56
비율	3.6	5.3	30.4	16.1	14.3	8.9	5.3	3.6	1.8	8.9	1.8	100

11) 각 분야별 접근방식의 비율을 살피면 다음과 같다.

대분류	인문학	사회과학	공학	예술체육	계	비율
논증분석형	3	16	2	1	22	39
문제해결형	1	16	3		20	36
통계분석형		7			7	13
비교연구형		3			3	5
영향분석형		3			3	5
실험분석형	1				1	2
총계	5	45	5	1	56	100

12) 각 분야명은 한국연구재단 학술연구분야분류표(2013.2)에 의거하여 분류하였음을 밝힌다.

<표 10> 접근방식별 명수 및 비율

유형	논증분석	문제해결	통계분석	비교연구	영향분석	실험분석	계
명	22	20	7	3	3	1	56
비율	39	36	13	5	5	2	100

"서론 쓰기" 진행 이후, 진행되는 "본문 쓰기"는 학생 스스로 논문 작성을 위한 글쓰기를 본격적으로 들어가는 단계이니만큼 독립적 주체적 글쓰기를 수행할 수 있도록 지도한다. 이미 "개요의 작성"과 "서론 쓰기"에서 접근 방식이나 문제에 대한 인식을 확고히 한 만큼, "본론 쓰기"와 "결론 쓰기"는 학생이 스스로 작성할 수 있도록 한다. 본문을 작성하기 위한 시간은 약 2~3주 정도 부여되며, 본론 및 결론 쓰기가 진행되는 동안 교수자는 "프레젠테이션 작성"을 위한 강의를 진행한다.

2) 7단계: 프레젠테이션 발표 및 퇴고

프레젠테이션 발표는 21세기 인재가 갖추어야 할 필요 요건 중 하나라고 해도 과언이 아니다. 오늘날 지식기반의 정보사회로 거듭나면서 자신의 주제를 명확하게 가시적으로 전달할 수 있는 수단이자 타인과의 효율적 의사소통의 도구이자 독창적 아이디어를 통한 자기표현의 수단이라는 점에서, 프레젠테이션의 작성과 발표에 대한 학습은 매우 중요하다. 〈학술적 글쓰기 2〉 단계별 학습 마지막 단계인 "프레젠테이션의 작성과 발표"는 바로 이러한 중요성 아래, 글쓰기 '피드백'으로서의 역할을 동시에 수행한다. 이러한 "프레젠테이션의 작성과 발표"는 논문 작성을 위한 글쓰기를 통해 도출된 결과물을 발표하거나, 다른 학생이 발표한 내용을 듣고 질의와 토론을 진행하는 방식으로 이루어진다.

프레젠테이션 작성에 있어 핵심은 제한된 시간 동안 자신의 주제를 얼마나 효과적으로 잘 전달할 수 있는가이다. 이를 수행하기 위해서는 자신의 논문의 주제, 목적, 주요 논제 등을 정리·요약하여 전달하기 쉽도록 조직하는 단계를 거쳐야 한다. 따라서 교수자는 "프레젠테이션"의 개념과 목적에 대하여 설명하고, 작성 방법에 대하여 지도함에 있어 '무엇'을 핵심으로 두고 '시각화' 또는 '청각화'할 것인가에 대한 기초 이론 학습을 진행한다. 또한 교수자는 학생이 작성한 논문에 대한 프레젠테이션을 제한된 시간 동안 발표한 후, 모든 학생이 주체가 되어 질의, 토론을 진행할 수 있도록 사회자 혹은 조언자의 역할을 수행한다.

〈학술적 글쓰기 2〉에서는 이론 수업 이후 2주에 걸쳐 1인 10분 발표 후 5분 질의·토론하는 제한된 시간13) 동안 프레젠테이션 개별 발표를 진행하였으며, 논문 작성을 위한 글쓰기 과정, 특히 본론 쓰기에 대한 중간발표로 진행된 프레젠테이션 발표와 질의 및 토론 수업은 학생들의 높은 호응을 이끌어냈다. "대학에 입학을 해서 항상 뒤에 숨어서 사람들이 하는 대로 하는 수동적인 삶과 수동적인 공부를 해 왔던 저입니다. PPT 발표와 논문 쓰기는 처음으로 행동의 주체가 된 것이라 신선한 충격이었습니다."(3학년, 남학생)는 학생의 의견은 이를 뒷받침해 준다.

논문 작성을 위한 글쓰기에 있어 프레젠테이션 작성과 발표, 질의와 토론은 주도적 학습의 핵심이라고 해도 과언이 아니다. "논문작성법 기초 이론" 등 논문 작성을 위한 단계별 글쓰기 학습이 스스로 한 편의 논문을 작성하는 훈련이라면, "프레젠테이션 작성과 발표"는 자신의 주제를 점검하고, 이를 타인에게 발표함으로써 주체적으로 자신의

---

13) 〈학술적 글쓰기 2〉는 75분간 4명의 학생이 각각 15분씩 프레젠테이션을 발표, 토론하였으며, 나머지 15분은 총평으로 진행하였다.

의견을 표명할 수 있는 훈련임과 동시에, 질의와 응답, 토론을 통하여 수업에 주도적으로 참여하면서 논문을 수정·완성해 가는 주도적 학습이라 할 수 있다. 이러한 단계별 학습을 통하여 학생들은 1학기 동안 한 편의 완성된 논문이라는 의미 있는 결과물을 얻게 된다.

〈학술적 글쓰기 2〉에서의 논문 작성을 위한 단계별 글쓰기 학습은 비단 '논문'을 도출해야 하는 전공자만이 필요한 수업은 아니다. 실제 수업을 진행한 후 "소논문을 쓰면서 저의 주제(융합 교육의 필요성)에 대한 관심과 지식이 늘면서 학과에 대한 관심이 커졌고, 소논문을 쓰면서 앞으로 논문을 쓰는 데에 큰 도움이 될 것 같습니다."(1학년, 남학생)는 학생의 소감이나, "자기의 의견이나 생각을 이론으로 만들 때, 그것을 타인에게 어떻게 논리적으로 공식적으로 증명하는지를 몰랐습니다. 그러나 '논문'이라는 것을 알고, 앞으로 어떻게 나의 주장을 공식적으로 표명할지 알게 되었습니다."(1학년, 남학생)는 학생의 소감은 이를 뒷받침해 준다.

이와 같이 〈학술적 글쓰기 2〉에서 진행한, 주체적으로 주제를 탐색하고 설정하여 문제를 의식하여 이를 해결하고자 하는 단계별 논문작성법은, 하나의 주제를 설정하여 이를 해결하고자 하는 주체적 학습태도나 그 결과물을 도출함으로써 학생들이 학문의 객체가 아닌 주체로서 충분히 활동할 수 있는 가능성을 보여주는 사례라 할 수 있겠다.

5. 단계별 수업모형의 시사점 및 의의

〈학술적 글쓰기 2〉의 목표는 단계별 논문작성을 통하여 한 편의 논문을 완성함으로써 논문의 개념과 요건, 가치를 이해하고, 자신의 생각과 의도를 논리적으로 표현할 수 있는 방법을 익히는 데 있다. 이에 따라 교수자는 각 단계별로 진행된 피드백 과정을 통하여 각 학생들이 관심 분야에 대한 자신의 생각을 올바르게 표현할 수 있도록 지도하였다. 특히 자신의 생각을 스스로 정리하고 논리적으로 드러낼 수 있도록 지도하기 위하여, 접근방식의 옳고 그름과 논리성을 갖추었는지 여부를 교수자와 학습자가 함께 의견을 나누는 방식으로 진행하였다. 특히 자신이 작성한 논문에 대하여 다른 학생들 앞에서 프레젠테이션을 작성, 발표하고 질의·토론하는 '주도적 학습'에 대한 높은 호응은 대학 내에서의 주도적 학습의 중요성을 짚어주는 부분이라 할 수 있겠다.

학술적 글쓰기를 비롯한 모든 글쓰기 수업은 궁극적으로 스스로 주제를 설정하여 한 편의 완성된 글을 작성하는 데 있다. 그중에서도 학술적 글쓰기의 경우 '연구주제'를 스스로 탐색하고 자료를 수집하여 자신의 생각과 의도를 논리적으로 표현한다는 점에서 글쓰기에 대한 접근을 체계화할 필요가 있다. 이러한 점에서 1학년생을 대상으로 한 〈학술적 글쓰기 2〉 수업모형은 '논문'에 대한 어려움을 단계별 접근 방식 수업을 통해 완화시키고, 스스로 그 단계를 따라가며 학습할 수 있는 기회를 제공할 수 있다. 실제 수업을 진행해 본 결과 1학년생들은 20,000자 내외의 최종 논문을 완성하였으며, 해당 논문 작성 중 프레젠테이션 발표와 토론을 통해 수업에 주도적으로 참여함으로써 수업의 주체로 활동하였다.

이와 같이 스스로 연구주제를 도출하여 논리적으로 자신의 의견을 증명할 수 있도록 하였던 〈학술적 글쓰기 2〉의 단계별 글쓰기 학습법은 대학 1학년생의 잠재적 가능성을 엿볼 수 있는 중요한 기회이기도 하였다. 단계별로 논문을 작성하고 피드백을 통해 논문의 작성을 다듬는 한편 논문 중간 작업을 프레젠테이션으로 발표하여 함께 토론할 수 있었던 〈학술적 글쓰기 2〉의 학습 방식은 학생이 행동의 주체가

되어 스스로 연구하고 실질적 결과물을 가시적으로 도출한다는 점에서 학생들의 높은 호응을 이끌어냈다. "논문을 쓴나는 것에 처음에는 겁을 먹었지만 단계별로 차근차근히 논문에 대해서 배워가고 직접 개요, 서론, 본론을 쓰다 보니 논문도 쓸 만하다는 것을 느꼈습니다."(1학년, 남학생), "논문이라는 한 학기의 결과물을 스스로 연구하여 만들어낼 수 있다는 것이 굉장히 가치 있는 일이라고 느껴집니다."(1학년, 여학생), "완성본을 향해 주제 선정부터 개요, 서론 등등 진행하는 매 주 수업이 알차고 재미있었습니다."(1학년, 남학생)는 학생들의 의견은 이와 같이 단계별 학습의 성과를 가시적으로 보여준다.

고등교육기관으로서의 대학은 학문적 성취를 이룰 차세대 학자를 키우고 사회를 이끌어갈 인재를 양성하는 데 중요한 역할을 요청받고 있다. 이런 점에서 주제를 탐색, 설정하고 이를 해결하고자 전략을 세우는 이와 같은 주도적 학습의 성과는 더욱 크다. 또한 최근 기업에서 요구하는 인재의 능력이 주도적 문제 해결능력에 초점을 두고 있다는 사실은, 사회에서 어떠한 문제를 논리적·비판적·창의적으로 수행할 수 있는 자기 주도적 인재상을 선호하고 있음을 의미한다. 〈학술적 글쓰기 2〉의 논문작성법을 통한 학습자의 주도적 학습 및 문제해결전략은 학생 스스로 '문제를 탐색, 설정'하고 '문제를 해결'하는 활동을 수행한다는 점에서 이 시대가 요구하는 인재 및 후속 연구 세대를 양성할 수 있는 기반이 된다.

논문 작성법 훈련은 학문 연구를 넘어 삶의 영역과 해결을 요하는 다양한 문제들에 실질적인 도움을 줄 것이다. 첫째 사안에 따른 가능성들을 최대한 동원할 수 있다. 논문을 작성하기 위해서는 선택된 주제를 뒷받침할 근거들이 필요하다. 기존의 문헌 자료, 구체적 경험들, 그리고 인터넷 공간(SNS) 등을 망라해 가장 적합하고 가치 있는 정보들을 탐색한다. 즉 학습자는 (예비적인) 참고 문헌을 찾고 작성 방법을 익힘으로써 문제를 인식하고 해결하는 선략을 기를 수 있다. 둘째, 종합적으로 읽고 조직적으로 요약하는 방법을 터득할 수 있다. 논문을 작성하는 훈련은 시민의 사회적 능력 중에 기본이 되는 잘 읽고 잘 쓰는 능력, 정보를 다루는 능력, 정보 이해 및 표현 능력이 신장된다. 문제와 해결, 전제와 결론, 가설과 도출 과정을 통한 귀납적 혹은 연역적 추론 방식과 사실 중심과 논쟁 중심의 자료들을 비판적이고 종합적으로 읽고 그를 명확히 기술하는 훈련은 인식의 성장을 도와준다. 또한 논문을 작성한다는 것은 독자를 전제로 한 의사소통의 연습이므로, 자신의 주장을 명확하게 전달할 수 있게 될 것이다. 이러한 체계적 정리와 의사소통의 능력은 미래의 삶에서 긴요한 능력으로 활용될 것이다.

물론 〈학술적 글쓰기 2〉가 타 학교의 제도와는 구별된다는 점에서 현실적으로 이 글에서 제시한 단계별 수업모형과 학습 과정을 적용하는 데 어려움이 따를 것이다. 위 〈학술적 글쓰기 2〉 수강생들은 3학점 기초 과목인 〈학술적 글쓰기 1〉를 기본적 요건으로 수강한 상태이며, 따라서 〈학술적 글쓰기 2〉와 같은 심화과제의 결과물을 도출할 수 있는 글쓰기 수준을 지녔기 때문이다. 그러나 지금까지 살펴본 바와 같이 〈학술적 글쓰기 2〉의 단계별 학습 모형은 학생들의 전공 및 학업과의 연계성이 높을 뿐만 아니라 대학생들에게 주체적 학습의 가능성, 전문화된 지식의 창출을 경험할 수 있는 성취감과 자신감을 키워줄 수 있다는 점에서 가치 있는 교육방법이라고 할 수 있다. 이에 대학 교수자가 이 글에서 제시한 실제 교육모형을 수업 과정에서 활용 또는 응용하거나, 대학 기관에서도 커리큘럼을 짜고 교과과정을 개편하는 데 적극적으로 적용함으로써 21세기 인재를 키워내는 바탕을 마련하기를 기대한다.

문장 텍스트의 변환을 위한 지도방법

- 「대법원 판결 요지」를 중심으로

1. 학습자의 글쓰기 수준과 독해 능력

글(말)은 우리가 살아가는 데 있어 없어서는 안 될 중요한 의사소통의 매체이다. 글은 전달의 기능으로부터 문학작품의 생산에 이르기까지 전 영역에 걸쳐 있다. 그런 만큼 글에 대한 기본적인 원리의 학습과 효과적인 글쓰기가 필요하다. 최근 각 대학에서는 대학생들이 자신의 생각을 논리적으로 표현하는 능력이 갈수록 떨어진다는 판단에서 '글쓰기' 강좌가 강조되고 있다. 그 움직임은 이미 있어 왔는데, 2005년 1월 13일자 《중앙일보》에 실린 기사를 보면, "기업들도 최근 전문 분야에 대한 짧은 지식보다는 여러 상황에 유연하게 적응할 수 있는 지식과 이를 글로 잘 표현하는 능력을 요구하고 있다." 따라서 "글쓰기교육은 현안의 핵심을 파악·정리하고 설명하는 능력을 길러주는" 유연적인 능력에 초점을 두어야 할 것이다.

'말하기-듣기'의 표현 영역과 '읽기-쓰기'의 이해 영역에 대한 교수

이론과 교수법에 대한 논의는 다수의 논의가 진행 중이다. 그런데 '읽기'와 관련한 텍스트에 따른 학습자의 수용의 부분에서는 관심이 소홀한 편이다. 선행 연구들이 거의 네 영역에 대한 거시적 관점으로 이루어짐에 따라 학습자의 이해 수준을 고려하기도 어려울 뿐만 아니라 학습 현장에서 텍스트 제시가 거의 무비판적으로 이루어져 학습자가 일방적으로 수용해야 하는 경우가 많다.

문장을 읽고 쓸 때 '독자'와 '상황'에 따라 어조, 표현법이 달라지는 만큼, 교수자는 대상을 대하는 학습자의 호기심, 지적 능력, 그리고 상황을 고려해야 한다. 특히 문장을 지도하는 교육 현장의 경우 교수자는 학습자의 글쓰기 수준과 독해 능력을 잘 파악해 그에 적합한 '문장 텍스트의 변환'을 꾀해야 한다. 곧 텍스트의 변환은 학습자의 이해력을 증진시킬 수 있는 가장 기본적인 과정이라고 할 수 있다.

이 글에서는 대학 1학년 학생을 대상으로 주어진 텍스트(「대법원 판결 요지」)를 어휘, 문장, 단락, 의미의 층위에서 어떻게 변환해야 효과적일 것인지 살펴보고자 한다. 방법으로는 학습자 40명, 3시수를 기준으로 텍스트 변환에 필요한 법률 용어와 종중 문화를 배경지식으로 활용하여 변환의 한 예를 제시할 것이다.

대법원 2005. 7. 21. 선고 전원합의체 판결 요지

민 사

2002다1178 종회회원확인 (마) 파기환송

◇종중 구성원의 자격을 성년 남자로 제한하는 종래 관습법의 효력 등◇

1. 종원의 자격을 성년 남자로만 제한하고 여성에게는 종원의 자격을 부여하지 않는 종래 관습에 대하여 우리 사회 구성원들이 가지고 있던 법적 확신은 상당 부분 흔들리거나 약화되어 있고, 무엇보다도 헌법을 최상위 규범으로 하는 우리의 전체 법질서는 개인의 존엄과 양성의 평등을 기초로 한 가족생활을 보장하고, 가족 내의 실질적인 권리와 의무에 있어서 남녀의 차별을 두지 아니하며, 정치·경제·사회·문화 등 모든 영역에서 여성에 대한 차별을 철폐하고 남녀평등을 실현하는 방향으로 변화되어 왔으며, 앞으로도 이러한 남녀평등의 원칙은 더욱 강화될 것인바, 종중은 공동선조의 분묘수호와 봉제사 및 종원 상호간의 친목을 목적으로 형성되는 종족단체로서 공동선조의 사망과 동시에 그 후손에 의하여 자연발생적으로 성립하는 것임에도, 공동선조의 후손 중 성년 남자만을 종중의 구성원으로 하고 여성은 종중의 구성원이 될 수 없다는 종래의 관습은, 공동선조의 분묘수호와 봉제사 등 종중의 활동에 참여할 기회를 출생에서 비롯되는 성별만에 의하여 생래적으로 부여하거나 원천적으로 박탈하는 것으로서, 위와 같이 변화된 우리의 전체 법질서에 부합하지 아니하여 정당성과 합리성이 있다고 할 수 없다. 따라서 종중 구성원의 자격을 성년 남자만으로 제한하는 종래의 관습법은 이제 더 이상 법적 효력을 가질 수 없게 되었다고 할 것이다.

2. 종중 구성원의 자격에 관한 대법원의 견해의 변경은 관습상의 제도로시 대법원판례에 의하여 법률관계가 규율되어 왔던 종중제도의 근간을 바꾸는 것인바, 대법원이 이 판결에서 종중 구성원의 자격에 관하여 위와 같이 견해를 변경하는 것은 그동안 종중 구성원에 대한 우리 사회일반의 인식 변화와 아울러 전체 법질서의 변화로 인하여 성년 남자만을 종중의 구성원으로 하는 종래의 관습법이 더 이상 우리 법질서가 지향하는 남녀평등의 이념에 부합하지 않게 됨으로써 그 법적 효력을 부정하게 된 데에 따른 것일 뿐만 아니라, 위와 같이 변경된 견해를 소급하여 적용한다면, 최근에 이르기까지 수십 년 동안 유지되어 왔던 종래 대법원판례를 신뢰하여 형성된 수많은 법률관계의 효력을 일시에 좌우하게 되고, 이는 법적 안정성과 신의성실의 원칙에 기초한 당사자의 신뢰보호를 내용으로 하는 법치주의의 원리에도 반하게 되는 것이므로, 위와 같이 변경된 대법원의 견해는 이 판결 선고 이후의 종중 구성원의 자격과 이와 관련하여 새로이 성립되는 법률관계에 대하여만 적용된다고 함이 상당하다. 다만, 대법원이 위와 같이 종중 구성원의 자격에 관한 종래의 견해를 변경하는 것은 결국 종래 관습법의 효력을 배제하여 당해 사건을 재판하도록 하려는 데에 그 취지가 있고, 원고들이 자신들의 권리를 구제받기 위하여 종래 관습법의 효력을 다투면서 자신들이 피고 종회의 회원(종원) 자격이 있음을 주장하고 있는 이 사건에 대하여도 위와 같이 변경된 견해가 적용되지 않는다면, 이는 구체적인 사건에 있어서 당사자의 권리구제를 목적으로 하는 사법작용의 본질에 어긋날 뿐만 아니라 현저히 정의에 반하게 되므로, 원고들이 피고 종회의 회원(종원) 지위의 확인을 구하는 이 사건 청구에 한하여는 위와 같이 변경된 견해가 소급하여 적용되어야 할 것이다(대법관 6인의 별개의견 있음)

2002다13850 종중회원확인등 (바) 파기환송

동일 취지

2. 문장 텍스트의 변환 절차

1) 적절한 문장 텍스트 선정하기

글은 적절한 어휘(단어)를 택해 하나의 의미를 지닌 문장과 단락 (문단)으로 조직된 사고의 집합체이다. 따라서 좋은 글을 쓰기 위해서는 글을 이루는 어휘, 문장, 단락과의 유기적인 호응 관계를 고려해야 한다. 마찬가지로 글을 읽고 이해하기 위해서도 위의 요소들을 잘 파악해야 한다. 이중 문장은 단어들이 결합하여 이루어진 최소의 의미를 지닌다. 문장이 모여 하나의 소주제문과 뒷받침문장들로 이루어진 단락이 마련된다. 문장은 정보전달의 최소단위이므로 글을 읽고 쓰는 데 가장 주의를 기울여야 할 대상임은 주지의 사실이다.

문장 텍스트의 변환을 지도하기 위해서는 우선 적절한 텍스트를 마련하고, 그 기준을 설정하는 것이 필요하다. 여기에서 텍스트는 "의사전달을 목적으로 하여 구체적인 언어 행위로 실현되는 문장 이상의 언어 단위"로 "서로 관련성을 지닌 문장들의 연쇄체로 이루어진 유의적 총체"[1]의 개념으로 전제한다. 이 글의 텍스트는 '판결문'이다. 판결문은 어떤 사물이나 사회의 여러 가지 현상, 다른 사람의 주장이나 생각에 대한 명확한 인식을 통해 논리적이고 합리적으로 문제를 해결해 나가는 종합적 사고 과정을 글쓰기의 형태로 표현한 것이다.[2] 판결문을 연구 대상으로 삼은 이유는 글을 통해 어떤 문제에 대한 입장

---

1) 원진숙, 「논술 텍스트의 구조적 특성 연구」, 『국어교육』 87집, 한국어교육학회, 1995.
2) 김상태, 「판결문 텍스트의 변환을 통한 문장지도」, 『어문논총』 19집, 청주대학교 국어국문학과, 2005, 21쪽.

을 논리적으로 타당하게 증명하여 독자를 설득시키는 논술문의 속성을 비중 있게 담고 있기 때문이다.

따라서 본 장에서는 다음의 주어진 문장 텍스트를 두 가지 조건 ①과 ②에 맞게 변환(paraphraser)하는 과정을 살펴보고자 한다. 두 조건은 ①문장 내 어휘를 고유어로 바꾸어 작성할 것과 ②주어진 문장을 변환할 때, 문장이 가급적 2줄을 넘지 않도록 작성할 것으로 제시한다.

2) 문장 텍스트의 문제점 파악하기

교수자는 학습자에게 텍스트를 읽게 한 후 자유롭게 그 느낌을 말해보게 한다. 판결문의 특성과 문제점3)을 짚어나가면서 앞서 제시한 두 가지 조건이 왜 필요한가를 이해시킨다. 물론 교수자는 판결문의 특징 및 주어진 텍스트와 관련된 사항을 잘 파악하고 있어야 한다. 위의 「대법원 판결 요지」는 크게 '어휘'와 '문장'에서 문제점을 지니

---

3) 김광해는 우리나라 판결문들의 텍스트성을 "비교적 텍스트다움, 텍스트답지 못함, 결코 텍스트답지 못함" 등의 유형으로 나눈 바 있다. 오류의 유형으로 ①조사: 조사 사용 이상, ②구성: 접속 방식이나 내포 방식 이상, ③배열: 어순, 단어 배열 방식 이상, ④성분: 필요한 성분의 누락, ⑤수식: 수식 방식 이상, ⑥호응: 호응 관계 결여, ⑦내포: 내포문 구성 방식 이상, ⑧접속: 접속어미 사용 등 접속문 구성 방식 이상, ⑨대체: 지시어 등 접속문 구성 방식 이상, ⑩정보: 불필요한 정보 첨가, 필요한 정보의 누락, ⑪문법범주: 문법범주의 구사 이상, ⑫단어: 단어 사용 부정확, ⑬길이: 지나치게 긴 문장, ⑭나열방식: 정상적 나열 방식 위반, ⑮기타: 관습적 표현 등이 있다. 김광해, 「텍스트언어학의 이론과 응용 : 우리나라 판결문의 텍스트성에 대한 연구」, 『텍스트언어학』 8권, 한국텍스트언어학회, 2000, 22~23쪽.

고 있다. 우선 문장이 매우 길고, 단문이 계속해서 연결어미에 의해서 나열되고 있다. 또한 글이 국어의 구성 원리에 맞지 않게 짜여 있으며, 어휘적인 측면에서 어렵고 낡은 한자어와 일본의 법조계 영향으로 보이는 일본식 한자어가 쓰이고 있다. 국립국어원에서 펴낸 『국어 순화 자료집』(2003)을 보면, 순화 용어의 대상이 우리의 언어생활에서 나타나는 어렵고 낡은 한자어와 일본식 한자어, 일본어투 용어, 서양 외국어와 외래어 등임을 알 수 있다. 따라서 교수 방법은 글 전체의 거시적인 관점에서 단어 등의 미시적인 부분으로 나아가되, 해당 의미를 대체할 고유어를 선택하고, 문장을 간결하게 변환하여 그 취지를 이해시키는데 주안점을 두고 진행되어야 한다.

3) 전체 의미(내용) 파악하기

한 편의 글을 이해하기 위해서는 먼저 글의 전체적인 의미(내용)를 파악해야 한다. 「대법원 판결 요지문」은 한자어가 많이 쓰이고 낯선 법률 용어가 사용되고 있어 대학생들에게 쉽게 이해되지 않을 것이다. 조별 활동에서 글을 읽어보게 한 후 글이 의미하는 것이 무엇인지 자유롭게 의견을 나눈 후 글의 전체 요지를 파악할 수 있도록 한다. 조별 학습이 잘 이루어지도록 자유롭게 질문을 유도하고 그 해결책을 찾도록 도와준다. 조별 학습이 이루어진 후 아래처럼 단락별, 전체 요지를 적어보게 한다.

	1단락		2단락	
단락요지	남녀 평등 변화 강조 + 존중	성년 남자로만 종원의 자격을 둔 기존 관습법은 개인의 존엄과 양성의 평등을 지	대법원 견해 변경의 취지(의미) +	대법원 견해 변경은 법질서가 지향하는 남녀평등의 이념에 부합하는 것으로, 이번 변경된 견해는 법적 안정성과 법치주의의 원

	1단락		2단락
구성원 자격에 관한 관습과 부당성	향하는 시대적 흐름 이 강화되고 있는 현 실에서 불합리하다.	법적 효력 발생 범위 + 효력 발생의 조건	리에 근거해 이와 관련해 새로이 성급되는 법률관계에 대해서만 적용된다. 다만 이 사건의 경우 소급 적용이 가능하다.
전 체 요 지	성년 남자로만 종원의 자격을 둔 기존 관습법은 개인의 존엄과 양성의 평등을 지향 하는 시대적 흐름이 강화되고 있는 현실에서 불합리하다. 따라서 대법원 견해 변경 은 법질서가 지향하는 남녀평등의 이념에 부합하는 것으로, 이번 변경된 견해는 법적 안정성과 법치주의의 원리에 근거해 새로이 성급되는 법률관계에 대해서만 적용된다. 다만 이 사건의 경우 소급 적용이 가능하다.		

4) 단위별 문제점 찾기

전체적인 의미가 파악되면 그 의미를 염두에 두면서 단어, 문장, 단락, 주제 및 전체의 부분에서 문제점을 찾아보도록 한다. 문제점을 찾는 동안 단어 및 문장의 쓰임에 대해 설명해 준다.

단위	도움말	문제점
단어	· 단어 선택이 적절한가?	· 한자어가 많이 사용되었다. · 같은 단어가 반복되었다. · 법률 용어(전문 용어)가 쓰여 독해가 어렵다.
문장	· 문장의 짜임이 적절한가? · 문장의 길이가 적절한가?	· 문장의 길이가 매우 길다. · 문장의 호응이 자연스럽지 못한 부분이 있다.

단위	도움말	문제점
단락	· 단락의 구분이 적절한가? · 전체 구성과 어울리는 단락 쓰기가 이루어졌는가?	· 의미의 전개의 과정에서 1과 2에서 중복되는 부분이 있다.
주제 및 전체	· 글에 어울리는 적합한 제목인가? · 글의 흐름이나 논지 전개가 자연스러운가? · 전체적으로 글의 통일성이나 일관성이 유지되고 있는가? · '서론-본론-결론'의 형식을 대체로 갖추었는가?	· 제목이 글의 전체 의미를 담고 있지 못하다. · 유사한 단어와 문장의 반복으로 의미의 혼란이 있다. · 1과 2 모두 시대적 변화→관습의 문제점→변경 등의 과정으로 전개되고 있으나 서론-본론-결론의 형식을 갖추고 있지 않아 논지전개가 부자연스럽다.

5) 텍스트 내 단위별 문제점 해결하기

단위별 문제점을 찾았다면 그 문제점을 해결하도록 유도한다. 문제 해결 과정에서 생각할 것은 단어와 문장 수준이다. 단어는 문장을 이루는 요소이므로, 판결 요지문의 경우 한자어와 법률 용어가 섞여 있어 의미를 명료하게 파악하는 데 어려움을 느낄 수 있다. 따라서 단어 수준의 변환에 많은 노력을 기울여야 할 것이다. 한자어가 60% 이상을 차지하고 있는 우리말의 경우 한자어를 고유어로 바꾸는 일은 바람직하나, 문맥을 고려해 널리 쓰이는 한자어는 그대로 쓰거나 뜻을 풀어주고, 때로 한자를 함께 써 주는 방법도 적절하다. 대표적인 예를 제시하면 다음과 같다.

단위	문제점	해결과 그 보기
단어	· 한자어 · 반복어	· 한자어 →한자어로 바꾸기	· 종래→기존(지금까지), 분묘수호→묘지관리, 공동선조→같은 조상 등

단위	문제점	해결과 그 보기	
·법률용어	·한자어 →한자 나란히 쓰기	·종중→종중(宗中), ·종원→종원(宗員) 등	
	·한자어 →고유어로 바꾸기	·권리→누려야 할 일, ·의무→해야 할 일, ·기초→바탕, ·철폐하고→없애 버리고, ·사망→죽음, ·소급하여→지나간 일에까지 거슬러 올라가, ·부합→서로 들어맞음 등	
	·일반적인 한자어는 그대로 쓰기(필요한 경우 뜻풀이)	·변경, 강화, 이념, 인식, 봉제사(일정 기간을 두고 여러 친족이 함께 지내는 제사) 등	
	·법률 용어는 그대로 쓰거나 뜻풀이	·법치주의, ·관습법, ·법적 안정성, ·신의성실의 원칙(성실히 이행할 의무), ·신뢰보호의 원칙(믿고 따라야 할 원칙), ·당사자(어떤 법률 행위에 직접 관여하는 사람), ·효력 등	
문장	·문장의 길이 ·문장의 호응	·한 문장을 45자 내외로 이루어지도록 간결하게 고친다. ·종결 어미를 간결하게 고친다.(·합리성이 있다고 할 수 없다→합리성이 없다, ·가질 수 없게 되었다고 할 것이다.→가질 수 없다.) 등 ·연결어미 중 의미적으로 종결어미의 성격을 띠는 것은 종결어미로 대체함으로써 문장을 간결하게 고친다.	
단락	·단락의 내용 중복	·중복되는 단락(문장)을 삭제하거나 간결하게 고친다. ·의미가 바뀌는 곳에서 단락을 나눈다.(접속어의 사용: 더욱 강화될 것인바, 종중은→더욱 강화될 것이다. (단락 바꾸어서) 종중은, ·법치주의의 원리에도 반하게 되는 것이므로, 위와 같이→법치주의의 원리에도 맞지 않게 되는 것이다. 그래서) 등	
제목 및 전체글	·제목 ·의미의 혼란 ·서론-본론-결론 형식 미완	·전체 글을 담을 수 있는 제목으로 바꾸기(◇종중 구성원 자격에 대한 기존 관습법의 부당성과 효력 변경의 취지◇) ·의미의 혼란이 되는 경우 명료하게 고친다.(성별만에 의하여 생래적으로 부여하거나 원천적으로 박탈하는 것으로서→태어날 때 결정된 성별에 따라 남성에게는 자격을 부여하고 여성에게는 처음부터 빼앗는 것으로서, 법률관계에 대하여만 적용된다고 함이 상당하다→법률관계에 대하여만 적용된다고 하는 것이 옳다) 등	

제시된 판결 요지문을 보다 잘 이해하기 위해서는 종중 문화와 판결문에 따르는 법률 용어에 대한 얼마간의 배경지식을 활용하는 것이 학습에 효과적이다. 학습자들이 "여성도 종원(宗員)의 자격을 가질 수 있다."는

요지문의 핵심을 이해하는 과정에서 두 가지 사항⁴⁾을 보충 설명해 준다

---

4) 가장 일반적인 자료는 당시의 상황을 잘 전달하는 신문 보도나 사설, 그리고 텍스트를 구성하는 가장 필요한 기본적인 개념을 담은 기초적인 법률 상식이 적당하다. 학습자들에게 간단히 설명하거나 자료로 제시해주면 정해진 시간 안에 수업 목표에 도달하기가 수월하다. 예를 들어보면 다음과 같다.

①종중문화와 판결의 의미

여성을 종중(宗中) 회원으로 인정한 21일 대법원 판결은 남녀평등 같은 시대적 흐름에 따라 이미 오랫동안 관습적으로 굳어진 법적 규범도 언제든 바뀔 수 있음을 확인해줬다는 점에서 의미가 크다. 종중은 성문법에 그 개념을 규정한 조항이 없는 사회 통념에 따른 조직이다. 대법원은 1958년 '성인 남성만이 종중을 구성한다.'는 입장(판례)을 내놓아 여기에 성문법적 효력을 부여하고 이 같은 입장을 줄곧 고수해 왔으나 47년 만에 '사회의 변화'를 인정해 스스로 입장을 바꾸었다.

대법원은 그 동안 종중을 '관습상의 단체'로 규정하면서 '공동선조의 분묘(墳墓) 수호와 제사, 종원 상호간의 친목을 목적으로 하여 공동 선조의 후손 중 성년 남자를 종원으로 구성되는 종족의 자연적 집단'이라고 정의해 왔다. 대법원은 여기서 더 나아가 "공동선조의 후손 중 남자는 성년이 되면 당연히 종원이 되는 것을 '관습법'으로 인정하고 성년 여성에 대해서는 종중 구성원의 자격을 부정한다."는 입장을 견지해 왔다. 하지만 대법원은 이번에 "산업화가 시작된 1970년대 이후 우리사회의 환경과 국민의식 변화로 사회구성원들의 (종전 관습에 대한) 법적 확신이 약해졌다."며 '관습의 변화'를 선언했다. "개인의 존엄과 양성평등 원칙에 따라 가족 내에서 남녀가 차별 받지 않는다."는 '법적 원칙'도 천명했다.

대법관 13명 중 파기환송 이유에 대해 별도 의견을 낸 6명도 "여성의 경우 가입을 원하는 사람만 종중원이 돼야 한다."고 밝혔지만, 원칙적으로 기존 남자 중심의 종중 문화는 더 이상 존속할 수 없다는 데 동의했다. 대법원은 이번 판결을 위해 무려 3년 반을 고민했다. 반세기 가까이 고수해 온 스스로의 입장을 뒤집는 데 대한 부담에다 대법원의 판례에 입각해

이뤄진 숱한 사회적 계약관계들이 새 판례로 혼란을 겪을 게 뻔한 상황에 대한 부담 때문이었다. 이 때문에 대법원은 2003년 12월 사상 최초로 공개변론을 열어 원고와 피고, 전문가의 의견을 들었고 이 문제 연구를 맡은 한 부장판사는 여론조사까지 실시했다. 여론조사 결과 일반인의 70%와 전문가 집단의 64%가 '남성만 종중원'이라는 관습에 반대 의견을 나타냈다고 대법원은 밝혔다.

이번 판결로 당장 눈에 띄는 변화는 없을 것으로 보인다. 대법원이 판결로 인한 사회적 혼란을 막기 위해 "이번 판결 이전에 일어난 종중 관련 행위는 모두 유효하다."고 못 박았기 때문이다. 따라서 이번에 승소해 종중원 자격을 얻은 용인 이 씨 여성들도 이미 과거에 나눠진 종중의 재산분배에 대해서는 더 이상 문제제기를 할 수 없다는 게 대법원의 설명이다.

사실상 종중 재산을 더 받기 위해 회원 자격을 다투는 소송을 냈던 여성들은 거세게 반발할 것으로 보인다. 남성에게만 재산을 나눠주는 현실에 불만을 느끼면서도 "법이 그렇다."는 이유로 침묵했던 여성들의 박탈감이나 배신감도 적지 않을 전망이다. 다만 앞으로 전국의 모든 종중은 여성을 회원으로 인정해야 하기 때문에 향후 벌어지는 총회나 대표자 선임, 재산처분 등 종중의 각종 법률행위에서 여성의 목소리는 대폭 커질 것으로 보인다. 종중의 명부라고 할 수 있는 족보도 남성 중심으로 기재돼 있는 경우가 많아 대폭 손질이 불가피하다.

원고측 대리인인 황덕남 변호사는 "이번 판례는 양성평등의 측면에서 여성의 지위를 제자리로 돌려놓은 의미가 크지만 여성들도 제례나 분묘수호 등 종중원으로서의 의무를 져야 하는 부담도 갖게 됐다."고 말했다.
《서울신문》·《스포츠한국》 2003년 7월 22일자 신문에서 발췌 정리.
②법률 상식
·관습법: 관습에 의하여 형성된 법으로, 사회생활상의 무의식적으로 반복되어 나타나는 행동양식인 관습을 바탕으로 형성되는 법이다. 제정법(制定法)이 정비됨에 따라 관습법의 역할은 줄어들었다고 할 수 있으나, 그래도 관습법은 불문법주의(不文法主義)의 국가에서는 물론이고 성문법주의(成

면 텍스트 변환과 의미 이해가 수월할 것이다. 학습자들이 이미 습득하고 있는 배경지식을 떠올리도록 동기부여를 해주는 방법도 좋다.

6) 문장 텍스트 변환의 보기

위의 절차에 따라 주어진 텍스트의 의미와 형식을 크게 바꾸지 않으면서 문장과 단락을 변환한 것을 제시하면 다음과 같다. 이 변환문은 실제 수업 과정에서 조별 활동과 전체 조율 과정을 통해 얻은 결과물이다.

文法主義)의 국가에서도 여전히 의의가 크다. 관습법이 성립하기 위해서는 관습이 존재하고, 관습이 선량한 풍속 기타 사회질서에 위반되지 않고, 법적 확신에 의하여 지지되어야 한다. 다만 법적 확신의 존재는 불분명한 것이므로 관습법의 존재는 결국 법원의 판결에 의하여 확인된다.

· 전원합의체 판결: 대법원은 대법원장을 포함해 14명의 대법관으로 이루어져 있다. 우리나라 대법원에서는 헌법재판을 제외하고 민사, 형사, 가사, 행정, 노동 등의 소송을 모두 담당하고 있다.

대법원까지 올라온 사건들에 대해서 각 4명이 하나의 부를 이루어 재판에 참여하게 되고 이때 4명 중 한 명이 재판장으로 선임된다. 그런데 어떤 사건을 재판하는 과정에서 4명의 대법관의 의견이 일치하지 않고 소수의 의견이 나오게 되면 그 사건은 소수의 의견도 존중할 필요가 있기 때문에 이때 전원합의체라는 것으로 소관이 넘어가게 된다. 전원합의체는 대법원장이 재판장이 되어 다수의 의견이 타당한가, 소수의 의견이 있는데 그렇다면 소수의 의견은 어떠하였는가를 판단하게 된다.

쉽게 말해 대법원에 올라온 재판을 심리하는 과정에서 대법관의 의견이 일치하지 않아, 반대 내지 다른 의견을 제시한 대법관의 의견을 해석할 필요가 있는 사건, 그것이 전원합의체사건이며 대법관이 재판장이 되어 구성된 전원합의체에서 판결된 사건이 전원합의체 판결이다.

· 파기환송 : 원심판결을 파기한 경우에 다시 심판시키기 위하여 원심법원에 돌려보내는 것을 말한다.

대법원 2005.7.21. 선고 전원합의체 판결 요지

민사

2002다1178 종회회원 확인 (마) 파기환송

◇종중(宗中) 구성원 자격에 대한 기존 관습법의 부당성과 효력 변경의 취지◇

1. 기존의 관습은 성년 남성에게만 종원(宗員)으로서의 자격을 부여하고 여성에게는 부여하지 않았다. 이에 대하여 사회 개개인들이 가지고 있던 법에 근거한 확신은 현재 상당 부분 흔들리거나 약화되고 있다. 무엇보다도 헌법을 최상위 규범으로 하는 우리의 전체적인 법질서는 개인의 존엄과 남성과 여성의 평등을 바탕으로 한 가족생활을 보장한다. 그리고 가족 내에서의 남성과 여성이 해야 할 일과 누려야 할 일에 차별하지 않는다. 또한 정치·경제·사회·문화 등 모든 영역에서 여성에 대한 차별을 없애고 남녀평등을 실현하는 방향으로 변화되어 왔으며, 앞으로도 이러한 남녀평등의 원칙은 더욱 강화될 것이다.

　종중은 같은 조상의 묘지관리와 봉제사(일정 기간을 두고 자손들이 함께 지내는 제사) 및 종중 구성원 간의 친목을 위하여 만들어지는 종족단체이다. 지금까지의 관습은 같은 조상의 후손 중 성년 남자만을 종중의 구성원으로 하고 여성은 종중의 구성원이 될 수 없었다. 이는 종중의 활동에 참여할 기회를 태어날 때 결정된 성별에 의해 남성에게는 자격을 부여하지만 여성에게는 처음부터 완전히 그 자격을 빼앗는 것이다. 이 관습은 변화된 우리의 전체 법질서에 맞지 않을 뿐만 아니라 정당성과 합리성이 없다. 따라서 종중 구성원의 자격을 성년 남자만으로 제한하는 지금까지의 관습법은 더 이상 법적인 효력을 가질 수 없다.

2. 종중 구성원의 자격에 관한 대법원의 견해가 변경되었다. 이 변경은 관습상의 대법원판례에 의하여 법적인 효력이 지켜져 왔던 종중제도의 바탕을 바꾸는 것이다. 그 동안 종중 구성에 대한 우리 사회일반의 인식과 전체 법질서는 변화되었다. 이로 인하여 이와 관련된 기존의 관습법이 더 이상 우리 법질서가 지향하는 남녀평등의 이념에 서로 들어맞지 않게 되었다. 따라서 이 변경은 지금까지의 법적 효력을 부정하게 된 데에 따른 것이다.

만일 이 변경된 견해를 지난 일에서부터 적용한다면, 최근에까지 수십 년 동안 이어져왔던 기존의 대법원판례를 따라 만들어진 수많은 법률관계의 효력이 한 번에 혼란스럽게 된다. 이것은 법적 안정성과 신의성실의 원칙에 뿌리를 둔 당사자의 신뢰보호를 내용으로 하는 법치주의의 원리에도 맞지 않게 되는 것이다.

그런 이유로 위와 같이 바뀐 대법원의 견해는 이 판결 선고 이후의 종중 구성원의 자격과 이와 관련하여 새로이 정해지는 법률관계에 대하여만 적용되는 것이 옳다. 다만, 대법원이 이와 같이 종중 구성원의 자격에 관한 기존의 견해를 바꾸는 것은 결국 기존의 관습법의 효력을 부정하고, 이 사건을 재판하도록 하려는 데에 그 목적이 있다. 원고들이 기존 관습법에 반대하며 자신들이 피고 종회의 회원 자격을 얻을 권리가 있음을 주장하고 있는 이 사건에 대해서도 위의 새로운 의견이 받아들여지지 않는다면, 이는 법의 본질인 국민의 권리존중과 법의 정의에 어긋나는 일이다. 그러므로 원고들이 피고 종회 회원 자격을 요구하는 이 사건 청구에 대해서는 지나간 일에까지도 새롭게 바뀐 의견이 적용되어야 할 것이다.(대법관 6명의 다른 의견이 있음)

2002다13850 종중회원확인등 (바) 파기환송(청구된 사건에 대해서도 변경된 견해를 적용해야 하므로 원심법원으로 돌려보냄)

동일 취지(청구된 사건도 역시 사법 적용의 본질과 정의에 어긋나므로 변경된 견해를 적용해야 함)

3. 텍스트 변환의 의의와 유의할 점

1) 텍스트 변환의 의의와 연계 학습

판결 요지문이 이루어지는 담화공동체는 법조인을 포함한 종중 구성원이다. 이 담화공간에서는 법률 용어와 종중에 관련된 단어들이 오히려 자연스러울 것이다. 그런 이유로 학생이나 일반인이 읽었을 때는 해독이 어려운 폐쇄성을 띤다. 요지문은 전통·판례·법 등의 용어가 쓰여 고답적인 성격이 강하다. 수사와 문장 구조도 한자어가 많아 종원들에게는 익숙하지만 대학 1학년생을 대상으로 학습할 경우에는 용어와 수사의 형식을 파악하기가 쉽지 않다. 이럴 경우 판결 요지문을 대학 1학년 학생들에게 가르칠 경우 대학생들이 소통할 수 있는 문장 변환이 필요하다. 주어진 글을 ①고유어로 바꿀 것, ②간결한 문장으로 다듬을 것, ③대상을 달리할 것의 세 변환 기준은 한자어와 법률 용어가 복잡하게 결합된 문장을 효과적으로 이해하기 위해 부여된 적절한 조건이라고 할 수 있다. 학습자는 텍스트를 변환하는 과정을 통해 명료한 문장 쓰기, 특히 시사적인 화제와 관련해 문법에 맞는 정확한 문장 쓰기의 필요성을 깊이 깨닫게 될 것이다.

또한 텍스트 변환 과정에서 사고의 전환도 이루어질 수 있다. 즉 문화와 관련된 사고로 확장될 수 있다. 「판결 요지문 파악의 어려움과 기술 방향」, 「관습의 예와 그것이 우리 생활에 미치는 영향」, 「새로운 판례의 나비효과」, 「권리와 의무를 통한 바람직한 인간상 제시」, 「전통사상 파괴의 관점에서 바라보기」 등 주어진 글을 해석하는 것에서 더 나아가 글이 갖는 시대적 문화적 의미에 대해 토론해 보는 시간을 갖는 것도 좋다. 토론을 거친 후 자신의 목소리를 담은 글로 정리해 본다면 하나의 텍스트에 대한 총체적인 글쓰기 학습이 될 것이다.

2) 텍스트 변환의 유의할 점

텍스트 내적으로 한자어를 줄이고 법률 용어(전문 용어)를 풀어쓸 경우 이해하기가 쉽다. 이때 유의할 것은 텍스트가 지시하는 중심 의미를 벗어나지 않아야 한다는 점이다. 또한 고유어로 바꾸거나 전문 용어를 풀어쓸 경우 그 글이 목적으로 하는 성격을 고려해야 한다. 「판결 요지문」의 경우 '알림(고지)'의 성격이 강하므로 그 글에 적합한 어조와 단어를 선택하는 것이 필요하다. 그리고 하나의 텍스트를 단어 수준/문장 수준/단락 수준 등으로 여러 가지 변환을 훈련한 후 비교해 보는 것도 효과적인 문장 쓰기에 도움이 될 것이다.

4. 문장 텍스트 변환의 학습과 리터러시 향상

우리의 전달 체계가 '문자'에서 '영상'으로 바뀌면서 '문자'를 통한 '의사소통'과 '자기표현'을 하지 못하는 청년 세대들이 늘어나고 있는 현실은 분명 하나의 '위기'로 볼 수 있다. 각 대학에서 '글쓰기' 강좌를 강조하고 있는 것도 그 현실을 해결하기 위한 노력의 일환이다. 대학 교수자는 어떻게 하면 대학생들에게 글로 자신의 생각을 효과적으로 전달할 수 있게 가르칠 수 있을까를 더욱 숙고해야 한다.

글쓰기의 궁극적 목표는 자유로운 상상력을 펼침으로써 유연한 지적 태도를 소유하는 '창의적인 글쓰기', 말의 두서를 분명히 쓰고 전달하려는 내용을 적절하게 구사하여 언어표현능력을 기르는 '논리적인 글쓰기', 그리고 글쓰기에 대한 자신감을 갖고 올바르고 순화된 글쓰기를 통해 긍정적인 자아상과 타인과의 원활한 소통 능력을 기르고자 하는 '행복한 글쓰기'이다. 이를 위해서는 '읽기-토론-쓰기'의 단계를 거쳐야 한다. 특히 읽기 과정에서 문장 변환의 작업이 무엇보다도 중요하다. 학생들의 흥미와 수준, 지적 능력, 사물이나 세계를 파악하고 그에 적절한 교육이 이루어져야 학생들의 문식력과 그 능력을 바탕으로 글쓰기 동기를 강화할 수 있다.

이런 점에서 우리나라 법조문이 가지고 있는 문장 텍스트로서의 특징이자 고쳐져야 할 점들을 실제 판결문을 예를 늘어 수정하는 과정을 보여준 이 글은, 소략하나 꼭 한번은 짚고 넘어갈 문제라는 점에서 국어학뿐만 아니라 법조계에 끼치는 영향도 적지 않다 하겠다.

한마디로 '문장 텍스트의 변환'은 곧 '눈높이 수업'이라고 할 수 있다. 학생의 눈높이를 맞추면서 논리적인 글쓰기를 위한 최선의 방법은 표현의 필요성에 대한 주기적인 동기 부여와 작문 실습 기회를 최대화하는 동시에 유기적인 첨삭(피드백)이다. 앞으로 교수자의 의욕이 한층 요구되는 만큼 효율적인 교수 방법을 계발하고 적용한다면 학생들에게 창조적 지식인이 되기 위한 기본 소양을 향상시킬 수 있을 것으로 기대된다.

대학 글쓰기교육에서 '자기서사적 글쓰기'의 위상과 방향

1. 자기 발견과 탐색적 사고로서 '자기' 관련 글쓰기

　최근 지속적으로 제기되고 있는 4차 산업혁명에 대비한 21세기 대학의 목표 설정과 방향성에 대한 진단은, 차세대 인재양성을 위한 고등교육기관으로서의 대학에 대한 사회적 기대와 동시에, 도래할 사회 변화에 대응하여 대학의 교육 방향과 목표의 설정을 살필 필요성이 있음을 보여준다. 대학이 실용성을 강화하고 학생의 취업이나 소위 스펙을 쌓는 곳으로 간주되는 동안 학문 탐구와 성숙한 교양인의 육성이라는 대학의 본질이나 역할은 축소되었다. 대학은 진리 탐구와 함께 성숙한 민주시민을 교육하는 학문의 장이다. 원론적이어서 너무 늦어버린 이상처럼 여겨지지만, 그럴수록 대학의 본래적 역할과 기능을 깊이 돌아보아야 할 것이다.

　지식의 창조적 생산이라는 대학의 기본 기능에 대한 자성적 목소리는 이전부터 있어 왔다. 대학이 지식의 생산이 아닌 분절화된 지식의

전달·중개자로서의 역할만을 수행한다는 문제 제기는 인문·사회·이
공계 이느 분야이든 한국 학계가 보여주는 서구 학계로의 학문적 송
속성과도 맞닿아 있다.[1] 인구절벽으로 인한 학령인구의 감소 그리고
대학평가와 경제성장이라는 가치가 중점이 되어 주기적으로 개편되
는 교과과정과 지속적이고 발전 가능한 연구가 아닌 단기적 연구와
성과를 유도하는 시스템도 하나의 문제점으로 제기되어 오고 있다.

　제4차 산업혁명의 도래는 대학 글쓰기교육에 있어서도 매우 중요한
시사점을 제시해준다. 거대한 사회변화의 흐름에 대응하여 대학 글쓰기
교육의 정체성을 확립하고 기초교과목으로서의 교육목표와 방법을 설
정하는 것은 매우 중요하기 때문이다. 4차 산업혁명의 시대를 앞두고
초지능(superintelligence)·초연결(hyperconnectivity) 사회로의 변
화 가능성에서 중요시되고 요구되는 창의력과 의사소통능력, 비판적
사고와 문제해결능력, 협력 능력 등을 기르기 위한 방법의 기초는 단언
컨대 글쓰기라 할 수 있다. 단 한 단락의 글을 쓰는 과정이라 할지라도
글쓰기는 창의력을 요구한다. 생각의 도출과 이를 논리적·체계적으로
구성하고 표현하여 한 편의 글을 만들어가는 과정은 논리적·비판적
사고와 문제해결능력을 필요로 하며, 또한 글을 통하여 타자와 소통함
으로써 의사소통능력을 기를 수 있다는 점에서 그 중요성이 더욱 강조
되고 있다. 더구나 인문학과 이·공학 기술을 접목한 창의적인 융합교육
의 필요성[2]이 강조되는 이 시점에서 대학 글쓰기교육은 시대가 요구하

---

1) 윤지관, 「현단계 한국 대학의 위기 양상과 대학 체제 개편 논의」, 『동향과
　전망』 99호, 한국사회과학연구회, 2017, 203쪽; 김화경, 「역량기반 교육
　과정 고찰 및 창의융합역량 강화를 위한 통합적 글쓰기 운영방안 연구」,
　『대학작문』 19호, 대학작문학회, 2017, 129~131쪽 참조.
2) 2016년 1월 스위스에서 열린 세계경제포럼(다보스포럼)에서는 교육시스템

는 창의·융합형 인재 양성을 위한 기초이자 기본 학습으로서의 요건을 갖출 수 있는 자격이 있다. 이는 대학 글쓰기교육이 동시에 가지고 있는 도구로서의 성격3)과 인문학적 성격과도 관계가 깊다.

특히 사물인터넷(IoT)을 포함한 인공지능(AI)의 발달은 인간의 가치와 정체성에 대한 질문을 정면으로 제기한다. '자기' 관련 글쓰기는 이와 같은 질문에 대한 대답을 제시할 수 있는 인간의 정체성 확립과 가치 발견과도 밀접하게 맞닿아 있다. 대학에서의 '자기' 관련 글쓰기교육은 자기 발견과 탐색적 사고와 글쓰기 능력의 신장 양면을 모두 아우를 수 있다는 점에서 2005년도부터 현재에 이르기까지 꾸준히 진행되어 왔으며, 그 연구 성과 또한 누적되어 왔다.

그렇다면 과연 현재의 대학 글쓰기교육에서 이루어지는 '자기' 관련 글쓰기교육의 목적과 방향은 적절한가. 이에 대한 물음은 '자기' 관련 글쓰기에 대한 관심이 높아지고 다양한 연구가 이루어지는 이 시점에서 반드시 짚고 넘어갈 지점이 된다. 그 중요성이 강조되는 만큼 목표의 설정과 방향성이 뚜렷하며 체계적이고 효과적인지를 살펴야 할 때다. 이 글에서는 '자기' 관련 글쓰기교육의 현황을 살펴봄으로써 그 위상을 확인하고, '자기' 관련 글쓰기교육이 나아가야 할 방향을 제시하고자 한다.

의 재고(Rethinking education systems) 차원에서 인문학과 자연과학의 이분법(양분화)을 지양해야 함을 강조하고 있다. The Future of Jobs Report: Employments, Skills and Workforce Strategy for the Fourth Industrial Revolution, WORLD ECONOMIC FORUM, 32쪽. https://www.weforum.org/reports/the-future-of-jobs (확인일자: 2016.01.18)

3) 정희모, 「대학 글쓰기교육의 현황과 방향」, 『작문연구』 1권, 한국작문학회, 2005, 120~126쪽.

2. '자기' 관련 글쓰기교육의 현황과 분석

1) '자기' 관련 글쓰기교육의 현황

대학 글쓰기교육이 본격적으로 출발한 2005년부터 2017년도에 발표된 대학 글쓰기교육 관련 논문 764편4) 중 140편의 논문(평균 18.3%)이 '자기' 관련 글쓰기에 관한 논문에 해당하며, 2005년도부터 자기성찰, 자기서사적 글쓰기에 대한 논의가 지속적으로 제기되었을 뿐만 아니라 높아지고 있다는 점5)은 자기성찰, 자기서사와 관련한 글쓰기에 대한 지속적 관심과 더불어, 4차 산업혁명의 논의들 속에서 인간으로서의 정체성과 주체성을 찾아가는 과정을 글쓰기를 통해 찾아가고자 하는 의도도 반영된 것으로 볼 수 있다.

특히 2017년도는 대학 글쓰기교육 관련 논의가 본격화된 이후 가장 많은 연구 결과를 도출한 시기라는 점에서 시의성이 있다. 2017년도의 대학 글쓰기교육 관련 논문은 총 122편6)(2018.01.20.기준)으로, 이중 '자기' 관련 글쓰기에 관한 논문은 22편(18%)에 해당한다. 대학 글쓰기교육에서 활용되는 글쓰기 유형의 다양성을 상기할 때, 직·간접적으로 '자기' 관련 글쓰기교육에 대하여 다루고 있는 논문이 약 7

---

4) 연구논문 편수의 도출은 이 책의 1부 「대학 글쓰기교육의 연구 동향 분석과 시사점」에서 제시한 "①한국학술지인용색인(이하 KCI)에 등록된 학술논문을 대상으로 한다. ②주제어 '글쓰기교육'과 '작문교육'에 '대학'을 재검색하여 선정한다. ③한국어교육 및 외국어교육 관련 논문은 제외한다."를 적용하였다.

5) 위의 글, 30~31쪽.

6) 이해를 돕기 위하여 대학 글쓰기교육 관련 전체 논문편수와 자기 관련 글쓰기교육 관련 전체 논문편수를 도표화하면 다음과 같다.

편 중 1편 꼴이라는 것은, '자기' 관련 글쓰기교육이 대학 글쓰기교육에서 상당한 비중을 차지하고 있음을 보여주는 지표라 할 수 있을 뿐만 아니라, 하나의 유형으로 자리 잡을 수 있음을 보여준다.

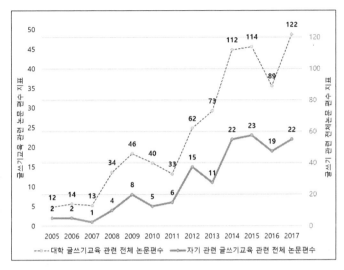

〈그림 1〉 '자기' 관련 글쓰기교육 게재논문 편수 추이

(단위: 편, ( ): %)

구분＼연도	2005	2006	2007	2008	2009	2010	2011	2012	2013	2014	2015	2016	2017
대학 글쓰기교육	12	14	13	34	46	40	33	62	73	112	114	89	122
자기 관련 글쓰기교육	2 (16.7)	2 (14.3)	1 (7.7)	4 (11.8)	8 (17.4)	5 (12.5)	6 (18.2)	15 (24.2)	11 (15.1)	22 (19.6)	23 (20.2)	19 (21.3)	22 (18.0)

위 도표에서 확인할 수 있는 바와 같이, 2012년 62편, 2013년 73편, 2014년 112편, 2015년이 114편으로 점차 증가하다 2016년 89편으로 주춤했던 상황에서, 2017년에 122편이 발표되었다는 것은 최근 글쓰기교육에 대한 관심의 척도와 글쓰기교육 관련 토론이나 논의, 심포지엄, 학회 등의 증가와도 관계가 있어 보인다.

따라서 '자기' 관련 글쓰기교육과 관련하여 2017년도에 발표된 학술논문[7]들을 대상으로 교수·학습빙법(모형), 매체 활용, 글쓰기의 유형을 정리하고 그 특징을 살펴 각 기준별 개념과 특이점을 정리하면 다음과 같다.

①**목표**: 주제어 중 자기성찰, 탐색, 표현, 정체성은 글쓰기의 목표인 동시에 '자기' 관련 글쓰기의 핵심으로도 활용됨을 알 수 있다. 이런 경우 두 지점을 동일한 차원으로 볼 것인지, 아니면 변별을 요하는 차원인지에 대한 고민이 필요해 보인다.

②**연구방법**: 이론 검토와 실습(응용)의 결합이 다수를 이루고, 수업 모형의 도출을 위해 현상학적 해석학(밴 매넌)이나 폴 리꾀르의 '자기' 개념, 페렐만의 신수사학 이론 등 주제와 관련한 담론 및 이론을 적용하고 있다.

③**교수법과 글의 유형**: '자기' 관련 글쓰기에 활용되는 교수 방법은 패러디와 다시 쓰기, 성찰 일지, 저널 쓰기 등이 있으며 인터넷 매체를 활용한 교수법도 제시된다. 그것의 결과물로 패러디 시, 성찰 일지, 자기소개서, 유서, UCC 등이 있다.

④**매체 활용**: '자기' 관련 글쓰기는 텍스트를 경유하는 경우가 다수이다. 고전문학작품부터 동서양 고전, 영화, 애니메이션, 미술작품 등 주로 인문학과 예술 분야와 관련된 텍스트로, 이는 인간 존재에 대한 탐구와 이해를 담은 텍스트를 통해 자신을 비춰보고 의미를 얻고자 하는 교수자의 의도가 반영된 것으로 보인다.

---

7) 대상 논문은 앞서 밝힌 3가지 기준에 준하여 도출된 논문 122편 중 '자기' 관련 글쓰기교육을 다룬 논문 22편으로, 그 목록은 참고문헌을 참고하기 바란다.

2017년도에 발표된 '자기' 관련 글쓰기교육은 대학에서의 대학 글쓰기교육의 중요성을 전제하고, 현대사회에서의 인간 본연의 가치에 초점을 맞춘 인문학, 인성교육의 차원에서의 글쓰기교육의 역할에 대하여 강조한다. 아울러 어문규정, 문장쓰기 등 대학생의 글쓰기 능력 향상을 위한 도구적 성격으로의 접근을 시도하기도 한다. 인문학·예술 분야의 다양한 텍스트를 활용하거나 패러디 시 쓰기, 유서쓰기, 성찰일지 쓰기, UCC 제작 등 다양한 표현 방식을 제시하며, 소통, 치유, 인성함양, 정체성 확립, 글쓰기 능력의 향상, 취업 등 다양한 차원으로의 접근을 시도하는 등 '자기' 관련 글쓰기교육을 다룬 논문들의 연구 성과는 주목할 만하다.

그러나 동시에 '자기' 관련 글쓰기교육을 다룬 논문은 앞으로 '자기' 관련 글쓰기교육이 해결해야 할 과제를 내포하고 있기도 하다. 이들 '자기' 관련 글쓰기교육에 대한 연구는 '자기' 관련 글쓰기에 대한 구체적이고 다양한 교수법 제안과 이에 대한 운영 사례와 효과를 제시함으로써 '자기' 관련 글쓰기교육이 가진 가치와 가능성을 부여함과 동시에 '자기' 관련 글쓰기교육이 가진 모호성과 한계 또한 보여준다.

기존 논의들에는 자기의 경험이나 생각을 기술하는 과정은 대학 글쓰기교육에서 필요한 주제이며 과정이라는 인식이 전제되어 있는 듯하다. 또한 먼저 자기 성찰의 과정을 거친 후, 독자를 고려한 자기소개서 작성 및 취업을 위한 '실용적 글쓰기'로 나아가는 것이 유효하다는 관점이 우세해 보인다. 그리고 이러한 방향성에서 두 특성을 이분법적으로 간주하거나, 취업을 목적으로 한 실용적 차원을 수단으로 여기며 거부감을 나타내는 목소리도 있다.

다수의 논문이 인지하고 있듯 '자기' 관련 글쓰기교육은 "다른 유형의 글쓰기에 비하여 논리적 비판적 글쓰기의 기능이나 개인의 경험에 대한 자기표현 글쓰기로 한정되면서 인문학적 사유에 깊이 도달하기 어렵다."[8]는 우려를 담고 있다. 이는 2017년도에 '자기' 관련 글쓰기교육 연구결과가 보여주는 한계와도 밀접하게 연결된다. '자기' 내면의 탐색과 발견에 따른 인문학적 사유와 접근에 초점을 두고 제시한 교수법과 자기표현의 방법을 제시하고 글쓰기능력 신장에 초점을 둔 교수법 양측 모두 그 성과를 가시화할 객관적 평가 및 성과지표가 부재한다. 대학교육에 있어 대학생 학습자의 능력 신장을 구체적으로 제시할 방안의 부재는 결국 목표 설정과 도달에 대한 가시적 효과를 제시하기 어렵다는 의미이기도 하다. 실제 다수의 연구결과가 대학 글쓰기교육에서의 '자기' 관련 글쓰기교육의 필요성과 방향제시라는 거시적 차원의 접근과 달리, 수업설계방안 및 교수학습법의 설계 제안과 사례 분석에서 마무리되고 있다는 점은 아쉬움으로 남는다.

무엇보다도 '자기' 관련 글쓰기교육에 있어 '피드백'을 어떻게 진행해야 할 것인가에 대한 부분은 '자기' 관련 글쓰기교육 연구방향이 앞으로 해결해야 할 중요한 과제라 할 수 있다. 글쓰기 지도에 있어 피드백은 교수자의 강의 내 역할과도 직결된다. '자기' 관련 글쓰기교육은 '자기'를 탐색하고 성찰하는 등의 과정이 동반된다는 점에서 평가에 대한 어려움이 존재한다. 이는 비단 '자기' 관련 글쓰기교육 뿐만이 아니라 대학에서의 글쓰기교육이 지닌 과제이기도 하다. 대다수의 논문이 평가 관련 내용을 다루지 않거나 피드백에 대한 간략한 언급만으로 그치고 있다는 것은 이를 보여준다. 또한 다수의 글쓰기사례에서 활용하고 있는 매체에 대한 선정 요건을 체계화할 필요가 있다.

---

8) 권채린, 「'자기성찰적 글쓰기'의 논증적 가능성 탐색을 위한 시론(試論)」, 『우리어문연구』 57집, 우리어문학회, 2017, 433쪽.

'자기' 관련 글쓰기교육에 앞서 제시되는 매체는 학습자에게 있어 표현방식과 내용에 대한 길잡이 역할을 수행한다는 점에서 '자기'를 발견하고 탐색할 수 있는 요건을 갖추었는가에 대한 검증을 거쳐야 역할 수행이 극대화될 것이다.

'자기' 관련 글쓰기교육을 다룬 연구결과들이 드러내는 이러한 과제들은 글쓰기교육의 한 유형으로 포괄적으로 다루어지면서 그 목표정립과 방향성이 명확해질 경우, 구체적으로 설정될 수 있는 방향의 모색이 가능할 것으로 보인다. 그렇다면 '자기' 관련 글쓰기교육에서 활용되고 있는 다수의 글쓰기교육에 대한 상위범주를 어떻게 설정할 것인가와 이를 드러낼 수 있는 용어의 선정 요건을 정하는 작업이 선행되어야 한다.

2) 주제어로 본 '자기' 관련 글쓰기교육의 현황

대학이라는 고등교육기관에서 '자기' 관련 글쓰기가 하나의 유형으로 자리 잡기 위해서는 '자기'와 관련한 다양한 글쓰기를 하나의 유형으로 수렴할 수 있는 고유한 목표와 역할이 명확하게 설정되어야 할 것이다. 현재 '자기' 관련 글쓰기교육에 활용하는 용어는 각 연구자별 세부목표설정이나 초점에 따라 다양하게 활용되고 있는데, 이는 각 연구자의 개성적 교수법을 확인할 수 있는 긍정적 요인임과 동시에 '자기' 관련 글쓰기교육의 체계적 이론과 방법론을 대표하는 개념의 확립이 부재한다는 부정적 요인을 내포한다 할 수 있다. 그러므로 '자기' 관련 글쓰기교육에서의 '자기' 관련 글쓰기에 대한 인식과 접근방법 및 교수법 등 연구현황을 파악하는 과정을 통하여, 이들 '자기'와 관련한 글쓰기를 하나로 수렴할 수 있는 개념을 정립하는 것은 앞으로 대학에서 '자기' 관련 글쓰기교육이 나아갈 구체적 목표와 전망을 제시하는 데 필수적 요소라 할 수 있다.

그러나 현재 '자기'와 관련 글쓰기를 다룬 논문에서의 용이 통일성이 부족한 상황이다. 2005년에서부터 2017년도에 이르기까지 현재 글쓰기교육에서의 '자기' 관련 글쓰기를 지칭하는 글쓰기 용어는 아래 〈표1〉에서 확인할 수 있듯이 무려 32개(76회)에 달한다.

〈표1〉 2005~2017년도 '자기' 관련 글쓰기교육 관련 논문에서 사용된 글쓰기 지칭어

구분	키워드명	개수	구분	키워드명	개수
자아 성찰 (3)	자아 성찰적 글쓰기	1	자기 탐색 (4)	자기 탐색의 서사	1
	자아성찰 글쓰기	1		자기 탐색적 글쓰기	2
	자아성찰에세이	1		자기탐색 글쓰기	1
성찰 (10)	(성찰적) 글쓰기	1	자전 (4)	자전적 글쓰기	3
	성찰적 글쓰기	9		자전적 쓰기	1
자기 소개서 (30)	자기소개서	25	자기반영(1)	자기반영적 글쓰기	1
	자기 소개서	1	자기실현(1)	자기실현을 위한 글쓰기	1
	자기소개서 쓰기	3	자성(1)	자성적 에세이	1
자기 성찰 (12)	자기 성찰 글쓰기	1	자기서사 (3)	자기 서사 글쓰기	1
	자기 성찰글쓰기	1		자기서사 글쓰기	1
	자기 성찰의 글쓰기	1		자기서사 쓰기	1
	자기 성찰적 글쓰기	5	자서전(1)	자서전적 글쓰기	1
	자기 성찰적 서사	1	자기 표현 (7)	자기표현 글쓰기	3
	자기성찰 글쓰기	1		자기표현의 글쓰기	1
	자기성찰적 글쓰기	1		자기표현적 글쓰기	2
	자기성찰적 에세이	1		자기 표현 글쓰기	1

2017년도 발표 논문에만 한정한다 하더라도, 자기소개서, 성찰적 글쓰기, 자기 서사 쓰기, 자기 서사 글쓰기, 자아성찰 글쓰기, 자기 성찰 글쓰기, 자기 성찰적 글쓰기, 자기탐색 글쓰기, 자기 탐색적 글쓰기, 자기 표현 글쓰기, 자전적 글쓰기까지 11개에 이른다. 물론 이들 용어가 다 동일한 글쓰기 유형을 지칭하고 있지는 않으나, 동일범

주로 보이는 개념 간의 통일성 및 이들 유사 범주에 속하는 글쓰기를 통합하는 개념의 필요성은 줄곧 제기되어온 문제이다. 이를 반영하듯 상위 개념의 설정과 정립에 대한 논의는 '자기' 관련 글쓰기교육에 대한 다수 논문에서 제기된다. 특히 '자기' 관련 글쓰기 용어에 대한 상위범주로 '자기 서사 쓰기'[9]나 '자기 탐색적 글쓰기'[10], '자기소개서'[11]와 같은 용어가 거론된 적이 있으나, 이후 해당 용어가 상위 범주로 확정되어 쓰이기보다는 다시 하위 범주로 다루어지거나 다시 새로운 용어를 정립하고자 하는 시도가 지속적으로 이어지고 있다. 이

---

9) 손혜숙은 "각 대학과 교수자들마다 글쓰기교육 현장에서 '자기소개서', '자서전', '자기 서사' 등의 용어를 혼용해서 쓰고 있는 게 사실이나, 각각의 용어가 함의하고 있는 내용이 다르고, 그에 따라 수업 목표 및 방향이 달라질 수 있기 때문에 용어를 명확하게 정립하고 구획하는 과정이 선행되어야 할 것"이라 보며, 이를 아우를 수 있는 용어를 "자기 서사 쓰기"로 보고 있다. 손혜숙, 「대학 글쓰기에서 '자기 서사 쓰기'의 교육방법 연구」, 『어문론집』 50호, 중앙어문학회, 2012, 420~422쪽.

10) 손혜숙은 "다양한 글쓰기 장르 중 기존의 '자아'와 관련된 글쓰기 연구를 글쓰기 연구들을 정리하고, 각 연구들의 의미를 찾아보는데 목적이 있기 때문에, 별도의 용어 정립을 생략하고 거시적으로 '자아'와 관련된 모든 글쓰기연구들을 아우르는 의미에서 자기 탐색적 글쓰기로 통칭"하고 있다. 손혜숙, 「자기 탐색적 글쓰기에 관한 연구 동향」, 『교양학연구』 1권, 다빈치미래교양연구소, 2015, 186쪽.

11) 신호철·임옥규(「대학 글쓰기 교육에서 '자기소개서'의 재구성 연구」, 『어문론집』 71권, 중앙어문학회, 2017)는 이 4가지 글쓰기를 자기소개서의 하위 항목으로 두고 각각의 차이점을 설명하고 있다. 그러나 자기소개서가 이 4가지 글쓰기의 성격을 담는다 하여 이들 글쓰기의 목적과 방법, 관점, 특성 등을 모두 아우를 수 있는 상위 범주가 될 수 있는 것인가에 대한 부분은 재론의 여지가 있다.

는 이 '자기'에 관련된 다양한 글쓰기를 아우를 수 있는 개념 정립의
어려움을 내포함과 동시에 개념 정립의 필요성을 보여수는 것이기도
하다. 따라서 '자기' 관련 글쓰기교육이 대학에서 하나의 독립적 영역
으로 자리 잡기 위해서는 유사한 목표와 방식을 지칭하는 개념을 통
일하여 사용할 필요성이 있다.12)

〈표1〉은 2005년부터 2017년까지의 '자기' 관련 글쓰기교육 관련
논문에서 사용된 용어들이 자주 사용한 개념이 무엇인지를 명확하게
제시한다. 특히 이들 용어는 '자기' 관련 글쓰기교육에서 의도하는 '대
상'과 '유형'의 범주를 명확하게 보여준다.

〈그림 2〉 자기서사적 글쓰기 관련 핵심주제어 범주

---

12) 〈표1〉은 이 외에도 동일범주로 보이는 용어 간에도 띄어쓰기나 조사 등
의 차이로 인하여 서로 다른 용어로 지칭됨을 보여준다. 연구자의 의도에
의하여 지정된 용어일지라도 동일 범주의 글쓰기를 지칭하는 용어에 대
한 통일성이 없음을 보여준다. 따라서 동일·유사 분야를 연구하는 연구자
간의 연구 성과 공유 및 글쓰기 유형의 정립을 위해서는 학계 내에서 이
들 용어를 통일하여 정리하는 과정이 필요할 것으로 보인다.

'대상'을 지칭하는 용어만을 살피면 '자아'류와 '자기'류로 분류되는데, '자아'(3회)보다는 '자기'(28회)가 더 높은 사용률을 보이고 있다. 자아(ego)가 경험적 나이자 객체성, 평상시 모습을 의미한다면, 자기(self)는 선험적 나, 주체성, 본모습을 의미한다. 성찰하는 주체의 한 부분으로서의 '자아'가 '자기'의 구성 요소[13]라는 점에서, 이들 개념을 포괄하는 개념으로 활용될 경우 '자기'가 적절하다 할 수 있을 것이다. 아울러 '대상'을 포괄하는 개념의 규정은 쓰기 주체를 강조하는 차원으로 접근하는 경우가 많다. 그러므로 대상을 규정하고 유사목표와 방식을 담은 다양한 개념을 포괄할 수 있는 용어는 '자기'가 적합해 보인다.

'대상'과 결합된 '실천(표현방법/도구)'은 보다 다양화되어 있는데, '소개'(30회)가 가장 많이 사용되고 있는 것을 확인할 수 있으며, 그 다음으로 성찰(25회), 표현(7회), 탐색(4회), 서사(3회), 반영(1회), 실현(1회) 순이다. 신호철·임옥규는 용어 정립 과정에서 이들 개념에 대해 아래 같이 정리한다.

'서사(敍事)'는 일반적으로 '사실을 있는 그대로 적는' 의미를 가지지만 서사의 기법에는 내적 인과 관계를 필연적으로 요구하고 있다. 내적 인과 관계를 요구한다는 것은 자신의 내면 속에 나타나는 변화 등의 원인과 결과에 대한 내용이므로, '서사'를 통해 내면적인 자신의 모습을 기술할 수 있을 것이다. '성찰(省察)'은 일반적으로 '자기의 마음을 반성하고 살피는' 의미로, 이는 이전의 자신이 가졌던 심리적 내면 세계에 대한 반성을 행하는 것으로 '자기소개서'에서는 당연히 내면적인 자신의 모습을 내용으로 기술할 수 있다. '탐색(探索)'은

---

13) 한래희, 「자아 이미지와 서사적 정체성 개념을 활용한 자기 성찰적 글쓰기교육 연구」, 『작문연구』 20호, 한국작문학회, 2014, 342~343쪽.

'드러나지 않은 사물이나 현상 따위를 찾아내거나 밝히기 위하여 살피어 찾는' 의미로 이 역시 겉으로 나타날 수 없는 인간의 내면을 고찰하여 찾는 작업이다. 따라서 자신의 내면 세계에 대한 고찰을 통해 '자기소개서'에 내면적인 자신의 모습을 내용으로 기술할 수 있다. '소개(紹介)'는 '잘 알려지지 아니하였거나, 모르는 사실이나 내용을 잘 알도록 하여 주는 설명'의 의미로 일반적으로 '자기소개서'가 가지는 기능을 담고 있어 자신의 외면을 알리는 의미로 사용되고 있다.[14]

  '소개'의 개념과 '성찰', '표현', '탐색', '반영' 등의 개념은 결국 '자기'의 내면에 주목하고 이를 바라보고 살피는 과정을 통하여 나를 알리기 위한 실천의 과정을 의미한다. 이를 위한 과정은 결국 '자기'의 '서사'가 무엇인가에 대한 질문으로 이어진다. 따라서 '서사'는 '자기' 내면에서 무엇에 초점화하여 이를 어떻게 구체적인 '이야기'로 끌어낼 것인가라는 글쓰기 방식을 포괄적으로 제시할 수 있을 것이다. 이는 곧 '자기' 관련 글쓰기교육을 다룬 다수 논문에서 글쓰기의 방법을 제시함에 있어 '서사'라는 개념을 끌어오는 지점과도 맞닿아 있다.
  '자기' 관련 글쓰기 방식과 관련된 주제어가 감각적 글쓰기, 감성적 글쓰기, 감정표현 글쓰기, 내러티브글쓰기, 삶을 가꾸는 글쓰기, 에세이적 글쓰기, 즐거운 글쓰기, 체험적(정서적) 글쓰기, 표현적 글쓰기 등이며 이와 같은 글쓰기 교수법에 대한 지속적 관심과 연구 성과가 도출되는 배경에는 기억과 체험의 글쓰기를 통한 자기정체성 탐색과 자아 존중감, 치료 혹은 치유적 효과에 대한 의식과 연결되어 있다.
  따라서 이와 같은 '자기' 관련 글쓰기교육이 대학 글쓰기교육의 한 유형으로 자리 잡기 위해서는 '자기' 관련 글쓰기교육과 관련된 다수

---

14) 신호철·임옥규, 앞의 논문, 307~308쪽.

의 유의미한 교수법들을 하나로 모을 수 있는 기준이 필요하다. 이를 위한 첫 번째 단계가 바로 이 유형을 하나로 모을 수 있는 개념의 정립이라 할 수 있겠다. 이 다수의 '자기' 관련 글쓰기교육을 통합할 수 있는 개념을 정립한 이후, 이 유형에 맞는 구체적 교육목표의 제시와 평가방안의 구축, 그리고 활용자료 등의 선정요건 등이 구체화되어야 할 것이다.

3. 자기서사적 글쓰기의 필요성과 방향성

1) 자기서사적 글쓰기로의 용어 수렴의 필요성

앞서 보았듯이 글쓰기를 주제로 하는 '자기' 관련 글쓰기를 가리키는 용어는 학술적 글쓰기, 논리적 글쓰기 등의 용어 및 개념에 비해 다양하다. 각각의 용어는 나름의 의미와 용법을 지니고 있지만, 또한 용어들 사이의 차이 및 특성을 파악하기 어려운 것도 사실이다. 이 글에서는 학습자 자신을 표현하는 글쓰기교육을 '자기서사적 글쓰기'로 수렴하여 사용할 것이다.15) 이를 위하여 먼저 '자기' 관련 연구물을 살펴보고 각 연구들이 지닌 공통점에서 '서사'가 중요하게 직간접적으로 전제되어 있음을 밝힐 것이다.

실천과 점검이 병행될 때에 더 좋은 결과로 이어질 수 있는 점에서 최근 '자기표현적' 글쓰기교육에 대한 비판적 접근과 대안을 제시하

---

15) 또한 다른 논문에서 인용할 경우, 논문에 쓰인 용어를 그대로 쓸 것이다. 이는 논문에서 쓰인 개념은 연구자의 주제의식을 압축하고 있기 때문이다. 특히 이는 '자기' 관련 글쓰기 용어가 다른 글쓰기 관련 용어에 비해 다양하고 중첩되어 쓰이고 있음을 확인할 수 있는 방법이기도 하다.

는 다음의 연구들은 주목할 만하다. 김영진·현남숙은 자전적 글쓰기의 이론적 기초에 대한 연구가 많지 않다는 사실에 주목하여, 체험에 관한 자기성찰과 현상학적-해석학을 바탕으로 대학 수준의 자전적 글쓰기에 필요한 원리와 특징을 제안한다.[16] 박완서의 단편소설 「한 말씀만 하소서」와 히로나카 헤이스케의 『학문의 즐거움』의 일부를 정독하고 분석하면서 학습자의 체험에 대한 개인적/사회적 의미를 담은 글쓰기 사례를 의미 있게 보여주었다. 그런데 논문의 목적인 '대학 수준의 자전적 글쓰기'가 어떠해야 하는지는 명쾌하게 다가오지 않아 아쉬움이 남는다. 이것은 체험 혹은 경험의 수준을 어떻게 가치화하고 평가할 수 있는가의 질문과 결합되면 더 어려운 부분으로 다가온다.

심선옥은 성찰적 글쓰기, 치유적 글쓰기, 자기표현 글쓰기와 같은 세 가지 범주를 두고 각각의 글쓰기가 목적과 방법, 관점에 따라 차이가 있음을 밝히고 있다.[17] '자기 자신'에 대한 글쓰기를 지칭하는 다

---

16) 김영진·현남숙, 「자기성찰에 기반한 자전적 글쓰기교육 -체험 서술과 그 의미 해석에 대한 밴 매년의 이론을 중심으로」, 『교양교육연구』 11권 2호, 한국교양교육학회, 2017.
17) 심선옥이 밝힌 각각의 글쓰기 특성은 아래와 같다.

〈표 2〉 성찰적 글쓰기, 치유적 글쓰기, 자기표현 글쓰기의 특성

개념	글쓰기의 목적	글쓰기 방법	이론적 관점
성찰적 글쓰기	자기 자신에 대한 성찰과 반성	'성찰의 매개체에 대한 사유'와 '자기 자신에 대한 사유'의 결합	인문학적 관점
치유적 글쓰기	심리적 안정감, 심리적 치유	외상 경험과 심리적 상처의 표현	심리학적 관점
자기표현 글쓰기	자기 탐색과 표현, 전인적인 내적 성장	자신의 경험, 생각, 느낌을 자유롭게 서술	표현주의적 관점

양한 개념들이 혼용되는 중에서 대표적으로 성찰적 글쓰기, 치유적 글쓰기, 자기표현 글쓰기를 꼽을 수 있다. 세 유형의 글쓰기를 비교·분석하고, 이를 바탕으로 '자기 자신'에 대한 글쓰기를 통합하는 상위 개념으로 자기표현 글쓰기(self-expressive-writing)를 설정하였다.[18]

김미란은 "자기표현적 글쓰기가 대학의 글쓰기 수업에서 다룰 필요가 있는가" 질문하며, 앞으로 작문 이론이 보강해야 할 점은 담론 공동체를 중심으로 글쓰기의 사회적 성격을 더 깊이 사유하는 것이고, 장르의 측면에서는 자기표현적 글쓰기가 아닌 자기 성찰적 글쓰기를 선택해야 담론 공동체에 대한 비판적 고찰이 가능하다고[19] 기술하였다. 한편, 권채린은 자기성찰적 글쓰기가 '내면-기억-치유'의 담론에 편향되지 않고 심화된 인문교양으로서 정립되기 위해서는, 담화공동체의 논의를 기반으로 개인의 주관적 기술을 넘어서는 상호주관적인 의사소통을 지향해야 한다[20]고 강조한다. 그리고 존재가 놓인 사회적 맥락과 배치를 사유하는 공시적 탐색이 동반되어야 하며, 페렐만의 '논증행위(argumentaion)'를 적용한 자기성찰의 과정을 학술적·사회적 담론과 연동시키는 학습 프로그램의 운용을 제안한다. 이 논의에서 문제의식은 선명한 데 반해 시론인 점을 감안하더라도 사적(私的) 기술의 논적(論的) 접근을 통한 '자기 논증'의 탐색은 모호하

심선옥, 「대학 교양교육에서 자기표현 글쓰기의 위상과 교육방법 연구」, 『반교어문연구』 43권, 반교어문학회, 2006, 368쪽.

18) 위의 논문, 376쪽.

19) 김미란, 「대학의 글쓰기교육과 장르 선정의 문제 -자기표현적 글쓰기에 대한 비판적 고찰을 중심으로」, 『작문연구』 9집, 대학작문학회, 2009, 93쪽.

20) 권채린, 앞의 논문, 409쪽.

며 기존 글쓰기교육과 크게 변별되지 않는 한계가 있다.

신철호·임옥규는 '자기소개서'와 관련된 기존 논의에 대한 용어 및 개념적 접근 그리고 재구성을 통해, "대학 글쓰기 수업의 '자기소개서' 교육은 신입생 대상의 '소통 지향 유형'의 자기소개서와 2·3학년 대상의 자기 성찰과 발견 목적의 '내면 지향 유형'의 자기소개서와 4학년 대상의 자기 홍보와 취업 목적의 '외면 지향 유형'의 자기소개서로 재편"[21]할 것을 제안한다. 이 연구는 기존 논의들에 대한 경향 및 특징을 자세히 분석하고 대학생의 생활주기를 고려해 재편한 점은 공감하지만, '소통 지향', '내면 지향', '외면 지향'의 범주 설정의 타당성 및 세 특성의 겹침 현상에 대한 의문이 든다. 또한 구체적인 교수법이 제시되지 않아 실제 대학 글쓰기교육현장에서 적용 가능성을 파악하기 어렵다. 또한 대학에서 이루어지는 글쓰기과목의 경우 학년과 계열 구분이 없는 경우 이 제안은 현실성이 덜해질 수밖에 없다.

임지연은 서사적 정체성과 타자성을 경유하는 자기성의 개념을 리쾨르의 서사이론을 통해 검토한 후, 학생들이 쓴 텍스트에서 타자성의 개입과 그것을 해석하는 방식을 재검토하면서 글쓰기의 윤리성에 대한 가능성을 모색하고 있다.[22] 자기서사의 관점이 이 글의 논지에 부합한 점에서 주목하였는데, 성장서사, 성찰서사, 관계서사 등의 구별점과 그에 대한 교수자의 피드백과 평가에 대한 부분에 주관적인 요소가 있어 이에 대한 구체적 논의가 이루어져야 할 것으로 보인다.

이상의 논의를 참고하여 2005년도부터 2017년도까지의 '자기서사적 글쓰기' 관련 글쓰기교육에 관한 기존 연구결과에서 활용된 여러

---

21) 신호철·임옥규, 앞의 논문, 316쪽.
22) 임지연, 「자기 서사 글쓰기에서 타자적 윤리성의 문제」, 『작문연구』 18집, 한국작문학회, 2013.

요소 중 자기서사적 글쓰기 목표를 중심으로 관련된 핵심주제어를 정리하면 〈그림 3〉과 같이 4가지 범주로 분류된다.

〈그림 3〉 자기서사적 글쓰기 관련 핵심주제어 범주

자기서사적 글쓰기는 자기화, 자기 동기화를 경험한다는 점에서 글쓰기효능이 다른 활동에 비해 강하다고 할 수 있다. 자기서사적 글쓰기와 관련하여 1범주 "성찰·탐색"과 3범주 "치유"와 관련된 주제어가 다양하고, 2범주 "표현·반영"과 4범주 "실용"과 관련된 주제어는 상대적으로 적다. 또한 대학의 자기서사 글쓰기교육은 교수법의 다양화, 전문화, 매체를 활용한 적용 및 변환의 양상을 띠며, '인성교육', '전인교육', '교양교육'을 강조하는 시대적 요구와 관련시키고 있다.

성찰과 탐색, 표현과 반영, 그리고 치유와 실용의 가치는 과정에서 이루어지기도 하고 효과로 나타나기도 한다. 이러한 가치들을 의미 있는 것으로 만들기 위해서는 '이야기' 즉 유의미한 '사건'에 대한 서사화가 선행되어야 한다. 이런 점에서 '자기서사'는 네 범주의 교집합이라고 할 수 있다. 밑바탕 혹은 기본 자료로서 이야기를 어떻게 활용하고 초점화하느냐에 따라 범주의 성격이 다르게 부각된다고 할 수 있다. '자기'와 관련된 글쓰기의 용어가 다양한 것은 교수자의 수업방향에 따라 서사의 수렴과 확산이 활성화되기 때문일 것이다.

"문학은 내면에 얼어붙은 바다를 깨뜨리는 도끼여야 한다."는 카프카의 말을 변용하면, 글쓰기는 내면의 결과 파동을 흔들어 깨우는 풍경과도 같다. "글이란 자기가 몸소 겪거나 각별히 애정을 갖는 대상에 관하여 얘기할 때라야 비로소 절실한 감동을 얻어내는 법"[23]이다. 인간의 인지능력은 거친 대자연에서 살아남게 한 원동력이었다. 유발 하라리의 『사피엔스』는 인간이 집단을 이루고 그것을 영속하기 위해 언어를 고안하게 했으며, 공동체에 필요한 소망, 기대, 금기 등을 신화나 전설로 이어왔기 때문에 인류가 존재할 수 있었다고 말한다. 허구적 이야기와 언어능력은 인간 존재에 가장 긴요한 생존 수단이 된 것이다. 마이클 센델 교수도 『정의란 무엇인가』에서 '이야기'의 중요성을 강조하며, 개인과 공동체에 서사적 가치를 주목하고 있다.

이는 인간이 자신에 대해 그리고 그가 속한 사회 및 자연에 대해 이야기하는 것이 얼마나 중요한가를 보여주는 사례들이다. 세헤라자드의 이야기 욕망은 은유인 동시에 실체인 셈이다. 대학생들 역시 자신이 어떤 사람이고, 어떻게 살아갈 것인가를 표현하고 소통하기 위해서 '이야기'는 중요하며, '이야기능력'은 상상하는 것 이상으로 살아내는 힘을 지니고 있는지도 모른다.

실제 대학의 글쓰기 수업현장에서는 서사적 글쓰기가 자기 성찰 및 정체성 수행의 효과적인 방법이라는 점에서 일치하고 있으며 동시에 타자성에 의해 자기성찰이 가능하다는 문제의식을 공유하고 있다.[24]

---

23) 현기영, 「겨우살이」, 『아스팔트』, 창비, 2015, 164쪽.
24) 임지연, 앞의 논문, 143쪽.

또한 자기서사를 활용한 글쓰기 수업은 자기에 대한 반성과 성찰, 이를 바탕으로 이해하는 주체적인 세계 이해, 자아와 타자의 관계 맺음 등 '자기 자신'에게서 비롯되는 사유의 기초를 마련할 수 있다는 점에서[25] 대학생 학습자에게 필요하다.

요컨대 자기정체성과 자기 탐색은 부단히 지속적으로 행해지는 과정이라는 점에서 '서사'는 그것을 실현하는 기술양식이다. 즉 파편화되고 고립된 삶에 준안정적(metastable) 통일성을 부여하고 지속적으로 자기를 배려하고 동시에 타자성과 공유성이 동시에 작동하는 사회적 관계성을 구축해 나가는 삶의 기예[26]에 가깝다고 할 수 있다. 특히 글쓰기를 수행하면서 경험(사건)을 선택하고 그것에 '의미'를 부여하는 글쓰기는 대학생들에게 필요한 활동이다. 이와 관련하여 자전적 글쓰기는 삶의 구체적 맥락에서 글쓴이의 직접적 체험을 기술하고 그로부터 나오는 의미를 기술하는(혹은 '해석하는') 것이다.[27] 그런데 학술논문에서 주제어 빈도수가 높은 '자전적'이라는 용어는 대학생들에게 과거를 회상하고 반추하게 하는 과정에서 글쓰기의 부담을 줄 수 있으므로 '자기서사적 글쓰기'로 대체해도 좋을 듯하다. 우리가 중요하게 생각하는 것은 대학생을 포함해 인간은 구성하는 존재로서 현재진행 중이며, 이야기를 통해 발화되는 '나'는 가변적이고 불연속적이며 불안정한 존재임을 자각하는 동시에 구성되고 형성되는 과정임을 인식하는 것이다.

---

25) 이양숙, 「자기서사를 활용한 글쓰기교육의 필요성과 방법에 대한 연구」, 『한국문학이론과비평』 50집, 한국문학이론과비평학회, 2011, 177쪽.
26) 정명중, 「신자유주의와 자기서사」, 『인간·환경·미래』 19집, 인제대학교 인간환경미래연구원, 2017, 7~8쪽.
27) 김영진·현남숙, 앞의 논문, 158쪽.

이는 인성교육뿐만 아니라 대학에서 자기서사적 글쓰기교육이 필요하다는 것으로 확대할 수 있다.

글쓰기 사례를 통해 살펴본 글에서 학생들은 말로 할 수 없는 많은 이야기를 글로서 표현하고 있다. 글을 쓰면서 자신에 대해 깊이 생각하고, 고민하며 자기이해의 과정을 거치게 된다. 인성교육의 시작은 자기이해에서 출발한다. 자기이해를 통해 글쓰기로 자기를 표현하고, 타인과 나눔으로 더불어 사는 공동체 사회에 기여하는 실천인으로 살아가는 계기가 될 수 있다.[28]

쓰기 기술 양식을 활용하면서 구성하는 존재로서의 '자기'를 형성해가는 점에서 '자기서사'의 개념은 적절하다고 하겠다. 그리고 이는 '인성·전인·교양인'의 교육목표에 정향될 수 있는 점에서도 현 시대에 필요하다. 대학의 교양교육이 계층재생산과 같은 지배이데올로기에 포획된 교양주의로부터 거리를 두기 위해서는 자기내부의 회로에 갇힌 정체성에서 타자에로 열린 윤리적 정체성을 지향하는 자기서사 글쓰기의 의미에 대해 실천적으로 사유해야[29] 한다는 지적은 눈여겨볼 대목이다. 시대를 대비하는 창의적 인재를 기르기 위해서는 인간 고유의 가치, 즉 인간의 감성과 의사소통능력, 문제해결능력과 같이 인간 중심의 가치를 실현하는 교육이 필요하다. 대학 교양교육에서 자기서사적 글쓰기에 대한 논의가 활발히 이루어지는 것도 바로 이 지점에 있다 할 수 있다.

---

28) 박해랑, 「글쓰기 사례를 통해 본 인성교육 방안」, 『교양교육연구』 11권 1호, 한국교양교육학회, 2017, 640쪽.

29) 임지연, 앞의 논문, 150쪽.

2) 자기서사적 글쓰기교육을 위한 '평가 방법'의 제안

이 글의 분석 대상인 자기서사적 글쓰기는 발신자의 체험(경험)과 생각 등을 발화함으로써 이루어지는 소통의 시작이라는 점에서 의미가 있다. 수신자와의 일화(에피소드)를 공유함으로써 감정이입과 정서적 공감대를 형성하고 더 나아가 반응하고 설득하는 과정은 우리에게 긴요한 일이다. 한편으로는 평생교육이 강조되는 시점에서 대학 글쓰기교육에서의 '자기서사적' 글쓰기교육의 변별점을 상기해야 할 것이다.

그런데 이러한 글쓰기교육은 두 가지 점을 고려해야 한다. 하나는 발신자와의 관계성에서 폐쇄적이고 자기반영성에 그칠 수 있고, 다른 하나는 이러한 과정은 대학이 아닌 곳에서도 행해질 수 있다는 점이다. 오히려 인문학의 활기에 힘입어 평생교육원이나 신문사 등의 아카데미에서 전문 강사나 작가에 의해 이루어지고 있는 상황에서 대학 글쓰기교육의 좌표30)를 점검해봐야 한다. 이러한 개인적 체험이 어떻게 학문적으로 이어질 수 있는가, 학술적인 태도로 접근했을 때 논리화되는 지점이 무엇인가에 대한 고민이 뒤따라야 한다. 이는 "자기성찰적 글쓰기가 지닌 개별적·경험적·기술(記述) 양식의 편향과 그에 기반한 교육 방법이 대학의 (학술적) 아카데미즘과 맺는 불협화"31)라는 문제의식과 궤를 같이한다. 곧 대학생의 정체성32)을 어떻게 형

---

30) 김미란은 "성숙된 사유를 할 수 있는 지식인의 양성이라는 교양적 성격과 전문적 지식 습득의 토대를 제공하는 도구적 성격 둘 다를 만족시키는 데서 대학 글쓰기 과목의 정체성"을 찾고 있다. 김미란, 앞의 논문, 70쪽 참조.

31) 권채린, 앞의 논문, 410쪽.

성할 것인지를 설정할 때 대학 글쓰기교육의 가치와 연동될 것이다.

이 시점에서 또 하나 중요한 것은 자기서사적 글쓰기에 내한 평가 기준일 것이다. 교육을 이루는 행위 중 주요한 요소는 '평가'이다. 교육이 입력(in-put)과 성취(out-put)의 과정임을 고려하면, 평가는 교육의 목표 및 교수법과 교육내용 등이 잘 적용되었는가를 판단하는 절차라고 할 수 있다. 교육에서 평가는 학습자의 변화 과정을 평가함으로써 성장과 성숙을 도와 한 단계 도약할 수 있는 점에서 그 가치와 필요성을 지닌다.

'자기 자신'에 대한 글쓰기의 개념과 용어들이 연구자와 교수자에 따라 정리되지 않은 채 사용되고 있으며, 보편적이고 체계적인 교육방법도 마련되지 않은 상태이다. 이것은 '자기 자신'에 대한 글쓰기와 연구를 경험주의적 한계에 머무르게 하고, 학술적이고 전문적인 글쓰기를 준비하기 위한 기초단계로 제한하는 원인이 되고 있다. 즉, 글쓰기교육과정의 초반에, 학생들이 가장 잘 아는 제재인 '나'에 대해 글을 쓰면서 글쓰기의 부담감을 덜고, 글쓰기의 일반 원칙을 연습하기 위한 준비단계로 활용되는 경우가 많다. '자기 자신'에 대한 글쓰기를 하나의 독립된 글쓰기 영역으로 구축하기 위해서는, 개별적으로 사용되고 있는 '자기 자신'에 대한 글쓰기의 개념과 용어를 그 목적과 이론적 근거에 따라 정리하고

---

32) 에릭슨의 인간발달과정을 참조할 때, 대학생들의 현재와 미래적 삶에서 무엇을 고민하는지 가늠할 수 있다. 박해랑의 정리에 따르면, "제5단계(12~20세)는 자아정체감 대 정체감 혼란의 시기이다. 이 시기는 정체성이 형성되는 시기이다. 정체성은 평생을 통해서 일어나는 것이지만 이 시기에 어느 정도 형성되는 시기를 갖지 못하면 정체성 혼란을 초래할 수 있다. 제6단계(20~40세)는 친밀감 대 고립감의 시기이다. 이 시기는 5단계에 형성된 정체성을 바탕으로 친밀감이 형성되는 시기이다. 친밀감의 형성은 타인과의 관계 형성이고, 이 시기에 인생을 함께 할 동반자를 찾고, 사랑하고, 결혼하는 시기이다." 박해랑, 앞의 논문, 632쪽.

통합하는 것이 우선되어야 하며, 구조화되고 체계적인 글쓰기 프로그램을 마련하고, 교수자의 역할 및 학생들의 요구를 수용하고 지도, 평가할 수 있는 기준을 설정할 필요가 있다.[33]

　　대학 글쓰기교육의 평가와 관련된 논의는 다른 영역에 비해 본격적으로 이루어지지 않고 있다. 교수자마다 평가에 대한 의견도 다를 것인데, 성취 수준에 따라 통과/비통과(pass/nonpass), 절대평가, 상대평가 등으로 분화된다. 또한 글쓰기교육에서 글 자체를 평가하는 항목도 부분적으로 예를 들면 보고서, 서평, 에세이, 논문 등에 대한 점수 배분에 따라 이루어지는 상황이다. 이러한 점을 감안하면 자기서사적 글쓰기의 경우 평가의 적용은 더 어려울 수 있다. 자기 체험과 성찰 등의 내용은 그 나름의 고유성을 지니고 있기 때문에 평가의 준거가 별도로 마련될 필요가 있다.

　　다시 말하면 이것은 글쓰기교육은 평가가 가능하며 필요한가 하는 근본적인 물음을 환기한다. 만약 필요하며 가능하다면 글 자체의 평가여야 하는가, 아니면 대학 제도(성적평가)를 위한 평가여야 하는가, 그리고 또 어떻게 이루어져야 적절한가라는 연속되는 물음들로 이어진다. 체험(경험)과 트라우마, 기억, 관계 등이 투입되고, 탐색, 성찰, 표현, 치유, 실용으로 산출되는 자기서사적 글쓰기에 대한 평가는 주관적 평가인 동시에 대학 제도 안에서 신뢰할 만한 평가(필터링) 효과를 동시에 충족되어야 하는 것은 아닌가 한다.

　　이와 관련하여 자기서사적 글쓰기의 경우 평가도구가 오히려 억압의 기제로 작용할 수 있다는 우려가 있을 수 있다. 또한 이미 대학 글쓰기 교과목이 평가를 하고 있는 만큼 자기서사적 글쓰기의 경우

---

33) 심선옥, 앞의 논문, 354쪽.

평가에서 자유로워야 효과를 얻을 수 있다는 지적도 생각해 볼 수 있다. 그러나 이는 대학 글쓰기교육의 필요성 및 평가의 가치를 좀 더 숙고할 대목이다. 평가의 초점을 명료하고 다각화한다면 글 쓰는 두려움을 벗어나 길잡이 역할을 도모할 수 있으며 목표를 실현하는 데 동기부여를 할 수 있을 것이다.

평가 만능주의와 우선주의에 갇히지만 않는다면, 대학의 기초교육 및 교양교육으로서의 글쓰기교육의 역할을 기대할 수 있으며, 의사소통능력과 학문성을 습득해 인성과 교양을 갖춘 성숙한 교양인 및 민주시민 양성이라는 대학교육의 목표를 견인할 수 있을 것이다. 글쓰기가 창의력을 요하는 작업일 뿐만 아니라 모범답안이 없다 하더라도, 대학에서의 교육의 한 영역으로 자리 잡기 위해서는 현재 수업현장에서 활발하게 이루어지고 있는 자기서사적 글쓰기를 어떠한 평가도구와 방법, 기준을 통하여 성취도를 평가할 수 있는지에 대하여 그 준거를 마련해야 할 것이다. 이는 단순히 자기서사적 글쓰기뿐만이 아니라 모든 글쓰기에 해당한다. 이는 매우 어려운 작업이지만 동시에 이뤄내야 할 문제이기도 하다.

4. 자기서사적 글쓰기를 통한 내면과 세계에 대한 이해

이 글에서는 2000년대 이후 대학 글쓰기교육의 현황을 살피고 이 중 '자기' 관련 글쓰기교육의 위상을 확인하였으며, 이 '자기' 관련 글쓰기교육을 대학 글쓰기교육의 한 유형으로 자리잡도록 하기 위한 방안으로 '자기서사적 글쓰기교육' 용어를 정립하고, 구체적 실천 가능성을 위한 평가 준거를 제안하였다.

최근 논의들은 '자기' 관련 글쓰기교육의 필요성과 적용, 한계점 등을 다양하게 보여주었다. 특히 2017년도에 발표된 '자기' 관련 글쓰기 교육에 관한 논문들을 통하여 현대사회에서 주목하고 있는 인문학의 중요성과 연계하여 '자기' 발견 및 탐색 방안을 구체적으로 제안함으로써 긍정적 발전 가능성을 모색함과 동시에 이를 수행하기 위한 다양한 수업설계방안이나 교수법을 제안하고 사례를 분석하는 과정에서 그 가치와 성과를 객관적으로 보일 수 있는 지표가 부재한다는 한계를 동시에 안고 있음을 확인하였다.

또한 2005년부터 2017년도에 이르기까지 '자기' 관련 글쓰기를 지칭하는 개념으로 쓰인 용어만 32개라는 점은 동일범주로 보이는 개념 간의 통일성 및 이들 유사 범주에 속하는 글쓰기를 통합해야 할 것이며, 이들 유형에 대한 상위범주로서의 용어 정립의 필요성을 제시하였다. 특히 상위 범주로서의 용어 설정은 '자기' 관련 글쓰기교육을 하나의 글쓰기 유형으로 정립하기 위한 첫 번째 단계라는 점에서 중요하다.

이와 관련하여 이 글에서는 두 가지 점에 초점을 두고 논의를 진행하였는데, 첫째는 용어의 정립, 둘째는 평가 준거의 제안이 그것이다. 교수자의 글쓰기목표와 적용 과정에 따라 다양한 용어가 쓰이는 점은 공감한다. 그런데 기존 연구들의 내용을 수렴할 공통적인 요소가 '서사'라는 점이 공유된다면 '자기서사적 글쓰기'로 범용해서 사용하는 것을 제안해 본다. 표현과 이해, 탐색과 성찰, 치유와 실용성의 성취나 효과도 자기에 대한 '이야기'로부터 기원하기 때문이다.

다음으로 대학에서의 자기서사적 글쓰기의 변별성과 심화를 이루기 위해서 평가의 준거가 필요하다. 자기는 고립되거나 독립된 존재에 고정되지 않고 자기 이외의 것과 긴밀하게 연관되기 때문이다. 자기서사적 글쓰기를 진행하는 동안 학습자의 자율성을 최대한 부여하되, 평가 준거를 제시해 줌으로써 성취목표에 이를 수 있을 것이다.

자기서사적 글쓰기교육을 하는 과정에서 대학의 교수자는 학습자들에게 글쓰기를 수행하는 기술적인(technical) 능력과 사적인 것과 공적인 것의 교차, 그리고 의사소통과 문제해결능력과 관련된 사회적 협업능력을 가르치고, 학습자들은 그것을 습득함으로써 주체로서 성장하고 성숙한 민주시민으로 성장할 수 있을 것이다.

자기 자신에게 초점을 맞춰 자기 내면의 이해와 자기를 둘러싼 세계에 대한 이해를 바탕으로 타자 나아가 세계와 소통하는 방법을 제안하는 자기서사적 글쓰기교육은 4차 산업혁명의 흐름에 따라 인간 본연의 가치와 정체성을 확인할 수 있는 역할을 수행할 수 있는 점에서, 이를 대학 글쓰기교육의 한 유형으로 제안한다.

급변하는 시대에 걸맞은 맞춤형 인재를 양성해야 하는 최종 교육기관인 대학에서의 글쓰기교육에 대한 사회적 기대가 큰 지금, 그에 걸맞은 대학 글쓰기교육 방안과 교육 목표의 설정은 앞으로 대학 글쓰기교육의 발전과 전망과도 직결될 것이다.

논문이 처음 실린 곳

- 김정숙, 「문장 텍스트의 변환을 위한 지도 방법 -대법원 판결 요지를 중심으로」, 『비교한국학 Comparative Korean Studies』 15권 2호, 국제비교한국학회, 2007, 71~90쪽.
- 김정숙, 「대학 글쓰기 교과목의 운영 현황과 내실화를 위한 제도적 방안 모색 -충남대학교 <기초글쓰기> 교과목 교수자의 응답을 중심으로」, 『비평문학』 53호, 한국비평문학회, 2014, 7~38쪽.
- 김정숙·백윤경, 「대학생의 학술적 글쓰기 능력 향상을 위한 지도의 실제 -논문작성법을 중심으로」, 『인문학연구』 49권 3호, 충남대학교 인문과학연구소, 2014, 57~84쪽.
- 김정숙·백윤경, 「주제 분석을 통한 학습자의 학술적 접근 양상과 글쓰기 교육의 방향(1) -2013~2015년 대학생의 제출논문 사례를 중심으로」, 『한국언어문학』 98호, 한국언어문학회, 2016, 303~326쪽.
- 김정숙·백윤경, 「대학 글쓰기 교재의 현황과 발전적 방향 -거점국립대학을 중심으로」, 『인문학연구』 56권 1호, 충남대학교 인문과학연구소, 2017, 83~116쪽.
- 김정숙·백윤경, 「대학 글쓰기교육에 대한 연구 동향의 분석과 시사점 -2005~2017년 대학 글쓰기교육 관련 학술논문을 중심으로」, 『인문학연구』 56권 3호, 충남대학교 인문과학연구소, 2017, 359~391쪽.
- 김정숙·백윤경, 「대학 글쓰기 교육에 대한 비판적 접근과 맥락적 글쓰기 교육의 제안(2) -브루스 맥코미스키(Bruce McComiskey)를 중심으로」, 『어문연구』 92호, 어문연구학회, 2017, 327~348쪽.
- 김정숙·백윤경, 「대학 글쓰기교육에서 '자기서사적 글쓰기'의 위상과 방향성 연구」, 『국어문학』 67호, 국어문학회, 2018, 397~426쪽.
- 김정숙·백윤경, 「대학 글쓰기교육에서 '평가' 연구의 동향과 분석」, 『인문학연구』 58권 1호, 충남대학교 인문과학연구소, 2019, 191~214쪽.
- 김정숙·백윤경, 「대학 글쓰기교육의 교육목표와 평가목표의 상관성 분석」, 『리터러시 연구』 10권 4호, 한국리터러시학회, 2019, 33~62쪽.
- 김정숙·백윤경, 「대학 글쓰기교육에서 평가 방법의 양상 연구 -평가 관련 학술논문을 중심으로」, 『국제어문』 84호, 국제어문학회, 2020, 385~406쪽.

부 록

[부록 1] 설문지

〈기초글쓰기〉 교과목 관련 설문 조사

안녕하세요! 아래의 항목은 <기초글쓰기> 수업 및 운영 등과 관련한 질문입니다. 7월 24일(목)에 있을 기초교양교육원의 <기초글쓰기> 워크숍에서 실질적이고 생산적인 논의를 위해 선생님의 의견을 허심탄회하게 듣고 싶어 다양하고 자유롭게 기술하시는 방식으로 질문지를 작성했습니다. 선생님의 의견을 참조하여 바람직한 <기초글쓰기>의 운영과 제도적 방안 등을 기초교양교육원에 제시하고자 합니다. 선생님의 답변은 워크숍 자료로만 활용되고 실명 및 개인적인 사항 등은 철저하게 보호될 것이니 염려하지 않으셔도 됩니다. 처음 시행된 <기초글쓰기> 수업에 대해 돌아보고 이후 학기부터 더 좋은 수업이 되기를 바라는 마음으로 함께해 주시길 바랍니다. 성적 평가 등으로 많이 바쁘실 줄 아오나 선생님의 가감 없는 답변을 부탁드립니다. 감사드립니다.

2014년 6월 20일

국어국문학과

* <기초글쓰기> 수업에 관련된 질문입니다.

연번	질문	의견
1	<기초글쓰기> 수업에서 가장 역점을 둔 부분은 무엇인가요?	
2	<기초글쓰기> 수업에서 활용된 가장 주된 교수법은 무엇인가요?	①강의(이론) 중심 ②쓰기 실습 중심 ③피드백중심 ④토론 중심 ⑤모둠학습 중심
3	위에서 선택한 방법을 다음 학기에도 활용할 예정인가요?	①예 ②아니오 ③기타
4	예(2-1번의 ①)/(2번의 ②)/기타(2-1번의 ③)의 선택 이유를 간단히 적어 주세요. (선택한 항목 관련만 작성)	
5	<기초글쓰기>의 효과적인 수업을 위해 피드백은 몇 번 이상 이루어지면 좋다고 생각하시나요?	

연번	질문	의견
6	<기초글쓰기>에서 피드백이 꼭 필요한 부분은 무엇인가요?	
7	<기초글쓰기> 수업에서 피드백은 몇 번 이루어졌나요?	①1회 ②2회 ③3회 ④4회 ⑤기타(회)
8	효과적인 피드백 횟수보다 적은 경우 가장 큰 장애 요인은 무엇이었나요?	
9	<기초글쓰기> 과제 제시 횟수는 몇 번 이었나요?	①1회 ②2회 ③3회 ④4회 ⑤기타(회)
10	<기초글쓰기> 중심 과제(연습문제 실습 포함)는 무엇이었나요?	
11	<기초글쓰기> 교재에 대해 만족하시나요?	①매우 만족 ②만족 ③보통 ④불만족 ⑤매우 불만족
12	만족하는(9번의 ①-②)/만족하지 않은(9번의 ④-⑤)/ 보통(9번의 ③) 이유를 간단히 적어 주세요.(선택한 항목 관련만 작성)	
13	<기초글쓰기> 수강생의 학습 참여도에 대해 만족하시나요?	①매우 만족 ②만족 ③보통 ④불만족 ⑤매우 불만족
14	<기초글쓰기> 수강생의 교재 만족도는 어떻다고 생각하시나요?	①매우 만족 ②만족 ③보통 ④불만족 ⑤매우 불만족
15	<기초글쓰기> 수강생의 수업 만족도는 어떻다고 생각하시나요?	①매우 만족 ②만족 ③보통 ④불만족 ⑤매우 불만족
16	<기초글쓰기> 수강생의 학습 목표 성취도는 어떻다고 생각하시나요?	①매우 높음 ②높음 ③보통 ④낮음 ⑤매우 낮음
17	높음(13번의 ①-②)/낮음(④-⑤)/ 보통(③)인 이유를 간단히 적어 주세요.(선택한 항목 관련만 작성)	
18	<기초글쓰기> 표준강의안 및 강의 매뉴얼이 필요하다고 생각하시나요?	①필요 ②불필요 ③상관없음(교수자 재량)
19	수업 환경(강의실 등 물리적 환경 및 복사 등 지원)이 적절하였나요?	①적절하다 ②보통이다 ③적절하지 않다 (기타의견:)
20	<기초글쓰기> 수업을 위해 꼭 갖추어야 할 제반 요소는 무엇이라고 생각하시나요?	

* 다음은 <기초글쓰기> 교과목 운영에 관련된 질문입니다.

연번	질문	의견
1	새로 신설된 <기초글쓰기> 과목의 제도적 운영(학교/학과)에 대해 어떻게 생각하시나요?	①매우 만족 ②만족 ③보통 ④불만족 ⑤매우 불만족
2	만족하는(1번의 ①·②)/ 만족하지 않은 (④·⑤)/ 보통(③) 이유를 간단히 적어 주세요.(선택한 항목 관련만 작성)	
3	<기초글쓰기>의 2학점 운영은 적절하다고 생각하시나요?	①매우 적절 ②적절 ③보통 ④부적절 ⑤매우 부적절
4	적절한(2번의 ①·②) / 적절하지 않은 (④·⑤) / 보통(③) 이유를 간단히 적어 주세요.(선택한 항목 관련만 작성)	
5	<기초글쓰기>의 수강인원 30명은 적절하다고 생각하시나요?	①매우 적절 ②적절 ③보통 ④부적절 ⑤매우 부적절
6	수강학생을 계열별(단대별)로 구성하는 것이 필요하다고 생각하시나요?	①필요. ②불필요. ③상관 없음
7	필요한(4번의 ①) / 불필요한(②) / 상관 없음(③) 이유를 간단히 적어 주세요.(선택한 항목 관련만 작성)	
8	<기초글쓰기> 교과목 운영에서 가장 큰 문제점은 무엇이었나요?	
9	<기초글쓰기> 교과목 운영에서 시급하게 개선해야 할 부분은 무엇인가요?	
10	<기초글쓰기>(교필)-전공·계열글쓰기(핵심교양) 체계가 적절하다고 생각하시나요?	①매우 적절 ②적절 ③보통 ④부적절 ⑤매우부적절
11	<기초글쓰기>와 관련해 개발해야 할 영역 및 교과목은 무엇이라고 생각하시나요?	
기타	위의 질문 외에 <기초글쓰기> 교재 및 교과목 운영에 제안하고 싶은 사항 등을 자유롭게 써 주세요. 미처 다루지 못한 점이나 빠진 부분도 보완해 주시면 감사하겠습니다.	

[부록2] 설문 조사 분석

* <기초글쓰기> 수업에 관련된 질문입니다.

1. <기초글쓰기> 수업에서 가장 역점을 둔 부분은 무엇인가요?

■대학(생)의 글쓰기의 필요성과 관심 고취 ■실용(실전) 글쓰기 능력의 신장 ■글쓰기의 기본 이론 습득과 소통 능력(역량) 강화 ■글쓰기의 논리적 구성과 윤리적 글쓰기에 대한 인식 ■글쓰기 경 험(연습)과 표현 능력 배양

2. <기초글쓰기> 수업에서 활용된 가장 주된 교수법은 무엇인가요?

■강의 중심(11명, 34%) ■쓰기 중심(7명, 21%) ■피드백 중심(8명, 24%) ■토론 중심(4명, 12%) ■모둠학습 중심(3명, 9%)

3. 위에서 선택한 방법을 다음 학기에도 활용할 예정인가요?

■예(15명, 83%) ■아니오(1명, 6%) ■기타(2명, 11%)

4. 예(2-1번의 ①)/(2번의 ②)/기타(2-1번의 ③)의 선택 이유를 간단히 적어 주세요.

■예의 선택 이유
 □강의: 교재의 적극적 활용, 다양한 사례 제시에 용이, 미흡한 학생 수준에 맞는 이론 제시
 □쓰기: 다양한 글쓰기 연습, 비판적 지성적 노력을 통한 논리적이고 체계적인 글쓰기 능력 향상
 □피드백: 학생들의 높은 선호도, 학습자의 수업에 대한 이해와 활용능력과 교수자의 학습 점검 및 보완
 □강의+쓰기: 글쓰기 이론과 실제의 접목
 □강의+모둠: 모둠을 통한 강의 내용의 효과적 숙지
 □강의+피드백: 글쓰기의 기본 이론과 과제물에 대한 피드백
 □쓰기+피드백: 글쓰기의 실제와 맞춤형 지도
 □강의+쓰기+피드백+토론: 글쓰기의 실습 기회와 소통 능력 함양
■아니오의 선택 이유: □토론+모둠 학습: 개별 발표 시간 추가 예정
■기타 의견: □학습자 상황에 맞게 유동적으로 적용하되 쓰기 비중 확대 예정

5. <기초글쓰기>의 효과적인 수업을 위해 피드백은 몇 번 이상 이루어지면 좋다고 생각하시나요?

■1회(1명, 5%) ■2회(2명, 10%) ■3회(10명, 53%) ■4회(4명, 21%) ■5회(2명, 11%)

6. <기초글쓰기>에서 피드백이 꼭 필요한 부분은 무엇인가요?

■글 차원: □글쓰기의 절차(단계)에 따른 교수-학습 전 과정(주제 설정과 개요 작성 강조) □단락 쓰기와 구성(체계) □국어어문규정과 문장
■태도 차원: □수업에의 관심도 및 교수자·학습자 간 상호 협력 강조 □학생 상호 간 강평 등 관계 성 강조

7. <기초글쓰기> 수업에서 피드백은 몇 번 이루어졌나요?

■1회(2명, 10%) ■2회(5명, 26%) ■3회(5명, 26%) ■4회(2명, 11%) ■5회(2명, 11%) ■7회(2명, 11%) ■8회(1명, 5%)

8. 효과적인 피드백 횟수보다 적은 경우 가장 큰 장애 요인은 무엇이었나요?

■수업 시수 부족(다수 의견) ■강의계획서 상의 교재 진도에 따른 심리적 압박감 ■피드백 및 글쓰기 실습 횟수 하향 조정 ■글의 완결성(형식성) 저하 우려 ■보강할 수 있는 가능성의 축소 ■학생들의 이해도 확인 어려움 ■교수자 대비 학생 수 과다(교수자의 담당 과목 수) ■글쓰기의 기본 형식 및 글쓰기 문제에 대한 학생의 인지 부족

9. <기초글쓰기> 과제 제시 횟수는 몇 번이었나요?

■5회(2명, 29%) ■6회(1명, 14%) ■7회(1명, 14%) ■8회(2명, 29%) ■11회(1명, 14%)

10. <기초글쓰기> 중심 과제(연습문제 실습 포함)는 무엇이었나요?

■글의 종류에 따라: □자기소개서, □서평, □설명문, □논설문(사설·칼럼), □영화감상문, □에세이
■교재를 중심으로: □교재실습과 강평, □주제설정, □개요작성, □단락 쓰기, □도입과 종결 쓰기
■제출 방식에 따라: □개별 글 제출 □대주제에 따른 개별 및 모둠별 완성 글 제출 □시사적인 주제 중심으로 모둠별 진행 후 글 제출

11. <기초글쓰기> 교재에 대해 만족하시나요?

■매우 만족(0명, 0%) ■만족(11명, 61%) ■보통(4명, 22%) ■불만족(2명, 11%) ■매우 불만족(1명, 6%)

12. 만족하는(9번의 ①-②)/만족하지 않은(9번의 ④-⑤)/ 보통(9번의 ③) 이유를 간단히 적어 주세요.

■만족의 선택 이유: □글쓰기에 집중된 개편 □내용의 평이함과 적절한 분량 □기초적인 내용 수록 및 사례의 다양성 □이론과 실습의 체계적 구성 □책 내용의 완성도를 떠나 교재로써 사용하기 용이함
■보통의 선택 이유: □기초라는 의미에 미충실 □적절한 예문 부족(부적합한 예시, 최신 예문의 필요성) □흥미 유도와 창의성 부족 □너무 어렵고 이론 중심
■불만족의 선택 이유: □표절과 연구윤리에 대한 내용 부재 □글쓰기 단계에 맞는 내용 재배치 필요 □시간 대비 분량 과다 □일부 오탈자와 부적절한 예문과 실습 문제

13. <기초글쓰기> 수강생의 학습 참여도에 대해 만족하시나요?

■매우 만족(0명, 0%) ■만족(8명, 44%) ■보통(7명, 39%) ■불만족(3명, 17%) ■매우 불만족(0명, 0%)

14. <기초글쓰기> 수강생의 교재 만족도는 어떻다고 생각하시나요?

■매우 만족(0명, 0%) ■만족(5명, 28%) ■보통(11명, 61%) ■불만족(2명, 11%) ■매우 불만족(0명, 0%)

15. <기초글쓰기> 수강생의 수업 만족도는 어떻다고 생각하시나요?

■매우 만족(0명, 0%) ■만족(10명, 56%) ■보통(8명, 44%) ■불만족(0명, 0%) ■매우 불만족(0명, 0%)

16. <기초글쓰기> 수강생의 학습 목표 성취도는 어떻다고 생각하시나요?

■매우 만족(0명, 0%) ■높음(12명, 63%) ■보통(7명, 37%) ■불만족(0명, 0%) ■매우 불만족(0명, 0%)

17. 높음(13번의 ①-②)/낮음(④-⑤)/ 보통(③)인 이유를 간단히 적어 주세요.

■높음의 선택 이유: □적은 학생 수로 글쓰기 향상 □'글을 잘 써야 한다'는 목적의식과 글쓰기의 기초 습득에 열의가 높음 □피드백을 통한 답안 작성 및 과제 수행의 난도 변화 □객관식·단답형의 답안을

벗어나 적극적인 자기표현 능력의 학습 기회 □단계별 학습 후 논리적 근거를 갖춘 글을 완성함

■보통의 선택 이유: □다수 학생의 글쓰기에 대한 부담감과 집중력 부족(1학년 1학기의 특성) □수업 참여도와 학생들의 호응도 낮음(1학년 편성) □이론 공부 후 실습과 피드백 시간 부족 □글쓰기의 중요성에 대한 수강생의 인식 부족

18. <기초글쓰기> 표준강의안 및 강의 매뉴얼이 필요하다고 생각하시나요?

■필요(9명, 48%)　■불필요(1명, 5%)　■상관 없음(교수자 재량)(9명, 47%)

19. 수업 환경(강의실　등 물리적 환경 및 복사 등 지원)이 적절하였나요?

■적절하다(2명, 11%)　■보통이다(11명, 61%)　■적절하지 않다(5명, 28%)

20. <기초글쓰기> 수업을 위해 꼭 갖추어야 할 제반 요소는 무엇이라고 생각하시나요?

■수업 관련: □3학점 시수 보강(다수 의견) □교재 검토와 수정(다수 의견) □해설서 및 추가 예시 자료 □표준강의안+교수재량의 강의 운영

■운영 및 제도 관련: □수강인원에 맞는 강의실과 기기 등의 수업 환경 개선 □학과별 편성 요망 □철저한 수강생 관리(피드백)를 위한 수강인원 감소 필요 □피드백과 첨삭에 대한 여건 개선과 글쓰기 튜터 필요

* 다음은 <기초글쓰기> 교과목 운영에 관련된 질문입니다.

1. <새로 신설된 <기초글쓰기> 과목의 제도적 운영(학교/학과)에 대해 어떻게 생각하시나요?

■매우 만족(0명, 0%)　■만족(8명, 45%)　■보통(6명, 33%)　■불만족(4명, 22%)　■매우 불만족(0명, 0%)

2. 만족하는(1번의 ①-②)/ 만족하지 않은(④-⑤)/ 보통(③) 이유를 간단히 적어 주세요.

■만족의 선택 이유: □학생 수 축소 □교수자의 글쓰기 실력 보장 □1학년 편성으로 수준 파악 및 지도에 용이 □기초글쓰기 교육과 전공글쓰기 연계를 통한 체계적 글쓰기 교육 □교수-학습내용의 적절성

■보통의 선택 이유: □타과 학생과의 교류와 소통 필요 □2시수에 대한 학생들의 중요도 저하(3학점 수업 요망) □학과 및 학교의 교과목에 대한 확실한 홍보 필요(졸업과 사회진출 관련 필수과목)

■불만족의 선택 이유: □학습자의 인문학적 비판력과 지성을 고취하기 위한 기본 교육의 인식 부족 □학교 측의 필수 과목 홍보 부족과 제도적인 지원 부족 □시수 부족 □특정 학과의 집중 편성으로 수업 분위기와 모둠 활동 등 어려움(학과 행사)

3. <기초글쓰기>의 2학점 운영은 적절하다고 생각하시나요?

■매우 적절(0명, 0%)　■적절(3명, 16%)　■보통(6명, 32%)　■부적절(5명, 26%)　■매우 부적절(5명, 26%)

4. 적절한(2번의 ①-②) / 적절하지 않은(④-⑤) / 보통(③) 이유를 간단히 적어 주세요.

■적절의 선택 이유: □2시간 편성과 과제 부여 시기 적절 □다양한 교양 수업 경험

■보통의 선택 이유: □작문에 필요한 절대 시간 부족과 피드백 어려움(2시간)

■부적절의 선택 이유: □교재 강의와 글쓰기 실습 병행에 절대 시간 부족 □2시수에 따른 과제 부

여 증가로 수강생 부담 가중 □전공글쓰기 설강의 불확실함에 따른 글쓰기 평균 공부 시간 부족함 □시간 대비 교재의 양이 많음

5. <기초글쓰기>의 수강인원 30명은 적절하다고 생각하시나요?

■매우 적절(5명, 26%) ■적절(8명, 42%) ■보통(4명, 21%) ■부적절(2명, 11%) ■매우 부적절(0명, 0%)

6. 수강학생을 계열별(단대별)로 구성하는 것이 필요하다고 생각하시나요?

■필요(10명, 55%) ■불필요(5명, 28%) ■상관 없음(3명, 17%)

7. 필요한(4번의 ①) / 불필요한(②) / 상관 없음(③) 이유를 간단히 적어 주세요.

■필요의 선택 이유: □수업 집중도와 강의 편의 및 심화 □계열별 맞춤형·특성화된 글쓰기 교육 □학생들의 요구에 더 부합하는 수업 및 효과적인 강의안 구성 가능 □단대별 학과별 행사 시 수업 분위기와 모둠 활동 등 강의 진행 고려 가능
■불필요의 선택 이유: □다양한 학과 구성을 통한 다양한 의견의 공유와 창의적 사고 교환 □학생들의 수강 선택권 필요 □대학교 1학년생으로서 학습태도 경험
■상관 없음의 선택 이유: □토론과 피드백을 통한 상호 발전 □학습자 상태(상황)와 요구의 재구성을 통한 강의 진행 □'기초' 성격의 교과목·전공글쓰기 수업 전제 □학생들 간 격차에 따른 수준별 분반 편성 요망

8. <기초글쓰기> 교과목 운영에서 가장 큰 문제점은 무엇이었나요?

■강의 관련: □시수 부족(대다수 의견) □교재의 검토와 수정 요망(다수 의견) □토론 및 발표 수업 누락 □수강인원의 과다로 첨삭 지도 및 학습자 1:1 피드백 어려움
■운영 관련: □교양 교육과정 개편 후 학교 측의 홍보 부족과 학생들의 관심 저하(과목명 고려) □상대평가의 재고(절대평가·P/F) □학생 수에 맞지 않는 강의실 환경과 부적절한 시간대 편성(오후 5시-7시)

9. <기초글쓰기> 교과목 운영에서 시급하게 개선해야 할 부분은 무엇인가요?

■수업 관련: □수업 시수 증강 필요(다수 의견) □교재 보강과 교과서의 실습과 강평 해제안 필요
■운영 및 제도 관련: □화법, 토론, 독서 등 다양한 교과목 개설을 통한 글쓰기 관심 증대 필요 □수강 인원에 맞는 강의실 환경 조성 □평가 방식 □창의적인 프로그램 개발 및 학습동기를 유발할 수 있는 이벤트(백일장·토론대회) □수강 인원의 점진적 하향 조절 □첨삭 지원과 기초글쓰기 연구실 운영

10. <기초글쓰기>(교필)-전공·계열글쓰기(핵심교양) 체계가 적절하다고 생각하시나요?

■매우 적절(1명, 6%) ■적절(7명, 44%) ■보통(7명, 44%) ■부적절(1명, 6%) ■매우 부적절(0명, 0%), 미기입자 2명

11. <기초글쓰기>와 관련해 개발해야 할 영역 및 교과목은 무엇이라고 생각하시나요?

■화법(발표) 및 토론 위주의 교과목 개설(<기초말하기>) ■기초-전공 글쓰기의 체계적 연계와 필수 과목 지정 ■창의력 개발을 위한 다양한 읽기 자료 몇 강의 자료 개발 ■(인문학) 독서 관련 교과목 개설 ■실용적(실질적) 글쓰기와 문학적(창의적) 글쓰기 교과목 개설

[부록 3] 항목별 논문 편수 추이도 및 비율

〈표1〉 글쓰기와 글쓰기교육 각 항목별 논문편수 추이도

연도	논문편수	총관련편수	글쓰기	작문	쓰기
'05	12	8	6	2	-
'06	14	8	5	4	-
'07	13	8	7	2	-
'08	34	18	22	2	1
'09	46	28	27	6	1
'10	40	20	18	4	2
'11	33	16	18	1	1
'12	62	31	36	4	1
'13	73	35	30	3	3
'14	112	59	58	10	3
'15	114	61	63	12	3
'16	89	54	50	10	2
'17	27	12	11	-	1
계(편)	669	358	351	60	18

〈표 2〉 글쓰기와 글쓰기교육 관련 연도별 논문 비율

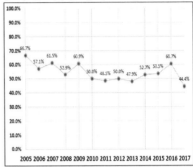

〈표3〉 교양교육 각 항목별 논문편수 추이도

연도	총관련편수	교양교육	인성교육	의사소통교육	융복합/통합교육	사고와표현
'05	5	1	-	2	1	3
'06	8	2	-	7	1	2
'07	8	3	1	1	5	4
'08	14	8	1	5	2	4
'09	14	4	-	7	4	6
'10	22	7	1	12	4	4
'11	13	5	-	6	3	5
'12	32	12	-	12	5	10
'13	34	13	2	12	12	8
'14	58	23	4	20	13	15
'15	46	13	6	19	7	17
'16	32	13	-	9	8	18
'17	10	3	1	5	5	1
계(편)	296	107	17	117	70	97

〈표 4〉 교양교육 관련 연도별 논문 비율

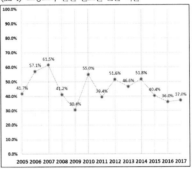

〈표5〉 계열별 글쓰기 각 항목별 논문편수 추이도

연도	총관련편수	계열별글쓰기	인문계열	이공자연계열	사회과학계열	예체능계열	전공전공연계.교과연계	범교과/비교과
'05	1	1	-	-	-	-	-	-
'06	3	-	-	2	1	-	-	-
'07	3	-	1	1	-	-	-	1
'08	5	1	1	3	-	-	2	-
'09	9	2	1	6	1	-	2	-
'10	8	-	-	5	-	-	2	1
'11	4	-	1	1	-	-	3	1
'12	8	-	1	1	-	1	3	3
'13	13	-	1	8	-	-	4	2
'14	17	3	2	6	-	2	4	3
'15	17	1	1	4	1	1	10	6
'16	8	4	1	2	-	1	1	1
'17	6	-	-	3	-	-	3	1
계(편)	102	12	10	42	3	5	34	19

〈표 6〉 계열별 글쓰기 관련 연도별 논문 비율

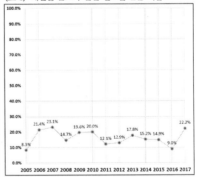

<표 7> 글쓰기교육의 구체적 목표와 지도 방안 관련 추이도

연도	총논문편수	실용	학술학문논문	논준,논리논술	비판,비평	자기서사탐색	창의,창조	융복합통합학제간
'05	7	0	3	3	1	2	0	1
'06	4	0	0	1	2	2	1	1
'07	9	0	0	7	4	1	3	5
'08	12	0	4	2	2	4	0	2
'09	23	1	4	7	4	8	2	4
'10	23	4	6	5	4	5	2	4
'11	14	1	3	0	2	6	1	3
'12	36	0	9	6	5	15	3	5
'13	44	2	7	11	10	11	11	12
'14	51	3	9	7	10	22	8	13
'15	50	2	4	6	12	23	15	7
'16	49	2	8	11	12	19	7	8
'17	16	0	1	3	1	6	3	5
계(편)	338	15	58	69	69	124	58	70

<표 8> 글쓰기교육의 구체적 목표와 지도 방안 관련 논문 비율

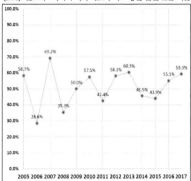

<표 9> 전담기구 관련 각 항목별 논문편수 추이도

연도	총논문편수	센터/기관	클리닉	튜터링,튜터/멘토링	프로그램/시스템	시험,제도
'05	2	0	0	0	0	0
'06	0	0	0	0	0	0
'07	1	1	0	0	0	0
'08	8	4	0	0	5	2
'09	10	3	0	0	3	6
'10	6	0	0	1	1	4
'11	5	1	0	1	3	1
'12	6	2	0	1	0	3
'13	10	3	3	4	0	3
'14	16	8	3	2	4	5
'15	14	5	4	3	9	2
'16	9	2	2	2	2	2
'17	3	0	0	0	3	0
계(편)	90	29	12	14	32	27

<표 10> 전담기구 관련 연도별 논문 비율

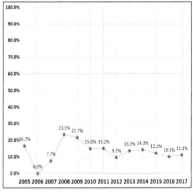

<표 11> 학습법 관련 각 항목별 논문편수 추이도

연도	총논문편수	PBL	첨삭	피드백	토론,토의	모둠,협동,협력	평가
'05	2	1	0	0	0	0	1
'06	5	1	0	2	1	2	0
'07	6	3	0	1	3	0	1
'08	8	0	2	2	1	3	3
'09	17	4	4	1	2	3	6
'10	12	2	2	2	5	3	3
'11	9	1	1	3	3	1	2
'12	15	1	6	7	3	1	2
'13	22	5	6	4	8	1	3
'14	31	5	11	8	8	3	5
'15	27	5	3	5	8	5	5
'16	33	8	6	6	6	6	8
'17	6	1	3	2	0	1	0
계(편)	193	37	44	43	48	29	39

<표 12> 학습법 관련 연도별 논문 비율

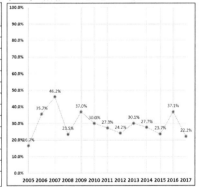

〈표 13〉 과정중심 관련 각 항목별 논문편수 추이도

연도	총편수	과정중심	과정중심글쓰기	인지	구성	인지구성	사회구성	단계별
'05	2	0	2	1	0	0	0	0
'06	1	1	0	0	0	1	1	0
'07	3	1	1	0	0	0	1	0
'08	6	2	4	0	0	0	0	0
'09	7	0	6	0	0	0	1	1
'10	8	2	1	3	2	0	0	1
'11	6	2	1	1	2	0	0	1
'12	4	1	0	0	3	0	0	0
'13	9	2	2	3	2	0	2	1
'14	11	1	4	3	1	0	1	2
'15	17	1	8	3	6	0	1	1
'16	16	3	7	3	4	1	1	0
'17	3	1	0	1	1	0	0	0
계(편)	93	17	36	18	21	2	8	7

〈표 14〉 과정중심 관련 연도별 논문 비율

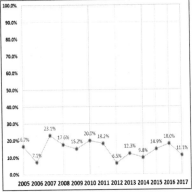

주제어	명수	주제어	명수	주제어	명수	주제어	명수
1인방송	1	마케팅	2	심리적 부검	1	전공불일치	1
e스포츠산업진흥법	1	모녀관계	1	심리치료	1	제과기업	1
SNS	1	무고한 피고인	1	심리학	6	조선	1
감성	1	문화 발전	1	아동교육	4	조선시대	1
개인정보보호	1	문화산업	1	아이돌	4	중국	2
갭이어	1	묻지마 범죄	1	안전공학	1	중독	1
게겐 프레싱	1	미국	1	애니메이션	1	지역감정	1
게임산업	4	미디어	1	양성평등	1	지역주의	1
경제성장	1	미디어법	1	언어 교수법	1	진로	1
경제적 효율성	1	미술대학입시제도	1	얼굴	1	질투	1
공공건축	1	미술사적 가치	1	에듀케이터	1	집권 능력	1
공동체	1	박완서	1	여론 독점화	1	천일염	2
공직선거법	1	반한류	1	여성사회진출	1	청년	1
공포증	1	배트맨	1	여행	1	청소년범죄	1
과대포장	1	범의침해행위	1	역사	1	청소년보호법	1
과학수사	1	범죄 원인	1	역사의 진실성	1	종기문화	1
교육과정	1	범죄 유형	1	역사의식	1	최저임금	1
교통약자	1	범죄분석	1	연개소문	1	축구구단	1
교화프로그램	1	범죄학	1	연출기법	1	코칭	1
구별짓기	1	법적규제	1	영아보호	1	큐레이터	1
국가경쟁력	1	법적보호	1	영어교육	1	크리스토퍼 놀란	1
국가보안법	1	베이비박스	1	영화산업	1	탈북행	1
국가정보원	1	베이커리	1	예능	1	테러대응방안	1
국방부	1	보호관찰	1	예능프로그램	1	테러대응법령	1
국제 시장화	1	보호관찰소	1	오디션	1	패션	1
군주	1	복지실태	1	온라인게임	1	팬심	2
권리침해	1	봄날	1	올림픽	1	편익학	1
금연	1	분노조절	1	올림픽 이념	1	편익학 정책	1
금연정책	1	비행	1	외국어	1	프랑스	1
금연제도	2	빅데이터	2	외래어	1	프랜차이즈	1
기아	1	사생팬	1	욕설	1	프랜차이즈기업	1
기업범죄	1	사이버범죄	1	유행	3	프로스포츠	1
내부고발	1	사주	1	융복합학문	1	프로파일러	1
농구협회	1	사형범죄	1	의료민영화	1	핀란드교육	1
다문화제도	1	사회선도	1	의료보험	1	학과통폐합	1
다이어트	2	산업안전	1	인디문화	1	학교폭력	1
담배규제	2	산업자본주의	1	인생	1	학문적 소통	1
대중소기업	1	상담	1	인성교육	1	학생선발방법	1
대인관계	3	서울시	1	인식체계	1	한국교육	2
대전지역 범죄	1	전후배문화	1	일제강점기	1	한국사 교과서	1
대중음악	2	성의식	1	입시미술	1	한국사 교육	1
대학교육	3	성취욕구	1	입시제도	1	한국어	2
대학구조조정	1	성희롱	1	자기 개념	1	한류	1
대학수학능력시험	1	소년범죄	1	자기계발서	1	한문교육	1
대화법	1	소비	1	자살예방	1	핫플레이스	1
도시개발	1	소비촉진	1	자유교양교육	1	해외진출	1
독거노인	1	소셜미디어	7	자유와 책임	1	현대축구전술	1
독일/핀란드교육	1	소셜 벤처	1	자유전공학부	1	형사특별법	1
동물실험	1	소셜커머스	1	장 뤽 고다르	1	흥보지원대원제도	1
동반성장	1	주증	1	장르	1	화이트칼라범죄	1
드라마	1	수탈론	1	장화홍련	1	화장품	1
레미제라블	1	술문화	1	재난안전교육	1	환경문제	1
루키즘	1	스크린쿼터	1	재난안전시설	1	흥악성 범죄	1
리그오브레전드	2	스포츠	1	재범방지교육	1	후기 인상주의회화	1
리더십	1	시각문화	1	재테크	1	힐링인문학	1
리버풀	1	시장	1	재판과정	1	계	268
마리 앙투아네트	1	신뢰	1	저상버스	1		
마음 이론	1	신화상징	1	저작권	2		

[부록 5] 글쓰기교육 관련 KCI 등재 학술논문 중 '평가'를 다룬 논문

(대상기간: 2005.01~2019.04)

발표연도	편수	연구 대상 논문
2005	1	석주연(2005)
2006	0	-
2007	3	박정하(2007), 원진숙(2007), 최상민(2007)
2008	5	염민호·김현정(2008), 이명실(2008), 이은자(2008), 정희모·이재성(2008), 최상민(2008)
2009	8	김남미(2009), 김민정(2009) 2편, 김병길(2009), 오윤선(2009), 정희모·이재성(2009), 정희모(2009), 최병선(2009)
2010	4	김혜경(2010), 박준범·김정화(2010), 이인영(2010), 정희모 (2010)
2011	3	오현아(2011), 이재기(2011), 최상민(2011)
2012	3	박상민·최선경(2012), 박상태(2012), 신민희(2012)
2013	3	김경남(2013), 김민정(2013), 신선경(2013)
2014	9	김지연(2014), 박찬수(2014), 시정곤(2014), 이순희(2014), 이진희·김형규·홍성연(2014), 임택균(2014), 전지니(2014), 주민재·김진웅(2014) 2편
2015	6	김진웅·주민재(2015), 김현숙(2015), 유해준(2015), 지현배·이윤선(2015), 차봉준(2015), 한새해(2015)
2016	12	김진웅·주민재(2016), 류의근(2016), 배수정·박주용(2016), 손혜숙(2016), 송지언(2016), 양선진(2016), 유옥순(2016), 유유현(2016), 이은주(2016), 정혜경(2016), 조윤정(2016), 최선희(2016)
2017	7	권미란(2017), 김남미(2017), 이상원(2017), 이승주(2017), 이윤빈(2017), 이지영(2017), 이효숙(2017)
2018	8	김누리·장선영(2018), 권미란(2018), 박주용·박정애(2018), 이은홍(2018), 이지영(2018), 최은영(2018), 김현정(2018), 송미영(2018)
2019	0	2019년 4월 연구 범위 시점

저서

강명구·김희준·정윤석 외, 『과학기술 글쓰기』, 서울대학교출판부, 2008.

강명혜, 『창의적 글쓰기와 말하기』, 강원대학교 기초교육원, 2015.

교양교재편찬위원회, 『국어와 작문』, 충북대학교 출판부, 2008.

교육편찬위원회, 『열린 생각과 말하기』, 부산대학교출판부, 2009.

권경근 외 4명, 『창의적 사고와 글쓰기』, 부산대학교출판부, 2011.

글쓰기교재편찬위원회, 『과학기술 글쓰기』, 경북대학교 출판부, 2015.

_____, 『사회과학 글쓰기』, 경북대학교 출판부, 2016.

_____, 『인문학 글쓰기』, 경북대학교 출판부, 2015.

기초글쓰기교재편찬위원회, 『기초글쓰기: 사고와 표현』, 궁미디어, 2014.

김현정 외 19명, 『2015 개정 교육과정에 따른 고등학교 국어과 평가기준 개발 연구』, 한국교육과정평가원, 2017.

Bruce McComiskey, 『사회 과정 중심 글쓰기: 작문교육 패러다임의 전환』, 김미란 역, 경진, 2013.

William Grabe & Robert B. Kaplan, 『쓰기 이론과 실천 사례』, 허선익 뒤침, 박이정, 2008.

남기택 외 4명, 『대학생을 위한 글쓰기와 포트폴리오』, 삼경문화사, 2013.

린다 플라워, 『글쓰기의 문제해결전략』, 원진숙·황정현 역, 동문선, 1998.

모티머 J 애들러·찰스 반 도렌, 『논리적 독서법』, 오연희 역, 예림기획, 1997.

서울대학교 글쓰기의 기초 편찬위원회, 『글쓰기의 기초』, 서울대학교출판문화원, 2015.

임천택, 『학습자 중심의 국어과 평가』, 박이정, 2002.

전남대학교 기초교육원, 『글쓰기』, 전남대학교출판부, 2012.

전북대학교 국어국문학과, 『사회계 글쓰기』, 태학사, 2013.

_____, 『이공계 글쓰기』, 태학사, 2013.

_____, 『인문계 글쓰기』, 태학사, 2016.

정병기, 『사회과학 논문작성법』, 서울대학교출판부, 2008.

제주대학교작문교재편찬위원회, 『글쓰기와 생활』, 형설출판사, 2011.

황병순·장만호, 『글쓰기의 방법과 실제: 인문.사회계열』, 경상대학교출판부, 2013.

_____, 『글쓰기의 방법과 실제: 자연계열』, 경상대학교출판부, 2013.

현기영, 「겨우살이」, 『아스팔트』, 창비, 2015.

논문

강혜선, 「서사무가(敍事巫歌) 『바리공주』의 여성적 리더십 연구」, 『돈암어문학』 25집, 돈암어문학회, 2012.

고명신, 「문학을 활용한 자기 성찰적 글쓰기 수업 방안」, 『리터러시 연구』 21호, 한국리터러시학회, 2017.

고영만·송민선·이승준, 「한국학술지인용색인(KCI)의 인문학, 사회과학, 예술체육 분야 저자키워드의 의미적 관계 유형 최적화 연구」, 『한국문헌정보학회지』 49권 1호, 한국문헌정보학회, 2015.

공주은·노상래, 「4차 산업혁명과 대학 글쓰기교육」, 『교양교육연구』 11권 6호, 한국교양교육학회, 2017.

곽경숙, 「대학 글쓰기 교재의 비교 분석」, 『한국언어문학』 68집, 한국언어문학회, 2009.

구자황, 「대학 글쓰기 교재의 구성에 관한 일고찰」, 『어문연구』 74호, 어문연구학회, 2012.

_____, 「대학글쓰기교육의 반성과 전망」, 『반교어문연구』 36권, 반교어문학회, 2014.

권미란, 「학생의 학습동기를 자극하는 교수의 성공적인 피드백 전략」, 『리터러시 연구』 21호, 한국리터러시학회, 2017.

_____, 「학습자의 자율성을 고려한 협동형 글쓰기 과제 연구」, 『리터러시 연구』 9호, 한국리터러시학회, 2018.

권채린, 「'자기 성찰적 글쓰기'의 논증적 가능성 탐색을 위한 시론(試論)」, 『우리어문연구』 57집, 우리어문학회, 2017.

김경남, 「글쓰기 평가 연구 경향과 대학 글쓰기 평가의 발전 방향」, 『우리말교육현장연구』 7권 1호, 우리말교육현장학회, 2013.

김광해, 「문장상담소(writing center) 제도의 도입을 위하여」, 『새국어생활』 9권 4호, 국립국어원, 1999.

_____, 「텍스트언어학의 이론과 응용 : 우리나라 판결문의 텍스트성에 대한 연구」, 『텍스트언어학』 8권, 한국텍스트언어학회, 2000.

김남미, 「대학 글쓰기수업에서의 동료평가 결과 연구」, 『한민족문화연구』 30호, 한민족문화학회, 2009.

_____, 「비평적 문식성 신장을 위한 서평글쓰기교육」, 『교양교육연구』 11권 2호, 한국교양교육학회, 2017.

김미란, 「대학의 글쓰기교육과 장르 선정의 문제」, 『작문연구』 9집, 대학작문학회, 2009.

_____, 「인문학 연구의 활성화가 대학 글쓰기교육에 미친 영향과 전망: 문화 연구와 비판적 담론 분석을 중심으로」, 『작문연구』 10집, 작문연구학회, 2010.

김민정, 「대학 글쓰기교육에서의 '반성적 쓰기'의 활용과 의의」, 『한국문학이론과 비평』 13권 4호, 한국문학이론과 비평학회, 2009.

_____, 「이공계 전공과 〈글쓰기〉를 연계한 융합형 교육프로그램 개발을 위한 연구」, 『배달말』 52호, 배달말학회, 2013.

_____, 「진단 평가를 활용한 글쓰기 과정과 전략의 지도 방안」, 『작문연구』 9호, 한국작문학회, 2009.

김병길, 「대학 글쓰기 평가방법과 실태 연구」, 『작문연구』 8호, 한국작문학회, 2009.

김상태, 「판결문 텍스트의 변환을 통한 문장지도」, 『어문논총』 19집, 청주대학교

국어국문학과, 2005.

김성숙, 「미국의 대학 글쓰기교육과정과 평가」, 『작문연구』 6권 6호, 한국작문학회, 2008.

김성혜·임자연, 「대학교양영어 프로그램의 운영 현황」, 『현대영어교육』 14권 2호, 현대영어교육학회, 2013.

김신정, 「대학 글쓰기교육에서 글쓰기 센터(Writing Center)의 역할」, 『작문연구』 4호, 한국작문학회, 2007.

김영욱, 「대학 국어교육의 理想과 現實」, 『어문연구』 31권 4호, 한국어문교육연구회, 2003.

김영진·현남숙, 「자기성찰에 기반한 자전적 글쓰기교육」, 『교양교육연구』 11권 2호, 한국교양교육학회, 2017.

김영환·장동국·문장민 「범죄발생의 기초요인 분석에 관한 연구」, 『법학연구』 28집, 한국법학회, 2007.

김은정, 「학문목적 글쓰기를 위한 대학글쓰기교육 방안」, 『교양교육연구』 6호, 한국교양교육학회, 2012.

김재윤, 「원자력과 방사성물질 등의 위험에 대한 형법적 보호」, 『법학연구』 45집, 한국법학회, 2012.

김정남, 「대학작문교육에서 텍스트 이론의 적용 가능성에 대한 검토」, 『텍스트언어학』 17권, 텍스트언어학회, 2004.

김정숙, 「대학 글쓰기 교과목의 운영 현황과 내실화를 위한 제도적 방안 모색 –충남대학교 〈기초글쓰기〉 교과목 교수자의 응답을 중심으로」, 『비평문학』 53호, 비평문학회, 2014.

김정숙·송지연, 「융·복합적 방법론을 활용한 가치관 및 소통 교육의 내용 제언 –대학 교양교과목 〈가치와 소통〉 교수요목 개발을 중심으로」, 『교양교육연구』 7권 2호, 한국교양교육학회, 2013.

김정숙·백윤경, 「대학생의 학술적 글쓰기 능력 향상을 위한 지도의 실제」, 『인문학연구』 96호, 충남대학교 인문과학연구소, 2014.

_____, 「주제 분석을 통한 학습자의 학술적 접근 양상과 글쓰기교육의 방향

(1) –2013~2015년 대학생의 제출논문 사례를 중심으로」, 『한국언어문학』 98집, 한국언어문학회, 2016.

_____, 「대학 글쓰기교육에 대한 연구 동향의 분석과 시사점」, 『인문학연구』 108호, 충남대학교 인문과학연구소, 2017.

_____, 「대학 글쓰기교육에 대한 비판적 접근과 맥락적 글쓰기교육의 제안(2) –브루스 맥코미스키(Bruce McComiskey)를 중심으로」, 『어문연구』 92집, 어문연구학회, 2017.

_____, 「대학 글쓰기 교재의 대학 글쓰기 교재의 현황과 발전적 방향 -거점국립대학을 중심으로」, 『인문학연구』 106호, 충남대학교 인문과학연구소, 2017.

_____, 「대학 글쓰기교육에서 '자기서사적 글쓰기'의 위상과 방향성 연구」, 『국어문학』 67호, 국어문학회, 2018.

_____, 「대학 글쓰기교육에서 '평가' 연구의 동향과 분석」, 『인문학연구』 58권 1호, 충남대학교 인문과학연구소, 2019.

_____, 「대학 글쓰기교육의 교육목표와 평가목표의 상관성 분석」, 『리터러시연구』 10권 4호, 한국리터러시학회, 2019.

_____, 「대학 글쓰기교육에서 평가 방법의 양상 연구 -평가 관련 학술논문을 중심으로」, 『국제어문』 84호, 국제어문학회, 2020.

김지연, 「디지털 텍스트 평가 기준에 대한 독자의 인식 연구」, 『국어교육학연구』 49권 1호, 국어교육학회, 2014.

김진웅·주민재, 「쓰기 과제의 주제 제시 구체화에 따른 교수자의 평가 수행 양상 분석」, 『국어교육연구』 59호, 국어교육학회, 2015.

_____, 「쓰기 평가 연구의 경향과 과제 탐구」, 『한민족문화연구』 54호, 한민족문화학회, 2016.

김항규, 「리더십에서의 리더의 신뢰 구축 방안에 관한 연구」, 『한국공공관리학보』 26권, 한국공공관리학회, 2012.

김현숙, 「대학 글쓰기 평가와 평가자 전공 간 상관성 분석」, 『어문연구』 84권, 어문연구학회, 2015.

김현정, 「치유를 위한 글쓰기 프로그램 운영의 방향성」, 『대학작문』 19집, 대학작문학회, 2017.

김혜경, 「학생 포트폴리오 구성을 위한 글쓰기 지도 연구」, 『한국언어문학』 75권, 한국언어문학회, 2010.

김화경, 「역량기반 교육과정 고찰 및 창의융합역량 강화를 위한 통합적 글쓰기 운영방안 연구」, 『리터러시 연구』 19호, 한국리터러시학회, 2017.

나은미, 「대학 글쓰기교육 연구 검토 및 제언」, 『대학작문』 1호, 대학작문학회, 2010.

류의근, 「비판적 사고 교육을 위한 수업모형」, 『철학논총』 83권 1호, 새한철학회, 2016.

박명숙, 「융합적 〈사고와 표현〉의 스토리텔링 교수학습」, 『교육문화연구』 23권 3호, 교육연구소, 2017.

박상민·최선경, 「대학 글쓰기교육에서 첨삭지도의 실제적 효용 연구」, 『작문연구』 16호, 한국작문학회, 2012.

박상태, 「〈학술적 글쓰기〉 개별 면담 지도 공통 매뉴얼에 관한 연구」, 『반교어문연구』 33호, 반교어문학회, 2012.

박상태·김철신, 「국립순천대학교 〈독서와 표현〉 영역운영 현황 및 수강생 설문 조사를 통한 성과 분석」, 『사고와표현』 9권 1호, 한국사고와표현학회, 2016.

박영목, 「쓰기 평가 연구의 주요 과제」, 『작문연구』 6권, 한국작문학회, 2008.

_____, 「작문 능력 평가 방법과 절차」, 『국어교육』 99호, 한국국어교육연구회, 1999.

박영민, 「2015 국어과 교육과정 작문 영역의 쟁점과 과제」, 『국어교육학연구』 51권 1호, 국어교육학회, 2016.

박은하, 「글쓰기 텍스트에 나타난 대학생들의 구어적 표현 양상」, 『리터러시 연구』 19집, 한국리터러시학회, 2017.

박정하, 「통합 교과형 논술과 논술 교육의 방향」, 『국어교육학연구』 29호, 국어교육학회, 2007.

_____, 「학술적 글쓰기, 어떻게 가르칠 것인가 -성균관대 〈학술적 글쓰기〉 사례를

중심으로」, 『사고와 표현』 5권 2호, 한국사고와표현학회, 2012.

박주용·박정애, 「동료평가의 현황과 전망」, 『인지과학』 29권 2호, 한국인지과학회, 2018.

박준범·김정화, 「글쓰기의 관점에서 본 '읽기·쓰기 통합 교육'의 실제와 향방」, 『인문연구』 60호, 인문과학연구소 2010.

박진우, 「공익광고에서 은유 이미지의 광고효과와 인지된 창의성에 관한 연구」, 『한국광고홍보학보』 18권 3호, 한국광고홍보학회, 2016.

박찬수, 「실용적 글쓰기교육의 현황과 문제점」, 『어문연구』 82호, 어문연구학회, 2014.

박해랑, 「글쓰기 사례를 통해 본 인성교육 방안」, 『교양교육연구』 11권 1호, 한국교양교육학회, 2017.

_____, 「성찰적 글쓰기를 통한 글쓰기교육 효과 연구」, 『문화와 융합』 39권 5호, 한국문화융합학회, 2017.

방설영·은 영, 「시뮬레이션 교육에서 성찰질문과 글쓰기를 이용한 디브리핑의 효과」, 『한국간호교육학회지』 23권 4호, 한국간호교육학회, 2017.

배수정·박주용, 「대학 수업에서 누적 동료평가 점수를 활용한 성적 산출 방법의 타당성」, 『인지과학』 27권 2호, 한국인지과학회, 2016.

배식한, 「전공연계글쓰기(WAC)의 국내 적용을 위한 전제 조건: 미국 WAC프로그램의 역사적 고찰을 통해」, 『교양교육연구』 6권 3호, 한국교양교육학회, 2012.

석주연, 「학술적 글쓰기의 평가에 대한 일고찰」, 『어문연구』 33권 1호, 한국어문교육연구회, 2005.

손대현, 「입사지원서 쓰기 교육의 방안과 그 실제」, 『동남어문논집』 44권 1호, 동남어문학회, 2017.

손윤권, 「대학 〈글쓰기〉에서의 '글'에 대한 태도 변화와 창의적 교수법의 필요성 -강원대학교에서의 〈글쓰기〉 강의 경험을 바탕으로」, 『대학작문』 2호, 대학작문학회, 2011.

손혜숙, 「글쓰기 교과목 운영 현황과 발전 방향」, 『리터러시 연구』 17호, 한국리터러시학회, 2016.

_____,「대학 글쓰기에서 '자기 서사 쓰기'의 교육방법 연구」,『어문론집』50호, 중앙어문학회, 2012.

_____,「대학 글쓰기와 인성 교육의 연계 가능성」,『문화와 융합』39권 5호, 한국 문화융합학회, 2017.

_____,「자기 탐색적 글쓰기에 관한 연구 동향」,『교양학연구』1권, 다빈치미래교 양연구소, 2015.

송기중,「敎養國語 敎育의 목적과 범위」,『어문연구』31권 4호, 한국어문교육연구 회, 2003.

송지언,「평가자에 따른 작문 평가 결과의 비교 연구」,『작문연구』29호, 한국작문 학회, 2016.

시정곤,「이공계 글쓰기 교육의 과제와 전망 – 카이스트 사례를 중심으로」,『작문 연구』21호, 한국작문학회, 2014.

신민희,「학습성과 수행평가를 위한 루브릭 개발과 적용에 관한 연구」,『공학교육 연구』15권 5호, 한국공학교육학회, 2012.

신선경,「공학도를 위한 학습자 중심 글쓰기교육의 방법과 내용」,『작문연구』19 호, 한국작문학회, 2013.

_____,「지식 융합 시대의 대학 글쓰기교육의 방향」,『사고와 표현』5권 2호, 한국 사고와표현학회, 2012.

신선희,「미국의 작문평가」,『작문연구』13권, 한국작문학회, 2011.

신헌재,「초등국어과 교육과정의 역사적 변천」,『교원교육』4권 1호, 한국교원대학 교 교육연구원, 1988.

신호철·임옥규,「대학 글쓰기 교육에서 '자기소개서'의 재구성 연구」,『어문론집』 71집, 중앙어문학회, 2017.

신희선,「S Leadership 함양을 위한 숙명여대 의사소통센터의 교양교육 사례연구」, 『숙명리더십연구』6집, 숙명여자대학교, 2007.

심선옥,「대학 교양교육에서 자기표현 글쓰기의 위상과 교육방법 연구」,『반교어문 연구』43권, 반교어문학회, 2006.

양선진,「의사소통영역(글쓰기, 발표와 토론)과 비판적사고의 기원과 해석」,『인문학연구』 55권 4호, 인문과학연구소, 2016.

양창진, 「학술 논문의 주제어 표기 및 활용 방안 연구」, 『인문콘텐츠』 19호, 인문콘텐츠학회, 2010.

염민호·김현정, 「'논술중심 전공 교과' 시범운영의 평가」, 『한국교육』 35권 1호, 한국교육개발원, 2008.

오윤선, 「이공계 대학생의 학술논문쓰기 교육과 평가항목」, 『국제어문』 45호, 국제어문학회, 2009.

오태호, 「경희대학교 "학술적 글쓰기" 교육의 방향과 실제 -"글쓰기 2"『대학 글쓰기: 세계와 나』교재와 수업 사례를 중심으로」, 『우리어문연구』 49권, 우리어문학회, 2012.

오현아, 「학습자 중심 작문 평가 결과 제시 방식에 대한 고찰」, 『작문연구』 12호, 한국작문학회, 2011.

옥현진, 「작문 연구의 국제 동향 분석과 대학작문교육을 위한 시사점」, 『반교어문연구』 31집, 반교어문학회, 2011.

옥현진·조갑제, 「작문 연구의 국제 동향 분석과 대학작문교육을 위한 시사점」, 『반교어문연구』 31집, 반교어문학회, 2011.

원진숙, 「대학생들의 학술적 글쓰기 능력 신장을 위한 작문 교육 방법」, 『어문논집』 제51집, 민족어문학회 51호, 2005.

_____, 「논술 개념의 다층성과 대입 통합 교과 논술 시험에 관한 비판적 고찰」, 『국어교육』 122호, 한국어교육학회, 2007.

윤지관, 「현단계 한국 대학의 위기 양상과 대학 체제 개편 논의」, 『동향과 전망』 99호, 한국사회과학연구회, 2017.

윤철민, 「대학 글쓰기 교재 분석 연구 -2005년, 2014년 고려대학교 글쓰기 교재를 중심으로」, 『한국어문교육』 17권, 고려대학교 한국어문교육연구소, 2015.

이경재, 「성범죄자 신상공개의 법적 문제점 고찰」, 『저스티스』 65호, 한국법학원, 2002.

이명실, 「대학 글쓰기교육에서 '평가' 방법의 재고」, 『작문연구』 6호, 한국작문학회, 2008

이상원, 「대학 신입생 글쓰기 능력 평가와 일대일 글쓰기멘토링 사례 연구」, 『사고와표현』 10권 2호, 한국사고와표현학회, 2017.

이삼형, 「국어교육 연구의 어제, 오늘 그리고 내일」, 『국어교육학 연구』 14호, 국어교육학회, 2002.

이성만, 「텍스트언어학과 작문 −독일 작문교육의 경향을 중심으로」, 『작문연구』 7권, 한국작문학회, 2008.

이성주, 「학습과제 유형에 따른 온라인 협력 학습과정」, 『교육공학연구』 24권 4호, 한국교육공학회, 2008.

이소연, 「포스트휴먼 시대 인문학적 사고와 글쓰기교육 방안」, 『한국문학이론과 비평』 21권 2호, 한국문학이론과비평학회, 2017.

이순옥, 「교과서 분석의 준거 설정」, 『교육학논총』 27권 1호, 대경교육학회, 2006.

이순희, 「과정 중심 첨삭지도의 효율성 연구」, 『국어교육연구』 56호, 국어교육학회, 2014.

이승규, 「시작법(詩作法)을 활용한 자기성찰 글쓰기교육」, 『사고와표현』 10권 2호, 한국사고와표현학회, 2017.

이승주, 「도움지와 토의를 활용한 대학 글쓰기 수업 사례 연구」, 『우리말글』 75호, 우리말글학회, 2017.

이양숙, 「자기서사를 활용한 글쓰기교육의 필요성과 방법에 대한 연구」, 『한국문학이론과비평』 50집, 한국문학이론과비평학회, 2011.

이연승, 「영화를 활용한 자기 성찰적 글쓰기교육 사례 연구」, 『현대문학이론연구』 71집, 현대문학이론학회, 2017.

이윤빈, 「미국 대학 신입생 글쓰기(FYC) 교육의 새로운 방안 모색」, 『국어교육학연구』 49권 2호, 국어교육학회, 2014.

_____, 「쓰기 평가 워크숍이 예비 교수자의 쓰기 평가 전문성 신장에 미치는 효과」, 『리터러시 연구』 21호, 한국리터러시학회, 2015.

_____, 「대학 글쓰기교육에서 '학술적 글쓰기'에 대한 규정 및 대학생의 인식 양상」, 『작문연구』 31권, 한국작문학회, 2016.

_____, 「대학 글쓰기교육에서 교수 학습과 연계한 상호주관적 평가 방안」, 『리터

러시 연구』 21호, 한국리터러시학회, 2017.

이은자, 「논술 첨삭 피드백의 문제점」, 『새국어교육』 80호, 한국국어교육학회, 2008.

이은주, 「대학글쓰기 평가방법과 학업성취도의 관계」, 『리터러시 연구』 16호, 한국리터러시학회, 2016.

_____, 「대학 글쓰기 수준별 수업운영의 가능성 -상위그룹과 하위그룹 학습성과물 비교를 통한 변별지표 마련의 가능성」, 『국어문학』 65권, 국어문학회, 2017.

이은홍, 「대학 교양 글쓰기교육에서의 자기소개서 쓰기의 평가 범주 설정 방안」, 『교양교육연구』 12권 5호, 한국교양교육학회, 2018.

이인영, 「루브릭이 대학생들의 글쓰기 능력 신장에 미치는 효과」, 『우리말글』 48호, 우리말글학회, 2010.

이재기, 「교수 첨삭 담화의 유형과 양상 분석」, 『국어교육학연구』 40호, 국어교육학회, 2010.

이주섭, 「대학 작문 교재 구성의 양상」, 『한국어문교육』 9집, 한국교원대학교 한국어문교육연구소, 2000.

이지명, 「'도덕적 사고하기'를 통한 논술 지도 전략」, 『윤리연구』 64호, 한국윤리학회, 2007.

이지영, 「'매체를 활용한 발표하기'의 평가 준거 개발 연구」, 『사고와표현』 10권 3호, 한국사고와표현학회, 2017.

_____, 「혼합 연구방법을 활용한 매체 활용 발표 평가 준거 연구」, 『국어교육』 162호, 한국어교육학회, 2018.

이진희·김형규·홍성연, 「교육과정 개선을 위한 의사소통 역량평가 개발」, 『교양교육연구』 8권 2호, 한국교양교육학회, 2014.

이효숙, 「대학생의 글쓰기 기초학력진단평가의 기능과 진단평가지 개발」, 『리터러시 연구』 21호, 한국리터러시학회, 2017.

_____, 「장소성 기반 자기 성찰 글쓰기 수업모형 개발」, 『문화와 융합』 39권 2호, 한국문화융합학회, 2017.

이효숙·홍송이, 「대학 신입생의 글쓰기에 나타난 대학의 장소성과 대학 적응 과정 고찰」, 『어문론집』 71집, 중앙어문학회, 2017.

이희영, 「표현주의와 인지주의의 통섭적 글쓰기 연구 -대학 교양 글쓰기교육을 중심으로」, 배재대학교 박사학위논문, 2016.

임선애, 「대학 글쓰기 선진화 교육의 특징과 시사점」, 『대학작문』 16호, 대한작문학회, 2016.

임준근, 「주제어 중심의 한국학 연구 리뷰 정보 구축 및 활용」, 『정신문화연구』 36권 1호, 한국학중앙연구원, 2013.

임지연, 「자기 서사 글쓰기에서 타자적 윤리성의 문제」, 『작문연구』 18집, 한국작문학회, 2013.

_____, 「대학글쓰기에 대한 필자의 내면적 관점 탐색」, 『비평문학』 52집, 한국비평문학회, 2014.

임춘택, 「독일어권 글쓰기교육에 관한 연구」, 『교양교육연구』 6권 2호, 한국교양교육학회, 2011.

임택균, 「동료 평가 활동이 쓰기 태도에 미치는 효과」, 『석당논총』 60호, 석당학술원, 2014.

장민정, 「대학 글쓰기교육을 통한 학습자의 쓰기에 대한 쓰기 인식 변화: 서평 쓰기에 대한 성찰일지 분석」, 『텍스트언어학』 42집, 한국텍스트언어학회, 2017.

전병술, 「리더십 관점에서 본 맹자와 순자」, 『양명학』 26호, 한국양명학회, 2010.

전지니, 「학술적 글쓰기의 단계적 피드백 방향 고찰」, 『교양교육연구』 8권 1호, 한국교양교육학회, 2014.

_____, 「계열별 글쓰기교육의 방향성에 대한 재고 -E여대 교재 및 수업 개편 사례를 중심으로」, 『교양교육연구』 10권 3호, 한국교양교육학회, 2016.

정구철, 「부모 자서전 대필 프로그램의 개발 및 효과」, 『한국콘텐츠학회 논문지』 17권 9호, 한국콘텐츠학회, 2017.

정덕현, 「사진과 내러티브를 활용한 성찰적 글쓰기 수업 연구」, 『문화와 융합』 39권 2호, 한국문화융합학회, 2017.

정명중, 「신자유주의와 자기서사」, 『인간·환경·미래』 19집, 인제대학교 인간환경미래

연구원, 2017.

정병기, 「학제성에 기반한 '사고와 표현'의 리좀적 학문 정체성과 통섭(通攝)적 발전 전망」, 『사고와 표현』 3권 2호, 한국사고와표현학회, 2010.11.

정은해, 「인문학과 인문주의 그리고 교양 ─가다머를 중심으로」, 『철학과 현상학 연구』 24집, 한국현상학회, 2005.

정한데로, 「글쓰기 튜터의 역할과 자세─WAC(교과기반 글쓰기) 프로그램을 중심으로」, 『시학과 언어학』 22호, 시학과언어학회, 2012.

정현숙, 「미국과 한국의 이공계 대학 글쓰기교육 비교」, 『어문연구』 62호, 어문연구학회, 2009.

정혜경, 「독서토론에 기반한 프레젠테이션 교육 방안」, 『배달말』 58호, 배달말학회, 2016.

정희모, 「MIT 대학 글쓰기교육 시스템에 관한 연구」, 『독서연구』 11권, 한국독서학회, 2004.

_____, 「대학 글쓰기교육의 현황과 방향」, 『작문연구』 1권, 한국작문학회, 2005.

_____, 「대학 글쓰기 교재의 분석 및 평가 준거 연구」, 『국어국문학』 148호, 국어국문학회, 2008.

_____, 「대학글쓰기 평가의 신뢰도와 타당도 향상을 위한 한 방안」, 『작문연구』 9호, 한국작문학회, 2009.

_____, 「글쓰기 평가에서 객관─주관주의 대립과 그 함의」, 『우리어문연구』 37호, 우리어문학회, 2010.

_____, 「대학 글쓰기교육의 목표 설정과 지식 정보화 시대의 대응」, 『이화어문논집』 36호, 이화어문학회, 2015.

_____, 「미국 대학에서 '글쓰기에 관한 글쓰기' 교육의 특성과 몇 가지 교훈」, 『대학작문』 10호, 대학작문학회, 2015.

정희모·이재성, 「대학생 글쓰기의 수정 방법에 관한 실험 연구」, 『국어교육학연구』 33호, 국어교육학회, 2008.

_____, 「대학생 글에 대한 총체적 평가와 분석적 평가의 결과 비교 연구」, 『청람어문교육』 39호, 청람어문교육학회, 2009.

조미숙, 「교양과목으로서의 대학 글쓰기교육, 그 흐름과 전망」, 『새국어교육』 80호, 한국국어교육학회, 2008.

_____, 「교양국어 교육 변천과정 연구 –대학 교육 이전 시기부터 대학 교양국어 체계화까지」, 『인문연구』 71호, 영남대학교 인문과학연구소, 2014.

조수경, 「미국 대학 작문 교육의 역사와 현황」, 『신영어영문학』 44집, 신영어영문학회, 2009.

조윤정, 「이공계 글쓰기교육에서 쓰기 능력의 평가와 수준별 교육의 효과 –카이스트의 사례를 중심으로」, 『인문논총』 73권 4호, 인문학연구원, 2016.

조희정, 「사회적 문해력으로서의 글쓰기교육 연구 –조선 세종조 과거 시험을 중심으로」, 서울대학교 박사학위논문, 2002.

주민재·김진웅, 「대학 글쓰기 교수자들의 쓰기 평가 경향 및 평가 인식에 관한 탐색적 연구」, 『국어교육』 147호, 한국어교육학회, 2014.

_____, 「텍스트 평가 점수와 담화표지 사용의 상관관계 분석」, 『작문연구』 22호, 한국작문학회, 2014.

지현배·이윤선, 「대학 글쓰기의 평가 항목 구성 사례와 항목간 상관관계」, 『리터러시 연구』 12호, 한국리터러시학회, 2015.

차봉준, 「대학 교양 글쓰기교육 연구」, 『리터러시 연구』 13호, 한국리터러시학회, 2015.

천경록, 「교대 교양과정 국어 과목의 문제점과 개선 방향」, 『한국초등국어교육』 25권, 한국초등국어교육학회, 2004.

최규수, 「대학에서 글쓰기교육을 한다는 것, 그 돌아보기와 내다보기 –대학 글쓰기교육의 정체성 찾기에 대하여」, 『이화어문집』 36호, 이화어문학회, 2015.

최병선, 「글쓰기의 평가 기준 연구」, 『한국언어문화』 38호, 한국언어문화학회, 2009.

최상민, 「논증적 글쓰기교육과 평가」, 『현대문학이론연구』 32호, 현대문학이론학회, 2007.

_____, 「대학생 글쓰기 지도에서 '평가'의 문제」, 『한국언어문학』 64호, 한국언어문학회, 2008.

_____, 「대학생 글쓰기 지도에서 평가 준거의 설정과 활용 문제」, 『작문연구』 13호, 한국작문학회, 2011.

최선희, 「대학생 필자의 직관적 판단에 근거한 첨삭 지도법 연구」, 『리터러시 연구』 15호, 한국리터러시학회, 2016.

최성실, 「세계 속의 한국문학 : 내러티브 인지와 공감의 글쓰기」, 『아시아문화연구』 제29집, 가천대학교 아시아문화연구소, 2013.

최은영, 「'글쓰기' 과목의 과정중심주의 평가 방법 연구」, 『순천향 인문과학논총』 37권 3호, 순천향대학교 인문학연구소, 2018.

한동숭, 「문화기술과 인문학」, 『인문콘텐츠』 27호, 인문콘텐츠학회, 2012.

한래희, 「자아 이미지와 서사적 정체성 개념을 활용한 자기 성찰적 글쓰기교육 연구」, 『작문연구』 20집, 한국작문학회, 2014.

한새해, 「사후 〈제출 후 글쓰기〉 튜터링의 중요성 제고」, 『리터러시 연구』 12호, 한국리터러시학회, 2015.

허재영, 「대학 작문 교육의 현실과 정체성에 관한 연구 ―선행 연구의 흐름과 실태 분석을 통한 표준 교육과정을 제안하며」, 『교양교육연구』 6권 1호, 한국교양 교육학회, 2012.

현택수, 「문화의 세계화와 한국문화의 정체성」, 『한국학연구』 20집, 고려대학교 한국학연구소, 2004.

홍단비, 「2000년대 소설을 활용한 자기탐색 글쓰기교육 방안」, 『우리문학연구』 55집, 우리문학회, 2017.

기타

「2015년에 '문·이과 융합' 교육과정 개정…수능도 개편해야」, 《한겨레신문》, 2017.07.19.

The Future of Jobs Report: Employments, Skills and Workforce Strategy for the Fourth Industrial Revolution, WORLD ECONOMIC FORUM, 2016.01.18.

대학 글쓰기교육 동향과
교수 학습 방법 연구

2023년 10월 31일 초판 1쇄 발행

지은이 | 김정숙, 백윤경
펴낸이 | 윤영진
펴낸곳 | 도서출판 심지
등록번호 | 제2003-000014호
주소 | 대전광역시 동구 대전천북로 12
전화 | (042) 635-9942
팩스 | (042) 635-9941

ISBN 978-89-6627-246-4 03800

값 20,000원